시골로 간 도시 남자

시골살이를 꿈꾸며,
도시를 떠난 중년 남자의 이야기…

시골로 간 도시 남자

김태환 지음 | 윤중용 삽화

좋은땅

도시에서 시골로 귀촌한 지 지난해 12월로 꼭 십 년째가 된다. 땅을 사고 터를 고르면서 가졌던 시골 생활에 대한 기대와 흥분은 처음에 비해 많이 줄었다. 가끔은 도시 삶에 대해 향수를 느끼기도 한다. 세 살 버릇 여든 간다는 옛 속담이 있듯 어릴 적에 생성된 생활 방식은 쉽게 바뀌는 게 아니다. 그렇다고 해서 귀촌 생활에 대한 후회를 뜻하는 것은 아니다. 내 어릴 적 60~70년대엔 웬만한 우리나라 도시 외곽은 현재 사는 시골 풍경과 다름없었다. 따라서 또 다른 관점에서 보면 시골은 나에게 있어 막연히 돌아가야 할 고향으로 여겨 온 것 또한 사실이다.

시골에 살고 싶은 도시 사람. 귀촌을 정의할 때 나는 늘 이렇게 표현하곤 한다. 재택근무가 가능한 직업 탓에 번잡한 도시에서의 탈출은 쉬웠으나 휴일이 아닌 주간의 생활 패턴은 도시에서 삶과 조금도 다름없다. 전화를 받고 상담하고, 새로운 프로그램 개발을 위해 컴퓨터 앞을 떠날 수 없었다. 그러나 눈을 돌려 창밖을 보거나 마당에 나오면 내 사는 곳이 시골임을 곧장 깨닫는다. 아침이나 해 질 무렵 한적한 시골길의 산책은 도시에서 쉽게 가질 수 없는 여유를 안긴다.

작년 환갑을 맞이했다. 요즘엔 환갑 나이가 노인을 구분하는 기준이 되지 않는다. 하지만 일반적으로 60세 이상이 되면 정년에 포함되어 대부분 직장에서 은퇴 시점으로 보는 것도 사실이다. 지난해부터 하던 일을 조금씩 아들에게 넘기고 있는 중이다. 처음 내가 이 일(컴퓨터 소프트웨어 개발)을 직업으로 선택할 때와 비교하면 그동안 시장 변화는 천양지차(天壤之差)의 거리로 넓어졌다. 솔직히 걱정도 된다. 그러나 나의 젊은 시절이 그랬던 것처럼 아들이 갈 미래 역시 스스로 헤쳐 갈 자신의 몫으로 여겼으면 하는 바람이다.

환갑(還甲)이란 60갑자가 다 돌고 다시 돌아왔다는 뜻이다. 새로 시작한다는 회갑(回甲)의 의미를 지닌다고도 한다. 퇴직을 앞둔 시점임을 감안할 때 그 뜻을 옳게 새기지 않을 수 없게 한다. 흔히 말하는 백 세 시대란 말을 입에 올리지 않아도 여생에 대한 고민이 앞선다. 무엇인가 새로운 일을 해야 한다는 절박함과 함께 지난 시간을 되돌아보는 계기도 마련하고 싶었다. 젊은 시절 가장 오랫동안 염두에 두어 온 일이 글쓰기였던 만큼 은퇴를 계기로 재도전해 보는 것은 어떨까? 생각해 보았다. 아울러 지난 시간 여기저기 흩어 놓은 잡문도 정리할 필요를 느꼈다.

몇 년 전 시골로 오게 된 귀촌의 과정을 책으로 낸 적이 있다. 때문에 이번에 싣는 글 대부분이 시골 생활에 관한 내용이라 어떻게 보면 먼젓번 책의 후속편으로 여겨질 수도 있겠다. 그러나 현재 사는 곳이 시골이기는 해도 원래 태생이 도시이다 보니 도시에 대한 삶의 흔적 역시 완전히 배제하기 어려웠다. 일부 도시에서 있었던 내용도 함께 싣게 된 이유다. 글을 싣는 순서도 글을 생산한 날짜를 기준으로 하지 않았다. 제목 또한 먼저 출간한 책을 기준으로 삼지 않고『시골로 간 도시 남자』라고 새롭게 달았다. 제목 그대로 시골로 간 도시 남자가 쓴 이야기다.

이번 출판은 다음 시작을 위한 하나의 매듭으로 여기고자 한다.

2024 01

목차

시골로 귀촌하고자 하는 이유

나는 엘리베이터가 싫다. 하루에도 몇 번씩 오르내리지만, 여전히 엘리베이터를 타는 것이 싫다. 집은 20층 아파트의 15층에 살고 있고, 일하는 사무실은 15층 건물의 13층 오피스텔이다. 엘리베이터가 고장 나지 않는 한 그곳에 오르거나 내릴 때마다 엘리베이터를 이용하지 않을 수 없다. 운동 삼아 한두 번 정도는 걸을 수 있다. 그러나 매번 그렇게 걷기에는 체력이 뒷받침되지 않는다. 어쩔 수 없이 엘리베이터 버튼을 누른다. 폐쇄공포증이나 고소공포증과 같은 정신 질환이 있어서가 아니다. 남들이 들으면 이상한 소리로 들리겠지만, 엘리베이터 안에서 종종 마주치는 이웃 때문이다.

볼 때마다 인사하지만 그때뿐이다. 가볍게 눈인사를 하고 시선은 언제나 하나씩 증가하거나 감소하는 번호판을 물끄러미 쳐다본다. 어떨 때는 지겹도록 보아 온 승강기 사용 안내문을 다시 읽기도 한다. 이웃이라는 정도만 알 뿐 특별히 알고 지내는 사이가 아니다 보니 그 좁은 공간에서 짧은 공존은 서로가 어색하다. 이웃도 나와 다르지 않다. 돌아서서 거울을 보거나 며칠째 본 관리실에서 붙인 주차 질서에 관한 안내문을 또 쳐다본다. 내가 읽는 승강기 사용 안내문을 함께 쳐다보는 경우도 있다. 그렇지만 아무래도 시선이 가장 많이 몰리는 곳은 층간 이동을 나타내는 자동문 위에 붙은 번호판이다. 숫자가 변하는 그 짧은 순간마저 지루하게 느껴진다. 9에서 10으로 넘어가는 순간, 또는 10에서 9로 변경되는 번호판의 작동을 이웃과 나는 고개를 쳐들고 살피고 있는 것이다.

딩동~! 소리와 함께 엘리베이터가 작동을 멈춘다. 함께 섰던 사람이 밖으로 나가는 경우라면 살짝 고개를 꺾어 보이는 것이 예의이다. 굳이 "잘가라." 하는 소리는 할 필요가 없다. 그렇지만 이웃인 것을 아는 이상 묵묵히 나가는 사람의 뒤통수만 노려보고 있을 수는 없지 않은가. 나가는 이웃도 내가 숙인 만큼 고개를 숙인다. 내가 한 인사에 대한 답례인지 어쩐지는 잘 모르겠다. 아무래도 상관없다. 어차피 애매하게 인사를 한 쪽은 나였으니까.

딩동~! 소리가 울리고 이번에는 밖에 있던 사람이 안으로 들어온다. 나와 비롯하여 함께 서 있는 사람들은 습관처럼 약간 뒷걸음질 친다. 자리는 넉넉하다. 그렇지만 이미 있는 사람은 새로운 동거인을 위해 그 정도의 배려는 얼마든지 감수하겠다는 자세다. 이번에도 들어오는 사람과 서 있는 사람이 주고받는 인사는 어정쩡하다. 고개만 까닥하거나 상체를 수그려 보일 뿐이다. 서로 어색하다. 새로운 승객 역시 시선이 머무는 곳은 자동문 위에 붙은 번호판이다.

가까이 붙어 선 중년 여자의 의상(衣裳)이 화려해 보인다. 무슨 가장무도회라도 나가는 것일까? 나도 모르게 움푹 파인 가슴 쪽으로 시선이 간다. 그러나 화들짝 놀라 외면한다. 오해 살 것을 염려한 내 시선의 회피는 거의 필사적이다. 다행히 모두 시치미를 뚝 떼고 선 마네킹과 같다. 여성의 몸에서 풍기는 향수가 좁은 공간을 가득 채워도 누구 하나 인상 찌푸리는 이 없다. 마치 투명 인간과 서 있는 것처럼 서로가 서로에게 무관심하려고 애를 쓴다. 9에서 8로 넘어가는 번호판에만 온 신경을 집중한다.

이따금 당혹스러운 상황이 벌어지기도 한다. 밤늦게 엘리베이터에서 젊은 여자와 동승하는 경우가 그렇다. 나는 평소와 다름없이 서 있을 뿐인데도 젊은 이웃은 정면으로 나를 응시하는 것이다. 무슨 우범자를 경계하듯 나의 작은 행동에도 즉각 대처하려는 태도로 시선을 떼지 않았다. 나는 층간 이동을 나타내는 번호판을 쳐다보고 있지만 젊은 이웃이 도도하게 나를 주시하는 것을 느낄 수 있다. 불쾌하기 짝이 없지만 요즘 세태가 그러하니 이해가 아니 가는 것도 아니다.

더욱 당혹스러울 때는 지난밤 음주가 있고 다음 날 엘리베이터를 타는 경우가 그랬다. 평소와 다름없이 어정쩡한 인사를 주고받는데 이웃의 분위기가 사뭇 다를 때가 있었다. 특히 주부들이 그러했다. 어쩐지 자꾸만 흘끔거리며 사람을 살핀다. 이럴 때 나는 당황한다. 도무지 전날 어떤 몰골로 귀가했는지 기억이 없는데 그 끊어진 필름 일부를 그 이웃이 가지고 있는 것 같기 때문이다. 어디까지나 추측일 뿐, 확신은 없다. 그런데도 화끈! 얼굴이 달아오른다. 번호판의 이동이 느려진 것 같아 답답하다.

양손을 찔러 넣은 바지 주머니에 뭔가 만져지는 것이 있다. 휴대폰이다. 옳거니, 싶어 끄집어낸다. 마치 잊고 있던 문자를 확인하는 사람처럼 스마트폰의 액정 화면을 향해 고개를 수그린다. 아들놈한테 배운 카톡도 열람한다. 새로운 것이 있을 리 없었다. 그런데도 신중하게 살피는 척 행동하면서 고개를 들지 않는다. 딩동~! 드디어 일 층에 다다랐다. 나는 서둘러 엘리베이터를 빠져나오고 함께 섰던 이웃들도 그 어색한 공간에서 해방된다. 나는 내 몸에 여전히 술 냄새가 맡아지는지 코를 킁킁대며 검사했고 어젯밤에 무슨 일이 있었는지 기억해 내려고 노력했다.

어떻게 귀가한 것인지는 몰라도 새벽에 비밀번호를 제대로 누르지 못해 대문을 걸어찼다는 것이 아내의 전언이고 옷은 입은 채 소파에 쓰러졌다고 한다. 1층에서 15층까지 그 꼴로 걸어오지는 않았을 거였다. 물론 날아오르지도 않았을 것이다. 아파트 이름을 택시 기사에게 알려 준 사람은 혀가 꼬부라진 채 중얼거렸을 나이거나 아니면 만취한 사람을 태워 보낸 친구일 것이다. 평소라면 무심하게 지나쳤을 경비실 앞에서 수고하신다며 과도하게 허리를 굽히고 비틀거렸을 것이다. 나를 힐끔거리며 살피던 그 이웃을 만난 곳은 승강기 앞에서 엘리베이터를 기다리면서였는지 모르겠다. 나는 비틀거렸고…, 그러면서 평소에는 묵례로만 끝낼 인사에다 몇 마디 덧붙였을 수도 있다.

"우리 집 아래층에 계시죠? 이거 이웃 간에 노상 보면서도 데면데면합니다. 그려…."

나는 같은 이웃으로 사는 사람들이 왜 이렇게 담을 쌓고 사느냐고 답답한 마음을 그렇게 표현한 것인데 그 이웃은 주정으로 여겼을 것이다. 좁은 엘리베이터 내부는 술에 찌든 냄새가 가득 점령하고 넘어지지 않겠노라고 손잡이를 잡고 버티는 한심한 이웃을 바라보면서 혀를 찼을 것을 생각하니 얼굴을 들 수가 없다. 엘리베이터가 싫은 이유다. 특히 술 마시고 필름이 끊어진 다음 날은 엘리베이터가 없는 건물로 이사하고 싶다. 시골에 집을 짓고 귀촌하고자 하는 이유가 엘리베이터 때문이라고 이야기한다면 사람들은 아직 내가 술이 덜 깨 헛소리를 하는 거로 생각할지도 모르겠다. 그렇지만 사실이다. 벌써 수년째 같은 건물에 살면서도 어정쩡한 인사만 주고받는 이 도시의 닫힌 이웃이 정말 싫은 것이다.

2012 09 19

늙은 시인(詩人)의 이야기

나이가 한참 아래인 내가 이런 표현을 써도 될지 모르지만, 그분 딴에는 열심히 산다고 사는데 참 실속 없어 보일 때가 많았다. 15년 가까이 전무님을 지켜본 내 소감이 솔직히 그랬다. 더욱이 어느 날 우연찮게 듣게 된 그분의 죽음에 대한 소식은 나에게도 아내에게도 놀랍다기보다는 허망한 느낌으로 먼저 다가왔다. 노상 무엇인가 이루고자 했으나 결국 미완의 모습으로 떠나고 말았다는 아쉬움이 짙게 묻어났다.

잊힐 만하면 전무님은 무거운 서류 가방을 들고 우리 사무실에 나타나곤 하셨다. 나는 아직도 그분의 정확한 나이를 모른다. 처음 만났을 때도 60대 후반의 모습이었고 5년 전 마지막으로 뵈었을 때도 60 후반의 모습이었다. 어떻게 보면 70을 넘긴 사람 같아 보이기도 했다. 알고 지낸 햇수만 따져도 대략 15년가량 되기 때문에 한결같은 그분의 모습이 오히려 나이를 가늠하는 데 더 혼란을 부채질했다.

잊을 만하면 찾아온다는 표현이 꼭 들어맞을 만큼 전무님의 존재는 우리 부부에게 잊혀진 사람이기도 했고 또 막상 만나면 오랫동안 알고 지낸 사람으로 친근감을 느끼는 조금은 이상한 관계였다. 겉모습은 항상 60 후반의 모습이었다. 처음 만났을 때가 60대 후반이면 15년 후는 80대 노인이 되어 있어야 한다. 그런데도 마지막의 모습이 70대로 접어든 초로(初老)로 기억되는 것을 보면 처음 만났을 때 전무님의 모습이 나이보다 겉늙어 보여 그랬는지도 모르겠다.

당시 나는 30대 중반이었다. 그분과의 첫 만남은 창원에 있는 모 건설 회사로 우리 사무실에서 개발한 프로그램을 납품 가면서였다. 공사 비용을 계산하는 소프트웨어로, 담당자를 상대로 교육하는데 그분이 현장에 나타나셨다. 그리고 컴퓨터와 프로그램에 관해 관심을 보이셨다. 90년대 초인 당시는 컴퓨터라는 새로운 문화가 우리나라 산업 전반으로 빠르게 확산되고 있을 무렵이었다. 명함을 받고 보니 전무이사(專務理事)라는 직함이 찍혀 있었다. 성(姓)이 허(許) 가라 그 후로 그분을 '허 전무님'이라고 불렀다.

당시는 그 정도 나이와 직함을 가진 사람이면 컴퓨터에 관심을 가져도 직접 배우려고 나서는 사람은 드물었다. 그러나 전무님은 컴퓨터를 배우고 싶으니, 사무실로 찾아가도 되겠냐고 물었다. 프로그램을 납품하는 입장이고 그 회사 전무가 부탁하는데 거절할 수 있는 입장이 못 되었다. 내 사무실은 부산이고 그곳은 창원이었다. 설마 하면서 건성으로 그러시라고 했다. 일부러 온다면 교육 못 할 이유도 없었다. 그렇게 하고 왔는데 추석 연휴를 기해 정말 그분이 사무실로 찾아오셨다.

전무님이 원하는 교육이란 우리 사무실에서 납품한 프로그램 사용법과 워드프로세서, 즉 문서 편집기였다. 교육을 맡을 다른 직원도 있지만, 사장의 사모님이기도 한 경리 보는 아내가 맡았다. 나는 개발도 하고 영업도 다녀야 하므로 전무님 옆에 붙어 있을 수 없었다. 전무님은 하루도 그르지 않고 사무실에 나타나셨다. 원래 건설 회사는 명절 전후로 쉬는 날이 많았다. 아무리 그렇다고 해도 전무님이 보인 피교육생으로서의 남다른 열의는 놀랄 만한 것이었다. 사무실 부근에 아예 여관을 잡아놓고 출퇴근을 반복했다. 당시도 나는 전무님을 60대 노인으로 알았기 때문에 그 뜻하지 않은 의지에 놀라야만 했다.

그러나 열의와 달리 아내의 전언에 의하면 너무 답답하다고 했다. 못 알아듣는 것은 고사하고 설명 하나하나를 글로 받아 적기 때문에 진도가 너무 안 나간다고 했다. 곁에서 지켜보니 아내의 말은 그냥 하는 엄살이 아니었다. 화면 하나 넘어가는 것부터 키보드 버튼 하나 누르는 것까지 마치 동영상 촬영하듯 모조리 받아 적고 있었다. 그림으로 그리기도 했다. 복장 터질 듯 답답한 노릇이지만 우리 입장에서는 성가시다고 마다할 처지가 못 되었다. 고가의 프로그램을 납품한 입장이다 보니 소위 말해 우리 사무실은 을(乙)의 처지이고 전무님은 갑(甲)에 해당했다.

울상이 되어 투정하는 아내를 달랬다. 교육은 아침부터 온종일 이어졌다. 점심도 같이 먹고 퇴근도 같이했다. 아내는 숨넘어갈 것 같은 그 교육을 보름 동안 지속했다. 아내의 인내심도 대단하지만, 거북이 같은 전무님의 끈기도 칭찬할 만했다. 교육 중에 전무님은 무슨 확신하는 바가 있는지 당시로는 최신식 노트북을 한 대 장만했고 나는 그 노트북을 전무님만을 위한 맞춤 환경으로 만들어 주었다. 불필요한 것은 모조리 없앴다.

어차피 전무님이 필요한 것은 우리 사무실에서 납품한 프로그램과 워드 프로세서만 있으면 되었다.

그것이 전무님과 우리 부부의 첫 인연이었다. 그 후로 노트북에 문제가 생길 때나 다른 회사로의 이직(移職), 또는 자료 정리가 필요하다고 느낄 때면 우리 사무실로 찾아오셨다. 몸집이 크지 않은 자그마한 분이신데 필요한 서류를 몽땅 쑤셔 넣은 큼직한 가방을 이끌고 사무실로 들어섰다. 잊을 만하면 찾아오는 식이었다.

오랜 기간 왕래가 있다 보니 전무님에 대해 아는 게 자연히 많아졌다. 겉보기는 열심히 사시는 같아도 실상은 집이고 직장이고 어느 것 하나 안정된 것이 없었다. 큰아들은 이혼 중이고 작은아들은 마흔이 가깝도록 미혼 상태였다. 이직이 잦은 회사도 매번 지분을 넣고 직함을 얻어 경영에 참여하는 식이었다. 그런데도 어딘지 알맹이가 빠진 껍데기 명함을 가지고 있는 듯했다. 노트북에는 나름대로 정리하고 있는 자료가 가득했다. 그것들이 지워지지 않게 옮기고 백업본을 만드는 것이 나의 일이었다.

그러던 어느 날이었다. 전무님이 제본한 세 권의 책을 들고 우리 사무실에 나타나셨다. 아내의 도움으로 책을 만들 수 있었기에 감사를 표하고 싶어 가져왔노라고 했다. 한 권은 전무님의 본업과 관련된 건축 관련 실무집이고 다른 한 권은 엉뚱하게도 중국어 교본이었다. 중국어를 조금 하셨는데 앞으로 중국과의 교역이 늘 것을 대비해 한번 만들어 보았노라고 했다. 그리고 나머지 한 권은 뜻밖에도 시집(詩集)이었다.

뒤늦게 전무님이 왜 그토록 워드프로세서에 집착했는지 이해가 갔다. 남들이 보면 빈약한 결과물일지 몰라도 전무님은 그 작업을 위해 십 년 넘게 몰두해 오신 것이다. 수전증으로 떨리는 손으로 키보드를 누르는 독수리 타법은, 지켜보는 사람으로 하여금 갑갑증을 느끼게 했다. 말 그대로 한 글자 한 글자 찍는다는 표현이 맞을 정도였다. 그 서툰 타법으로 책을 엮으신 것이다. 앞서 내민 두 권의 책보다 전무님은 마지막에 건넨 시집을 더욱 자랑스럽게 여기셨다. 이제까지 보아 온 전무님과는 너무나 어울리지 않는 모습이었다. 전무님은 어릴 적부터 시인(詩人)이 되는 게 꿈이었다고 했다.

70대 노인이 소년과 같은 수줍음으로 내밀던 한 권의 시집…. 전무님은 언젠가는 시인으로 등단하겠다는 포부도 숨기지 않으셨다. 겉모습과 달리 너무 어울리지 않는 장면에 나는 당시 어떤 반응을 보여야 할지 몰라 조금은 당황했던 것 같다.

전무님의 죽음을 알게 된 것은 엉뚱하게도 우리 사무실과 거래가 있는 컴퓨터 매장으로부터 전화가 걸려 오면서였다. 누군가가 노트북을 들고 와 그 속에 든 자료를 보아 달라고 하는데 우리 사무실에서 만든 프로그램이 설치되어 있더라고 했다. 확인차 연락한 것이다. 노트북 주인은 한밤 수면 중에 갑자기 사망했고 회사 관계자가 유족의 입회하에, 노트북에 든 회사 업무와 관련된 파일을 찾는 중이라고 했다. 15년 넘게 내가 관리한 전무님의 노트북이었다.

한동안 잊고 있던 사람의 소식을 그와 같은 방법으로 전해 듣는 기분은 참으로 쓸쓸하고도 묘한 뒤끝을 남겼다. 나는 전무님이 끝끝내 이루고자 한 것이 무엇인지 잘 모르겠다. 하지만 갑작스러운 전무님의 죽음은 뭔가 정리가 덜 된 느낌을 주었고 막연히 생각해 온, '마지막 순서는 이것은 아니다.' 하는 미련 때문인지 착잡한 심정을 가눌 수 없었다. 결국 인생이란 이런 식의 미완성으로 끝이 난단 말인가.

"김 선생, 이 시집 잘 보관해요. 내가 유명한 시인이 되면 가치가 있을 겁니다."

전무님이 자신의 서명이 담긴 시집을 내밀며 내게 한 말이었다. 나는 그때 참으로 미묘한 감정을 느껴야 했다. 물리적으로 도무지 도달하지 못할 거리를 기어코 걸어가고 말겠다는 전무님의 그 무모함 때문만은 아니었다. 젊었을 적 가졌던 꿈을 너무 쉽게 접고 사는 내 자신의 부끄러운 모습을 새삼 발견했기 때문이었다.

2012 12 13

친절(親切)에 대하여

지금 돌이켜 봐도 나 자신이 한심하다. 삼십 년도 넘은 오래전 이야기로, 나는 당시 결혼하기 전이었고 간신히 뿌리내리기 시작한 사업을 위해 밤일도 마다치 않을 무렵이었다. 직원이라고는 사장인 나를 제외하면 전화 받는 경리와 견습(見習)을 겸한 아르바이트생 한 명이 전부였다. 그들이 퇴근한 후에도 채 열 평이 안 되는 사무실에 남아 두세 시간 잔업을 해야 하는 것이 일상이던 때이기도 했다. 퇴근을 않고 사무실에서 밤을 새우는 일도 잦았다.

내가 그 사내를 만난 날은 11월이 끝나가는 시점으로 제법 겨울 티가 나는 쌀쌀한 기운이 감돌 무렵이었다. 밤이었다. 그날도 내가 밤일을 할 수밖에 없었던 사연은 정확히 기억나지 않는다. 아마도 납품이 긴박한 거래처의 일감이나 마무리 짓지 못한 프로그램 작업 때문일 것이다. 사내를 만난 것은 인근 식당에서 미루어 둔 저녁 식사를 해결하고 사무실로 복귀하면서였다. 밤 10시 아니면 11시쯤으로 늦은 시각으로 기억된다. 나갈 때는 없었는데 돌아올 때 보니 사무실로 오르는 계단에 누군가가 누워 있었다.

일 층에서 이 층으로 이어지는 그곳은 마침 전등이 나간 상태라 낯선 형체에 나는 조금 놀랐다. 아래층 불빛이 꺼지지 않아 사람의 윤곽임은 알수 있었다. 계단을 밟는 인기척에 누워 있던 사람이 부스럭거리며 일어나 앉았다. 남자였다. 사내는 한 차례 헛기침을 한 후, 자신은 김해 사는 사람으로 부산에 볼일을 보려고 왔다가 차가 끊기는 바람에 이리되었노라고 제법 점잖은 어투로 이야기했다. 추위를 피해 건물 안으로 들어온 것 같았다. 박스를 깔고 있는 것을 보아 그곳에서 밤을 새울 모양이었다.

걸음을 멈추었던 나는, "아! 그러시냐."며 고개를 숙여 보이고 복도로 들어갔다. 그러나 사무실로 들어와 미루어 둔 일감을 차고앉던 나는, 문득 나라는 사람은 참으로 야박한 사람이지 않은가 하는 생각이 들었다. 실내에 켜 둔 훈훈한 난로를 돌아보며 난처한 지경에 빠진 사람을 보고도 이 정도의 인정조차 나누지 못한 데서야 세상인심을 탓할 자격이나 있을까? 하는 반성이 뒤따랐던 것이다. 사무실 문을 열고 사내를 불러들인 까닭은 바로 그 때문이었다.

계단 아래의 사내는 처음 몇 번은 사양했다. 그러나 추운 데서 그렇게 주무시면 자칫 안 좋은 일을 당할 수 있으니 계속 들어오시라고 재촉하자 사내는 못 이기는 척 자리를 털고 일어났다. 일이 잘못되었다는 것을 깨달은 것은 사내가 사무실로 들어서면서였다. 어두운 조명 아래서는 몰랐는데 밝은 형광등 아래 드러난 사내의 행색이 아무래도 막차를 놓치고 곤란을 겪는 사람 같아 보이지 않았던 것이다. 머리는 단정하게 빗었으나 오랫동안 감지 않은 것을 한눈에도 알아볼 수 있었다. 옷차림은 노숙자의 모습이 완연했다. 허름한 감청색 점퍼에 바지는 다림질이 안 돼 구김으로 엉망이었다.

"어휴 좋다."

사내는 들어서면서 바깥 공기와 다른 사무실의 쾌적하고 따뜻한 온기에 만족을 표했다. 당황한 와중에도 나는 사내가 누울 곳을 향해 손가락으로 가리켰다. 벽 한쪽에 붙은 소파였다. 사내는 연신 고개를 숙여 보이며 그곳으로 갔다. 상황이 뭔가 잘못된 것이 분명했지만, 굳이 들어오지 않겠다는 사람을 억지로 끌어들인 사람은 나였다.

40대 후반의 사내는 눈매마저 좋지 않아 전혀 호감이 가는 인상이 아니었다. 사내는 신을 신은 채 소파에 드러누웠다. 발에서 풍길 고약한 냄새를 염려한 나름의 배려인 것 같았다. 그 상태에서 덮을 것이 있으면 좋겠다는 말을 했고, 나는 찜찜해하면서도 어쩔 수 없이 캐비닛 속에 든 담요를 꺼냈다. 작업이 끝나면 새벽에 내가 덮을 담요였다. 소파도 역시 내가 누울 자리인데 그곳에 사내가 내 담요를 뒤집어쓰고 내 자리를 차지한 것이다.

도저히 일이 손에 잡히지 않았다. 실내는 불은 끄고 책상에만 스탠드를 켜 놓았는데, 서류를 뒤적일 때마다 사내는 몸을 뒤척였고, 사내가 몸을 뒤척이면 나는 나도 모르게 신경이 곤두섰다. 어떻게 든 사내를 다시 내보내야 했다. 하지만 마땅한 방법이 떠오르지 않았다. 더군다나 밤을 꼬박 새지 않는 한 나중에 나도 자야 했다. 잠자리는 탁자를 당기고 의자를 이어 붙이면 해결될 것이었다. 이불은 없어도 상관없다. 그렇지만 사내의 좋지 못한 인상이 아무래도 마음에 쓰였다. 아니 할 말로 자는 중에 뒤통수를 치거나 사무실을 뒤지면 속수무책이었다.

한 시간 넘도록 이런저런 고민에 빠져 갈등했다. 하는 수 없다고 판단하고 나는 지갑에 든 만 원짜리 지폐 두 장을 꺼내 들었다. 당시 이만 원이면 여관을 투숙하는 데 부족하지 않은 돈이었다. 사내를 조심해서 흔들었다. 담요를 머리까지 뒤집어쓰고 누웠던 사내가 빠끔 고개를 내밀었다. 무슨 일이냐는 표정인데, 눈은 내 손에 들린 지폐 쪽을 바라보았다. 역시 막 잠에서 깬 모습이 아니었다.

"너무 불편해 보여서 가까운 여관에 가 주무시라고…."

이야기는 했어도 어쩐지 나 자신이 생각해도 군색하기 짝이 없었다. 자선을 베푸는 사람이 나인데도 꼭 사정하는 사람처럼 행동하는 것이다. 사내는 일단 일어나 앉았다. "이렇게까지 하실 필요야…." 하면서도 내 손에 들린 두 장의 지폐를 챙겼다. 그리고 두 장의 돈을 만지작거리면서 뭔가 곰곰이 생각하는 표정을 했다. 나는 그 짧은 순간 긴장했다.

"이 돈으로 잠은 잘 수는 있겠는데, 아침도 먹어야 하고 차비도 모자라는 형편이라…."

방값이면 해결될 것으로 생각했는데 사내가 엉뚱한 소리를 했다. 그 이만 원도 내 지갑에 든 삼만 원 중에서 두 장을 집어낸 것이었다. 게다가 노숙자인 그가 어디로 간다고 차비 타령을 하는지 알 수 없으나 억지를 부리자 답답해졌다. 나는 사내에게 지갑을 내보였다. 그리고 그가 보는 앞에서 남은 한 장의 지폐를 꺼내 사내에게 내밀었다. 내 스스로 생각해도 한심하기 그지없지만 달리 방법이 없었다. 내일 아침 해장국으로 식사를 해결할 비용마저 날아간 것이다. 사내는 그 지폐마저 챙기고 일어났다.

사내는 나가면서 고맙다는 말과 함께 "정말 친절하시다." 하고 내 선행을 치하했다. 나는 연신 "별말씀을⋯." 하면서 사내의 등을 떠밀었다. 계단이 어두우니 발 조심하라는 말과 함께 문밖까지 배웅했다. 그러면서 무엇이 잘못되었는지에 대해 생각해 내려 애를 썼다. 친절이란 타인에 대한 관심과 배려로 사회적으로 당연히 권장되어야 할 미덕이다. 그러나 상황을 제대로 살피지 못하면 되레 불리한 약점이 될 수 있다는 사실이 서글펐다.

영국 속담에 "친절은 결코 헛되지 않는다."는 말이 생각났지만, 어쩐지 오늘 나의 행동은 참으로 헛된 것에 지나지 않은 것처럼 느껴졌다. 계단 아래로 사내가 사라지는 것을 확인하고 나는 꼼꼼하게 문을 잠갔다. 시계를 보니 자정이 훨씬 지난, 새벽에 이른 시간이었다.

2012 09 10

어떤 만남

 녀석과의 만남은 이번이 꼭 세 번째다. 여느 때와 같이 녀석은 케이를 외면했다. 살짝 눈을 치켜뜨고 올려다보기는 했으나 얼른 외면해 버린다. 케이는 그 순간을 놓치지 않았다. 작게 미소 지으며 한쪽 눈을 찡긋해 보였다. 그러나 녀석은 뒤돌아봄이 없이 앞으로 걷는 일에 열중했다. 케이는 녀석이 자신의 윙크를 눈치챘는지 궁금하다. 키는 칠십, 팔십 센티가 될까 말까 하다. 걸음걸이가 아주 앳되게 뒤뚱대지 않는 것을 보면 한 돌은 지났음이 분명했다. 제법 타박타박 잘 걷는다. 한 손은 제 아빠에게 붙잡혀 위로 치켜들고 자유로운 한쪽 팔은 불안한 걸음을 보정하기 위해 왼쪽 허리짬에 구부린 상태로 붙어 있다. 바지는 통통한 종아리가 드러난 내복 차림이다. 안에 기저귀 찬 흔적이 역력하다.

 저녁 산책을 끝내고 돌아오는 길이었다. 케이는 걸음을 멈추고 한동안 녀석이 제 아빠와 함께 아파트 경비실 앞을 빠져나가는 모습을 지켜보았다. 과속방지턱이 있는 부근에서 흡사 비탈길을 오르듯 녀석의 보폭이 커졌다. 가랑이 폭이 넓어질수록 녀석의 엉덩이를 감싸고 있는 내복 안 기저귀 자국이 선명하다. 아빠는 아이의 팔을 위로 당겨 줌으로써 고르지 못한 길을 걷는 녀석의 걸음걸이를 도왔다. 녀석의 아빠가 분명할 것이다. 어제와 그제도 같은 시간대에 경비실 앞에서 녀석을 만났지만, 그때 녀석과 함께한 사람은 젊은 여자였다. 삼십 대 초쯤으로 보이는 젊은 새댁이었다. 한 번은 들어오면서 만났고 한 번은 나갈 때 마주쳤다.

머리는 스포츠형으로 깎았는데 짧게 민 뒷머리와 달리 앞머리는 약간 긴 편이다. 새댁은 경비실 문에 머리를 밀어 넣고 경비 아저씨와 뭔가 대화 중이고 녀석은 제 엄마와 조금 떨어진 곳에 서 있었다. 손에 든 봉지에서 과자를 집어내어 입으로 밀어 넣고 있었다. 케이는 그때 엘리베이터가 있는 출입구를 향해 걷던 중 별안간 무릎 근처에 나타난 녀석을 피하느라 허둥거려야 했다. 녀석의 낮은 키 때문에 미처 발견하지 못한 것이다. 갑작스러운 정지(停止)에 상체가 균형을 잃고 기우뚱했다. 그러나 다행히도 녀석을 밀어붙이지 않고 멈추어 섰다. 녀석은 자신 앞에 우뚝 선 케이를 올려다보았다.

볼때기는 과자 부스러기가 얼마쯤 묻어 있다. 귀염성 있는 얼굴이다. 케이는 충돌을 피할 수 있었던 것을 다행으로 여기며 녀석의 볼을 살짝 꼬집었다. "안녕, 꼬마!" 어쩌면 아가야, 라고 부르는 게 더 적합할지도 모르겠다. 녀석은 말똥말똥 눈을 뜨고 느닷없이 자신의 앞에 나타났다가 엘리베이터를 향해 가는 케이를 바라보았다. 그것이 녀석과의 첫 만남이었다.

다음 날은 산책을 가면서 녀석과 만났다. 전날과 마찬가지로 경비실 부근인데 아이 엄마인 새댁은 다른 젊은 여자와 잡담 중에 있었다. 녀석은 조금 떨어진 곳에서 아이스크림 봉지를 든 채 그것을 뜯는 일에 몰두했다. 새댁의 손에 들린 비닐봉지에 대파 끝이 비죽 나온 것을 보아 근처 가게를 다녀오는 중인가 보았다.

　녀석은 아이스크림 봉지 양 끝을 손에 쥐고 신중히 살피고 있었다. 집에 도착하기 전에는 절대 먹지 않는다는 약속하고 녀석의 손에 쥐어졌는지 모른다. 그렇지만 아이스크림의 달콤한 맛을 기억하는 녀석에게는 너무 유혹적이다. 집에 가야 봉지를 뜯을 수 있지만 엄마의 수다는 언제 끝날지 알 수 없다. 녀석의 인내심이 흔들린 것일 수도 있다. 녀석은 봉지 끝을 어떻게 당겨야 속에 든 것을 끄집어낼지 연구 중인 것 같다. 케이는 지나치면서 슬쩍 녀석의 머리를 쓰다듬었다. 아이스크림에 정신이 빼앗겨 있던 녀석이 고개를 들고 케이를 올려보았다. 케이는 살짝 미소를 지어 보이고 가던 걸음을 서둘렀다.

　평소 보지 못하던 아이였다. 새로 이사 온 이웃인지도 모르겠다. 아니면 벌써부터 같은 아파트에 살고 있었지만 모르고 지냈는데, 어제의 짧은 충돌로 인해 케이의 인지 범위에 포함된 것일 수도 있다. 현대인의 생활이라는 것이 다 그렇지 않은가. 관심을 두지 않으면 곁에 있어도 보이지 않게 되어 있다. 새댁이 눈에 익은 다른 젊은 여자와 허물없이 대화하는 모습을 볼 때 케이의 무관심이 원인일 가능성이 컸다.

　봉지를 뜯으려다 본심이 들킨 녀석은 제 엄마를 향해 달아난다. 종아리 아래 드러난 작은 샌들을 신은 발이 앙증맞다. 동그란 머리, 작은 코, 큰 눈, 그리고 아장아장 걷는 걸음걸이는 사람들로 하여금 까닭 모를 보호 본능을 유발한다. 베이비 스키마(Baby schema)로 통칭되는 이 특징은 인간이라는 종(種)이 태곳적부터 살아남기 위해 진화한 결과이다. 케이 뿐 아니라 모든 사람들은 노인보다 아기에게 더욱 정을 느끼도록 프로그램 되어 있다. 만약 그렇지 않다면 인류의 발전은 기대할 수 없다. 솔직히 케이도 돌아가신 부모님을 생각할 때, 제 자식과 아내만큼 사랑했던 적은 없는 것 같다.

죄송하지만, 유전자에 새겨진 본능 탓이라 변명하고 싶다.

다음 날 녀석을 다시 만났다. 이번에도 경비실 앞이고 케이는 산책을 마치고 귀가하던 중이었다. 한여름의 무더위는 단 일주일의 기간 동안 언제 그랬나 싶을 정도로 선선한 공기에 밀려났다. 지난 열흘 전의 습도 짙은 더위가 거짓말처럼 여겨졌다. 사람들은 너나없이 빠르게 여름을 잊어 가고 있는 중이다. 저녁이면 긴팔의 옷이 필요할 정도로 찬 공기가 돌았다. 언제나 등허리가 축축해서 돌아오던 케이는 그날은 손수건조차 필요 없는 산뜻한 기분으로 돌아왔다.

녀석의 엄마는 경비실로 들어가 배달 온 택배 물건을 수령하고 경비 아저씨와 대화를 나누고 있다. 녀석은 전날과 마찬가지로 가벼운 내복 차림이고 손에는 볼펜 같은 필기구가 들려있다. 케이는 미소와 함께 한쪽 눈을 찡긋! 해 보였다. 그러자 다른 날과 달리 녀석이 케이를 알아보는 표정을 했다. 가볍게 머리나 쓸고 지나치려던 케이가 걸음을 멈춘 것은 녀석이 손가락 하나를 치켜들었기 때문이다. 오른손 검지였다.

무슨 까닭인지 녀석은 손가락 하나를 치켜세우며 케이를 향해 가리키 듯 뻗어왔다. 문득 오래전 유명한 외계인과 만나는 영화의 한 장면이 떠올랐다. 대화가 아닌 텔레파시를 주고받을 때의 동작이다. 녀석의 의도는 분명해 보였다. 케이도 망설임 없이 손가락을 뻗었다. 그리고 녀석의 작은 손가락 끝에 맞추었다. 드디어 도킹이 이루어진 것이다. 녀석이 밝게 웃었다. 순간 경비실에 있던 녀석의 엄마가 밖으로 나오는 기척이 보였으므로 케이는 서둘러 허리를 세우고 그 자리를 벗어났다. 그리고 아무 일도 없었던 사람처럼 엘리베이터 앞에 가 섰다. 힐끗 돌아보자, 제 엄마의 손을 잡고 걷던 녀석도 뒤를 돌아보았다.

케이는 미소를 지었다. 녀석이 빙긋 웃는 모습으로 화답했다. 아무리 생각해도 녀석은 케이의 머릿속에 오랫동안 기억될 것이 분명했다. 시간이 가면 녀석도 케이를 기억할까? 그것은 아무래도 상관없다. 아무튼 둘은 늦여름의 어느 날, 같은 시간 같은 공간에 있었고 21세기를 함께 살고 있음을 서로 확인했다. 반세기의 시차를 가지고 이 지구에 왔지만 어쨌든, 녀석과 케이는 단 네 번의 만남으로 의기투합한 것이다. 그리고 남이 알지 못하는 둘만의 비밀을 나누어 가졌다. 구차한 대화 따위는 필요 없었다. 그 사실이 케이를 즐겁게 했다.

하강하던 엘리베이터가 드디어 일 층에 당도했다. 내일은 녀석이 어떤 메시지를 보내올지 케이는 벌써부터 궁금해지기 시작했다.

2013 09 04

어머니의 빗

지금은 찾아보기 어렵지만 내 어머니
는 평생 쪽 진 머리를 해 참빗을 돌아가시
던 날까지 사용하셨다. 쪽 진 머리에 비녀
가 꽂힌 뒷모습, 어쩐 일인지 당시 어머니
의 연령대에 있는 대부분 여인이 긴 머리
를 자르고 파마머리를 했음에도 어머니는
끝끝내 쪽 진 머리를 버리지 않으셨다. 고모님과 작은어머니 그리고 오촌
당숙모님은 어머니가 돌아가시던 그날까지 평생 어머니와 부대끼며 함께
살아오신 분들이지만 모두 파마머리를 했었다. 내가 아주 어릴 적부터 파
마머리였고 어머니는 쪽 찐 머리였기에 나는 그분들과 어머니의 다른 형
태의 머리 모양을 상상할 수가 없다.

더운물에 머리를 감으면 수건으로 물기를 충분히 닦아 내어도 길게 늘
어뜨린 어머니의 머리에서는 옅은 김이 모락모락 피어올랐다. 어머니는
머리를 얼레빗으로 대충 빗고 다시 참빗으로 위로부터 찬찬히 훑어 내리
셨다. 촘촘한 빗살이 만들어 내는 비단결 같은 머리카락을 어린 나는 곁
에서 지켜보는 것을 좋아했었다. 머리카락이 단정히 정리되면 동백기름
을 발라 빗질을 해 마무리하셨다. 머리 빗는 일이 끝나면 긴 머리카락을

등 뒤로 넘기고 삼단 같은 머리 묶는 일을 어머니는 누구의 도움 없이도 혼자서 해내셨다. 고무줄의 한쪽 끝을 입에 물고 머리 뒤로 넘긴 양손을 이용해 보지 않고서도 용케도 묶으셨다. 움켜쥔 머리 단은 뙈리를 틀었고 마지막으로 비녀를 꽂아 넣자 까만 윤기가 흐르는 꽃송이 같은 어머니의 쪽이 완성되었다. 어머니는 거울을 이리저리 살피고 다시 참빗을 이용하여 끝손질을 마치셨다.

어머니는 미인이셨다. 키도 큰 편에 속했다. 지금 기준으로 해도 큰 키에 해당해, 한때 온천시장에서 반찬가게를 할 적에는 '키다리'라는 별명을 갖기도 하셨다. 서글서글한 눈매와 오똑한 콧날은 쪽 진 머리만 아니면 서구인의 외모를 연상시킬 만큼 이국적인 모습을 지니셨다. 훤칠한 키에다 어쩌다 잔치가 있는 날 한복이라도 갖춰 입게 되면 주변에 선 누구보다 어머니의 모습이 먼저 눈에 띄곤 했다. 평소 몸뻬를 걸치고 반찬가게에 쭈그리고 앉은 사람과는 전혀 다른 모습의 어머니를 만나는 순간이었다.

아버지는 외양적으로 어머니와 너무 어울리지 않는 분이셨다. 키도 단신(短身)이셨다. 어머니의 키에 견주지 않는다고 해도 남자 키로서는 무척이나 작은 편에 속했다. 지금도 간혹 꺼내 보지만, 큰 누님의 결혼식 날 찍은 사진 속 두 분의 모습은 높고 낮은 키 차이로 인해 어쩐지 희극적으로 보이기까지 했다. 아버지의 키가 정확히 어머니의 어깨쯤에서 머물렀다. 그 때문에 깔끔한 양복 차림에도 불구하고 어머니와의 부조화는 조금도 줄어들지 않았다.

검은 피부와 작은 체격 탓도 있지만, 나이도 열 살 넘게 차이가 나 중늙은이 같은 모습이었다. 요즘도 이 정도 나이 차이면 '도둑놈!' 소리를 듣는 것이 일반적이다. 아주 재산이 많거나 어지간한 배경을 지니지 않고서는 이와 같은 혼사는 상상하기 힘들었다. 그러나 아버지는 가난을 이기지 못해 고향을 등지고 온 외지인이었고 어머니는 누대에 걸쳐 그곳에 살던 토착민의 딸이었다.

어머니를 만날 당시만 해도 아버지는 여러 집의 머슴을 살고 있었지만, 거적때기로 문을 가린 초가를 면하지 못한 상태였다고 했다. 나이도 서른에 가까운 노총각 중에도 늙은 노총각에 해당하였다. 다만 성실(誠實)의 정도는 인정받았던 것 같았다. 외할아버지께서 이와 같은 결혼을 서두를 수밖에 없었던 배경에는 전쟁과 함께 끊임없이 이어지는 빨치산과 토벌군의 공방 때문이었다. 빨치산과 토벌군이 밤낮을 번갈아 가며 마을을 점령하고 빠져나가기를 되풀이했다. 그러는 사이에 마을 사람들만 죽어났다. 빨치산이 들이닥쳐도 어머니는 비워 둔 아궁이 속으로 기어들어야 했고, 토벌군이 점령해도 외할아버지는 좌불안석 재 먼지를 들이마시고 있을 어머니를 걱정해야만 했다.

머슴 하나 들이는 셈 치자고 생각하신 것이다. 사람이 성실하니 처자식 밥은 굶기지 않을 것이라는 믿음은 있었을 것이다. 빨치산과 토벌군의 공방이 가열되던 날 밤, 콩 볶아 대듯 한 따발총 소리가 그치지 않자, 외할아버지는 아궁이에서 어머니를 나오게 하셨다. 그리고 콧물과 눈물로 범벅된 얼굴을 씻게 하시고는 아버지를 불러들였다고 한다. 신방(新房)은 대나무밭, 왜정 때 판 토굴에 멍석을 깐 것이 전부였다고 했다. 침침한 촛불을 밝힌 그곳에서 물 한 그릇을 떠 놓고 맞절로 예식을 대신한 것이다.

"참, 기가 막힐 노릇이었지…."

이 이야기를 전한 사람은 어머니셨다. 아버지는 좀체말이 없는 분이라 주절주절 당신의 이야기를 남에게 하는 타입이 아니셨다. 어머니의 회한(悔恨) 섞인 탄식에는 당시의 혼란한 상황이 아니라면 네 아버지와의 결합은 없었을지 모른다는 뉘앙스를 담고 있었다. 자식 된 처지라 어쩐지 섭섭하게 들렸지만 부정할 수 없는 사실이기도 했다. 방화와 수탈이 피아(彼我) 없이 자행되던 시기였다. 살아남은 사람들은 내일을 기약하지 못했다. 전쟁이 아니고, 빨치산이 활동하던 지역이 아니었다면 열아홉의 처녀와 가난에 찌든 마을 머슴이 짝지어지는 일은 결코 없었을 거였다.

나는 아버지가 어머니를 상대로 화내는 모습을 단 한 번도 본 적이 없다. 어머니는 늘 돈 부족에 시달려 했고 벌이가 시원찮은 아버지를 탓했다. 자식이 많이 딸린 것에 대한 신세타령도 멈추지 않았다. 언제나 화를 내고 고함지르는 쪽은 어머니셨고 분을 이기지 못할 때면 손에 들린 것이 무엇이든 함부로 내팽개치곤 했다. 시골을 버리고 도시로 오게 된 것도 어머니가 뒷수습 못 할 만큼 남의 빚을 내 장사를 하다 망해 버렸던 것인데 네 살 때의 일이라 기억할 순 없지만, 나는 그때도 아버지가 어머니를 탓하지 않았을 것으로 생각했다.

도시는 아버지에게 어울리는 장소가 아니었다. 시골에서는 땅만 파먹고도 살 수 있었으나 도시에서는 끊임없이 일감을 찾아 떠돌아야 했다. 매일 밤 어머니께 노동으로 번 돈을 한 푼 남김없이 갖다 바칠 정도로 아버지는 성실한 남자임이 틀림없었지만, 어머니의 처지에서 볼 때 그렇게 능력 있는 남편이 아니었다. 나는 그런 두 분을 지켜보면서 어른이 되면 어머니와 같은 여자를 만나는 것이 두려웠고 아버지와 같은 남자가 되지 않겠다고 다짐했다.

나는 자라면서 아버지와 대화했던 기억이 거의 없다. 아버지가 대화하는 사람은 유일하게 어머니뿐이셨다. 어릴 적부터 줄곧 그런 식으로 자랐기 때문에 자식들도 어머니와는 대화해도 아버지와는 대화가 없었다. 아버지의 음성을 듣는 경우는 극히 제한적으로, 밤 깊어 까무룩 잠에 빠져들 무렵에야 어머니를 상대로 두런거리는 말소리를 들을 수 있을 뿐이었다. 때문에 자식들도 아버지를 상대로 해야 할 말도 어머니를 통해 전달하곤 하였다.

그런 아버지가 나한테 말을 걸어오신 것은 어머니가 돌아가신 후 우리 집에 함께 살면서부터였다. 식탁이나 거실에 마주 앉으면 아버지는 나를 상대로 지나간 이야기들을 말씀하고 싶어 하셨다. 굶주림을 견디지 못해 하루 밤낮을 걸어 지리산을 넘던 이야기며 끔찍한 일제의 징용에 관한 이야기…, 군번 없이 노무자로 전장을 누볐던 6·25 사변에 대한 것이며, 어머니와의 만남에 대해 주섬주섬 말씀하셨다. 나는 듣는 둥 마는 둥 신문을 펼치고 앉았고 아버지는 매번 같은 이야기를 다른 이야기 하듯 말씀하셨다.

어머니는 주무시며 돌아가셨기 때문에 나는 임종을 지킬 수 없었다. 아침에 걸려온 수화기 건너 아버지의 목소리는 심하게 잠겨 있어 나는 한참만에야 아버지가 어머니의 죽음을 알리고 있다는 것을 알았다.

"네 엄마가 죽었다! 네 엄마가 죽었다! 어서 와서 치워라."

아버지의 목소리는 잔뜩 잠겨 있어 밖으로 새는 것이 아니라 안으로 기어드는 바람 소리 같았다. 다른 말씀은 없고 계속 같은 소리만 반복하며 애타게 나를 불러댔다. "네 엄마가 죽었다! 네 엄마가 죽었다! 어서 와서 치워라. 네 엄마가 죽었다! 네 엄마가 죽었다! 어서 와서 치워라…."

어머니는 돌아가시기 몇 달 전에 심하게 앓은 적이 있었다. 병원에 가도 차도가 없어 집에 누워 한 달 가까이 자리보전하셨다. 큰 누님과 번갈아가며 찾아뵙곤 했는데 하루는 큰 누님과 함께 있는 날이었다. 모처럼 자리에서 일어나 앉은 어머니는 햇살 가득한 거실 바닥을 오랫동안 지켜보다 문득 큰 누님한테 가위를 가져오라고 일렀다. 그리고 쪽 진 머리를 헤쳐 풀었다. 가위를 건네받은 어머니는 풀어헤친 뒷머리로 손을 넣어 손수 머리를 자르기 시작했다. 젊었을 적의 고운 머리는 맨살이 드러날 정도로 숱이 줄었고 흰머리가 섞인 반백이었다. 수세미와 같이 얽혀 있어 윤기라고는 찾아볼 수 없는 노인의 머리였다. 혼자서 쪽을 짓던 동작과는 다르게 가위질이 몹시 서툴러 보였으나 누님도 나도 그 일을 대신하겠다고 나서지 못했다.

뭉텅이로 잘려 나온 어머니의 머리카락이 발 앞에 쌓여 갔다. 잘 감지 못해 성가셔서 정리하겠다는 것인데 어릴 적부터 쪽 진 머리를 보아 온 나로서는 콧날이 시큰했다. 누님도 같은 심정인지 묵묵히 어머니의 서툰 동작만 지켜보았다. 다행히 어머니는 모두 자르지는 않고 꽁지머리만 남겼다. 그 빈약한 머리카락을 쓸어 모아 다시 쪽을 틀기 시작했다. 참빗으로 빗고 비녀를 대신해 작은 유아용 젓가락 이용해 쪽을 고정했다.

어머니가 돌아가시고 입관하면서 마지막으로 가족과의 대면이 있었다. 나는 굳은 표정이 되어 어머니를 내려다보았다. 얼굴은 조금 부은 듯했고 주무시듯 눈을 감고 있었다. 머리를 반듯하게 하고 있어 어머니의 뒷머리가 어떤 모양인지 알 수 없었다. 만약 장례사가 어머니의 머리까지 손질하지 않았다면 어머니의 뒷머리는 쪽을 찐 상태가 맞을 것이다. 까맣고 윤기 도는 어머니의 예쁜 쪽이 생각났다. 젊었을 적 곱던 얼굴은 골이 파였고 파 뿌리 같은 머리카락이 엉성하게 이마를 덮고 있었다. 잠시 지켜보다 뒤로 물러나는데 잠자코 계시던 아버지가 앞으로 성큼 나서며 어머니의 가슴에 손을 얹으셨다.

"잘 가시게…."

심하게 잠긴 목소리였으나 평생 머슴으로만 살아온 아버지가 어머니에게 한 마지막 인사였다.

어머니가 돌아가시고 몇 달이 지난 무렵이었다. 어느 날 나는 생시와 같은 꿈을 꾸었는데 우리 집 베란다에서 아버지와 어머니가 플라스틱 함지를 사이에 두고 그 속에 든 마른 콩을 까고 계신 모습이었다. 생전에 어머니 집에 갈 때면 보아 온 익숙한 장면이었다. 꿈속에서도 내가 죽은 사람과 만나고 있다는 것을 인지하는 것이 조금 이상했다. 어쨌든 다가가자, 어머니가 나를 올려다보셨다. 그리고 손에 들린 얼레빗 하나를 들어 보였다.

"나 이런 빗 하나만 사 주라. 참빗도 함께….."

아내도 그 무렵 배가 고프다며 어머니가 자주 꿈속에 나타난다고 심란해하여 휴일을 기해 산소를 찾아갔다. 아내가 제단에 준비해 온 제물을 차리는 동안 나는 신문지에 싼 것을 쑤셔 넣을 만한 공간을 찾기 시작했다. 참빗과 얼레빗을 하나씩 샀던 것이다. 아내가 고봉으로 담은 밥그릇을 올려놓았고 나는 그사이 비석과 제단 중간에 빈 곳을 찾아냈다. 신문으로 감싼 빗을 밀어 넣었다. 어머니는 저승에서도 쪽 진 머리를 풀지 못해 참빗과 얼레빗이 필요한 것으로 생각했다.

2012 10 24

지켜지지 않을 약속

    사람이 살다 보면 어디선가 본 듯한 얼굴도 얼른 기억 안 나는 수가 있다. 서로 고개만 갸웃하고 데면데면하며 어정쩡해진다. 아주 오래된 일이다. 동원 예비군 훈련 중에 그런 일이 한 번 있었다. 같은 막사를 쓰는 소대원 중에 그런 사람이 있었다. 알 듯 말 듯하면서도 도무지 기억이 안 났다. 일주일 동안 동원 훈련을 끝내고 귀가한 다음 날 그 사람을 다시 만났는데 우리 동네 약국 약사였다. 언제나 흰 가운만 입고 있는 모습을 보아 온 터라 예비군 복장과 연결이 잘 안 되었다.

    또 다른 한 번은 목욕탕에서였다. 탕에서 나와 때를 밀고자 바가지 하나를 챙겨 들고 거울 앞에 앉는데 바로 옆에 앉은 사람이 그랬다. 서로 눈이 마주친 것은 거울을 통해서였다. 그쪽에서도 어! 하고 아는 눈치였다. 역시 감(感)에 지나지 않지만, 이런 경우는 십중팔구 초등학교 동창, 아니면 중학교 동창이다. 우리는 악수부터 교환했다. '무척 오랜만이다.' 하는 표정을 했지만, 저도 그렇고 나도 그렇고 어느 쪽인지 확신이 안 갔다. 이럴 때는 서로 족보를 확인하는 것이 순서였다.

    초등학교라고 확신했는데 아니라고 그런다. 중학교인가? 했는데, 그것도 다르다. 고등학교부터는 대충 얼굴을 알고 있어 착오가 드물었다. 그래도 따져 보았지만, 모두 아니다. 어느 쪽을 들이대도 안 맞아떨어지다 보니 서로 좀 난처해졌다. 이미 악수까지 했는데 다시 모르는 사람으로 등을 돌리고 있기도 어색하고…. 저도 고개를 이리 갸웃하고 나도 고개를 저리 갸웃하고, 씻는 둥 마는 둥 흐지부지하게 마치고 서둘러 자리를 떴다. 나오면서도 먼저 가겠다는 어정쩡한 인사를 안 할 수가 없었다.

헤어지고 한참 만에 생각났는데 군에 입대해 6주간 신병 훈련을 함께 받은 같은 소대 동기였다. 훈련을 마치고 자대(自隊)는 제각각 흩어졌지만, 훈련소에 있는 동안에는 제법 끈끈한 전우애가 없지만은 않았던 것이다. 그 친구도 나처럼 기억을 떠올렸는지 모르겠다.

다음 반대로 서로 족보를 확인하고 동창이라는 것을 알게 된 경우의 이야기다. 햇수를 더듬어 보니 벌써 십 년도 넘은 것 같다. 이 친구 역시 처음에는 모르는 사이로 지냈다. 나는 사무실과 집이 멀지 않아 도보로 출퇴근하는데 오가는 길에서 이 친구와 가끔 스쳤다. 나는 대충 알겠는데 친구는 나를 의식하지 못했다. 분명히 초등학교 동창이 맞았다. 이름은 모르지만 어쨌든 동창은 맞는데 내가 먼저 다가가 "내가 누군데 너 어디 출신 맞지?" 하고 묻기에는 좀 그랬다. '무슨 계기가 있으면 통성명할 기회가 있겠지.' 생각하고 만날 때마다 나만 알고 말았다.

그렇게 알면서 모르는 척 타인으로 지내왔는데 어느 날 헬스장 안에서 그 친구를 만났다. 러닝머신 위에서 열심히 땀을 흘리고 있는 바로 옆에 그 친구가 할딱거리며 뛰고 있었다. 역시 모르는 눈치였다. '그냥 이대로 지낼까?' 하다가 먼저 말을 걸었다. 역시 같은 초등학교 출신이 맞았다. 우리는 달리는 와중에도 반갑다고 손을 맞잡았고 이름까지 통성명했다. 어제까지만 해도 거리에서 마주쳐도 모르는 사람이었는데 지금부터 아는 사람이 된 것이다. 더구나 초등학교 동창이다 보니 서로 반말까지 하게 되는, 남들이 보면 막역한 사이가 된 것이다.

친구 집은 내 사무실이 있는 오피스텔과 인접한 아파트였다. 오가다 자주 만난 이유도 그 때문이었다. "언제 술 한 잔 하자." 했던 것은 내 쪽이었고 "그래, 저녁이라도 한 끼 해야지." 했던 것은 친구 쪽이었다. 사람들은 각자 자신이 편한 방식대로 상대와 어울리기를 원한다. 나는 '술'을 택했고 친구는 '저녁(식사)'을 택한 것이다. 내 타입은 아니었다. 나는 언제나 면바지와 헐렁한 난방 차림이고 국밥이나 족발집 같은 곳을 선호했다. 그러나 친구는 볼 때마다 넥타이를 맨 정장 차림이다. 은행에 있다는 이야기를 듣기 전까지 나는 무슨 목사나 전도사일 거라고 짐작했었다.

그날 이후 친구와 나는 거리에서 만날 때마다 꽤나 친한 사람을 만났을 때처럼 악수를 했다. 헤어지면서 손도 흔들었다. 마주칠 때마다 하는 인사는 매번 비슷했다.

나 :　　이제 출근해?

친구:　응, 그래. 잘 지내지?

나 :　　좀 늦는 것 같다.

친구:　안 그래도 지각할 것 같아.

대부분 출근길에서 마주치다 보니 주고받는 인사말도 늘 그 소리가 그 소리다. 이따금 양념으로 처음 인사를 텄던 날 했던 싱거운 약속을 반복했다.

나: 야, 언제 술 한잔하자.
친구: 그래 식사라도 한 번 해야지.

명함을 주고받기도 했다. 서로 연락하라는 것인데 나도 전화 한 적 없고 친구도 연락 온 적이 없다. 그런데도 우리는 만날 때마다 반가운 표정을 잃지 않았고 언제나 같은 소리만 했다. 보통 한 달에 두세 번 정도 마주치지만, 어떨 때는 이틀, 사흘 연이어 만나기도 했다. 만나는 날이 잦아지면서 일부러 내 쪽에서 출근 시간을 조정하기도 했다. 언제나 같은 말과 같은 동작을 반복하는 것이 어색하고 불편했던 것이다. 나중에는 다니는 길목까지 변경했다. 오피스텔 앞에는 6차선 도로가 있고 길 반대편에 있는 집에서 출근하자면 반드시 지하도를 건너야 한다. 친구와 마주치는 장소는 늘 지하도 근처였다. 친구가 전철을 이용하다 보니 만나는 지점이 전철 계단이거나 계단에서 조금 벗어난 주변 인도였다.

지하도를 건너지 않고 곧장 걸어가 사무실 앞 건널목을 이용하기로 했다. 걸으면서도 가능한 반대편을 살피지 않았다. 만약 출근하는 친구와 눈이라도 마주치면 아는 체해야 한다. 손이라도 흔들어 줘야 할 것이다. 공연히 가로수를 올려다보거나 화단 쪽을 기웃거리며 걸었다. 지금 생각해 보면 친구 역시 나랑 똑같은 처지가 아니었을까 하는 생각이 든다. 서로서로 불편했다. 그런데도 우리는 그 짓을 십 년 넘게 반복하고 있었다. 그사이 내가 그 친구로 받은 명함이 석 장 정도 되고 나 역시 그 비슷한 숫자만큼의 명함을 건넸다. 그러는 사이에도 "언제 술 한잔하자."와 "저녁이라도 한 번 하자."는 끝내 지켜지지 않았다.

그런 친구가 어느 날부터인가 보이지 않았다. 몇 날이 가고 몇 달이 가도 친구와의 조우는 없었다. 나중에는 정말 궁금하기까지 했다. 그러나 한편으로는 꼭 만나야 할 사람이 아니었으므로 시나브로 잊혀져 갔다. 막연히 이사 갔겠거니 생각했다. 한 일 년 정도 지났다. 그런데 얼마 전 온천천변 산책길에 우연히 그 친구를 만났다. 산책은 비가 오나 눈이 오나 특별한 사유가 없으면 빠트리지 않는 내 일상 중 하나였다. 운동도 운동이지만 한 시간 남짓 걸으면서 이런저런 생각도 하고 하루를 마감하는 시간이었다.

온천천에 청둥오리 새끼들이 참 많이 늘었다고 생각하면서 걷는데 저만치 떨어진 곳에서 운동기구에 매달려 열심히 팔을 들었다 놓았다 하는 이가 있었다. 얼굴이 낯익었다. 친구였다. 친구와 내가 눈이 마주친 것은 거의 동시였다. 친구가 기구를 버리고 나에게로 걸어왔다. 나도 반갑게 손을 내밀었다. 일 년 만에 만났지만, 두 사람이 하는 동작은 예전 하던 그대로다. 친구는 자신도 최근 들어 부쩍 는 뱃살을 어떻게 해 보겠다고 매일 저녁 온천천변을 찾는다고 했다. 내 짐작대로 집을 옮겼다고 했다. 그곳에서 멀지 않은 새 아파트 단지를 손가락으로 가리켰다.

"아하! 그랬구나. 그래서 보이지 않았구나."

나는 마치 그동안 보지 못한 것이 몹시 섭섭했었다는 표정을 지었다. 새 집은 살기가 어떠냐는 등, 애들과 집사람에 대해서도 살뜰히 안부를 물었다. 그리고 모처럼 만에 또 지켜지지 않을 약속을 했다.

"야, 진짜 언제 술 한잔하자."
"그래, 연락해라. 식사 한번 해야지."

그렇지만 이번에는 헤어지기에 앞서 나는 친구가 알아두었으면 하는 중요한 정보 하나를 슬쩍 흘렸다. 내가 저녁 먹고 산책 나서는 시간이 대략 일곱 시 반쯤 된다고….

2012 08 31

가을 전어

　사실 전어라는 생선은 횟감으로 취급되는 다른 어족과 비교하면 그 외양에 있어 품격이 한층 낮다는 것이 케이의 생각이다. 수족관을 떠도는 도미나 농어, 방어 등을 보아라. 아주 유유자적 떠돌고 있다. 큼직한 덩치도 덩치이지만 지느러미를 하느작거리며 천천히 주변을 돌아보듯 미끄러져 갔다가 방향을 틀며 유영한다. 마치 선비가 뒷짐을 지고 마당을 거닐 듯 짐짓 여유가 느껴진다. 당장 죽음이 임박해 있을지라도 어디에도 자발맞은 구석은 찾아볼 수 없다. 바닥에 붙은 광어나 도다리도 꼴이 그 모양이라서 그렇지 점잖은 태는 있다. 좀체 꿈적하지 않는다.

　그러나 전어라는 놈은 소란스럽기 그지없다. 덩치도 크지 않은 것들이 원체 좁은 수족관을 바쁘게 쏘다니기 때문에 웬만한 횟집에서는 전어만 담아 두는 별도의 수족관을 가지고 있다. 들여다보면 정신이 없다. 떼로 몰려다니는 습성은 수족관 속에서도 변함없어 이쪽으로 왕창 몰렸다가 다시 저쪽으로 왕창 쏠리기도 한다. 그 와중에 떨어진 비늘이 뿌옇게 물을 흐려 놓는다. 부족한 산소 탓일까? 오글오글 수면 위로 주둥이를 쳐들고 있는 놈이 있는가 하면 그 번잡한 소란을 견디지 못해 배를 뒤집고 물 위에 뜬 놈도 몇 마리 보인다.

성질이 아주 급한 놈이라고 들었다. 물에서 건져 놓으면 헐떡거리지도 않고 곧바로 숨이 끊어지는 것도 놈들의 조급증 때문이다. 그래서 예전에는 양식이 불가능한 어족으로 성수기 가을엔 기후에 따라 가격이 천양지차로 널뛰기했었다. 태풍이라도 한차례 휩쓸고 가면 평소 가격의 서너 배를 주고도 녀석들 맛보기가 어려웠다. 요즘은 기술이 좋아져서 양식이 된다고 들었다. 등은 검푸르고 배는 은백색을 띠고 있다. 큰 것이 어른의 손바닥만 하다. 아주 큰 것이 없지는 않겠지만, 너무 크면 뼈가 억세 횟감으로 먹기는 번거롭다. 다른 생선과 달리 전어는 뼈째 썰어 오독오독 씹어야 제맛이 났다.

횟집에 따라 뼈를 발라내고 무채를 썰 듯 가늘게 썰어 접시에 오르기도 한다. 아이들이나 치아가 시원찮은 노인들은 좋아하지만, 케이의 경우는 오랫동안 뼈째 썬 전어를 즐겨 왔다. 가능한 숭덩숭덩 크게 토막 쳐 달라고 부탁하는데, 그것은 바다를 끼고 산 아내가 자란 처가의 풍습이 그러하기 때문이다. 도시 횟집과는 달리 처가는 꼭 전어가 아니라도 무딘 부엌칼로 생선회를 떴다. 칼날이 그렇다 보니 살점이 잘렸다기보다는 뭉뚱그려 떼어 낸 느낌이 들 때가 많았다. 접시보다 아가리가 넓은 대접에 그냥 담겨 온다. 마당 장독에서 퍼낸 숙성된 된장 한 종지가 도시 횟집의 초장을 대신한다.

퍽퍽한 된장에 먼저 편을 쓴 마늘 한 쪽을 젓가락으로 집어 쑤셔 넣는다. 마늘도 좋고 풋고추라도 상관없다. 된장 묻힌 그놈을 뼈째 썰어 놓은 전어 토막에 얹고 둘을 한꺼번에 젓가락으로 집는다. 군침이 잔뜩 괸다.

그러나 순서를 지키자면 먼저 소주 한 잔을 홀짝거려야 한다. 그리고 알싸한 쓴맛이 채 가시기 전에 준비된 그놈을 입에 밀어 넣는다. 씹으면 씹을수록 고소한 맛이 났다. 누구의 말인지 몰라도 가을 전어는 깨가 서 말이라는 말은 정말 그럴듯하다. 기름이 잔뜩 오른 녀석은 입안 구석구석 고소한 맛을 안겼고 케이는 반쯤 남은 소주를 다시 홀짝거린다. 카아! 좋다.

마루에 걸터앉아 높이 치켜 올라간 가을 하늘을 떠도는 고추잠자리 떼를 바라보면 감탄을 이어 갔다. 다시 또 한 잔. 그리고 된장 바른 전어 한 점. 세상에 이런 맛을 즐기지 못하는 사람은 참 불행할 것이라는 생각마저 든다. 텃밭을 돌던 장모님께서 수돗가서 씻은 깻잎을 내왔다. 물이 뚝뚝 떨어지는 그것을 마당에 흩뿌려 물기를 빼고 케이는 전어 한 점에 마늘과 풋고추를 얹고 된장을 잔뜩 찍어 바른다. 역시 소주는 빠트려서는 안 된다. 모든 음식에 궁합이 있기 마련인데 횟감에는 소주가 제일이다. 막걸리와 함께 생선회를 먹는 사람이 있을까? 물론 그런 사람도 있을 수 있겠다. 세상이란 워낙 복잡하고 각양각색의 인간들이 모여 사는 곳임을 최근 케이는 부쩍 실감하고 있다.

쌈을 입에 밀어 넣자, 전어의 고소한 맛에 깻잎의 고소함이 더해진다. 우리와 마찬가지로 생선회를 즐긴다는 일본 사람들은 우리나라 사람들이 횟감을 쌈에 싸 먹거나 향이 짙은 마늘과 풋고추에 곁들여 먹는 것을 이해하지 못하겠단다. 일본인들은 포를 뜬 횟감을 다른 것과 섞는 일 없이 단지 소스만 살짝 찍어 입으로 가져간다. 그래야만 깔끔하게 생선 특유한 맛을 느낄 수 있다고 했다. 이것저것 섞어 버리면 입속에서 어느 게 어떤

맛인지 어떻게 알 수 있냐며 고개를 갸웃하기도 한다. 어딘지 우리나라 사람들의 식성이 차분하지 못하고 지저분하다는 뉘앙스를 담고 있는 것만 같아 기분이 좋지 않았다.

하나만 알고 둘은 모르는 사람들이 분명하다. 아니 일본인들보다 우리나라 사람의 미각이 훨씬 발달했음을 방증하는 실례가 나는 바로 회를 먹는 습관에 잘 나타나 있다고 반박하고 싶다. 왜 모르는데? 아무리 입속에 한꺼번에 틀어넣어도 케이는 씹히는 정도에 따라 전어면 전어, 마늘이면 마늘, 깻잎과 된장 맛을 구분해 낼 수 있었다. 그리고 그것들이 어우러져 복합적인 새로운 맛으로 승화되는 그 숭고한 경지! 그 오묘한 맛의 세계를 바다 건너 사는 그들은 절대 알지 못한 것이라는 생각도 들었다. 누가 뭐래도 우리나라의 비빔밥은 이미 세계가 인정한 대표적인 한식이다.

전어는 칼집을 내고 석쇠에 얹어 구워 먹기도 한다. 굵은 막소금을 흩뿌리고 노릇하게 익어 갈 즈음, 그 고소한 맛을 잊지 못해 집 나간 며느리가 돌아온다고 한다. 석쇠를 얹는 불은 우리 어릴 적에는 연탄불을 이용했지만, 숯이면 더욱 좋다. 일찍 찾아온 가을 저녁, 어둠이 내리는 달동네의 골목에는 고단한 노동을 끝내고 귀가하는 어른들이 두서넛 모여 앉아 전어를 구웠다. 길 가는 아무나 붙잡고 잔을 내밀었고 그렇게 앉으면 세상 사는 이야기로 시름을 잊곤 했다. 가난한 이웃의 허름한 등판을 떠올리게 하는 전어구이는 부산에서는 서민의 대표적인 계절 음식이었다.

그렇지만 케이는 구이보다는 역시 횟감으로 전어를 선호하는 편이다.

바다를 고향으로 둔 사람이라면 대부분 그렇지만 케이도 무척이나 생선회를 좋아한다. 봄이면 도다리, 숭어, 여름엔 하모라고 불리는 갯장어, 가을 전어, 겨울 산낙지, 석화(굴). 꼭 제철이 아니더라도 기회만 되면 어떤 어종 가리지 않고 즐기는 편이다. 바다 생선뿐 아니라 민물회를 먹으려 일부러 저수지 근처 식당으로 걸음 하기도 했다. 민물회는 향어를 종종 먹는데 언젠가 강원도에서 먹은 송어회는 여느 바다 생선회에 비할 수 없을 만큼 그 맛이 일품이었다. 민물 생선은 회 못지않게 매운탕을 끓이면 둘 먹다 한 사람 죽어도 정말 모를 지경이었다.

무엇이든 다 그렇겠지만, 그 맛을 제대로 느끼고자 한다면 역시 제철 음식을 앞지를 수 있는 것은 없다. 수박은 여름에 먹어야 하고 포도나 복숭아는 늦여름에 수확해야 제맛이 깃든다. 시설 재배로 철이 없어진 지금, 그래도 볕을 쐬고 비바람을 맞으며 노지에서 자란 작물이 진짜 맛을 품고 있다. 계절 없는 나라에서 국경을 넘어온 오만 가지의 먹을거리가 시장이며 상점에 넘쳐나고 있지만, 그래도 제철이면 그 과일 맛이 그리워지듯이 케이는 가을에는 전어가 먹고 싶다. 잊고 있었는데 아는 지인 누군가 문자를 보내면서 사진을 첨부했다. 횟감이 담긴 접시와 손질이 잘된 전어다.

사진이라는 것은 종종 보이는 모습 이상의 것을 전달하는 경우가 있다. 장미를 찍으면 그 향기까지 담아야 제대로 된 사진이라고 할 수 있을 것이다. 마찬가지로 음식을 촬영한 사진도 그 맛을 고스란히 전달하는 경우가 있었다. 국외에 있는 까닭에 함께할 수 없음을 아쉬워하며 사진과 함께 지난 추억을 적어 보냈다. 만나지 못하는 그리움을 그와 같은 방법으로 전한 것이다.

케이는 아내에게 전화했다. 저녁에 장을 볼 때 꼭 횟집에 들러 전어회를 사 올 것을 부탁했다. 추천받은 음식을 먹는 것도 상대에 대한 배려일 수 있다고 생각한 것이다. 다만 부담스러운 것은 한동안 끊고 있는 음주 상황인데…. 고민 끝에 하루만 예외로 하기로 했다. 지난여름부터 춤을 추기 시작한 혈당을 잡기 위해 무던히도 자제하는 중이었다. 그렇지만 예외란 언제나 있는 법이다. 그 예외가 없으면 사람의 삶이란 얼마나 삭막한 것인가. 아주 조금만 먹지 뭐. 그런데 집에 술이 있나? 곰곰이 생각하니 냉장고 맨 아래층에 먹다 남긴 소주가 남은 것도 같다.

확인해야겠기에 퇴근 전 아내에게 전화했다. 전어는 준비했다고 한다. 케이는 냉장고 문을 열어 맨 아래층을 살펴 달라고 부탁했다. 아내는 1/3 정도 남은 소주병이 있다고 한다. 1/3이라…. 케이는 잠시 고민했다. 아무리 절제하는 상황이지만 그것 가지고는 조금 부족할 것 같다. 젓가락 한 점에 소주 한 잔이 제대로 된 궁합일 것이다. 케이가 한동안 전화를 끊지 않자, 눈치를 챈 아내가 한마디 했다. "모자랄 것 같으면 오면서 한 병 사 오든가…." 케이가 듣고 싶은 말이었다.

2013 09 12

아내가 짓고자 하는 집

　나는 아직 아내가 시골에 지으려 하는 집이 어떤 집인지 잘 알지 못한다. 아내는 이번에도 몇 달간 공들인 집을 허물어 버렸다. 이번만큼은 제법 오랫동안 유지하였기에 나는 우리가 살 집의 형태가 완성된 것이라 믿었다. 내가 볼 때 먼저 것과 별로 달라 보이지 않는데도 아내는 주방과 아이들 방을 손질했고 다락으로 오르내리는 계단에는 겨울철 단열을 고려해 문을 달았다고 했다. 거실은 장식장의 위치가 반대로 옮겨간 것 같았다. 붙박이장이 차지하는 공간이 조금 넓어진 만큼 안방 화장실 문이 안쪽으로 약간 밀려나 있었다.

　아내가 그 도면을 보여 주던 것이 한 달 보름 전쯤의 일이었다. 컴퓨터 모니터 앞으로 불러 앉히고 어떠냐며 내 표정을 관찰했다. 모니터 속에는 벌써 몇 년째 아내가 만져 온 주택 설계용 프로그램이 실행되어 있고 그곳엔 아내가 설계한 도면이 펼쳐져 있었다. 단순히 평면도만 그리는 게 아니라 입체적인 건물 형태를 살피는 것도 가능한 프로그램이기 때문에 아내가 설계한 공간을 보다 실감 나게 살필 수 있었다. 아내는 그 프로그램을 어디에선가 구했고 또 작동하는 방법을 스스로 익혔다.

　시골에 땅을 마련한 지는 꼭 삼 년이 되어 간다. 그동안 아내는 끊임없이 집을 설계했고 또 내게 보여 주었다. 처음 얼마 동안은 일반 종이와 모눈종이에 집을 그렸고 나중에는 컴퓨터 프로그램을 이용했다. 미숙했던 솜씨는 시간이 갈수록 능숙해져서 '어떻게 저런 표현까지 구현할 수 있을까?' 싶을 정도로 숨은 기능까지 꼼꼼히 찾아냈다. 전문가의 수준이 되어 갔다. 프로그램 다루는 솜씨가 늘어갈수록 아내가 허무는 도면의 수도 늘어났다.

"어때요. 굳이 거실이 주방과 맞닿아 있을 필요는 없잖아요?"

아내는 내 얼굴을 들여다보며 설명했고 그러면 나는 좋다고 고개를 끄덕이며 동의했다. 어차피 주택이라는 공간은 남자보다 여자인 아내가 더 많이 활동하는 장소이기 때문에 아내가 설계하는 것이 맞다고 생각해 온 터였다. 때문에 나는 시골집의 설계에 대한 부분은 전적으로 아내의 의견을 따르기로 했다. 다만 내가 부탁한 것은 다락은 꼭 넣어 달라는 정도가 전부였다.

"아무래도 주방과 거실이 떨어져 있으면 불편할 것 같아 바꿨어요."

아내는 일주일과 보름 간격으로 나를 다시 불렀고 또 설명했다. 안방 옆에 있던 주방이 아이 방이 있는 거실 쪽으로 옮겨가 있었다. 이유는 출입구에 들어서자마자 주방이 보이는 게 안 좋을 것 같아 변경했단다. "어때요?" 하고 아내는 물었고 나는 "좋아!" 하고 또 고개를 끄덕인다. 그러나 그 도면은 다시 보름이 지나 처음의 설계대로 주방이 안방 쪽으로 옮겨지고 이번에는 출입구가 반대로 옮겨가 있었다.

30평이 채 안 되는 그 좁은 공간을 두고 참으로 변화무쌍한 변화를 만들어 내는 아내에게 나는 놀라야만 했다. 내 머릿속의 집이란 안방과 거실이 있고 화장실이 딸려 있으면 되었다. 그것이 어디에 붙어 있는가는 중요하지 않았다. 집이란 그저 비바람을 막아 주고 따뜻한 온기를 유지하는 그저 개념적인 막연한 공간에 불과했다면 아내에게는 소파와 텔레비전이 놓이고, 냉장고를 들여놓아야 할 구체적인 장소였다.

"아아, 도무지 공간이 안 나와요."

　아내는 짜증을 내면서 나를 돌아보았다. 현재 살고 있는 아파트 안방에 설치되어 있는 붙박이장을 뜯어 옮겨야 하는데, 도면의 안방은 붙박이장이 놓일 공간이 마땅치가 않은가 보았다. 새집의 안방 구조가 창문과 화장실의 위치가 현재 아파트와는 많이 다르기 때문이었다. 아내는 안절부절못하고 안방과 컴퓨터 모니터가 놓인 책상 앞을 왕래했다. 기어코 줄자를 꺼내 들고 나를 불렀다. 신문을 보던 나는 갑작스러운 아내의 노역에 동원되고 아내가 내미는 줄자의 한쪽 끝을 잡았다.

"좀 성의 있게 못 해요! 그 아래 끝에 바싹 붙이세요."

　아내는 성질을 부렸다. 한 손에 신문을 쥐고 줄자 끝을 잡는데 그러한 내 행동이 성의 없이 느껴졌나 보았다. 나는 신문을 내던지고 다시 붙박이장 맨 아래에 줄자 끝을 갖다 댔고 아내는 반대편에서 눈금을 읽었다. 인상이 펴지지 않은 것을 보아 역시 설계하는 집과 차이가 크게 나는 모양이었다.

하지만 나는 별로 걱정하지 않았다. 아내는 어떻게든 붙박이장을 들여놓을 것이고 내일이나 모레쯤에 또 나를 불러 설명할 것이다. 안방의 길이가 약간 커지거나 아니면 안방 화장실 문이 조금 좁아져 있을 거였다. 거실에서도 그렇게 수십 번 줄자를 갖다 댔고 주방에서도 그랬다. 심지어는 냉장고의 아래 길이와 높이를 재기도 했다. 아내가 요구하면 나는 어김없이 줄자의 한쪽 끝을 잡았고 아내는 꼼꼼하게 눈금을 체크했다.

그렇게 장장 삼 년 동안 허물고 뜯어고쳐 최종적으로 완성된 도면을 본 것이 한 달 보름 전의 일이었다. 내가 보기에는 앞선 다른 도면과 큰 차이를 못 느끼겠는데 아내에게는 여러 면에서 차이 나는가 보았다. 3D 입체적 도면으로 변환해서 하나하나 설명했다. 나는 모니터 속의 그림을 보면서 식탁에 앉아 식사하고 소파에 기대어 텔레비전을 보는 내 모습을 상상했다.

"어때요?"

아내의 표정은 여느 때와 달리 밝아 보였다. 칭찬이 듣고 싶은 것이다. "응, 좋아!" 나는 아내가 바라는 대로 칭찬했다. 사실 나는 집에 대해 구체적인 설계를 해 본 적이 없었기 때문에 아내의 도면을 마다할 이유가 없었다. 아내가 귀촌해 전원주택을 짓고 싶어 했을 때 내 머릿속에 그려지던 시골집은 산을 등지고 언덕 위에 선 아담한 집 한 채가 있는 풍경이었다. 집의 실내가 아니라 집이 있는 터 자체였고 마당과 장독대, 그리고 감나무가 있는 모습을 그렸다.

가능한 집 뒤란에는 나무를 심을 수 있는 후원을 두고 싶었고, 마당에는 손이 좀 가더라도 잔디를 깐다는 계획이었다. 장독대는 꼭 마련하고 싶었다. 몇 개 남지 않은 감나무 잎이 빨갛게 단풍 져 흔들거리고, 그 아래 놓인 윤이 나게 반질반질 잘 닦인 장독의 진열은 시골에 대한 내 동경의 일부이기도 했다. 그리고 텃밭을 가꾸고 온종일 호미질하고 있노라면 세월도 잊을 것만 같았다. 그것이 내가 시골에 집을 짓는 이유였다.

아내는 최종으로 완성한 도면이 스스로 만족스러운지 내게 보여 준 이후로 한동안 다시는 말이 없었다. 하긴 생각해 보면 장장 삼 년간 그렇게 그려 댔으니 더 이상 새로운 도면이 존재할 것 같지도 않았다. 삼백 평이 아니고 삼십 평이다. 그 공간을 두고 몇 년 동안 지지고 볶아댔으니 더 이상 그릴 것도 없는 것은 당연해 보였다. 그러나 내 생각이 성급했나 보았다. 아내는 어제부터 갑자기 컴퓨터를 켜고 설계를 다시 하기 시작했다.

완벽하다고 자랑하던 그 도면의 어느 부분에 하자가 발생했는지는 모르겠지만, 어쨌든 아내는 다시 모니터를 들여다보며 고민하기 시작했다. 밤늦도록 골똘한 표정으로 앉아 있었다. 조만간 아내는 줄자의 한쪽 끝을 잡을 것을 지시하고, 또 똑바로 잡지 못한다고 짜증을 부릴지도 모르겠다. 하지만 나는 불평 없이 기꺼이 지시에 따를 것이다. 이 모든 것이 귀촌을 계획하면서 얻게 된 큰 행복이라는 것을 잘 알기 때문이다.

2013 05 07

그 사람을 다시 만났습니다

가끔 의심해 보기도 한다. 정말 그런 것일까? 정말 그런 일이 있을 수 있을까? 내 눈에는 보이지 않는데 특별히 영(靈)을 본다는 사람들의 이야기가 그렇다. 무당이나 퇴마사들은 일반인이 보지 못하는 혼령을 본다는 것인데 도무지 믿어야 할지 말아 모르겠다. 그 사람들은 정말 우리가 보지 못하는 또 다른 눈을 가지고 있는 것일까?

저녁마다 운동을 가는 온천천 산책로에는 노숙자 한 사람이 있다. 지난 겨울 내 보이더니 봄이 들고 여름이 찾아오면서 슬그머니 자취를 감추었다 며칠 전 다시 모습을 나타냈다. 낮에는 어떨지 몰라도 내가 산책하는 저녁 시간에는 반드시 같은 장소를 지키고 있다. 장전 전철역 북쪽 주차장이 끝나는 곳, 4차선 다리가 덧대어 있고 그 다리 아래가 그의 자리다. 특별히 특징 있는 장소도 아니다. 바람을 막아 주는 교각이 있는 곳도 아니고 그렇다고 움푹 들어가지도 않았다. 그저 한길 산책을 다니는 사람들이 오가면서 볼 수 있는 장소다. 그곳이 마치 자신의 안방이나 되는 양 그 사람은 신문이나 박스를 깔고 앉아 지나다니는 사람들을 쳐다본다.

그는 온전한 정신을 가진 것 같지는 않지만, 행색으로 볼 때 그렇게 남루해 보이지 않았다. 어두운 저녁에 보면 일반인과 뚜렷이 구별되지도 않았다. 키는 큰 편에 속했다. 약간 마른 편이고 긴 머리와 짧은 턱수염을 지닌 길쭉한 얼굴이었다. 어떻게 보면 우리가 흔히 텔레비전에서 본 예술가라는 사람들과도 많이 닮아 있었다. 지금은 그곳을 지키고 있으나 몇 년 전에는 내가 사는 아파트 부근에서도 흔히 목격되곤 했다.

한 손에는 양복 커버를 들고, 다른 한 손은 바지 주머니에 찌르고 헐렁한 옷차림으로 걸어가는 모습은 영락없는 예술가 타입이었다. 반으로 접힌 양복 커버는 왜 들고 다니는지 모르겠지만, 얼른 보면 그림 그리는 화판과 비슷해 화가로 착각하기 일쑤였다. 그리고 가을이 완연한 낙엽이 지는 가로수 아래를 걷는 뒷모습은 어느 여자라도 호감을 살 만한 그런 분위기를 연출했다.

이따금 건물 밖에 내놓은 배달 음식 빈 그릇을 뒤적거리는 것을 보아 그가 끼니를 해결하는 방법은 짐작이 가는데 잠은 어디서 자는지는 그때는 도통 알지 못했다. 어떻게 보면 정상인처럼 보여 무언가 깨달음을 얻고자 방황하는 사람 같아 보이기도 했다. 겉보기엔 차분해 보였고 도로 옆 화단 벤치에 앉아 지나다니는 사람들은 조용히 관찰했다. 아내는 그 사람을 철학가라고 불렀다. 벤치에 앉아도 그냥 앉는 것이 아니라 주변을 깨끗이 쓸고 신을 벗어 가지런히 모아 두는 것도 그렇고, 정좌한 자세로 눈을 감고 몸을 좌우로 흔드는데 그럴 때 보면 깊은 사색에 잠긴 철학가를 연상케 한다는 것이다.

어떨 때는 늦은 시간에 아내와 장을 보고 오는 길에 마주치기도 했다.

날이 점점 추워짐에도 불구하고 그는 여름내 입던 얇은 잠바 차림이었다. 상체를 가볍게 떨면서 누군가를 기다리는 사람처럼 버스 정류장을 한없이 지켜 서 있기도 했다. 아내는 그런 그 사람에게 연민을 느끼는 것 같았다. 동정이 간다고 했다. 어떤 사연으로 저렇게 방황하는지 몰라도 아마 소설 같은 뒷이야기가 있을 거로 추측했다.

그러다가 홀연히 우리 동네서 사라졌는데 어느 날 저녁 온천천 산책길에서 만났다. 그사이 그는 많이 지쳐 보였고 이마에는 주름이 늘어 있었다. 아내가 매력적으로 보인다던 긴 머리에도 흰머리가 섞여 반백이 되어 있었다. 나는 처음 그를 못 알아보고 걷는데 길에 앉은 누군가가 중얼거리며 말을 걸어왔기에 고개를 돌렸다. 주변에는 아무도 없고 길바닥에 앉은 사람이 중얼중얼했다면 그것이 누구를 향한 말이겠는가 말이다.

나는 고개를 돌려 "예?" 하고 잘못 알아들은 말을 다시 듣기 위해 다가가면서 그를 알아보았다. 그는 나를 보고 한 이야기가 아니라 자신의 옆에 앉은 누군가와 대화 중에 있었다. 상대를 향해 열심히 말을 쏟아내고 있는데 내 눈에는 아무것도 안 보였다. 어쨌든 나에게 한 소리가 아니라 나는 가던 길을 계속 갔다. 그러면서도 그의 출현이 반갑기도 하고 또 한편으로는 망가진 그의 몰골이 측은했다.

겨울로 접어들고 기온이 떨어져도 그는 그 자리를 떠나지 않았다. 날이 추워지면서 산책하는 사람이 줄자 온천천 다리 아래는 더욱 썰렁해졌다. 찬바람이 지나는 길목에 그는 바람막이 하나 없이 박스를 깔고 누워 있었다. 홑이불만 하나 덮은 채로 심하게 어깨를 떨었다. 추위 때문에 망설이던 산책을 포기하지 못한 이유도 그 사람의 안녕을 확인하기 위해서였다.

도무지 이해가 안 됐다. 꼭 저곳이 아니라도 노숙할 수 있는 장소는 얼마든지 있었다. 마음만 먹으면 시(市)나 정부에서 마련한 수용 시설에서 겨울을 날 수도 있다. 그런데도 그는 고집스럽게 그곳에서 버티고 있었다. 이불을 뒤집어쓰고 누워 있을 때가 많았지만, 온몸을 바람에 내맡기고 덜덜 떨면서 앉아 있는 경우도 종종 있었다. 그리고 그럴 때마다 누군가와 끊임없이 대화를 나누었다. 목소리 톤을 보아 양측은 논쟁에 가까운 토론을 벌이는 중이었다.

나는 기어코 119에 전화했다. 두실 집에서 걷기 시작하면 한 시간 거리밖에 있는 부산대 전철역까지가 반환점이었다. 돌아오는 길에 보니 그는 토론을 끝내고 이불을 뒤집어쓰고 누워 있었다. 올겨울 들어 최고의 한파가 예보된 밤이었다. 저곳에서 밤을 나는 것은 미친 짓이나 다름없었다. 바람막이 하나 없는 곳에 맨땅에 종이박스를 깔았다. 게다가 다리 아래는 거친 바람이 시작되는 지점이기도 했었다. 마스크를 써도 코끝이 매웠다. 그의 동사(凍死)는 매일같이 이 길을 지나는 나에게 무거운 가책을 안길 것이었다.

비정한 도시인의 한 사람이 되지 않기 위해 나는 전화를 걸었다. 그 사람의 위치를 꼼꼼히 알렸다. 그리고 가던 길을 계속 걸어 집 앞에 당도했는데 119로부터 전화가 걸려 왔다. 도무지 설득해도 안 되더라고 했다. 광

견병에 걸린 가축처럼 무섭게 저항하는 바람에 포기할 수밖에 없었다는 전언이었다. 그리고 그 사람에 대한 신고는 앞서 몇 차례 더 있었지만, 한 번도 성공한 적이 없었다고 했다.

나는 화가 났다. 한파가 몰아치면서 며칠간 산책을 쉬려 했었다. 그런 데 그럴 수가 없게 된 것이다. 저녁 먹고 나설 때마다 나는 나에게 내기를 했다. '오늘은 없을 거야. 자기도 사람인데 이 추위를 견뎌 내기나 해?' 어 디론가 갔기를 고대하면서 나는 산책을 나섰다. 그러나 그는 얼마나 사람 이 추위에 견딜 수 있는지 증명이라도 하려는 사람처럼 한파 속에서도 꿋 꿋이 살아남았고 겨우내 그곳을 지켰다. 나 역시 그가 그곳에 머무르는 동안 산책을 포기하지 않았다. 기필코 확인하고자 한 그 끝이 무엇이었는 지는 나도 잘 모르겠다.

그리고 아이러니하게도 봄이 오고 날이 풀리면서 그토록 고집스럽게 버티던 그곳을 그는 홀연히 떠났다. 다리 아래뿐 아니라 동네 어디에서도 그의 모습은 보이지 않았다. 나는 막연히 그가 수용 시설에 갇힌 것으로 생각했지만, 한편으로는 잘못된 것은 아닌지 걱정되기도 했다. 그곳을 지 날 때면 습관처럼 살폈으나 그는 더 이상 보이지 않았다. 어쨌든 여름 내 내 그의 모습은 보이지 않았다.

그러던 그가 며칠 전 나타났다. 앉은 장소는 지난겨울 바로 그곳이다. 반가웠지만, 그렇다고 아는 척할 수는 없고 그의 변화만 몰래 관찰했다. 여전히 누군가와 대화 중이었다. 듬성듬성 빠진 앞니가 눈에 들어왔다.

이마의 주름도 는 것 같았다. 머리는 아내가 관심을 보이던 그 모습 그대로 장발이었다. 나는 올겨울도 그가 저곳에서 날지 모른다고 생각했다. 그가 택한 장소가 어째서 저곳인지는 알 수 없다. 그러나 그가 그곳에 머무는 한 나의 산책도 게으름 없이 반복될 것 같았다.

그의 옆자리에 앉은 대화 상대는 누구일까? 문득 궁금해졌다. 고독한 자의 곁을 지키며 끊임없이 대화를 받아들이는 저것은 무엇일까? 무당이나 퇴마사들이 말하는 영(靈)은 어딘지 가짜라는 냄새가 짙었는데 왠지 나는 사내와 대화하는 저것은 진짜라고 믿고 싶어졌다. 아니면 누군가와 대화가 절실한 나머지 사내가 돌아 버려 헛것을 보고 혼자 말을 지껄이고 있는지도 몰랐다.

2012 09 21

땅에 대한 단상

땅이란 과연 무엇일까? 케이는 우리 인간에게 있어 가장 원초적인 소유에 대한 욕구를 불러일으킨 것이 아마도 땅이 아니었을까 생각해 본 적이 있다. 사냥에 이용된 돌도끼나 활과 같은 도구도 네 것과 내 것의 구분은 있었을 것이다. 사냥에서 얻은 질 좋은 가죽도 남보다는 내가 차지하기를 바라는 욕심은 당연했다. 그러나 그것은 어디까지나 일시적인 것이었다. 돌도끼는 언젠가는 망가질 것이고 가죽도 세월이 감에 따라 낡은 것이 된다.

신석기 시대부터 농사가 시작되었다고 배웠다. 인간은 그때 이미 사과나무보다 사과나무가 뿌리박고 있는 토지의 중요성을 깨달았던 것이다. 모든 것은 변한다. 들녘에 핀 꽃도 화려한 여름을 정점으로 시들어 갔으며 겨울에는 흔적만 남기고 사라졌다. 그러나 이듬해에 다시 꽃을 피우고 열매를 맺기 시작한다. 땅이다. 모든 것이 변해도 오직 그 자리에 머물며 변하지 않는 것은 땅이다. 때문에 인간은 땅에 집착할 수밖에 없었고 그것이 인류 역사의 첫걸음이 되었다.

사람들은 땅바닥에 보이지 않는 선을 긋고 내 것과 네 것을 구분하기 시작했다. 땅은 원래 그 자리에 있는데도 사람들이 경계를 지음으로써 개인의 소유가 되었다. 소출이 좋은 땅을 갖기 위해서는 많은 양(羊)과 염소를 끌고 가야 맞교환이 가능했다. 재산이 되었다. 큰 땅은 소유를 넘어 권력이 되기도 했다. 동물들도 제 터를 영역으로 가지지만 인간만큼 탐욕스럽지는 않다. 사람들은 때때로 불확실한 땅의 경계를 두고 피 흘리며 다투기도 했다. 내 것을 지키기 위해서는 상대를 내쳐야 한다. 죽음도 불사했다.

그렇게 토지는 언제부터인가 목숨과도 맞바꾸어야 할 소중한 것이 되어 버렸다. 수천 년, 아니 수만 년을 그렇게 이어져 왔다. 역사는 항상 땅을 경계로 전개되었고 사람들은 그 땅을 두고 다투었다. 그렇지 않은가. 명분만 다를 뿐 전쟁은 결국은 땅 빼앗기 싸움에 지나지 않았고 현대를 제외하면 어느 시대나 개혁의 최우선 순위는 토지 개혁에 있지 않던가 말이다. 그렇기에 정도의 차이는 있지만 인간 내면에는 누구나 할 것 없이 땅에 대한 갈망과 소유에 대한 집착이 유전 형질이 되어 전래되고 있는지 모른다고 케이는 생각했었다.

거부하고 싶지만 어쩌면 케이가 시골에 전원주택을 마련하고자 하는 저변에는 그와 같은 땅을 소유하고 싶은 숨은 동기가 내재되어 있는지도 모르겠다. 도시에서 자라고 도시에서 살아온 케이가 땅에 대해 집착해야 할 표면적인 이유는 없었다. 요즘은 땅이 아니라도 재산으로 지닐 수 있는 가치 있는 것은 얼마든지 있다. 그런데 어째서 케이의 내면에 땅을 갖고 싶은 욕구가 잠재되어 있었던 것일까? 그것은 아마도 아버지 때문이 아니었을까 짐작해 본다. 아버지는 도시에서 생을 마감하셨지만, 끝끝내 도시 사람이 될 수 없었던 시골 사람이었다.

케이는 시골에 집터를 마련하기까지 어떠한 땅도 소유해 본 적이 없었다. 아주 어릴 적에 부모님은 고향을 등지기 전 어느 정도 전답(田畓)을 가지고 있었다. 누나들이 산(山)도 있었다는 이야기를 종종 해 온 터라 어릴 적 케이는 어디 가든 흔히 볼 수 있는 앞산이나 뒷산과 같은 큰 동산을 떠올린 적이 있다. 가물가물한 기억 속에는 정말 누나와 함께 인근에 사는 사촌 형제와 어울려 산을 지키려고 간 추억도 있다. 산이란 얼마나 거대한가. 그런 큰 산을 통째로 소유할 수 있었다면 당시 부모님은 상당히 큰 부자였음이 틀림없다고 생각했었다.

그러나 성인이 되어 깨달았지만, 그 산이라는 것이 지목(地目)이 임야(林野)로 표시되는 산의 어느 일부를 가리킨다는 사실을 알게 되었다. 저기 보이는 큰 소나무에서부터 저 비탈 아래 참나무가 우거진 바위 부근까지가 경계이고 그 안에 침입해 드는 누군가의 지게를 보게 되면 무조건 호루라기를 불어 내쫓는 것이 당시 아이들이 산을 지키는 요령이었다. 결국 산 지키기란 동절기에 타인으로부터 자신들아 베어 쓸 땔감을 보호하는 일에 지나지 않았다. 거대한 산이 보잘것없는 땔감으로 변모하는 순간 케이는 오랫동안 자신의 가슴속에 자리 잡고 있던 커다란 무언가가 사라지는 듯한 허탈감을 느꼈다.

요즘에도 임야는 다른 지목에 비해 재산 가치가 없는 땅이다. 그 임야며 전답을 모조리 남에게 넘기고 부모님이 고향을 등질 무렵, 케이는 네 살 때였다. 그리고 정착한 곳이 부산이라는 도시였다. 부모님은 시골을 떠나 도시로 이주해 사는 동안 단 한 번도 땅을 소유하지 못했다. 크고 작은 도토리 같은 육 남매를 기르고 교육하기에도 두 분의 역량은 턱없이 부족했고 도시는 척박하기 그지없는 곳이었다. 가난한 동네의 못사는 집 아이로 케이는 어린 시절을 보냈고, 어른이 되어서도 결핍에 찌든 삶은 한동안 나아지지 않았다.

전세를 청산하고 힘들게 장만한 아파트에 부모님을 처음 모신 날이었다. 그전에도 아파트 생활을 했지만, 그동안은 남의 집이었고 비로소 내 집을 장만했다는 뿌듯함에 케이는 은근히 아버지로부터의 감격에 찬 칭찬을 기대했던 것 같다. 하지만 아버지는 들어서면서부터 현관뿐 아니라 베란다 바깥까지도 분주히 둘러보시고는 뭔가 낭패한 표정이 되어 케이 앞에 앉으셨다. 그리고 대뜸 질문 내용이 이러했다. 땅이 어디에 있느냐는 것이었다.

"예?"

"어쩌자고 건물만 있고 땅이 없는 이런 집을 샀느냐?"

정말 생각지도 못한 당혹스러운 질문이었다. 비록 연세가 드셨어도 40년 가까이 도시 생활을 해 오신 분이셨다. 그리고 당시에만 해도 두 분은 부산에 인접한 소도시의 한 임대 아파트에 거주하시고 있는 상태였다. 그럼에도 불구하고 아파트란 주거 형태가 지닌 물권(物權)에 대한 몰이해에 대해 그만 아연해 졌다. 하지만 케이 자신도 그와 같은 상식 밖의 질문에 어떤 답을 내놓아야 할지 몰라 우물쭈물했다. 땅이 없는 것은 아니지만 있다고 하기에도 애매한 것은 사실이었다. 노인을 상대로 그것을 설명하기에는 너무 복잡했던 것이다.

"벌치같이 이걸 집이라고 그렇게 큰돈을 들여 샀더란 말이냐!"

'벌치'란 아버지께서 자식들을 꾸짖을 때 종종 사용하는 단어였다. 멍청하다는 말이었다. 어렵게 대학까지 공부한 놈이 그렇게 치밀하지 못해 허술해서 어떻게 세상을 살아가겠냐는 비난이셨다. 웬만하면 노인의 이야기인지라 고개 숙일 수도 있었는데 워낙 진노하시는 바람에 케이도 어쩌지 못하고 변명 아닌 변명을 했다. 결국 지분(持分)에 관해 이야기했다. 아파트 건물이 들어선 전체 면적에 가구 수를 나눈 만큼의 권한에 대해…. 하지만 아버지의 생각은 달라지지 않으셨다.

"그게 어찌 네 땅이란 말이더냐. 이 건물이 무너진다고 생각해 봐라. 그럼, 네 땅은 어디에 있느냐?"

결국 아버지께서 인식하는 집이란 건물이 무너지면 그곳에 다시 지을 수 있는 땅과 분리될 수 없는 것이었다. 따라서 아버지께서 보실 때는 아파트는 거주할 공간은 되어도 진정한 내 집은 아니라고 생각하셨다. 내 두 발로 딛고 설 마당이 있어야 그게 진짜 집이라는 것이다. 고향을 버리고 수십 년째 객지를 떠돌아도 마음 한구석에는 고향 집에 대한 향수를 짙게 간직하고 계셨던 것이다.

돌아가고 싶지만 끝내 돌아갈 수 없는 옛집…. 뒤란에는 대나무밭이 있고 안채와 떨어진 사랑채 곁은 누렁이가 한가롭게 되새김질하던 외양간이 있던 옛 고향 집. 비록 싸리로 울타리를 했지만, 그곳은 아버지의 영역이었다. 아버지가 소유한 땅 위에 지어진 집이고 육 남매 자식 중 도시에서 난 막내를 제외하면 오 남매가 모두 그 집에서 태어났다. 가을이면 콩타작으로 마당이 어지럽고 멍석에는 고추가 빨갛게 볕을 쬐던 곳…. 담장 아래는 닭 벼슬 같은 맨드라미가 피어 있고 아이들은 시든 채송화 잎을 뜯어 소꿉놀이로 여념 없던 장소였다. 결코 잊을 수 없는 아버지의 추억의 공간이기도 했다.

아내에게는 이야기하지 않았으나 케이는 함께 땅을 보러 다니는 동안에도 시골 어딘가에 땅이 구해지고, 그리고 마침내 그곳에 집이 지어지게 되면 정말 기뻐할 사람은 케이 자신보다 아버지가 될 것이라는 상상을 늘해 왔다. 마당이 있고, 무너져도 다시 집을 세울 공간(땅)이 있으면 아버지께서는 먼저와 같이 '벌치 같은 놈'이라고 비난은 하지 않으실 거였다. 오랜 방랑을 끝내고 비로소 귀향한 사람처럼 감격에 찬 모습으로 케이의 집 마당으로 들어설 것이었다.

"수고했구나."

어쩌면 아버지는 좀체 하지 않는 칭찬도 하실지 모를 일이었다. 케이는 진정으로 그런 날을 손꼽아 기다렸다. 그러나 아버지는 케이가 시골에 땅을 사던 그 이듬해 쓰러지셨고 요양원에서 일 년 가까이 병원 신세를 지

시다가 거짓말같이 어머니의 제삿날 돌아가셨다. 비가 올 듯한 꾸물꾸물
하게 흐린 유월의 어느 아침이었고 아버지 연세 구순이셨다.

2013 05 07

두 녀석은 원래 같은 놈이었습니다

정확히 말해 두 달 보름 정도 된 것 같다. 석 달이 채 안 되었다. 결코 길다고 할 수 없는 시간이다. 그사이에 변해도 어찌 저렇게 변할 수 있는지…, 케이는 녀석의 먼저 찍은 사진을 보며 혀를 내둘렀다. 주변에서 많이도 컸다는 이야기를 들어왔고, 이따금 시골집을 다녀가는 아내나 아이들로부터 녀석에게 절제 없이 아무거나 막 주는 게 아니냐는 잔소리를 듣고는 있지만 솔직히 매일 보는 입장이다 보니 어제의 녀석이 오늘 얼마나 컸는지 알아채기 어려웠다. 다만 저도 자라는 생명이라 당연히 커 가는 중이고 몸집이 어느 정도 불었다는 것은 케이도 알고 있다.

"아빠 보세요. 이것이 우리 집에 처음 왔을 때의 진돌이 모습이에요."

중학교에 다니는 딸아이가 컴퓨터 모니터 속 사진 한 장을 가리켰다. 케이는 책상에 놓인 안경을 찾아 끼며 딸아이가 가리키는 모니터 화면을 바라보았다. 케이가 관리하는 가족 홈페이지다. 그곳에는 케이나 아내가 이따금 정리해 올린 사진들이 사진첩과 같은 형태로 보관되어 있다. 시간이 지나도 아이들의 어릴 적 모습이나 과거의 일들을 되돌아볼 수 있어 좋았다. 딸아이가 내보인 사진은 시골에 주택을 착공하기로 예정한 하루나 이틀 전 사진이다. 아내가 어떻게 수소문했고, 케이가 한 시간 넘는 거리를 달려가 분양 받아 온 강아지였다. 태어난 지 두 달 정도 되었다고 했다.

　말 그대로 예쁘장한 강아지였다. 똘망똘망한 눈이 확실히 귀여운 태가 있었다. 데려온 다음 날 녀석이 하도 냄새가 심해 거처를 거실에서 현관으로 옮겨야 했다. 단 하루의 실내 생활에도 녀석은 바깥 거처가 마음에 들지 않은지 자꾸만 거실로 기어들려 했고 케이는 엄중히 꾸짖었다. 그렇지만 녀석은 영리한 구석이 있어 엄격하게 그곳이 네 자리라고 손짓으로 알려 주자 차츰 문턱을 넘지 않았다. 어차피 시골에서는 밖에서 키울 요량으로 데려왔고, 그래서 현재는 마당에 있다. 딸아이는 그 강아지 사진과 함께 창 너머에 있는 다른 한 녀석을 손으로 가리켰다.

　"그런데 진돌이는 지금 저렇게 변했어요."

　마치 머리 나쁜 아이를 깨우치려는 듯이 딸아이는 사진 속 강아지와 거실 밖의 녀석을 동시에 가리키며 말했다. 제발 좀 그만 먹이라는 것이다. 아니면 줄 때는 주더라도 운동이라도 좀 시키라고 했다. 케이가 보기에도 두 녀석은 확실히 달라 보였다. 집 지은 지 이제 두 달 보름 정도 지났다. 그사이 어떻게 저렇게 변할 수 있지? 바닥에서 뒹굴던 녀석은 딸아이가 거실 유리를 손등으로 똑똑 치자 벌떡 일어나 소리 나는 쪽을 바라보았다. 케이와 딸아이가 밖을 볼 수 있는 것과는 달리 밖에 있는 녀석은 안을 볼 수 없다. 녀석은 소리 난 쪽을 기웃기웃 살폈다.

　집 짓던 공사 중에는 케이와 갈등이 많던 녀석이었다. 특히 공사가 막

바지에 이르면서 주변에는 녀석의 관심을 끌 만한 부자재가 널렸었다. 녀석은 뭔가 특이하다 싶으면 무조건 물고 달아났다. 그리고 이빨로 잘근잘근 씹어 못 쓰게 만들었다. 모아 놓은 쓰레기를 흩어 놓는 바람에 하루에도 몇 번씩 고함치며 녀석을 쫓았다. 돌을 던져 쫓기도 하고 가까이 있으면 발로 차는 시늉을 했다. 정말 발에 채여 비명 지르며 달아날 때도 있었다. 하지만 그때뿐이었다. 어느 순간 다가온 녀석은 또 다른 말썽을 빚고 슬금슬금 눈치를 살피고 달아났다.

그때는 하도 정신없어 녀석이 어느 정도 커 가고 있는지 몰랐는데 지금 보니 확실히 표가 나게 덩치가 달라져 있었다. 처음 이곳에 올 때만 해도 컨테이너 농막 주변을 벗어나지 못했었다. 요즘은 하루에도 몇 차례 이웃집 원정을 다닌다. 달이란 강아지 때문이다. 달이는 녀석에 비하면 어른이라고 할 정도로 나이가 두 살이나 먹은 강아지였다. 원래 종자가 그런지 당시의 덩치는 녀석과 엇비슷했다.

상견례 첫날, 나잇값을 하려는 것인지 자식이 워낙 으르렁대며 짖는 바람에 녀석은 혼쭐이 나 바들거렸었다. 그 후로 그 집 근처는 아예 걸음조차 하지 않으려 했다. 이따금 딸아이가 오는 날이면 어디라도 쫓아다녀도 유독 그 집 앞에 이르면 걸음을 멈추고 주춤거렸다. 그런데 지금 상황이 많이 달라졌다. 이제 겨우 여섯 달 된 녀석에 비하면 삼촌이나 아재뻘쯤 되지만 달이의 덩치는 처음의 모습에서 달라지지 않았다. 녀석이 몸집이 불어나기 시작하자 달이를 만만하게 보기 시작한 것이다.

예전과 달리 볼일이 있어 케이가 그 집에 가면 줄레줄레 꼬리를 흔들며 따라온다. 한동안은 대치하고 서로 짖어대던 두 녀석도 어느 순간 친구가 되었다. 요즘은 만나면 서로 어울리기에 바빴다. 덩치로 따지면 녀석의 몸집이 달이란 놈의 세 배는 된다. 케이가 한참 땅을 파느라 잊고 있다가 돌아보면 녀석은 어디로 갔는지 사라지고 없다. 이리저리 살피면 저 멀리 건넛집 마당에서 달이란 녀석과 쩔고 까불고 뒹구는 중이다. 그러다 보니 뭔가 챙겨 먹을 것이 있거나 저녁이 되어 불러들일 때면 꼭 그 집 마당을 향해 큰 소리로 외쳐댔다.

"진돌아! 진돌아!"

녀석이 '진돌이'라는 것을 제 이름인 줄 알고 알아듣는 것일까. 어쨌든 두세 번 고함을 치면 녀석은 달이와 뒹굴다가도 번쩍 고개를 쳐들고 이쪽을 돌아보았다. 그리고 곧 달려온다. 논두렁을 달리고, 석축을 쌓은 비탈을 오르자면 한참 달려야 했다. 그런데도 녀석은 잠시도 쉬는 법 없이 곧장 달려온다. 숨이 찬지 헐떡거리는 혀를 빼물고 케이 앞에 대령했다. 무슨 일로 불렀냐는 듯 용건을 묻는 표정을 했다. 그러면 케이는 녀석의 머리를 한 번 쓰다듬고 아무렇게나 뒹굴고 있는 녀석의 밥그릇을 챙겨서 농막 쪽으로 향했다. 녀석이 뒤를 따른다.

"짜식아, 때가 되면 집으로 와야지. 남의 집에 오래 머물면 그 집 사람들이 싫어해."

그렇지 않아도 녀석의 덩치가 커가자 두 녀석이 어울려 잔디뿐 아니라 남의 집 화단까지 망치고 있는지라 은근히 걱정되는 판이었다. 드러내놓고 말은 안 해도 이웃은 매일같이 찾아와 뒹구는 녀석이 별로 달가워하지 않는 눈치였다. 겨울에는 풀어놓아도 상관없지만 봄이 되면 묶어야 한다고 충고했다. 들판에 작물과 채소가 자라기 시작하면 강아지들이 밟고 다녀 밭 주인과 분쟁으로 이어지기 때문이다. 그러나 녀석은 말귀를 알아듣는지 못 알아듣는지 혀만 빼물고 제 밥그릇에 사료를 채우는 케이 주변을 좋아라, 하고 맴돌았다.

　한동안 먹성이 좋아 주면 주는 대로 먹어 치우더니 요즘은 더러 사료를 남기기도 했다. 가끔 먹다 남긴 음식을 줄 때도 있지만 딸아이와 아내의 만류가 있고부터 그것도 부쩍 자제하는 편이다. 그런데도 어떻게 자꾸만 저렇게 덩치만 불어 가는지 모르겠다. 벌판을 돌아다니다가 뭔가 주워 먹는 것이 있는 것일까? 그렇지 않고서야 먹는 것은 정해져 있는데 몸집만 하루가 달리 불어 갈 수는 없지 않은가. 때문에 설거지하고 개수대에서 나온 음식 찌꺼기를 땅에 묻을 때면 언제나 녀석이 안 볼 때 해치워야 했다. 가능한 한 깊이 땅을 팠다. 그런데도 녀석은 귀신같이 알아채고 녀석은 땅을 파헤쳤다. 아무리 그러지 말라고 타일러도 소용없었다.

　부실하게 아침을 먹어서인지 몇 번의 곡괭이질에 금세 허기가 졌다. 집은 지어졌지만, 공사업자와의 계약은 건물까지이고 주변의 조경과 배수로 작업은 케이가 직접 하기로 했다. 도시에 있는 아내와 아이들이 시골로 온전히 이사 오기까지 케이 혼자 시골 생활을 선택한 것이다. 아내와는 본의 아니게 주말 부부가 되었다. 아내는 주중에 올 때도 있지만, 아무래도 주말에 올 때가 가장 자유로웠다. 올 때마다 아내는 장을 봐 오고 냉장고를 채워 두고 간다.

케이는 냉장고를 뒤져 밀감 두 개와 아내가 출출하면 막걸리와 함께 먹으라고 준비해 준 돼지 수육 몇 조각을 접시에 내왔다. 다용도실 앞은 땅을 파고 묻은 유공관 위로 돌과 자갈을 한껏 채워 둔 상태였다. 벌써 열흘 넘게 작업 중이고 비로소 물 빠질 배수로를 완성하고 있었다. 밀감 하나를 까서 우물거리는데 어디를 다녀온 것인지 보이지 않던 녀석이 슬그머니 나타났다. 케이 정면에 엉덩이를 깔고 앉아 간식을 먹는 케이를 빤히 쳐다본다. 눈치를 보아 녀석은 껍질을 까는 밀감보다는 접시에 담긴 수육에 관심이 있는 것 같았다.

케이는 딸아이와 아내의 의견을 좇아 모른 척하기로 했다. 막걸리 잔을 비우기 바쁘게 수육 한 점을 마늘 편과 함께 막장에 찍어 입에 넣었다. 예전에 막무가내로 덤비던 것과는 달리 녀석도 컸다고 제법 얌전히 앉아 케이의 식사를 바라본다. 다만 눈동자만큼은 젓가락질에 오르내리는 케이의 손동작을 유심히 지켜보고 있다. 참 이럴 때가 난처했다. 끝까지 모른 척해야 하지만 녀석과 눈이 마주치자 케이는 자신도 모르게 마음이 흔들렸다. 뭔가 자신이 치사하고 인정 없는 사람으로 느껴지는 것이다.

에라, 모르겠다. 케이는 젓가락으로 집은 고기 몇 점을 녀석의 앞에 던지고야 만다. 녀석은 좋아라. 날름 집어 쩝쩝대며 먹기 시작한다.

2013 12 26

녀석과 놈의 관계

햇살이 따사롭다. 아침나절 쌀쌀하던 기온은 한낮이 되자 완전히 풀려 포근하기까지 하다. 별로 할 일은 없지만 그래도 놈은 자신의 영역을 도는 것을 일삼아 순회한다. 가끔 컨테이너 농막 근처 대나무밭으로 도둑고양이가 자주 침범하기에 특히 그 주변은 신경 써서 살펴야 했다. 집터 경계 넘어 산비탈이 있는 마른 숲에서 장끼나 까투리가 푸드덕거리며 날아오르기라도 할라치면 놈은 미친 듯이 짖어대며 자신의 존재감을 드러내려 애를 썼다. 그리곤 그뿐이다. 산 꿩이 자취를 감춘 참나무 숲을 망연히 바라보다 말고 놈은 다시 고개를 내리깔고 마치 배회하듯 어슬렁거리며 자신이 떠난 원래의 위치로 돌아왔다.

오늘 녀석이 작업 구역을 설정한 곳은 어제와 같은 장소다. 최근 준공을 마친 주택의 다용도실 앞이다. 녀석은 벌써 며칠 동안 이곳에서 땅을 파고 묻기를 반복하고 있다. 이유는 모른다. 녀석이 왜 땅을 파는지, 왜 힘들여 판 땅을 다시 되묻는지…. 놈이 생각하기로는 막연히 그것이 녀석에게 주어진 일이 아닐지 짐작할 뿐이다. 돌이 많이 섞인 땅인지라 녀석의 곡괭이질은 더디고 힘에 겨워 보인다. 이따금 곡괭이 날에 돌 부딪히는 소리가 났다. 그럴 때마다 녀석의 이마에 선 핏줄은 한층 더 굵어졌다. 굉장히 힘에 부치는 노동인 것 같았다.

선 채로 한동안 녀석의 작업을 관망하던 놈은 햇살 고운 다용도실 앞 데크에 배를 깔고 앉았다. 녀석의 노동이 시작된 것이 언제부터였더라? 기억을 더듬어 보니 보름 전쯤 이곳에서 집짓기에 여념 없던 현장 인부들이 모두 사라지고 난 이후였던 것이 생각났다. 모두가 떠났음에도 녀석은 이곳에 남았고 그날 이후로 줄곧 갖가지 자신에게 맡겨진 일을 찾아 하는 것 같았다. 처음에는 공사로 주변에 산적한 쓰레기 더미를 치우고, 남은 목재들을 불태우고 여러 가지 잡동사니들을 농막에서 집으로, 집에서 다시 농막으로 옮기는 작업을 반복했다.

그리고 이어진 것이 지금처럼 땅을 파는 노동이다. 커다란 관(雨水管)을 묻기 위해 연이틀 곡괭이와 삽을 놓지 않았고, 고르지 못한 다용도실 앞마당을 정리하기 위해 다시 곡괭이질을 이어갔다. 누군가 감시자가 없음에도 불구하고 녀석은 자신에게 맡겨진 일을 묵묵히 게으름 피우지 않고 열심히 했다. 머리 높이 곡괭이를 치켜들고는 힘껏 바닥에다 내리꽂는다. 굉장히 야물고 단단한 땅이다. 이번에도 돌멩이 걸리는 소리가 났고 동시에 곡괭이 날이 콱 박혀 버렸다. 녀석이 고개를 박고 있는 곡괭이 자루를 붙잡고 낑낑댄다. 번들거리는 이마에는 땀이 베여있다. 용쓴 보람이 있어 바닥에 박힌 곡괭이 날이 쑥 빠지면서 엉덩방아를 찧었다.

놈이 생각할 때 녀석이 조금 안쓰럽고 안됐다는 생각이 든다. 그러나 녀석을 도울 방법은 없다. 그저 지켜볼 따름이다. 녀석은 기어이 양손으로 움켜쥐고 있던 곡괭이 자루를 내던졌다. 비실비실 힘없는 걸음으로 놈이 엎드린 데크 쪽으로 걸어왔다. 턱을 괴고 있던 놈은 고개를 들었다. 녀석이 앉은 곳이 돌로 뚜껑을 눌러놓은 네모난 작은 플라스틱 용기 근처였기 때문이다. 하지만 혹시나 했던 기대와 달리 녀석이 그곳에서 집어낸 것은 물병에 지나지 않았다. 간혹 숨겨 둔 간식거리를 꺼내 놈의 몫도 나누어 주는 경우가 종종 있기 때문이다.

녀석은 땀도 많이 쏟고 물도 많이 마시는 편이다. 한차례 목젖을 세우고 요란하게 물을 삼키던 녀석은 고개를 세우고 커다랗게 숨을 몰아쉰다. 힘에 겨운 것이 분명했다. 그리고 마신 물병과 컵을 다시 통 속에 넣고 처음과 마찬가지로 돌로 뚜껑을 눌러둔다. 놈이 몇 차례 녀석의 간식거리를 혀로 핥은 후로 꼭 그와 같은 방법으로 자신의 먹을 것을 간수했다. 나누어 줄 때는 주더라도 놈이 처음부터 자기 먹거리에 관심 가지는 것은 원하지 않았다.

놈은 며칠 전 녀석의 바구니에 담긴 간식(삶은 고구마)에 관심을 가졌다가 당한 봉변을 잊을 수가 없다. 녀석은 그날도 땅을 파고 흙더미 속에 섞인 돌멩이를 골라내는 중이었는데 수돗가 시멘트 턱에 그것을 놓아두었던 것이다. 놈은 그저 냄새를 맡고 살짝 혀로 핥았을 뿐이었다. 그런데 갑자기 녀석이 꽥! 고함을 치며 달려왔다. 그리고 놈이 맛본 고구마를 들고 살피고는 성질을 부렸다. 녀석의 고함은 뭔가 금지(禁止)의 뜻을 담고 있음을 알기에 놈은 실수를 깨닫고 단박 꼬리를 내렸다. 여차하면 달아나려는 시늉을 했다. 기어이 녀석이 손에 쥔 고구마를 놈을 향해 집어 던졌다.

"깨갱!"

자주 있는 일은 아니지만 사실 이런 일이 벌어질 때마다 놈은 서러웠다. 먹는 것을 나누지 않으려는 녀석의 태도가 야속하기보다 도대체 녀석이 자신을 함부로 대하는 것이 마음에 들지 않았다. 성격이 고르지 못한 놈이었다. 한바탕 성질을 부리다가도 잠시 후 은근한 목소리로 놈을 가까이 불러 머리를 쓰다듬기도 한다. 잡아먹을 듯이 길길이 날뛸 때와는 달리 아주 다정한 척하면서 조금 전 놈을 향해 던진 고구마를 입가에 들이밀며 먹어 보라는 시늉을 했다.

"짜식아, 그곳에 입을 대면 어떡해? 자, 먹어봐."

도대체 뭔 소리인지는 모르겠다. 조금 맛봤다고 잡아먹을 듯이 할 때는 언제고 또 먹어 보라고 변덕을 부리는 이유는 무엇이란 말인가. 놈은 도무지 녀석을 이해할 수 없다. 하지만 놈은 녀석이 내미는 성의를 생각해 손에 들린 고구마를 살짝 깨물었다. 그러나 곧 외면했다. 놈의 입맛에는 별로 맞지 않은 음식이었다. 그런데도 녀석은 계속 먹어 보라고 종용한다. 한 손으로는 머리와 잔등을 쓸고 있다. 놈은 녀석을 빤히 바라본다. 녀석도 부드러운 표정이 되어 놈을 바라본다.

"진돌아, 담에 또 그러면 안 돼."

그 순간 늘 궁금하지만, 해답을 찾지 못한 의문이 뇌리 속을 다시 스친다. 도대체 녀석과 자신은 무슨 관계인 것일까? 처음 한동안 놈은 녀석이 자신에게 먹이를 챙겨 주는 사람인 줄 알았었다. 집짓기가 시작될 무렵

놈을 이곳에 데려온 사람이 녀석이다. 현장에는 여러 사람이 오갔으나 놈에게 먹이를 챙겨 주는 사람은 녀석이 유일했다. 하루에 꼬박꼬박 세 번 나누어 주더니 최근에는 아침저녁 두 차례만 준다. 이곳에 오던 날부터 놈을 보아 온 사람들이 놈의 덩치가 하루가 다르게 불어 가자, 녀석이 먹이를 자주 주는 탓이라고 충고했기 때문이다.

공사가 한창 진행 중일 때는 녀석은 감독 비슷한 일을 하는 것 같았다. 녀석은 현장에서 유일하게 아무런 연장을 손에 쥐지 않았고 그저 집 안팎을 돌며 구석구석 살피는 일에만 전념했다. 그러나 집은 다 지어졌고 현장에서 분주하던 사람들도 모두 떠나고 없다. 그렇다면 녀석도 이곳을 떠나야 하지 않는가. 하지만 녀석은 이곳에 남았다. 오히려 아침저녁으로 출퇴근하던 종전과 달리 아주 이곳에 눌러앉아 거주하면서 자신의 노동을 시작한 것이다.

짧은 휴식이 끝나고 녀석이 자리에서 일어나 자신의 일터로 돌아갔다. 내팽개친 곡괭이 자루를 다시 잡았다. 기운차게 치켜든 것과는 달리 내리찍은 곳엔 날카롭게 돌 부딪히는 소리가 났다. 정말 돌이 많은 땅이다. 어쩌면 흙보다 돌이 더 많은 땅인지도 모른다. 그런데도 녀석이 저 거친 땅 파기를 주저하지 않은 필연적인 이유는 무엇일까? 천벌이라도 받은 것일까? 두 번째 돌 부딪히는 소리가 나고 녀석의 몸이 휘청거린다. 아아, 무슨 타고난 운명이 저리 모질단 말인가.

놈은 진심으로 녀석에게 연민을 느낀다. 전생에 무슨 큰 죄를 지은 것이 틀림없는 것 같다. 그렇지 않다면 매일 감시자도 없는 저 가혹한 노동을 이어 가야 할 이유가 없는 것이다. 놈은 다시 한번 순찰이나 돌까하다 말고 테크에 눌러앉아 버린다. 쌀쌀하던 아침 날씨는 포근하게 많이 풀려 있다. 길게 하품을 토하고 앞다리를 뻗어 턱을 괴었다. 그때 문득 놈의 머릿속을 스치는 것이 있다. 고개를 들어 녀석의 땅파기를 진지하게 살피기 시작했다. 어쩌면 자신은 녀석의 노동을 감시하는 감독관의 역할이 주어진 것은 아닐지 하는 생각이 들었기 때문이다.

2013 12 06

녀석의 짝사랑?

참으로 부담스러운 녀석이 아닐 수 없었다. 케이는 이날까지 살아오면서 아직 녀석의 관심처럼 누군가로부터 흠모의 대상이 된 적이 없었다. 녀석은 늘 케이만을 바라본다. 앉거나 서거나, 혹은 걷는 중에도 녀석이 바라볼 수 있는 위치에 있으면 언제나 케이로부터 시선을 거두지 않았다. 조금이라도 시야에서 멀어지면 길게 목을 뽑았고, 껑충거리며 일어서기까지 했다. 심지어는 컨테이너 농막 저편으로 가는 케이의 모습을 보기 위해 자신의 삼각 집 지붕 위로 올라가는 경우도 드물지 않았다. 한참 일에 몰두하다 돌아보면 불안한 자세로 지붕에 서 있는 녀석의 모습을 만나곤 했다.

"저 녀석이…."

그럴 때면 케이는 녀석을 나무라야 할지 그냥 둬야 할지 판단이 서지 않았다. 녀석은 기우뚱 불편한 자세로 서서 케이가 무엇 하나 보려고 목을 세우고 있다. 해바라기도 그런 해바라기가 없다. 하지만 녀석이 케이에게 보이는 관심에 비하면 케이가 녀석에게 관심을 두는 일은 거의 없다. 하루 두 차례 먹이를 줄 때와 물을 갈아 줄 때, 혹은 녀석이 제 집 주변에 갈겨놓은 배설물을 치우기 위해 부삽을 들고 가는 것이 전부였다. 그 짧은 동안의 재회에도 녀석은 반가움을 주체하지 못해 껑충거린다. 꼬리를 치고 때로는 배를 드러내고 눕기도 했다. 배를 드러내고 바닥에 등을 비벼대는 짓은 녀석이 강아지 적부터 애교를 부릴 때 하는 행동이었다.

강아지 때는 그러면 정말 귀여운 면도 없지 않았으나 지금은 다 큰 놈이라 그런지 어딘지 어울리지 않았다. 오히려 사타구니 사이로 드러난 그것 때문에 징그럽기까지 하다. 언제부터인지 녀석의 수컷이 도드라지기 시작한 것이다. 이제 겨우 육 개월 넘긴 놈답지 않게 녀석의 남근은 제구실하기에 부족함이 없어 보였다. 그냥 돌아설까 하다가 케이는 마음을 바꾸어 녀석의 배를 슬쩍 밟아 주었다. 모른척하고 돌아서기에는 녀석의 구애(?)가 너무 절박하게 느껴진 것이다. 장화 신은 발로 꾹 눌러준 것에 지나지 않는데도 녀석은 간지러워 죽겠다는 표정을 하며 윗몸을 좌우로 비틀어 댔다. 흙먼지가 피어올랐다. 윗몸의 움직임에 따라 엉덩이와 꼬리도 정신없이 흔들렸다.

녀석들도 정말 간지럼을 타는 것일까? 혀를 빼물고 입을 벌린 모습이 영락없이 웃는 표정이다. 아무튼 녀석은 케이의 그 자그마한 관심에도 무척이나 흡족하게 반응했고 케이를 떠나보내려 하지 않았다. 앞을 가로막고 폴짝거린다. 하지만 케이는 녀석을 외면하고 곧 다른 볼일을 찾아 떠났다. 처음과 마찬가지로 녀석은 묶인 채로 멀어지는 케이의 뒷모습을 바라보았다. 한편 생각하면 온종일 묶여 생활하는 녀석의 처지가 안됐기도 하다. 그렇지만 덩치가 커 갈수록 함부로 떠도는 녀석을 반기는 곳은 아무 데도 없었다. 때로는 비명을 지르며 내쫓기기도 하였다.

며칠 전이다. 나무를 심기 위해 땅 파느라 정신없던 케이는 자지러지는 녀석 비명 소리에 고개를 번쩍 들었다. 가까운 곳에 있는 비닐하우스 농막 쪽이었다. 꼬리를 감추고 밖으로 내달리는 녀석의 모습이 보였다. 하도 낑낑대어 잠시 풀어 주었던 것이다. 한동안 케이 주변을 맴돌던 녀석이 슬그머니 자취를 감추었는데 그사이 그곳 암캐가 궁금했던 모양이었다. 된통 당한 것 같은데도 녀석은 쉽게 미련을 버리지 못해 길가에서 머뭇거렸다. 다시 한번 연탄재가 날아와 녀석의 정면에서 파편을 튕겼다. 비닐하우스 차광막에 가려 투척하는 이는 보이지 않았다. 누군지는 짐작가도 이런 경우 서로 대면하면 불편할 것 같아 케이는 선 채 지켜보기만 하였다.

이리저리 내쫓기던 녀석은 결국 제 집으로 걸음을 옮겼다. 의기소침해서 마당으로 들어섰다. 제대로 볼일은 본 것일까? 언젠가 그 집 암캐를 녀석이 공략하는 것을 목격한 적이 있다. 누가 알려 주지 않았는데도 녀석은 제 생식기의 쓰임새에 대해 정확히 알고 있는 것 같았다. 늘 어린놈으로 취급하던 케이로서는 그 뜻하지 않은 광경에 적잖이 당황스러웠다. 최근 들어 전에 없이 답답해하며 낑낑대던 것도 그 집 암캐의 발정기 탓이었다. 그 와중에 벼락을 맞은 것으로 생각하니 케이는 공연히 속상했다. 보통 때 같으면 나무랐을 케이였으나 녀석의 몰골이 하도 처량해 보여 그날은 참기로 했다. 가까이 불러 정수리에 묻은 연탄재를 털고 녀석의 머리를 가볍게 쓸었다.

"짜식아, 그러니까 눈치껏 해야지."

가볍게 훈계했다.

"꼴좋다. 자식아!"

꾸짖기도 했다.

그러나 녀석은 케이에게 위안을 느끼는 것인지 얌전하게 앉아 머리를 쓸고 있는 제 주인을 쳐다보았다. 케이는 녀석의 목줄을 채웠다. 그 집 암캐가 아니더라도 밖으로 떠돌다 녀석이 수난당할 여지는 얼마든지 있었다. 주변의 벌판은 바야흐로 봄맞이를 위해 분주한 시점이었다. 밭이란 밭은 모조리 트랙터가 갈아엎고 있는 중이다. 곧 작물이 심어지면 강아지 때문에 밭 주인과 분쟁이 날 수 있다는 경고를 케이는 현지인으로부터 여러 차례 들어온 터였다. 정말 예측하지 못한 일이었다. 시골살이를 계획하면서 강아지를 키우고자 했던 것은 도시와 달리 마음대로 풀어놓고 키울 수 있다고 믿었기 때문이었다.

하지만 아주 산골이거나, 아니면 견종이 자그마한 발발이가 아닌 다음에야 강아지를 키울 수 있는 환경은 도시와 다르지 않았다. 넓은 마당을 가진 집이지만, 녀석이 그곳에만 머물지 않는 것이 문제였다. 몸집이 불어 갈수록 녀석의 활동 반경도 넓어졌다. 게다가 녀석들은 사람이 닦아 놓은 길로만 다니지도 않았다. 양파와 마늘이 심어진 밭둑을 무단으로 가로지르고, 까치를 쫓아 보리밭으로 뛰어들기도 했다. 때로는 도둑고양이를 발견하고 남의 집 화단을 망치는 일도 예사로 여겼다. 녀석을 묶어야 하는 이유였다.

어릴 적부터 놓아 키우던 놈이라 묶어 놓기 시작하자 한동안 녀석은 낑낑대며 적응 못했다. 특히 배변 때가 되면 안절부절못했다. 풀어놓았을 때는 구석진 곳에서 은밀히 해치웠는데 제 집 주변에 내갈기는 일이 쉽지 않은 모양이었다. 한동안은 낑낑대며 똥 쌀 조짐을 보이면 다른 곳에 옮겨 주곤 했지만, 24시간 녀석만 관찰하고 있을 수는 없는 노릇이었다. 아침에 일어나 가서 보면 한두 곳 무더기로 쌓인 것이 눈에 들어왔다. 사료만 먹어서 그런지 똥은 대체로 동글동글 잘 뭉쳐져 삽으로 뜨기가 쉬웠다. 아래로 삽날을 살짝 밀어 넣고 들어 올린다. 그리고 녀석의 집 뒤에 구덩이를 판 곳에 던져 넣었다.

처음에는 자신이 갈긴 배변을 처리하는 케이에게 미안해하는 것 같던 녀석이 요즘에는 아주 당연하게 여겨 제 집 주변에서 자연스럽게 대소변을 해결한다. 소변 눌 때는 합판으로 만든 제 집 외벽에 붙어 서서, 척하니 뒷다리를 들어 올렸다. 그리고 바닥이 흥건하게 질질 내갈기고는 쳐든 엉덩이를 내려놓았다. 누가 보든 말든 아무렇지 않은 모양이었다. 똥 누는 자세는 반대로 엉덩이를 낮게 주저앉히는데 어릴 적 오줌 싸던 자세와 같았다. 보통 두 무더기를 나누어 싸고 얼른 치우지 않으면 왕왕 짖으며 알리기까지 했다.

어쨌든 케이의 입장에서 보면 하루 두 번 먹이 챙기는 것 외에도 녀석을 돌봐야 하는 또 다른 일이 추가된 셈이었다. 그리고 녀석은 하루 종일 무료해서 잠을 자거나 아니면 일하느라 오가는 케이만 바라보았다. 아침에 일어나 거실 커튼을 열어젖히는 순간 어김없이 이쪽을 바라보는 녀석과 마주치게 되었다. 밤새도록 이쪽만 바라보고 있었던 것일까? 망부석도 그런 망부석이 있을 수 없다. 케이의 하루 일과 시작이 녀석의 먹이통을 살피는 일이다. 어쩌나 보려고 일부러 녀석이 보는 현관으로 나가지 않고 반대편 다용도실로 나갔다. 그러나 소리만 살짝 났을 뿐인데도 녀석은 귀신같이 알아채고 목을 길게 뽑았다.

숨바꼭질하듯 케이는 뒤란으로 숨어 버렸다. 살금살금 반대편으로 돌아가 녀석이 어쩌고 있나 궁금해 고개를 내미는데 목을 세우고 있는 녀석의 눈과 마주치고 만다. 녀석은 제 집 지붕을 딛고 엉거주춤 선 자세로 사라진 케이의 위치를 찾는 중이었다. 케이를 발견한 녀석이 멍멍 짖어댔다. 아침부터 대체 뭘 하느냐는 질책인 것 같았다. 겸연쩍어져 케이는 배시시 웃으며 비로소 녀석에게 다가간다. 역시 두 무더기의 똥을 쌌다. 먹이는 조금 남겼는데, 더 줄까 말까 망설이다 에라 모르겠다. 하고 한 그릇 퍼내어 먹이통을 채웠다. 이따금 동네를 떠도는 유기견들이 몰려와 녀석의 사료를 축내곤 하는데 그때를 대비해 가득 채운 것이다. 그러나 가만히 생각하니 그래서는 안 될 것 같다.

어떻게 된 놈인지 녀석은 유기견들한테 제 밥그릇을 털리면서도 언제나 환영하는 편이었다. 보통 두세 마리 떼로 뭉쳐 다니는데 녀석들도 나름 서열을 갖추고 있는지 망보는 놈과 먹이 먹는 놈의 순서가 정해져 있었다. 차례차례 그릇을 핥고 나면 제 밥그릇이 비는데도 녀석은 꼬리 치며 좋아라 했다. 묶여 지내다 보니 외로운 탓인가 보았다. 실내 거실에 있거나 다른 일을 하다 그것을 발견하면 케이는 고함지르며 달려갔다. 녀석들은 약아빠져 케이가 아주 가까이 오기 전에는 절대로 먹이통에서 주둥이를 빼지 않았다. 바닥에 있는 돌멩이부터 집었다.

한두 놈이면 인심 쓸 수 있다. 그렇지만 여러 마리가 습관처럼 매일 들이닥치면 이것은 상황이 다른 것이다. 방심하기 시작하자 녀석들은 아주 케이의 집을 단골로 찾고 있었다. 녀석들이 돌팔매에 내쫓기어 달아나기 시작했다. 등을 보이고 달아나는 놈들을 아쉬운 듯 녀석이 물끄러미 쳐다보고 있다. 하는 수 없는 것이다. 저는 인심을 쓰고 싶은지 몰라도 사룟값을 대는 케이의 입장은 달랐다. 케이는 녀석의 먹이통을 다시 살폈다. 너무 많은가? 조금 덜어야 할 것 같았다. 녀석이 부족한 것을 알아야 제 것의 소중함을 배울 수 있을 것 같기 때문이다.

"너 인마, 네 밥그릇 잘 지켜."

케이는 조금 덜어낸 먹이를 원래 사료 포대에 넣으며 잔소리를 해댔다. 덩치만큼 사나운 곳도 있어야 하는데 녀석에게는 도무지 그런 면이 없었다. 집 마당에 낯선 사람이 들어와도 좀체 짖을 줄 모른다. 오히려 누구든 마냥 좋아 꼬리부터 흔들어 댔다. 인심도 좋고, 심성도 착한 놈이었다. 그러나 제 본분을 잊은 처사가 아닐 수 없었다. 강아지라면 모름지기 제 타고난 본능을 지녀야 한다. 도둑보고도 반갑다고 꼬리 치는 녀석이라면 아무래도 문제가 될 수밖에 없는 것이다.

"요즘 개장수 많이 다니더라."

"왈!"

"너 팔아 버린다."

"왈!"

짜식이 알아들었다는 소리일까? 케이가 한마디 할 때마다 대꾸다. 케이는 싱겁게 혼자 웃었다. 말하고 보니 자신이 정말 그렇게라도 해 버릴 사람처럼 느껴진 것이다. 하지만 곧 녀석에게 미안한 마음이 들었다. 따지고 보면 녀석이 이곳에 오게 된 것이 녀석이 원해서 온 것이 아니기 때문이다. 녀석을 데려온 사람은 케이 자신이다. 닫힌 도시를 벗어나 자연에서 살고 싶어 했듯 녀석도 이 시골에서 자유로울 것으로 케이는 믿었다. 그러나 심대한 착오였다.

시골이나 도시나 세상 어디서나 모든 게 사람 중심으로 돌아갔고 그 외의 모든 생명은 종속적인 삶을 강요받고 있었다. 강아지도 예외가 아니었다. 이웃 논밭의 안전을 위해 녀석은 묶여 지내야 했다. 저 구속에서 언제쯤 녀석이 해방될지는 케이로서도 알 수 없는 상황이다.

녀석은 오늘도 종일 묶인 채로 생활하게 될 것이다. 케이만을 바라보면서 일거수일투족을 관찰하듯, 오가는 케이한테서 눈을 떼지 않을 것이다. 녀석의 저 눈빛…. 마음을 주지 않는 상대를 향해 끊임없이 애정을 쏟는 것 같은 저 눈빛, 케이는 문득 저 눈빛은 흠모(欽慕)가 아니라 어쩌면 원망일지 모른다는 생각이 뇌리를 번쩍 스치고 지나갔다.

2014 03 12

촌티

    시골에 살게 되면서 편한 것 중 하나가 옷차림이나 외모에 별로 신경 쓰지 않아도 되는 점이다. 특별히 밖에 나가야 할 일이 없으면 실내에서 입던 옷 그대로 하루를 보내는 일도 많다. 여기서 밖이란 현관이 아니라 대문 밖이다. 날이 추워지고 해 뜨는 시간이 늦어지면서 집 주변을 돌보는 일도 중단했다. 겨울철이라 텃밭에 작물도 없다. 강아지 먹이 주는 일만 제외하면 굳이 나가야 할 일이 없다. 그러나 아침이면 옷 갈아입고 집 주변을 한 번은 꼭 돌아본다. 잡초마저 쓰러진 곳이라 어제 본 풍경이 오늘과 다름없이 황량하지만, 집 뒤란에 있는 나무의 잔가지를 살피고 컨테이너 농막 문도 활짝 열어 본다. 강아지의 먹이를 챙기는 순서는 그다음이다.

    밤사이 녀석은 역시 몇 덩이의 똥을 싸 놓았고 매일 아침 그것을 치우는 제 주인을 반갑게 맞이한다. 꼬리를 치고 반겼다. 부삽으로 뜬 똥은 다시 농막 쪽으로 걸어가 적당한 나무 하나를 골라 그 아래에 쏟는다. 그리고 주변에 말라죽은 잡풀을 걷어 덮었다. 다시 돌아와 사료 통에서 먹이를 퍼내어 녀석의 그릇을 채운다. 녀석은 그 짧은 조우의 순간에도 제 주인이 좋아 죽겠는지 잠시도 가만있지 못하고 폴짝거린다. 어떨 때는 먹이 통을 채우는 동안 허락 없이 제 주인의 입술을 핥아 짧은 소동이 일기도 한다. "엣 튀튀!" 케이는 숙인 고개를 들며 입가에 묻은 녀석의 느낌을 떨치기 위해서 침을 뱉는다.

"이 더런 자식! 어따 대고 입을 핥는 거야."

꾸중하면 녀석은 쫓기듯 물러서서 고개를 갸웃거리며 제 주인의 눈치를 살폈다. 저는 어떨지 몰라도 케이는 입맞춤할 정도로 녀석을 아끼지는 않았다. 손등으로 문질러 닦아도 찜찜한 기분은 가시지 않는다. 집으로 들어와 씻는다. 그것으로 끝이다. 저녁 무렵에 비슷한 절차가 한 번 더 이어지지만 어쨌든 아침 순례는 그것으로 끝난 것이다. 그리고 나면 온종일 실내에 머물렀다. 혼자 있다 보니 씻을 필요도 없었다. 어떨 때는 정말 낯가죽이 근질근질해진 다음에야 마지못해 씻을 때도 있었다. 외모에 전혀 신경 쓸 필요가 없는 곳이 시골 생활이었다.

도시에는 현관 밖에만 나서래도 가장 먼저 거쳐야 하는 곳이 거울 앞이다. 쓰레기 버릴 때나 슈퍼에 잠시 다녀오려고 해도 눈곱이 끼였는지 검사하고 떡 진 머리도 가지런히 해야 한다. 옷도 신경 쓴다. 아무렇게나 걸치고 나갔다가 엘리베이터에서 이웃을 만나면 공연히 난처해지기 때문이다. 그러나 시골에서는 그럴 필요가 없다. 바지도 작업복 털 바지가 가장 편하고 신발도 시장에서 산 털신이 벗고 신기에 편리했다. 까만 고무 재질에 주둥이만 황갈색 털을 두른 그 신발을 케이는 장날 난전에서 8천 원 주고 샀다. 신어 보니 여간 편한 것이 아니라서 아내 것까지 하나 더 샀는데 크기가 작은 아내의 것은 7천 원을 줬다. 나중에 알고 보니 다른 집보다 2천 원 정도 바가지를 씌운 것이지만 어쨌든 요즘은 어디를 가나 그 신만 챙겨 신는다.

케이가 얼마 전 아내에게 머리 손질을 맡긴 것도 같은 이유였다. 우선 시내까지 이발하러 가기가 귀찮았다. 그리고 아들의 머리 손질하는 솜씨가 예전과 다르다고 판단될 무렵이기도 했다. 가위질 솜씨가 제법 능숙했다. 그래서 한번 맡겨 보았는데 처음은 그런대로 봐 줄 만했다. 아들과 달리 남편의 머리인지라 신경을 쓰는지 처음부터 이발 기구를 들이대지 않았다. 가위로 머리숱을 솎아내는 방식을 택했다. 소위 말해 정리만 한 것이다. 어딘지 엉성한 면은 있어도 누군가 찾아올 사람도 없고, 또 찾아갈 사람도 없어 그대로 지냈다. 엉성하던 머리는 시간이 지나면서 자연스러워졌다.

그러나 두 번째는 달랐다. 아내가 자신의 솜씨를 너무 과신한 것이 문제였다. 그날은 볕이 따뜻한 토요일 오후로 모처럼 아이들까지 모두 시골집에 와 있었다. 아내는 자른 머리카락을 편리하게 처리할 목적으로 집 안이 아닌 바깥에 영업장을 마련했다. 케이가 불러 나가니, 앞서 제 엄마한테 머리를 맡겼던 아들놈의 머리가 예전과 조금 다른 것이 느껴졌다. 아내는 그리된 사연이 이발 중에 손님(아들)이 조는 바람에 발생한 사고였다며, 같은 실수는 없을 거라고 안심시켰다. 살짝 걱정되었지만, 역시 이발하러 시내로 가는 일이 귀찮아 공짜 이발을 받아들였다.

아내가 준비한 나무 의자에 앉았다. 목에 보자기가 둘러지자, 가까이에 있는 아들놈의 얼굴에 묘한 웃음이 떠돌았다. 그와 동시에 졸음 때문에 그리되었다는 녀석의 괴상한 머리가 크게 눈에 들어왔다. 한 번 잘못한 가위질을 바로잡기 위해 반대편을 조금 더 자르고, 밸런스가 안 맞아 또 반대편을 자르고, 다시 손질을 더 하고…. 결국 저와 같은 호섭이 머리가 되었다고 했다.

"아빠, 저는 다시는 엄마한테 머리 안 맡겨요."

녀석이 진작 해야 할 충고를 뒤늦게 했다. 아내가 영업에 방해된다며 녀석을, 호통을 쳐 내쫓는 동시에 싹둑 하고 뒷머리를 잘랐다. 이제는 방법이 없었다. 아내는 같은 실수가 반복되는 일은 절대 없을 거라며 거듭거듭 손님을 안심시키려 했다. 그리고 정말 신중하게 가위질하는 것 같았다. 그러나 손님의 입장에서는 거울을 앞에 두고 있지 않은 게 답답했다. 작업 진행 상황을 전혀 알 수 없는 것이다. 이전과 같이 숱만 숱는다는데 어쩐 일인지 아내의 손놀림이 과감했다. 뭉텅이로 잘린 머리카락이 두른 망토를 타고 흘러내렸다.

결과는 짐작하시겠지만 황당했다. 보자기를 벗기고 머리카락을 털며 "잘되었다."고 혼잣말을 할 때까지만 해도 케이는 아내의 말을 액면 그대로 믿었다. 욕실로 와서 거울 앞에 섰을 때도 뭐가 잘못되었는지 분명히 깨닫지 못했다. 그러나 머리를 감고 수건으로 물기를 털어내자, 거울 앞에 선 사람은 평소 보아 온 자기 모습 아니었다. 윗머리는 듬성듬성하고 아랫머리는 짤막했다. 전체적으로 엉성해 마치 허수아비 가발을 쓴 것 같았다. 케이가 우는소리를 하자 아내는 뭐가 어때서 그러냐며 남편의 항의를 묵살했다. 자신이 볼 때 아무렇지도 않다는 것이다.

그 머리를 하고 케이는 한 달가량을 버텼다. 머리카락이 자라면서 차츰 처음의 꼴사나움은 사라졌지만, 그래도 택배 차량이 오거나 누군가가 대문 앞에서 얼쩡거리면 모자부터 찾아 쓰기 바빴다. 부산 집에 다니러 갈 때도 평소 쓴 적 없는 모자를 꼭 챙겼다. 그리고 밖에서는 절대 벗지 않았다. 지난 열흘 전 서울에 갈 일이 있어 시내 이발소를 찾아 비로소 원래의 모습을 되찾았다. 그러고는 다시는 무자격 이발사한테 머리를 맡기지 않겠노라. 다짐했는데 어찌 된 일인지 시간이 가면서 많이 누그러졌다.

역시 이곳은 시골이다. 도시 같으면 그 꼴로 돌아다니는 것은 어림없을 테지만 시골은 다르다. 머리를 감든 말든 옷을 뒤집어 입든 말든 시골 사람은 그런 것에 신경 안 쓴다. 털신을 신고 부산에 가던 날 딸아이는 아빠한테서 촌티가 느껴진다고 했다. 그런 모습으로 엘리베이터에서 이웃 사람들과 만나는 것이 창피하다고 했다. 하지만 뭐가 어때? 언제부터인지 케이는 도시에 있든 시골에 있든 자신의 입성이나 외모에 신경이 무디어져 가는 것을 느끼고 있었다.

게으름인지도 모른다. 솔직히 편안함과 게으름의 차이를 잘 모르겠다. 어쨌든 까다롭지 않고 편한 것이 좋다. 아내가 원하면 또 머리를 맡길 수 있다. 조금 엉성하면 어떤가. 누가 내 머리를 두고 상관한단 말인가. 딸아이의 말처럼 시골 사람의 행색이 도시 사람의 시각에서 보면 '촌티'라고 비춰질 수 있다. 그러나 케이가 볼 때 '그 촌티야말로 진짜 시골에서 느끼는 자유가 아닐까?' 하고 생각해 본다.

아닌가?

2014 12 18

손 없는 날 이사

케이는 혀를 끌끌 찼다. 수화기 건너 아내의 이야기를 듣고 난 직후였다. 아직까지 이사하면서 손 있는 날, 손 없는 날을 가려서 해 본 적이 한 번도 없기 때문이다. 아내답지 않은 처사라 여겨졌다. 20년이 넘는 결혼생활 중에도 케이는 아내가 그런 것을 가리는 것을 본 적이 없었다. 부모님께 얹혀살 때를 제외하더라도 네 번의 이사가 있었다. 이사하면서 굳이 날을 고려한다면 그날이 이사하기에 적합한 휴일인가 하는 점이고 궂은 날이 아니면 만사 오케이였다.

케이는 본래 신앙을 가지고 있지 않지만, 아내는 기독교 집안의 처자였다. 미신(?)을 곁에 두고 살아온 사람이 아니었다. 그런 아내가 이사하는 시골집이 현재의 집보다 북쪽이기 때문에 손 없는 날을 택해 밥솥을 옮겨야 한다는 이야기에 그만 아연해 지고 말았다. 게다가 그것을 싣고 남쪽으로 갔다가 한참 둘러 와야 한다고 하는 대목에서는 그만 헛웃음마저 흘리고 말았다.

"어허, 이 사람아. 그런 게 어딨나? 편한 날 아무 때고 하면 되지."

그러나 아내의 반응은 여느 때와 달랐다. 이왕이면 다홍치마라고 좋은 날 잡아 이사하는 것이 나쁠 것은 또 무어냐며 전에 없는 태도를 보였다. 고집을 부리는 것이다. 며칠 전 가깝게 지내는 언니뻘 되는 지인과 점심을 함께한 적이 있는데 그날 그 지인이 그런 말을 했던가 보았다. 인터넷에 검색하면 손 없는 날을 알 수 있으니 그중 한 날짜를 택하라고 알려 주었다고 했다.

"그날 밥솥을 옮기면 된대요. 다른 것은 아무 때고 상관없고 밥솥은 가려 옮겨야 하는 그래요."
"뭐라? 밥솥?"

지인은 한날 몰아서 이사할 수 없는 케이의 집안 사정까지 고려해 조언했나 보았다. 사실 케이의 집 이사는 이미 일 년 전부터 시작된 것이나 다름없었다. 귀촌을 마음먹고 시골에 땅을 산 것은 5년 전이고 집은 작년 가을에 지었다. 어차피 재택근무할 요량이었던 케이는 시골에 남고 아내와 아이들은 도시에 머물러 생활해 왔다. 아이들이 학교를 졸업하고 또 방학할 시기를 고려해 올 연말쯤 모두 옮긴다는 계획이었다. 그러나 지난 일 년 동안 알게 모르게 도시에 있는 집 세간들은 거의 절반 가까이 시골로 옮겨진 상태였다. 오가던 아내가 종종 승용차로 실어 나르고 나중에 중고 트럭을 장만해 케이가 왕창왕창 옮겨 왔다.

무슨 짐이 그리 많든지…. 집에서 쓰는 물건 외도 사무실 집기도 옮겨야 했으므로 농막으로 사용하는 컨테이너는 그야말로 잡동사니로 가득 차 발 들여 놓기도 버거운 상태였다. 그런데도 케이는 트럭을 산 주요 동기가 이삿짐 나르는 것에 있는 만큼, 어쨌든 비용을 뽑을 요량으로 갈 때마다 빈 차로 오는 법이 없었다. 게다가 살던 아파트가 팔린 지난달부터는 본격적으로 가구마저 실어 왔다. 아들놈과 맞들고, 아내가 거들어 옮길만한 물건은 모조리 싣고 왔다. 불가피하게 남의 손을 빌려야 하는 에어컨과 피아노만 기술자를 샀다. 지난 주말도 아들놈과 두 차례나 오갔던 것이다.

그러다 보니 이제는 도시 집보다 시골집 세간이 더 많아졌다. 절반 이상 옮겨 왔다. 예전 같으면 주말 하루만 보내고 돌아갔을 아내와 아이들도 요즘은 금요일 저녁에 와 일요일 늦게 돌아간다. 세간에 따라 사람이 느끼는 심적인 편안함도 달라지나 보았다. 아파트보다 오히려 시골 주택이 더 집 같다고들 했다. 무엇보다 작은 아이는 자신의 침대가 옮겨지자, 제 잠자리가 이곳에 있다고 느껴서인지 예전처럼 서둘러 돌아갈 것을 재촉하지 않았다. 휑하던 공간이 채워지면서 케이의 마음도 안정되었다. 늘 빈집에 혼자 있다는 생각이 떠나지 않았는데 요즘은 돌아올 가족을 기다리는 심정이 되어 갔다.

아내는 어째서 '밥솥'인가 하는 점에 관해서는 말하지 않았다. 이삿짐에 있어 밥솥이 어떤 의미를 지니는지 케이도 묻지 않았다. 궁금증을 드러내면 아내의 말에 동조하는 것이 되고 만다. 사람들이 지어낸 그 허황한 믿음이 황당하기는 해도 한편으로 수긍되기도 했다. 사람이 사는 데 있어 밥 먹는 행위만큼 중요한 일이 또 어디에 있겠는가 말이다. 먹어야 기운도 나고 똥도 쌀 것이다. 그렇다면 밥솥은 이삿짐 전부를 상징할 수도 있다. 더구나 아내가 지목한 손 없는 날이 오는 토요일이라 케이로서 굳이 반대할 이유도 없었다. 어차피 오는 주말이면 며칠 잠자리에 필요한 이불 보따리만 남기고 전부 옮겨야 하기 때문이다.

게다가 언제부터인지 케이는 종종 아내의 고집을 꺾지 못하는 나약해진 자신을 만나곤 했다. 나이가 들수록 아내와 다투는 일이 힘들어졌다. 또 지나면 별일도 아닌 것을 두고 다투었다는 후회를 반복하는 일에도 차츰 지쳐 가고 있었다. 젊어서 케이가 부리던 고집을 요즘은 아내가 그대로 따라 하는 것 같았다. 케이의 고집이 꺾인 만큼 아내의 고집은 드세졌다고나 할까? 어쨌든 한 번 마음먹으면 저 하고자 하는 대로 해야 직성이 풀리는 고집쟁이가 바로 지금의 아내였다. 요즘은 나무 하나 옮겨 심는 일도 아내 의견을 묻지 않으면 뒤탈이 났다. 그 때문에 아내가 없을 때는 꼭 전화해서 묻는다.

"개똥이 엄마, 먼저 말한 배롱나무는 강아지 집 앞으로 옮겼어."

그리고 눈치를 살핀다. 자칫 다시 땅을 파야 하는 일이 생길 수도 있었다. 시키는 일을 망설이거나 안 하면 사람을 들볶아 끝내 항복을 받아냈다. 가능할 것 같지 않던 집 뒤 법면을 파 만든 장독대도 아내의 고집이 발동해 만든 작품이다. 이틀 동안 입에 단내가 나도록 만든, 오미자 넝쿨이 타고 오를 철물도 느닷없이 딴 곳으로 옮기라고 떼쓰는 바람에 결국 저 하자는 대로 해 줬다.

최근에는 이삿짐을 옮기면서 버렸으면 하는 구형 냉장고를 시골로 가져가 허드레용으로 쓴다고 우기는 바람에 에어컨 이설하는 인부들에게 웃돈을 주고 옮겨 왔다. 가져와서도 컨테이너 농막 문이 좁아 안 들어가는 것을, 문짝을 뜯어 겨우 넣었다. 문짝을 뜯어 안 되면 전체를 다 해체해서라도 기어코 밀어 넣고 말 아내였다.

따라서 아내가 지목한 손 없는 날이 평일이 아니라는 점에 안심하고 별다른 이의 없이 동의했다. 그런데 문제가 생겼다. 이삿짐을 모두 옮기기로 한 이번 토요일에 비 또는 눈이 예보되었기 때문이다. 케이가 살던 도시 부산은 어지간해서 눈이 드문 고장이었다. 십중팔구 비가 올 공산이 컸다. 아무리 손 없는 날이 좋다 해도 비가 오는 날 이삿짐을 옮길 수는 없었다. 케이의 트럭은 포장이 없는 무개차(無蓋車)량이었다.

아내에게 전화를 걸었다. 사정이 이리 되었으니 금요일 일찍 내려가 몇 차례 오가더라도 토요일 몫까지 몽땅 해치우자고 제안했다. 아내는 별다른 저항이 없었다. 비가 온다는 데야 어쩔 수 없지 않느냐면 그러라고 선뜻 동의했다. 그러면서도 자신은 다음 날, 토요일 갈 테니 이삿짐 정리는 아들놈과 하란다.

"와? 같이 안 올라오고."
"그냥 다음 날 갈 테니, 개똥이랑 함께 자세요."
"밥솥 때문이가?"
"……."

아내는 대꾸가 없었다. 짧은 침묵이 이어졌으나 케이도 더는 캐묻지 않았다. 아무리 뭐라고 해도 아내는 마음을 바꾸지 않을 것이기 때문이다. 그리고 전화를 끊었다. 사람의 마음이란 참으로 알 수 없는 것이라 여겨졌다. 젊어서는 아무런 꺼릴 것 없던 것이 나이가 들면서 달라지나 보았다. 그것이 미신이든 아니든 마음에 두는 이상 믿음 한 가지가 된다. 자식들이 커가면서 아내는 가릴 것이 많아졌다고 한다. 케이는 받아들이기로 했다. 그렇게 하면 나쁘지 않다는데 굳이 반대할 이유가 뭐 있겠는가.

비가 오든 눈이 오든, 아내는 손이 없다고 알려진 토요일 아침 작은아이와 함께 나설 것이다. 전날 이삿짐에서 누락한 소중한 밥솥은 조수석에 앉은 작은아이가 안고 아내는 이삿짐 전부에 해당하는 그 밥솥을 싣고 한동안 액운을 떨치기 위한 레이스를 펼치게 될 것이 분명했다. 남쪽 어디까지 가서 돌아오게 될지는 몰라도 하여튼 시골로 이사하는 반대 방향이 될 것이다. 뒤쫓는 나쁜 기운을 혼란스럽게 할 의도인 것이다. 다분히 미신적인 행위임을 안다. 그러나 아내의 그 정성이야말로 진정 소박한 액막이 의식이라 믿고 싶다. 반평생 가까이 살던 곳을 떠나는데 그 정도의 감상마저 곁들이지 않는다면 그 또한 섭섭한 일이 아니겠는가.

2014 12 17

개구리 울음소리

녀석의 몸통을 발로 살짝 건드려 보았다. 반응은 즉각 왔다. 양손으로 머리를 감싸고, 다리도 최대한 움츠러들었다. 그리고 몸통을 납작하게 만들어 엎드린다. 무당개구리였다. 내가 기대한 반응이다. 최근 들어 논바닥에 물이 괴면서 개구리 소리가 연일 끊이지 않지만, 집 근처에서 무당개구리를 만날 것이라고는 생각지도 못한 일이었다. 참개구리는 흔했다. 풀숲에서 무시로 튀어나왔고 땅을 파다 보면 땅속에서도 기어 나왔다. 삽날을 땅에 박고 오른발로 콱 눌러 양껏 흙을 떠서 뒤집다 보면 아직 겨울잠에 빠져 있던 놈이 느릿느릿 기어 나왔다. 봄을 지나 초여름으로 치닫고 있는 무렵이고 보면 상당히 게으른 녀석이었다.

도시에 살 적에는 좀체 볼 수 없던 개구리를 시골에 살게 되면서 무시로 만나게 된다. 옅은 갈색에 검은 무늬가 섞인 참개구리와의 만남은 아주 어릴 적 기억을 오롯이 떠오르게 했다. 반가웠다. 녀석들을 발견하면 무던히도 괴롭히고 짓궂게 굴었던 유년 시절…. 돌멩이를 던지고 나뭇가지를 꺾어 들고 사냥을 다니기도 했다. 당시엔 봄철 개구리 뒷다리 요리는 가을 벼 수확기의 메뚜기볶음만큼이나 아이들에게 별식으로 취급되는 간식이었다.

나뭇가지는 잘 부러지지 않고 낭창낭창하게 유연성 있는 버드나무가 제격이었다. 물이 올라 한층 탄력이 좋아진 그것을 꺾어 들고 먹을거리가 궁색했던 아이들은 개구리 울음이 끊이지 않는 논바닥으로 몰려갔다. 날카롭게 바람 가르는 소리가 논바닥으로 향하는 순간 벼락 맞은 개구리는 배를 뒤집고 수면 위로 떠올랐다. 찍, 소리 지를 새도 없이 아이들의 매질은 빨랐다. 소리를 죽이고 잠수해도 아이들은 용케 놈들의 위치를 파악했고 여기서 획! 저기서 획! 버드나무 물 치는 소리가 이어졌다.

민첩한 아이 중에는 아예 맨손으로 녀석들을 포획하는 경우도 종종 있었다. 개구리는 깨구락! 소리조차 지르지 못하고 생포되어 움켜쥔 아이의 손에서 허리를 꺾은 채 흔들거렸다. 버둥거리기 시작하면 곧장 바닥에 패대기를 쳤다. 버둥거릴 새도 없이 개구리는 뒷다리를 쭉 뻗었다. 지금 생각해 보면 아이들답지 않은 잔인한 행동임에도 당시에는 아무렇지도 않게 생명 하나를 그와 같은 방법으로 간단히 처리해 버렸다.

그렇게 사냥이 끝나면 아이들은 뒷다리만 수거해 기름에 튀기거나 불에 그슬려 먹었다. 무던히도 괴롭혀 온 녀석들이었지만, 어느 순간 기억에서 사라져 버렸는데 최근 시골에 집을 짓고 살면서 다시 만났다. 그것도 흔하게 자주…. 녀석들 입장에서 보면 분명 악몽일 터이지만 나로서는 추억으로 간직한 옛 친구를 다시 만난 격이었다.

무당개구리는 논바닥보다 산 계곡에서 흔히 만날 수 있는 개구리였다. 장마가 걷히고 무더위가 시작될 즈음이면 아이들은 가까운 뒷산 계곡으로 몰려가 물놀이를 즐기곤 했다. 이름 없는 조그만 절터 위로 뻗은 계곡인데 평소에는 물 한 방울 흘러내리지 않던 벼랑에서 비만 내리면 폭포와 같은 물이 쏟아졌다. 팬티 한 장 걸치지 않은 아이들이 그 물벼락을 서로 맞겠다고 좁은 바위를 차지하고자 다투었다. 그 계곡에 물기 머금은 이끼 낀 바위 틈새에서 녀석들이 나타났다. 무당개구리는 참개구리와 달리 동작이 민첩하지 못했다. 그렇지만 녀석의 흉측한 외모 때문에 놈을 잡겠다고 나서는 아이들은 많지 않았다.

약 개구리라고도 불렀는데, 약으로는 쓰였는지 어떤지는 몰라도 참개구리의 뒷다리를 볶아 먹듯 녀석들을 간식으로 먹고 싶어 하는 아이들은 아무도 없었다. 짙은 연두에 검은색이 섞인 녀석의 등짝은 옴이 오른 듯 오돌토돌하여 영 호감 가는 외양이 아니었다. 작대기나 발로 살짝 건드리면 녀석은 가던 걸음을 멈추고 바싹 엎드린다. 무서운 것을 보지 않겠다는 아이처럼 짧은 앞다리로 눈을 가리고 뒷다리는 엉덩이 위로 감아올린다. 최대한 몸을 움츠리려 하는 것 같았다. 한 번 더 건드리면 녀석은 숨겨둔 비장의 무기(?)를 내보였다. 몸을 뒤집으며 붉은빛이 도는 흉측한 배때기를 드러내 보이는 것이다. 도무지 가까이 하고 싶지 않은 녀석이었다.

집 주변에서 잘 발견되지 않는 놈인데 오늘 아침엔 두 마리나 만났다. 어젯밤에 비가 내린 탓인 것 같았다. 한 녀석은 지붕에서 쏟아지는 빗물받이 홈통 아래였고 다른 한 놈은 집터와 경계를 짓는 도랑 근처에서였다. 역시 동작은 민첩하지 못했다. 모처럼 만난 녀석이 반가워 어릴 적 추억을 떠올리며 살짝 건드려 본 것이다. 납작 엎드려 있던 녀석이 꼬물거리며 다시 움직이기 시작했다. 나는 다시 한번 건드려 보았다. 이번에는 좀 더 세게 발로 밟았다가 뗐다. 녀석의 붉은 배때기가 궁금했기 때문이다.

아나나 다를까 녀석은 물구나무서듯 몸을 뒤집으며 징그러운 배를 드러내었다. 붉은 바탕에 거머리가 붙은 것 같은 흉측한 얼룩무늬가 새겨진 배였다. 녀석도 개구리 울음소리를 내나? 뒤늦은 깨달음이지만 나는 아직 무당개구리가 우는 소리를 한 번도 들은 적이 없는 것 같다. 논바닥에서 우는 참개구리는 정말 요란하다. 그러나 녀석은 생긴 모양과는 달리 꽤나 점잖은 면은 있어 내가 계속 괴롭히는 중에도 좀체 소리 내지는 않았다. 그사이에도 가까운 논에서는 참개구리 우는 소리가 바글바글 들려오는데도 말이다. 나는 녀석을 방면했다. 녀석은 두꺼비 같은 느린 걸음으로 돌틈 사이로 기어들었다.

얼마 전이다. 집 앞 텃밭에서 일하던 중, 그늘에 앉아 휴식을 취하는 동네 어른들과 섞여 앉은 적이 있었다. 이제 막 5월로 접어든 것에 지나지 않는데도 초여름 같은 날씨가 이어지고 있었다. 짧은 봄이 지나고 바쁘게 무더위가 찾아온 느낌이었다. 개구리가 저렇게 요란한 것도 이르게 찾아온 여름 때문이 아닌가 싶어 곁에 앉은 어르신께 물었다. 이제 5월 촌데 개구리가 너무 요란하게 우는 것 같다고…. 도시 살면서 쉽게 접하지 못하던 소리인지라 지금이 개구리가 울 시기가 맞는지에 대한 궁금증이었다. 그때 내 말을 받은 어르신의 대답이 무척 인상적이었다.

"아니지. 모내기 시기 알려 주느라 개구리가 안성맞춤으로 울어 주는

데, 뭘."

도시에 살다 온 나로서는 개구리 울음과 모내기의 연관성을 잘 알지 못한다. 하지만 늘 익숙해진 달력의 날짜를 기준으로 삼지 않고 자연의 소리로 농사 시기를 가늠하는 고전적인 방법이 아직도 면면히 이어져 오고 있다는 사실이 놀라웠다.

보름 전에도 비슷한 이야기를 들은 적이 있다. 이웃 할머니로부터였다. 우리 집과 구거(고랑) 하나를 사이에 두고 그 너머가 할머니 밭이었다. 팔십에 이른 노인이지만 평소 혼자 감자를 심고 콩을 심기도 했다. 그날은 서너 개 밭고랑을 만들고 비닐을 씌우는 중이셨다. 고랑이 길지 않아 할머니 혼자서도 해낼 수 있는 상황이지만, 나는 인사 삼아 "도와드릴까요?" 하고 물었다. 할머니는 역시 사양했다. 그리고 나는 건너편에 선 채 무엇을 심으시려 하느냐고 여쭈었다. 참깨를 심기 위해 비닐 멀칭을 하는 중이라고 하셨다.

"지금이 참깨 심는 철인가 보죠?"

궁금해서라기보다 그저 말벗이라도 되어 드리겠다고 한 말이었다. 할머니가 허리를 펴셨다. 그리고 건너편, 가까운 산허리로 시선을 주며 의외의 말씀을 하시는 것이다.

"저 산에 소호여! 소호여! 하고 새가 울기 시작하면 참깨 심을 철인 거지."

그제야 나는 집 뒤 산에서 무슨 새인지는 몰라도 산새 우는 소리를 들을 수 있었다. 소쩍새인 것 같았다. 새소리는 깊은 굴속을 뚫고 나오듯 맑은 울림을 지니고 있었다. 일을 마친 할머니는 굽은 허리를 하고 밭둑 아래로 내려갔다. 짧은 순간, 참으로 묘한 감동을 안기는 장면이 아닐 수 없었다. 작은 네모 속에 칸칸이 가두었다 꺼내어 쓰는 달력의 갇힌 시간이 아니라 사방으로 뚫려, 순리에 따라 오가는 자연의 시간이 그곳에 존재하고 있음을 새삼 발견한 것이다.

개구리 소리를 들어 본 적이 있는가? 개굴개굴, 개골개골…. 사람들은 흔히 개구리 우는 소리를 이렇게 흉내 내곤 하는데 최근, 매일 개구리 소리를 듣고 사는 내 입장에서 볼 때 정말 말도 안 되는 의성어(擬聲語)에 지나지 않았다. 한 번이라도 관심을 가지고 들어본 사람이라면 개구리는 결코 개굴개굴 또는 개골개골 울지 않는다는 것을 알게 될 것이다. 녀석들은 정말 요란하다. 아침과 정오 그리고 저녁에 우는 소리가 조금씩 차이가 났다. 문을 열어 놓고 있으면 밖이 너무 시끄러워 고막이 멍해질 정도이다. 도심에서 낼 수 있는 법적 소음 범위는 55~60데시벨(dB) 정도라고 한다. 그 이상의 소리를 내면 법적인 제재를 받고 벌금도 물게 되어 있다. 그런데 한밤에, 논바닥에서 우는 개구리의 합창은 그보다 훨씬 요란하다.

"꾸라라락, 또라락, 깨구락, 꽉꽉…."

놈들의 울음을 관찰하기 위해 나는 일하던 중에도 수시로 귀를 곰곰이 기울인다. 전체적으로 왈가닥달그락 한 덩어리로 뭉쳐있어 어느 하나의 소리로 특정하기가 무척 어려웠다. 한번은 밤늦게 마당을 거닐다가 개구리 울음소리를 녹음하기 위해 근처 논둑에 앉은 적이 있다. 요란하던 녀석들은 누군가 다가가면 일시에 소리를 멈춘다. 그러나 숨을 죽이고 기다리면 머지않아 인내심을 잃은 어느 녀석인가 먼저 꾸라락! 선창하는 놈이 있기 마련이다. 잠시 후 다른 쪽에서는 또라락! 맞서는 놈이 생겨났다. 그리고 여기저기 숨죽이고 있던 놈들은 한 덩어리가 되어 울어대기 시작했다. "꾸라라락, 또라락, 깨구락, 꽉꽉…."

개구리 울음이 요란한 인근의 논에 며칠 전 모판이 만들어졌다. 본격적인 농사철이 시작된 것이다. 올해는 늦었지만, 내년에는 소쩍새 울음에 맞추어 텃밭에 참깨를 심어 보리라고 결심해 본다.

2014 05 12

머구(머위)

머구는 이름조차 촌스럽다. 널찍한 잎은 확실히 주변의 여느 식물보다 도드라진 면은 있다. 쇠비름이나 씀바귀, 달개비 따위는 흔적도 없이 덮어 버린다. 키 재기의 명수인 망초나 가막사리, 우슬과 견주어도 제 모습을 잃지 않는다. 층이 진 언덕배기나 조팝나무 그늘, 감나무와 자두나무가 어깨를 댄 둥치 아래서 녀석들은 저희끼리 수런대며 몰려 있다. 바람이 불면 얼굴을 맞대거나 돌리기도 하면서 바깥세상을 내다본다. 그러나 거기까지다. 녀석들은 선뜻 밖을 나서지 못하고 구석과 그늘만 찾아 제 영역으로 삼는다.

토란처럼 넓은 잎을 가지되 윤기가 없고 연잎과 같은 둥근 모양을 했지만, 화려한 꽃을 지니지 못했다. 새순이 날 무렵 작은 예식 부케를 닮은 흰 꽃을 피우지만, 바닥에 주저앉은 형상이다. 두드러지지 않는다. 도시 구경이라곤 한 번도 해 보지 못한 꼭 촌년 같다. 아니 천생 촌놈이다. 흰 고무신을 신은 발목이 드러난 내 발등을 닮아 있다. 그리고 이내 널찍널찍한 낯짝만 키워 갔다. 볕이 따가운 한낮에는 헝겊처럼 처진 꼴도 촌스럽다.

지천으로 피어 영역을 넓히는 녀석들을 정리해야겠기에 낫을 들고 마주 섰다. 텃밭 일부를 온통 점령했다. 석축 사이에도 비집고 들어 긴 목을 내밀고 건들거렸다. 화사한 철쭉과 녹차의 초록 새순으로 봄을 맞았던 석축은 5월을 넘기면서 머구 잎에 치여 몸살을 앓고 있다. 철쭉도 녹차도 때깔을 잃었다. 이놈도 씨를 남기는 걸까? 외지고 구석진 곳을 찾아 번지는데 해가 다르게 영역을 넓혀 가는 녀석의 번식력에 혀를 내두를 지경이다.

밭으로 기어 나온 녀석부터 낫을 휘둘렀다. 밑동을 치기 바쁘게 머구 잎이 꼬꾸라진다. 짙은 머구 향이 코를 찌른다. 도시 살 때 녀석과의 만남이 생각났다. 한 단의 묶음으로 아내의 장바구니에 담겨 온 녀석들은 봄철 쌈 재료로 식탁에 올랐다. 향이 독특하다. 독특한 향을 지닌 머구를 먹기 위해서는 독특한 소스가 필요했다. 아내는 삭힌 멸치젓을 내왔다. 아이들은 코를 쥐고 고개를 돌렸고 나는 쌈에 얹은 밥 위에 멸치젓을 곁들인다. "아 어구!" 한입 밀어 넣으면 양 볼때기에 머구 향이 가득 찼다.

아이들은 향이 짙은 음식을 잘 먹지 못했다. 나도 그랬다. 어릴 적엔 마늘이며 양파를 생으로 먹는 어른들이 이해되지 않았다. 그런데 나이가 들면서 나도 모르게 그 독한 향에 길들어졌다. 세상의 쓴맛을 경험한 탓일 것이다. 머구에도 그와 같은 짙은 향이 베어 있다. 시골로 이사 온 후로 나는 봄이면 그 향을 잊지 못해 새순이 오를 때부터 머구 순을 찾는다. 손가락 마디쯤 올라왔을 때가 가장 향이 짙고 순이 부드럽다. 아내는 머구 순을 조물조물 손으로 무쳐 접시에 담아내고 나는 준비한 막걸리를 사발에 따른다.

호사다. 시골 사는 사람만이 누리는 호사다. 도시에 살 때는 머구 잎은 보았어도 머구 순을 파는 것은 보지 못했다. 하우스에서 쌈 재료로 키우자면 어린 순을 자르면 상품으로 키울 수 없기 때문이다. 그러나 이곳은 눈길 닿는 곳 어디라도 머구가 자라고 있다. 텃밭에도, 석축에도 감나무 아래 조팝나무 그늘에도, 광나무 울타리 중간중간에도 머구는 고개를 내밀고 있다. 이른 봄 대숲에 가면 어린 싹을 밟지 않으려면 머리에 발을 이고 다녀야 할 지경으로 천지로 널린 게 머구 순이다.

커다란 잎과 굵은 줄기에 비하면 녀석의 뿌리는 깊지 않다. 습지고, 그늘진 곳에 터전을 잡는 습성 때문일까? 당기면 별다른 저항 없이 굵직한 뿌리마저 쑥쑥 내놓는다. 잔뿌리가 없는 것이 특징이다. 땅속으로 파고들기보다는 고구마 줄기처럼 옆으로 퍼져 있다. 하나만 당기면 옆에 놈까지 함께 달려 나온다. 한 뼘 정도 나오다 끊기는 것도 있지만 끈덕지게 잡고 있으면 두 뼘, 세 뼘 크기로 줄줄이 사탕이다. 칠 것은 치고 뽑을 것은 뽑고…. 그렇게 점령한 한 머구밭을 난잡하게 정리해 나간다.

'머구'는 경상도 방언이고 놈들을 이르는 표준어는 '머위'라고 한다. 어릴 적부터 '머구'로 알고 지낸 나로서는 오히려 '머위'란 말이 낯설기만 하다. 도시에서는 평소 흔하게 접하던 나물이 아니라 제철이 아니면 만나기조차 쉽지 않았다. 귀촌 후 지금은 겨울만 제외하면 일상으로 머구를 곁에 두고 산다. 먹고 싶으면 바구니 없이 맨손으로 가도 한 주먹을 뜯을 수 있다. 한 끼 먹을 만큼만 뜯으면 된다. 지금은 잎이 억세어 쌈으로는 먹지 않고 대(줄기)만 잘라 식재료로 사용한다. 특히 생선조림에 넣으면 무나 다른 채소를 바닥에 깔았을 때보다 아주 독특한 맛을 즐길 수 있다. 생선은 갈치가 제일이고 고등어도 그런대로 궁합이 맞다.

자르고 뽑아 던진 머구 대가 밭 한 귀퉁이를 그득히 덮었다. 우리 집에
서는 이렇게 흔한 것이 장소에 따라 아주 귀하기도 한 모양이었다. 지난
해 언젠가는 이 머구를 분양해 달라는 이가 있었다. 주말에만 시골집에
오가는 사람인데 얼마든지 주겠다는 내 말에 겸손하게 댓 뿌리만 부탁했
다. 저절로 난 것이라 한 소쿠리 넘게 캐내 왕창 인심을 썼다. 집 뒤 언덕
에 심었다고 들었는데 그 집도 지금쯤 지천으로 번져 가는 이놈들 때문에
골머리를 썩이고 있지 않은지 궁금하다.

머구는 약용으로도 이용된다고 한다. 꽃잎은 꽃잎대로, 줄기는 줄기대
로, 뿌리는 뿌리대로 제각각 쓰임은 조금씩 달라도 주로 폐나 기관지 계
통에 효력이 있는 것으로 알려져 있다. 효소도 담그고 차로도 끓인다는데
집 주변에 지천으로 곁에 두고 살면서도 우리 부부는 아직 잎과 줄기만
뜯어먹는다. 다른 것은 시도해 보지 않았다. 널브러진 머구 대를 정리하
면서 뿌리를 별로도 거두었다. 돈으로 산 것이 아니라서 귀하지 않은 것
은 아닐 것이다. 시골이 아니라면 어디서 이렇게 많은 머구 뿌리를 얻겠
는가. 말려서 차로 끓일 생각이다. 독특한 머구 향이 벌써 코끝을 찌른다.

2016 05 17

불편한 이웃에 대한 단상

만수 씨한테 미안하다. 거울 앞에 선 나는 새삼 지난 일을 반성해 본다. 머리는 하얗게 백고를 쳤을 때보다 자랄수록 더 엉망으로 변해 갔다. 차라리 반질반질한 대머리일 때는 수도승의 고매한 품격이라도 떠올려 볼 만도 한데 밤송이처럼 거칠게 변하자, 꼴이 우스워진 것이다. 그렇다고 다시 면도날을 들이대 중의 머리로 되돌릴 수는 없었다. 본래 삭발의 목적이 중이 되어 출가하고자 한 것이 아닌 까닭 모르게 발병한 두피의 가려움 때문이다. 멀쩡하다가도 한 번 가렵기 시작하면 미칠 것만 같았다. 특히 밤에 심해져 무슨 책을 보거나 어떤 일을 해도 집중할 수 없게 되었다.

머리통을 이리저리 더듬으면 오돌토돌 솟은 것이 만져지는데 가려움은 그 주변에서 발생하는 것 같았다. 자다가도 벌떡 일어나 긁어댔다. 쥐어뜯기도 했다. 병원에서 약을 처방받아 먹고 바르기 시작했다. 먹는 약은 상관없는데 바르는 연고가 문제였다. 환부가 머리카락 아래에 놓여 있다 보니 연고를 발라도 피부에 잘 닿지 않았다. 몇 차례 머리 위로 덧칠하다 말고 마침내 결심했다. 아내에게 이발 기구를 내오라고 이른 것이다.

아내는 아이들이 어릴 적에 직접 머리 손질을 했다. 어설픈 솜씨에 머리를 맡겼던 아이들은 고등학교 졸업 후 제 엄마로부터 해방되었다. 하지만 박박 미는 데 솜씨 따위는 무슨 상관이란 말인가. 아내는 몇 번이고 내 결심을 되물었다. 처음엔 농담으로 받아들이다가 실제로 보자기를 두르고 거울 앞에 앉자 더럭 겁이 나나 보았다. 기구를 챙겨 오면서도 몇 번이고 내 의지를 확인하려 들었다.

"정말 깎아?"
"그냥 밀어라."
"어떡해. 정말….'

아내는 안절부절못했다. 나는 이를 악물었다. 미세한 손 떨림이 목덜미 뒤에서 느껴졌다. 생각해 보니 이렇게 왕창 머리를 미는 것도 젊었을 적 군 입대할 때를 빼면 처음 있는 일이었다. 발아래 머리카락이 쌓여 갈수록 위로는 시원해졌다. 손질이 필요 없는 이발이라 아내는 오래 끌지 않았다. 아내는 흉측한 모습이 보기 싫다고 고개를 돌렸고 나는 맨머리를 쓸며 일어났다. 거울 속의 낯선 이와 마주 섰다. 험상궂다는 아내의 표현은 정직했다. 저런 흉한 몰골로는 어디 가도 중노릇도 못 할 것만 같았다.

환부에 연고가 닿자, 효과는 바로 나타났다. 가려움은 확실히 줄었다. 머리가 길면 재발 여부는 알지 못해도 어쨌든 상태는 호전이 분명했다. 그리고 백고 친 머리도 차츰 자라 밤송이처럼 변해 갔다. 중머리로 살기로 결심한 것이 아닌 이상 이런 상태로 계속 길러야 하는 것은 맞는데 너무 지저분했다. 조금만 더 길면 이발 기구를 들이대 형태를 잡아 가면 되었다. 그러나 지금은 이도 저도 아닌 어중간한 상태였다.

머리의 검정이 두드러질수록 이마의 구분 선은 뚜렷해지면서 넓적한 낯짝은 누런 천을 뭉쳐 만든 허수아비 꼴을 닮아 갔다. 만수 씨를 떠올린 이유는 그 때문이었다. 지금 거울 속의 인물이 누군가와 무척 흡사하다고 여기는 순간 자동으로 떠오른 이가 만수 씨였다. 그를 처음 만난 때를 회상해 보니 벌써 십 년이라는 시간이 흘렀다는 사실이 새삼 놀라웠다. 이 마을에 들어와 집을 짓고 살고자 땅만 사 놓고 왕래하던 무렵이었다.

외지인이 시골에 들어와 살기 위해서는 그곳 어른들께 인사 올리는 것은 당연했다. 마을 이장을 통해 그런 마음을 전하자, 이장은 마침 마을 사람들이 모인 곳이 있으니 직접 찾아가 뵙기를 권했다. 설명에 의하면 그곳은 응당 예상되는 마을 회관 같은 곳이 아니라 산 중턱에 있는 어느 장소라고 했다. 당시 마을에는 국가에서 강행하는 어떤 국책 사업으로 입게 될 피해를 두고 농성 중에 있었다. 이장은 어차피 같은 동네에 살 사람인 만큼 농성에 참여하지는 못해도 위문차 들려 보는 게 도리 아니겠냐는 설명이었다. 반대할 입장이 아니었다. 위문은 위문품이 있어야 하는 것이라 마트에 들려 몇 가지 간식거리와 마실 것을 사서 올라갔다.

임도(林道)를 따라 산 중턱쯤 오르니 바리케이드를 치고 차량을 통제하는 사람들이 나타났다. 볕에 그을린 그들은 낯선 차량이 다가오자, 손을 치켜들고 정지 신호를 보냈다. 당시는 여름이었다. 창문을 열자 더운 공기가 밀고 들었다. 나는 고개를 빼고 찾아온 이유를 설명했다. 이장이 만수 씨를 찾으라고 했기에 민수 씨를 만나러 왔다고 했다. 성(姓)은 모른다. 이어 몇 분 기다리자 임도 저쪽에서 일단의 사람들이 몰려나왔다. 그리고 그들 중 정말 새카맣게 탄 얼굴을 한 이가 나서며 자신이 만수임을 밝혔다. 그는 삭발한 상태였고 이마에는 땟국이 쫄쫄 흐르고 있었다. 농성장에서 그의 직위가 무엇인지는 몰라도 이장이 만나라는 사람인만큼 나는 "수고가 많으시다."며 깍듯하게 인사했다.

그러나 그는 듣는 둥 마는 둥 하고 연신 차 안을 기웃거렸다. 짐작이 갔다. 나는 얼른 차에서 내려 트렁크를 열어 보였다. 산에 오르는 동안 마을 이장으로부터 무슨 연락이 오간 것이 분명했다. 만수 씨는 그 속에 든 것을 확인하고서야 비로소 마주 선 사람을 사람답게 쳐다보긴 해도 겨우 무뚝뚝한 표정만 지을 뿐이었다. 마을의 새 구성원이 될 사람에 대한 환영의 태도는 아니었다. 그리고 좀 전에 몰려왔던 사람들로 하여금 위문품을 나누어 들게 하고 다시 산채(山砦)로 돌아갔다.

그것이 그와의 첫 만남이었다. 도시 사는 사람이 시골에 들어와 정착하기 위한 첫 관문이 현지인들과의 융합이라는데 새삼 만만찮음을 느끼게 했다. 그리고 그때는 그의 삭발에 대해 특별한 생각을 가지지 않았다. 농성장에서 삭발은 드물지 않은 일이고 그의 삭발 역시 시위를 위한 결연한 의지의 발호쯤으로 여긴 것이다.

두 번째 그와의 만남은 그로부터 2년 정도 지난 후였다. 마을에 집을 지으면서였다. 원래는 땅을 사고 묵혀 두었다가 4, 5년 후에 귀촌한다는 계획이었다. 그래서 터만 닦고 컨테이너를 들인 후 주말에만 왕래했었다. 빈 땅에 고추도 심고 갖가지 채소를 키우며 주말농장을 했다. 경제적으로 따져 볼 때 사 먹는 것보다 못한 농사였지만 우리 부부는 그 형편없는 농사일을 즐거움으로 알고 왕래하였다.

그러다 어느 날 우리 부부가 산 땅이 집을 지을 수 없는 곳임을 알게 되었다. 구거(溝渠)에 관로를 묻고 현황도로로 사용하는 길이 진입로로 허용되지 않음을 뒤늦게 안 것이다. 재산의 절반을 쓸어 넣어 산 땅이라 눈앞이 캄캄했다. 해결을 장담하던 부동산 업자는 시간만 끌다 시나브로, 나중에는 아예 연락마저 되지 않았다. 결국 내 발로 직접 뛰었다. 천신만고 끝에 허가 나는 땅으로 바꾸긴 했는데 이제는 허가를 맡은 공무원에 대한 믿음이 사라져 버렸다. 같은 사안을 두고 딴소리하기가 일쑤였고 나중의 일은 그때 가서 보자는 식이었다. 4, 5년 후 장담하던 담당이 그 자리에 있다는 보장이 없었다. 다른 놈이 앉아 엉뚱한 이야기를 하면 일을 처음으로 되돌려야 하는 것이다. 결국 계획보다 앞당겨 집을 짓게 되었다.

만수 씨와의 재회는 집짓기를 위해 모셔 온(?) 공사 업자들의 숙소 문제 때문이었다. 지금 돌이켜 보면 그럴 필요가 있었을까 싶지만, 당시에는 일생에 처음 짓는 집이다 보니 필요 이상의 것에 신경 썼다. 건축 업자를 강원도에 있는 먼 곳의 업체를 선정한 것이다. 그곳은 내가 귀촌하는 지역보다 상당히 위쪽이고 따라서 단열에 강한 집을 지어 줄 것이라는 믿음 때문이었다. 공사 기간 중 상시로 현장에 머무는 인부는 세 사람 정도였다. 이들이 머물 곳이 필요했다. 나는 그것을 윗마을 회관에 머물기로 했고 이미 관리를 맡은 사람과 약속이 되어 있는 상태였다. 마을은 총 네 개의 부락으로 나뉘어 각각 독립된 회관을 가지고 있었다. 가까운 우리 동네 것보다 그쪽 부락의 회관이 최근에 지어져 훨씬 현대식으로 개량되어 있었다. 물론 공짜는 아니고 비용을 지불하기로 되어 있었다.

첫날 인부들을 이끌고 올라가 짐을 푸는데 처음 임대를 약속했던 사람이 어물어물 딴소리했다. 자기는 빌려주고 싶은데 누군가 반대해 입장이 난처하다는 것이었다. 그러면서 당사자와 직접 상의하라며 전화했고 잠시 후 나타난 사람이 바로 만수 씨였다. 그는 어디선가 한잔 걸친 후였고 눈알은 노랬다. 여전히 불그죽죽한 구릿빛 얼굴에 삭발한 상태였다. 입에는 쉰 냄새를 풀풀 풍기면서 뻔히 알 만한 내용을 되묻고 또 되묻곤 했다. "어디에 사시나?"에서부터 시작해, "이곳에 땅은 언제 샀느냐?", "왜 이 동네에 이사 오려 하느냐.", "집 짓는 곳이 어디라고요? 아아! 그기…."

나보다 네댓 살 많은 사람으로 그는 우리가 언젠가 만난 적이 있다는 사실을 전혀 인지하지 못했다. 술에 취한 것이 분명했다. 그의 영향력이 어디까지인지는 몰라도 만수 씨보다 나이가 많은 처음 숙박을 약속했던 사람은 그저 눈치만 살필 뿐 대화에는 끼어들지 않았다. 무슨 말을 할 때마다 만수 씨는 이마 거죽을 심하게 일그러뜨리는 습관을 지니고 있었다. 그럴 때마다 송충이 같은 눈썹이 꿈틀거려 더욱 험악한 인상을 만들었다. 나는 얼마 안 가 빙빙 겉도는 그의 말속에서 무언가 전하고자 하는 것이 숨겨져 있음을 간파했다. 하지만 그것이 무엇인지는 눈치를 채기 어려웠다. 몇 번이고 비용은 지불하겠노라. 밝혔기 때문에 숙박비에 관한 것은 아니었다.

그럼, 뭐지…? 골똘히 생각하다 나는 그가 묻는 대로 대꾸하고 무작정 고개를 끄덕이며 동조해 주었다. 예를 들면, "예, 맞습니다.", "그렇죠.", "지당하신 말씀입니다." 하는 식이었다. 어차피 그 상황에서 나는 을(乙) 일 수밖에 없었다.

나를 공손한 사람으로 판단하고 그는 하룻밤의 숙박을 허가했다. 이미 어두워진 후라 쫓아낼 수도 없었을 것이다. 한밤에 뜻하지 않게 보따리를 싸게 생겼던 인부들은 안도의 한숨을 쉬었다. 내일은 어찌 되더라도 일단 은 씻고 다리 뻗을 공간이 마련된 것이다.

"동네 텃세 한번 지랄 같다."

만수 씨가 떠나자, 인부 중 누군가가 기다렸다는 듯이 내뱉었다.

"이름이 만수가 뭐야? 만수!"

누군가는 세련되지 못한 그의 이름을 덜 먹이며 조롱했다.

"뭘 그래. 생긴 거랑 똑같더니만…."

사실 그의 이름은 겉모습과 짜 맞춘 듯이 어울렸다. 동그랗게 깎은 머리는 목 없는 티를 입은 탓에 껑충 돌출된 모습이었다. 게다가 대화 중 좌우로 고개를 움직이는 습관은 등껍질 밖으로 나온 자라목을 연상케 하는지라 터지려는 웃음을 억지로 참아야 했다. 말보다 행동을 앞세울 것 같은 외양에 짓눌려 시비가 붙지 않도록 고분고분 응대했던 것이다.

어쨌든 그와의 두 번째 만남은 그러했다. 그리고 내일은 내일 가서 보자는 식으로 매듭지은 숙박 문제는 이튿날 약속이 틀어진 이유에 대해서는 다른 사람을 통해 전해들을 수 있었다. 도장(圖章) 때문이라고 했다. 앞서 잠시 언급했지만, 마을은 벌써 몇 년 전부터 피해가 불가피한 국책 사업의 강행에 맞서 농성 중이었다. 한동안 남녀노소 똘똘 뭉쳐 투쟁해 왔으나 2~3년, 시간이 지난 당시에는 일부 찬성하는 사람이 생겨나 민심은 전과 같지 않았다. 이런 일쯤은 수도 없이 겪었을 사업 주최 측은 서두름 없이 마을 사람들을 일일이 찾아다니며 회유와 설득해 마침내 찬성 대표단을 꾸리기에 이른 것이다. 당근과 협박에 불안해진 마을 사람들은 어떡해야 할지 몰라 서로의 눈치를 보는 모양새가 되었다. 내가 집을 지을 무렵이 꼭 그랬다.

처음부터 나는 마을에 당면한 문제가 나와는 무관한 것으로 생각했다. 물론 아무 일도 없는 조용한 동네라면 더 좋았겠으나 문제의 설비가 근처 산을 경유한다는 것을 모르고 땅을 산 이상 그냥 받아들이고자 하는 입장이었다. 마을을 오가면서 알게 되었지만, 시설물이 서는 장소도 내 집터와는 일정한 거리 밖에 있었다. 인체에 유해하니 마니 하는 소문도 조그만 상식에 견주어 보아도 금세 가당찮은 소리임을 알 수 있는 것에 지나지 않았다. 그곳에 터를 닦고 누대에 걸쳐 살아온 원주민들의 입장은 어떨지 몰라도 나는 분명 다른 처지의 사람이었다.

무엇보다 나는 내가 그 사안에 대해 내 동의까지 필요로 한다는 사실을 정말 몰랐다. 마을 사람들도 마찬가지였다. 찬성이니 반대니 해도 그곳에 사는 사람들의 이야기지 집도 짓기 전인 나는 외지인으로 분류되었기 때문이다. 그러다 어느 날 보상을 전제로 마을 거주자를 조사하는 과정에서 누락(?)된, 아니 누락될 수밖에 없는 한 사람이 뒤늦게 발견된 것이다. 일을 맡은 마을 이장도 황당했던 모양이었다. 경남 무슨 시(市) 어쩌고저쩌고 몇 번지라고 되어 있어도 실제 그곳은 빈터고 컨테이너만 하나 덩그러니 놓여 있었다. 고개를 갸웃하던 이장이 아무래도 확인해야겠다 싶었던지 전화를 걸어왔다. 나는 그 전화를 조만간 정리하게 될 사무실에서 받았다.

"동생, 니 이곳에 주소 옮겨 놨나?"
"예."
"와?"
"농협 조합원 하려면 주소가 그곳에 있어야 한다고 하기예요."

지금은 법이 바뀌어 그것이 불가능한 것으로 아는데 당시에는 실제 집이 없는 곳에도 주소 이전이 가능했다. 농협 조합원이 되면 얻게 되는 여러 이점에 대해 알려 준 사람은 땅을 구입할 무렵의 먼저 이장이었다. 그는 젊은 사람이 자신이 사는 마을로 이사 오는 것에 대해 어느 정도 호감을 지녔던 것 같았다. 도시에 사는 사람으로서는 당연히 모를 수밖에 없는 사안에 대해 지금 이장보다는 더 세심하게 챙겨 주었다. 게다가 나는 건축 허가 문제로 애를 먹고 있던 시점이었다. 혹시 조합원 신분을 취득

하면 허가 내는 데 무슨 도움이라도 되지 않을까 하는 막연한 기대마저 품은 것도 사실이었다.

"니, 농사지을 끼가?"
"아뇨. 그래도 시골 살자면 거름도 필요할 거고, 배당금도 세다고 들었습니다."
"……."

아무 말 없이 뜸만 들이던 이장은 "알았다." 하는 말만 남기고 전화를 끊었다. 그것으로 끝이었다. 이장의 통상적인 업무인가 보다 하고 생각했는데 나중에 그것이 보상 문제로 마을 거주자 파악을 위한 통화임을 알게 되었다.

마을에는 드러나지 않게 패가 나뉘는 중이었고 누구는 찬성, 누구는 반대파로 불리며 끼리끼리 모여서 시시때때로 대책 회의를 가졌다. 얼마 전까지도 '형님', '아제' 하던 사람들이 의견이 나뉘면서 같은 자리에 앉는 것도 꺼리는 서먹한 관계로 변해 갔다. 그러는 중에도 언제나 나는 예외였다. 생각해 봐라. 집도 짓기 전이고 허가가 날지 말지도 모르는 상황이다. 게다가 일주일에 한 번 다녀가는 사람이라 동네 사람 누구도 나를 실제 주민으로는 생각하지 않고 있었다. 반갑게 대해 주어도 그것은 미래의 이웃이 될지도 모를 가능성 때문이었다.

처음에는 찬성이 소수였으나 시간이 갈수록 상황은 달라지는 형국이었다. 찬성과 반대가 비슷한 지경에 이르자 종내에는 한 사람이라도 더 자신들의 패로 끌어들이고자 하는 로비가 노골화되어 갔다. 말이 로비이지 반협박에 가까운 회유였다.

나에게도 보상이 주어진다는 것은 나쁘지 않지만, 그처럼 보상 기준이 관대해진 까닭을 알았을 때는 어쩐지 손 내미는 일이 낯간지러웠다. 잡음이 많은 국책 사업에 있어 다수의 주민 동의를 얻는 전형적인 수법이었다. 보상 범위가 늘어나면 별 피해가 없는 집도 덩달아 대상에 포함되게 된다. 도장 받기가 쉬워지는 것이다. 언론에 보도된 "대다수 주민 동의에도 불구하고 몇몇 골통들이 반대하는 이유로…." 반대에 관한 비난성 기사가 가능한 이유였다.

사람은 누구나 물욕에 약하게 되어 있다. 나는 이따금 내가 위선적인 사람임을 잘 알고 있다. 내 몫으로 책정된 보상이 몇 천만 원쯤 되었다면 아마 눈 딱 감고 동의해 버렸을지도 모른다. 그러나 다행히(?)도 내게 제시된 금액은 그리 크지 않았고, 따라서 양심을 저버리지 않은 것에 대해 지금도 감사하게 여기고 있다. 공연히 정의로운 척하고 싶은 것이 아니라 솔직히 부당함을 느낀 것도 사실이었다. 내가 아니라 실제 피해 보는 직접 당사자의 관점에서 볼 때….

지금도 논쟁이 많은 사안이라 사설이 길어지는 것이 두렵다. 언젠가는 이 마을에서 일어난 일에 대해 자유로운 서술이 가능할지 모르나, 현재까지도 온통 마을 사람 전체가 관여되어 있어 현지인의 한 사람으로 사는 이상 함부로 이야기할 처지가 못된다. 하지만 당시 언론에 보도된 내용은 마을에서 실제 전개된 상황과는 사뭇 달랐음에 지금도 분개하고 있다. 취재는 편파적이고 보도는 정직하지 못했다. 찬성 못 하는 마을 사람 모두가 마치 외부 세력에 의해 조종되는 좀비처럼 묘사되고 있었다. 나는 이제까지 경험하지 못한 언론에 대한 폭력을 실감하고 경악했다. 끝끝내 관찰자로 머무르지 않고 막바지 진압(代執行)의 저항에 합류한 것도 국책사업에 대한 반대라기보다 비이성적 폭압에 대한 본능적인 거부감 때문이었다. 공공이익을 위한다는 명분으로 더는 퇴로가 없는 궁지로 사람을 몰아넣고 무차별 돌팔매질하는 것이 과연 온당한 일일까?

각설하고, 그것은 나중 일이었고 처음 내가 보상 대상이 됨을 알았을 때 나는 어느 쪽도 가담하지 않는다는 전략을 세웠다. 찬성도 반대도 아니다. 보상도 필요 없다. 다만 그 소란에서 비켜 서 있고 싶은 것이 솔직한 심정이었다. 집도 짓기 전이고 오가면서 만나는 사람 모두 비교적 우리 부부에게 우호적으로 대하던 사람들이었다. 그들 누구와도 척지고 싶지 않았다. 그래서 전화가 걸려올 때마다 나는 모르는 척 시종 딴소리를 해댔다.

"형님, 저는 그냥 빼 주세요."
"빼다니? 그게 무슨 소리인가 이 사람아."
"저는 보상 필요 없습니다. 없는 사람으로 처리하면 되잖습니까?"
"어허! 이 사람이. 그게 내 마음대로 되는 게 아니라니까 그러네…."

주로 찬성하자는 쪽에서 전화가 걸어왔고 반대파는 볼 때마다 도장을 찍으면 안 된다고 설득해 댔다. 눈을 끔쩍대며 큰일 날 일이라고 손사래 쳤다. 나는 땅만 사 두고도 워낙 뻔질나게 왕래하며 오지랖을 뜬 관계로 찬성, 반대파 모두 형 아우하며 사이좋게 지낸 사람들이 다수 있었다. 그 것이 사람을 더 곤란하게 했다. 어느 한쪽에 서는 순간 다른 한쪽과는 불편해질 수밖에 없는 구조였다. 심 봉사 작대기 더듬어 내 건너듯, 귀먹은 며느리 시어머니 잔소리 못 듣는 척, 멋모를 대꾸만 하며 시간 가기만을 바랐다. 시간이 가다 보면 언젠가는 마을 전체의 통일된 의견이 설 것이고 그때 슬쩍 묻어가면 되기 때문이었다. 소신 없는 행동이지만 내가 선택할 수 있는 최선의 길이기도 했다.

그러나 드러내 놓고 행동한 것은 아무것도 없는데 도장을 찍지 않은 이상 나는 일단 반대파로 분류되어 있었다. 만수 씨는 그사이 찬성파로 돌아서 있었고 위쪽 동네 대표까지 맡고 있는 중이었다. 약속한 회관의 임대가 허락되지 않은 이유였다. 찬성과 반대는 주민 자유 의사에 따라야 한다는 대원칙에 따라 강요는 못 하고 말만 그렇게 빙빙 돌려댔던 모양이었다.

어쨌든 회관 임대는 딱 하루 숙박이 허용되었다. 인부들의 숙소는 시내에 있는 모텔을 이용했다. 공사는 막 시작 단계인데 벌써 차질이 생기자 나는 심각해졌다. 물론 건축에 관계된 것이 아니고 인부 숙소 문제라 생각하기에 따라서는 별것 아닐 수도 있었다. 하지만 임대 불가 사유를 알게 되니 마음이 쓰였다. 그는 모르는 척해도 내가 누구이고 어디에 집 짓는지 훤히 알고 있었다. 그런데도 말을 돌려 가며 딴소리를 해댄 것이다. 몇 년 전 산에서 만난 기억은 하는지 어떤지는 몰라도 지금 딴죽 거는 이유는 단 한 가지였다. '너는 반대자다. 나는 찬성이다. 그래서 빌려주기 싫다. 그뿐 아니라 마음먹기에 따라서는 얼마든지 널 골탕 먹일 수도 있다.' 하는 일종의 경고였다.

사실 공사라는 것이 그렇다. 아무리 합법적인 절차에 따라 시행한다 해도 누군가 작심하고 훼방 놓기 시작하면 속수무책으로 당할 수밖에 없게 되어 있었다. 더구나 나는 외지인이고 그는 현지인이다. 주민의 민원과 투서가 계속되면 그것에 둔감한 지역 공무원은 거의 없다고 봐야 했다.

"그냥, 콱! 찍어 주면 안 돼요?"

어두워진 얼굴로 아내가 말했다. 찬성도 반대도 말자던 남편의 전략에 동의하면서도 막상 불이익이 닥치자, 마음이 흔들리나 보았다. 나는 아무 대답 없이 고민만 거듭했다. 마을을 오가면서 그동안 친분을 쌓은 여러 사람의 얼굴이 떠올랐다. 그들은 제각각 자신의 처한 여건에 따라 다른 말을 했다.

"그냥 찍어 줘. 그 뭐 대단하다고…."

은근슬쩍 부추기는가 하며,

"동생 알지? 안 되는 거야! 그깟 돈 몇 푼에 양심을 팔아!"

벌겋게 상기되어 흥분하는 분류도 있었다. 한쪽을 택하면 다른 한쪽으로부터 반드시 섭섭한 소리를 듣게 되는 구조였다. 중간은 없었다. 그것이 사람을 더욱 피곤하게 했다. 만약 어딘가 기표할 수 있는 난이 있다면 이도 저도 아닌 꼭 중간에 도장을 눌러 버리고 싶은 심정이었다. 하지만 내 무소신(無所信)과는 별개로 어쨌든 우리 부부는 반대자로 되어 있었다. 그리고 만수 씨의 그 행동은 찬성에 대한 압박이 분명했다. 불안하면서도 또한 부당함이 느껴졌다. 아이러니하게도 그 불편한 상황이 나에게 없던 소신을 만들어 놓고 있었다. 이제 와서 도장 찍는다면 그것이야말로 굴종이 아닌가. 이래 봐도 고집 하나는 지기 싫어하는 성미였다. 더구나 자의가 아닌 타의다. 받아들이고 싶지 않았다. 어차피 한 번은 겪어야 할 일로 여겨졌다. 남의 동네에 들어와 살자면 처음부터 물렁하게 보이는 것도 좋지 않을 것 같아 그냥 버텨 보기로 했다.

그리고 며칠 후 실제로 공사 중에 도장 찍어 달라며 찾아온 이가 있었으나 모른 척해 버렸다. 먼저와 같이 앓는 소리를 하며 난처해 죽겠다는 표정을 지어댔다. 의외로 쉽게 동의를 받지 못하자 이번에는 아내한테 매달리기 시작했다. 나는 벽체를 지탱할 철골 작업을 감독하는 중에도 아내가 있는 쪽을 힐끔거렸다. 마을 이장 부인이었다. 그 무렵 아내와는 형님·아우 하는 사이라 멀리서 보기에는 제법 다정한 대화로 보였다. 그러나 고개를 숙인 채 열심히 듣는 척해도 아내의 심정이 어떻다는 것을 알기에 마음이 편치 않았다.

이윽고 아내가 고개를 절레절레 흔들며 나를 향해 손가락질했다. "나는 모른다. 남편이 다 알아서 하니 저기 가서 물어라." 약속한 대로 나한테 모든 것을 밀어붙였다. 순간 나는 갑자기 분주해져서 부탁받지도 않은 연장 하나를 챙겨 들고 저만치 선 인부 곁으로 다가갔다. 가능한 바쁜 척해야겠기에 멀쩡히 선 철골을 손으로 가리키며 작업 중인 인부와 대화를 시도했다. 좁장한 눈을 뜨고 내 행동을 관찰하던 이장 부인은 망설망설할 뿐 가까이 오지는 않았다. 그리고 이내 찬바람을 쌩 일으키고 돌아갔다.

같은 일이 몇 번 더 반복되었지만, 우리 부부는 꿋꿋하게 대처해 나갔다. 당연히 불안의 연속이었으나 근심 중에도 나는 만약 그 일로 공사에 지장을 받으면 일전도 불사하겠노라 각오를 다진 상태였다. 표면에 드러나지 않아도 찬성을 주도하는 사람들의 면면은 파악하고 있는 상태였다. 윗마을이고 아랫마을이고 모두 만수 씨 주변의 젊은 사람들이었다. 빡빡깎은 머리 탓에 결코 유순해 보이지 않는 인상이 떠올랐다. 조폭의 행동대원을 닮은 그의 외양은 확실히 부담스러워도 이미 공사를 벌인 나로서는 도장을 찍지 않는 한 퇴로가 없는 것도 사실이었다.

그러나 다행히도 걱정과 달리 집 짓는 동안은 공사에 별다른 지장은 발생하지 않았다. 그냥 앉아 당하지 않겠노라고 주변에 허풍을 때린 것이 먹혀 든 것인지는 몰라도 공사는 내내 순조롭게 마무리되었다. 마음을 졸인 것에 비하면 너무 싱겁게 끝난 꼴이었다. 말랑말랑하게 보았는데 겉보기와 달리 고집이 세다는 것과 찬성과 반대가 반반인 상황에서 외지인이라고 무조건 두들겨 패기에는 아무래도 부담스러웠나 보았다. 아무튼 그 일로 만수 씨에 대한 인상은 썩 좋지 않은 쪽으로 기울어졌음은 말할 것도 없었다. 어쩌다 마주쳐도 공연히 눈치 보게 되고 같은 자리에 앉는 일은 한사코 피했다.

무슨 까닭인지 그는 볼 때마다 빡빡머리였다. 중처럼 하얗게 면도한 상태도 아니고 자라다 만 밤송이 같은 머리를 쳐들고 돌아다녔다. 모자도 잘 안 썼다. 얼굴도 새카만 사람이 머리도 그 모양이다 보니 모르는 사람은 무조건 그와 가까이하는 것을 꺼렸다. 사람은 내면보다 우선 보이는 것에 집중하는 동물이 아니던가. 냄새로 사물을 판단하거나 더듬이로 심성을 읽는 능력도 지니지 않았다. 오로지 보이는 현상에 따라 호불호(好不好)를 판단하는지라 그의 좋지 못한 외모는 당연히 보는 사람들로 하여금 비(非)호감을 갖게 했다.

그 만수 씨와 세 번째 충돌(?)이 발생한 것은 집을 짓고 육 개월쯤 지났을 때였다. 그 무렵 우리 가족은 도시와 시골로 나뉘어 두 집 생활을 하는 중이었다. 본의 아니게 예상보다 앞당겨 집을 지으면서 도시에서 마무리 못 한 몇 가지가 있었던 것이다. 그중 가장 중요한 것이 아이들의 교육 문제였다. 아내와 의도하지 않은 별거가 이루어졌다. 나는 시골에 살면서 집 단장을 하고 아내와 아이들은 여전히 도시에 남았다. 주말이면 아내는 먹을거리를 잔뜩 싣고 와 남편이 일주일간 이룩한 성과를 감상했다. 겨울이 가고 봄이 되면서 일거리는 한층 늘었다. 겨우내 묵혀 둔 텃밭을 갈고 마당에는 잔디를 심었다. 화단도 만들고, 돌을 날라 와 돌담 쌓는 일로 바빴다.

내가 내 집일을 하는데 만수 씨와 부딪칠 일은 없었다. 문제는 집 앞을 지나는 도로에 난 홈 때문이었다. 지금은 차량 교행이 가능하게끔 도로 폭이 넓어졌지만, 당시는 단선인 데다 곳곳에 난 포트 홀로 엉망이었다. 시청에 민원을 넣어도 도로가 곧 확장될 것이기에 기다리라는 말만 돌아왔다.

우리 집은 도로에서 대략 삼십 미터쯤 떨어져 있었다. 그 30 십여 미터 거리가 내 집터를 맹지로 만드는 바람에 허가받기 위해 여벌의 돈을 들여 사야 했던 땅이었다. 공사하면서 도로에서 대문까지 마을 상수도를 끌어오면서 도로 일부를 절단했다. 가로 30~40센티, 세로 폭 50~60센티미터 정도, 기계로 톱질하고 메인 관에 구멍을 내 배관했다. 상수도를 연결하기 위한 누구나 하는 일반적인 방식이었다. 뜯어낸 도로는 콘크리트를 부어 봉합했다. 그것도 남들과 다르지 않았다. 문제는 덮은 콘크리트가 시간이 가면서 조금씩 아래로 꺼지기 시작한 것이다.

모래와 시멘트를 섞어 보강해도 며칠만 지나면 또 가라앉았다. 한낮에는 관측이 가능해 차량들이 알아서 속도를 늦추었다. 하지만 밤에는 그냥 내달려 바퀴가 덜컹대기 일쑤였다. 물론 과속방지턱 역할을 하는 것으로 보아 넘기면 되는데 그 홈이 생긴 원인을 생각하자 아무래도 마음이 쓰였다. 아니할 말로 돌발적인 충격에 놀란 운전자가 핸들을 꺾어 논두렁에 차라도 처박아 버리면 그때는 상황이 달라지는 것이다. 해서 시멘트로 덮고 보강 차원에서 공사하고 남은 합판 조각을 덮었다. 쿠당탕! 소리는 요란해도 바퀴의 안전은 담보되었다. 물론 합판을 발견하고 속도를 줄이면 아무 소리도 없다. 밤에만 쿠당탕! 소란 떨 뿐이었다.

만족했다.

그런데 어느 날 그 적절한 조치에 순응하지 않은 차량이 떼를 지어 나타났다. 아침나절 내내 합판이 질러대는 비명에 신경이 쓰였다. 집 안에서도 그 소리를 들은 것으로 보아 그날은 거실 창을 열어 놓고 생활했던 것 같았다. 위쪽 마을에 공사가 있는지 덤프트럭이 부지런히 오가고 있었다. 무지막지한 덩치의 차량이 좁은 도로를 거침없이 질주했다. 한낮이라 도로 상황이 빤히 보일 텐데도 개의치 않고 막 달렸다. 바퀴가 대형이라 웬만한 구멍은 장애로 여기지 않는가 보았다. 합판은 연신 죽어났다. 쿠당탕! 쿠당탕! 밖에 나가 보니 아예 가루가 되어 있었다. 게다가 너덜너덜해진 합판 아래는 무거운 바퀴에 짓눌러 바닥이 조금씩 꺼지고 있었다.

나는 이빨을 오도독 갈았다. 그리고 달려오는 덤프트럭 한 대를 막아서며 정지 신호를 보냈다. 달려오던 차량이 전방에 사람이 손을 뻗고 서 있자 끽! 하고 멈추어 섰다. 나는 발아래 합판을 가리키며 언성을 높였다.

"이게 안 보입니까?"

고개를 뺀 트럭 기사는 내 발밑을 보면서도 도무지 무슨 영문인지 모르겠다는 표정이었다. 원래 시골에서 공사하는 업체나 관련 차량은 주민의 항의에 약하게 되어 있다. 나도 이제 집 지어 사는 이상 이곳 주민인지라

트럭 기사의 입장에서 볼 때 무시할 수 없는 처지였다. 주민 한 사람이 느닷없이 길을 막고 고함지르는 형국이었다. 고분고분 차에서 내렸다. 나는 다 깨져 소용없게 된 합판 조각을 걷어차며 바닥이 내려앉은 부분을 내보였다. 그리고 이차저차 설명하기 시작했다. 뒤이어 달려온 트럭도 앞차에 막혀 멈추고 무슨 일인가 싶어 창밖으로 고개를 늘이고 있었다. 나는 합판을 덮은 사정까지 설명했다.

"조금 천천히 다녀도 되잖습니까."

"……."

"도로가 다 깨져 다른 차량이 다니다 사고 나면 누가 책임집니까."

"……."

"저요. 이렇게 자꾸 내달리면 도로 막아 버리는 수가 있습니다."

트럭 운전수는 눈만 끔벅끔벅하며 주민의 항의를 말없이 경청했다. 그리고 실제 내 항의는 그 정도였다. 도로를 막겠다는 것이 아니라 '막을 수도 있다.'라는 것인데 그 말이 위쪽 마을에 전해질 때는 어찌 된 영문인지 전혀 다르게 와전되어 있었다. '아랫마을 누군가가 길을 막고 차량 통행을 방해하고 있다.' 운전수가 전달을 잘못한 것인지 아니면 처음부터 시비를 붙자고 왜곡해 들은 것인지는 알 수 없었다.

나는 차량의 속도가 느려진 것에 만족하고 집으로 들어왔는데 삼십 분쯤 지나 길거리가 소란해진 것을 느끼고 밖을 내다보았다. 도로 쪽에서 누군가 승용차를 세워 놓고 고함을 내지르고 있었다. 멀리서 봐도 맨머리를 빡빡 깎은 만수 씨였다. 거리가 멀어 자세히는 들리지 않아도 "어떤 놈이야!"로 시작해 "뭔데 함부로 도로를 막아!" 핏대를 올리는 모습이 작심하고 온 것이 분명했다. 주변에는 벌써 여러 사람이 몰려 웅성거리고 있었다.

머리가 갑자기 복잡해졌다. 사정을 모르는 남들이 보면 마을에 이사 한지 채 일 년도 안 된 외지인이 현지 주민을 상대로 텃세를 부린 꼴이었다. 설명하고자 해도 저렇게 발악하는 것을 보아 도무지 대화가 될 것 같지 않았다. 그동안 아니꼬워도 명분이 없어 참았는데 이제 제대로 시비할 거리가 생긴 것이다.

밖에서 저렇게 고함치는데 집 안에 틀어박혀 꼬리를 감추고 있는 것도 볼썽사납게 여겨졌다. 밖으로 나가면 그다음 순서는 뻔했다. 무조건 사과하고 수모를 겪든가 아니면 '내 말 좀 들어보시라'며 내 주장을 펴고 대들든가…. 그러나 별 잘못한 것도 없는데 굽신거리는 것이 죽기보다 싫었다. 아, 이럴 때 아내가 곁에 없는 것이 불행으로 여겨졌다. 아내라면 이 진퇴양난의 상황에서 돌파구를 마련할 수도 있을 것 같았다.

"이해하시죠. 애 아빠 말을 그런 뜻이 아니고…."

미리 나서 완충 역할을 하든가 싸움이 벌어지면 뜯어말릴 수도 있다. 이도 저도 아니면 막판에는 한편이 되어 전투원이 되어 줄 사람도 아내가 아니던가 말이다. 부부란 원래 이런 난관에 봉착했을 때는 몸을 던져 함께 싸워야 하는 것이다. 그런데 아내는 도시에 있고 현재 나는 혼자였다. 상황을 보아 만수 씨는 그냥 돌아갈 기세가 아니었다. 이제 와서 그가 그냥 돌아간다 해도 나로서는 채신머리가 땅에 떨어진 것이나 다름없었다.

나는 결심하고 밖으로 나섰다. 그가 저렇게 길 막은 사람을 보고자 하는데 어쩔 도리가 없었다. 당당히 맞서는 것이 남자다운 처신이라 여겨졌다. 마당을 가로질러 대문으로 향했다. 대문 밖으로 나서자, 도로에서 고함을 치던 만수 씨가 이쪽을 주시했다. 오만 가지 생각이 다 들었지만 이제 되돌릴 수 없는 지경에 온 것이다. 나는 잔기침하며 목청을 가다듬었다. 처음부터 주먹질이 오갈 상황이 아니면 싸움의 출발은 언제나 고성으로 시작하게 되어 있었다. 상대의 기세에 눌리지 않으려면 고함이 커야 한다. 나는 고함 하나는 자신 있는 편이었다. 쌍소리나 욕설도 남에게 뒤지지 않는 타입이었다.

잔뜩 굳은 표정으로 다가가자, 만수 씨가 의외의 반응을 보이기 시작했다.

"아이고 이게 누구신가? 아는 분이네."
"……?"
"나는 길을 막는 사람이 있다고 해서 누구인가 했지."
"……?"

그가 내가 여기 사는지 모를 리가 없었다. 그런데 갑자기 딴소리하자 나는 조금 어리둥절해졌다. 나보다 만수 씨가 먼저 해명하기 시작했다. 윗

마을에 작은 전원 마을 조성이 있어 한동안 대형 트럭 통행이 불가피하다는 설명이었다. 상대가 이렇게 나오자, 나 역시 전투적인 자세를 누그러뜨릴 수밖에 없었다. 나도 내 쪽 상황을 설명했다. 봐라, 바닥에 깔린 합판이 저 꼴이 났다. 차가 다니지 말라는 이야기가 아니라 요 부분만큼 속도를 줄여 달라는 것이다.

"아하, 그 말이었던가 보네. 그 정도는 주의해야지."

도대체 어떻게 돌아가는지 몰라도 갑자기 부드러워진 만수 씨의 태도에 나는 얼떨떨할 따름이었다. 상황을 이해하였노라며 만수 씨는 공사 관계자한테 주의를 당부하겠노라 약속했다. 떠나기에 앞서 두 사람은 악수까지 하였다. 각오하고 적진에 뛰어들었는데 난데없이 동창을 만난 꼴이었다. 나는 여전히 콩닥콩닥 뛰는 가슴을 진정시키며 떠나는 그의 차량을 향해 손을 흔들었다. 그리고 고개를 갸웃했다. 찬성과 반대를 문제 삼아 사람을 괴롭히고자 한 의도는 읽히지 않았다. 사람을 잘못 봤나?

그 일로 인해 만수 씨에 대한 생각은 처음과는 많이 달라진 것은 맞다. 하지만 편견이 완전히 사라진 것은 아니어서 그가 말을 걸어올 때면 여전히 부담스러웠다. 무슨 까닭인지 그날 이후로 그는 볼 때마다 아는 체했다. 그럴 때도 나는 마지못해 고개를 숙이는 정도일 뿐 환한 표정으로 대하지는 못했다. 집 밖에 있는 텃밭에서 무슨 일을 하다가도 멀리서 만수 씨의 모습이 보일라치면 서둘러 눈밖에 벗어날 궁리부터 했다. 친근하게 무슨 작물을 심는지에 관해 물어도 나의 대답은 언제나 건성이었다.

"그저 뭐…, 아무거나 심어 봅니다."

어물어물 대꾸하고 서둘러 그가 제 갈 길을 가기를 바랐다. 그러나 시간이 지나 곰곰이 생각해 볼 때 실제로 만수 씨가 나에게 피해 준 것은 아무것도 없었다. 공연히 혼자 위협을 느끼고 우범자 대하듯 해 온 것이다. 그리고 지나친 그에 대한 경계심도 모두 외모에서 비롯된 것이 아닐지 하는 생각에 이르렀다.

박박 깎은 머리, 귀밑 자분치가 서도록 내버려 둔 머리는 중이 허수아비 가발을 쓴 꼴과 같았다. 왜 그렇게 머리 관리를 하지 않는지는 모르겠다. 아무튼, 그의 첫인상이 호의적이지 못한 것은 그의 밤송이머리에서 비롯된 것만은 분명했다. 실제로 나는 만수 씨와 진지하게 대화를 나누어 본 적도 없었다. 그런데도 외모만으로 그가 어떤 사람일 것으로 단정하고 멀리하고자 한 내 행동이 옹졸하게 느껴졌다.

거울 속의 남자는 보면 볼수록 영판 만수 씨를 닮아 있다. 새카만 얼굴에 뭉툭한 코, 좁은 이마에 두어줄 주름이 새겨지는 것도 빼닮았다. 평소 잘난 얼굴은 아니지만, 저렇게 몰상식한 모습의 나를 보는 것도 생전 처음의 일이다. 우울하게 거울 속의 사내를 쳐다보던 나는 갑자기 웃음이 터져 나왔다. 이제까지 모르던 일을 머리 깎은 후 알게 된 것이 나름으로 통쾌한 것이다.

만수 씨를 만나면 이젠 피하지 않고 대할 수 있을 것 같다. 나아가 그에게 머리를 한번 길러 보라고 권하고도 싶다. 친근감마저 드는 것은 무슨 까닭인지 알 수 없다. 이것이 원효가 해골바가지 물 먹고 얻은 깨달음과 비슷한 종류의 것이라고 우긴다면 지나친 교만이 되는 걸까? 머리가 길면 지금의 내 모습도 차츰 잊혀질 것이다. 그러나 빡빡머리는 평소 경험하지 못한 중요한 것을 나에게 선사했다. 깨우침이란 바로 이런 것이 아닐까? 이제까지와는 전혀 다른 나를 만나는 것…. 그것은 어쩌면 무심히 잊고 지낸, 잃어버린 나의 반쪽 눈알을 되찾는 것일지도 모른다.

이 쓸데없는 잡문을 읽고 계신 여러분께도 꼭 권하고 싶다. 머리를 빡빡 밀어 보시라고…, 그러면 단조로운 일상을 벗고 또 다른 자아를 만날 수 있다는 것을 유경험자로서 장담해 드리는 바이다.

2019 04 09

봄날

맑은 날이 좋다. 특히 지금 같은 봄날은 화창해야 식물도 싱그럽고 파릇함도 돋보인다. 가깝고 먼 곳 모두가 한동안 울긋불긋 꽃동산을 이루며 봄의 향연을 벌였다. 햇살 좋은 돌담 아래 크로커스, 무스카리가 피고 지고, 희고 노란 수선화가 무리 지어 고개를 내밀었다. 발아래 영춘화를 둔 목련이 꽃송이를 떨구기 바쁘게 화단에는 튤립이 봉우리를 세웠다. 그리고 이어 벚꽃이 무리 지어 피기 시작했다. 맑고 푸른 하늘이 있어 더욱 화려해 보이는 꽃 무리…, 바야흐로 봄은 절정으로 치닫는다.

대문에서 몇 걸음 들어서면 만나는 두 그루의 벚나무는 집을 짓던 이듬해 심었다. 꼬챙이처럼 가느다란 것이 5년이 지난 지금은 제법 교목(喬木) 티를 낸다. 그 아래 외진 곳에 핀 할미꽃은 홀로 늙어 가는 중이다. 앞다투어 피던 복사꽃과 조팝꽃이 울타리를 감싸고, 붉고 흰 빛깔이 경합하는 사이 서서히 4월이 저물어 간다. 산천은 초록으로 물들며 신록을 목전에 둔 시점이다.

아직 다 간 것이 아닌데도 4월이 가는 것이 아쉽다. 아니, 두렵다. 봄은 또다시 반복되겠지만, 오늘은 반복되지 않을 것이기 때문이다. 저 아름다운 빛깔과 저 부드러운 초록이 어제의 것이 아닌 것과 마찬가지로 나중에 올 미래도 지금의 것이 아니다. 모든 것은 과거에 머무를 뿐 현재는 없다고 말한 어느 철학가의 말이 떠오른다. 순간순간 스쳐 간 찰나 속에서 나(我)라고 인식하는 나는 이미 과거의 나다.

회귀(回歸) 없는 일방통행…, 한 바퀴를 돌아 제자리를 찾는 것은 태양의 둘레를 도는 행성의 궤적일 뿐 결코 생명의 순환은 없다. 자라고, 늙고 병들어 죽는 것. 이것이 모든 생명이 걷는 진로의 방향이다. 역설적으로 봄은 탄생에 내포된 죽음의 색채를 읽도록 강요한다. 나에게 허락된 삶이 유한함을 되새기게 하는 계절이다.

도시 살 적에는 나는 일기(日氣)에 관해 관심이 없었다. 이따금 폭설이나 가뭄에 대한 보도를 접할 때도 그곳의 재난이 얼른 해소되기를 바랐지만, 나에게 고립을 안기고 갈증을 유발하지 않는 한 내 문제로 인식하지 않았다. 내가 들앉은 곳은 난방과 냉방의 효율이 좋은 튼튼한 건물이고 재난은 언제나 텔레비전 화면 속에만 머물렀다. 출근도 도보로 십 분이면 닿는 곳이라 날씨로 인한 불편은 크지 않았다.

거리로 나서면서 갖게 되는, '덥다.' 혹은 '춥다.', '비가 오는구나.' 하는 정도의 느낌이 전부였다. 직업 특성상 밖으로 나돌아야 할 일도 거의 없었다. 돌이켜 보면 날씨에 관한 그와 같은 둔감은 놀라울 따름이지만, 도시에서의 삶은 대부분이 그러했다. 전철로만 다니고 종일 실내만 머물다가 밤을 맞는 사람도 적지 않았다. 밖을 내다보지 않으면 비가 내려도 소리조차 듣지 못하는 도시 아파트이다.

그러나 시골에 와 살면서 달라졌다. 거의 매일 일기예보를 본다. 흐리고 맑은가 하는 것도 궁금하고 언제 비가 내릴지도 꼼꼼히 챙긴다. 지어 먹을 농사가 있어서라기보다 문밖에 나가면 만나는 모든 것이 날씨의 영향을 받기 때문이다. 특히 요즘과 같은 봄날은 발아래 밟히는 것과 먼 곳의 나뭇가지며, 겨우내 비어 있던 벌판도 바람을 맞고 물을 마시며 자라나는 갖가지 식물로 채워진다. 그것들은 맑은 날은 맑은 대로, 궂은날은 궂은 대로 다른 풍경을 연출한다.

비가 내리면 자작자작 대지가 물 먹는 소리도 들을 수 있다.

"개똥이 아빠, 내일은 어때요. 비 온대요?"

아내는 오전에 물은 것을 오후에 또 묻는다. 비가 왔으면 하는 마음이 아니라 요즘은 비가 내리지 말았으면 하는 바람을 그와 같은 물음으로 대신한다. 봄이 아니던가. 봄의 기후는 '화창함'이라는 고정 관념이 어디서 비롯된 건지는 몰라도 맑고 온화한 날을 기대하는 것은 누구나의 한결같은 마음인가 보았다. 더구나 주말이면 미루어 둔 바깥일을 할 수 있다. 그러나 흐리면 공연히 마음마저 우울해진다.

"아니. 맑아."

나의 이 한마디에 아내의 기분은 들뜨기 시작한다. 이 지구에 번성하는 어떤 생명이 햇살의 영향에서 예외일까마는 사람의 기분은 더욱 좌우되는 것 같다. 함박꽃처럼 핀 얼굴을 하고 아내는 휴일인 내일 할 일들을 손으로 꼽기에 바쁘다. 흡사 소풍을 앞둔 아이 같다. 화단을 돌보는 일이며 텃밭에 잡초를 매는 일이 아내의 몫이다. 나는 고추와 가지, 토마토 심을 골을 하나씩 마련해 두어야 한다. 언제부터 말이 오고 간 솔 순(筍)을 채취해 효소를 담자던 약속도 날이 좋으면 순조롭게 지켜질 수 있다. 모두 시골에 귀촌하면 하고자 했던 일이다. 도시에 살면서 꿈꾸어 온 삶이 아니던가. 지금은 4월! 새 생명이 돋는 경관을 내다보며 시골로 온 결정이 몇 번이고 옳았음을 서로에게 칭찬해 댔다.

시골에 정착한 것은 벌써 오 년을 넘기는 중이다. 흙투성이 땅에 집만 달랑 세워 두고 기꺼워하던 때를 떠올리면 새삼스럽다. 지금은 광나무 울타리가 꽉 들어차 예전의 어설픈 모습은 찾아보기 어렵다. 부부가 바쁘게 사서 심은 묘목은 어느덧 성목으로 자라 집의 안팎 풍경을 잘 조성하고 있다. 화단과 연못 또한 원래 그 자리에 있던 물건처럼 자연스러워졌다. 마당의 잔디는 겨울을 나면서 갈색에 녹색이 반반 섞이는 중이다. 올해도 저 마당은 나에게 많은 노동을 안기겠지만, 나는 그것을 즐거움으로 알고 열심히 잔디를 깎고 다닐 것이다.

도시에 있었다면 어땠을까? 가끔 생각해 보는 질문이다. 십중팔구 늦잠이고 배낭을 꾸려 산행을 가는 게 고작이었다. 요즘 같은 봄날은 아내의 성화에 못 이겨 가까운 근교로 나들이를 다녀올 수도 있었겠다. 하지만 대게는 무료함을 잊고자 누군가와 분주히 약속을 마련하고 타인과 어울려 다니는 것을 주말의 일과로 삼았다. 나는 나대로, 아내는 아내대로…,

술자리가 잦은 것도 피할 수 없었다. 그 때문에 부부는 저녁에 만나도 공통된 화제를 마련하지 못해 각자의 침묵 속에 빠져들곤 하지 않았던가.

그러나 시골에 살면서 조금 달라졌다. 특히 이런 봄날은 어디를 가고 싶어도 그럴 필요가 없다. 사방천지로 널린 것이 봄의 정취다. 아지랑이 솟듯 하는 새 생명에 취해 있다 보면 시간 가는 줄 모르고 하루가 저문다. 그리고 부부가 각자 나뉘어 일을 해도 결국은 서로 연관이 지어졌다. 가령 남편은 밭을 갈고 아내는 씨를 뿌리고 물 주어 가꾼다. 식탁에 오른 쌈과 상치는 그렇게 두 사람의 노동이 합친 결과이다. 머리를 맞대고 대화를 나누진 않아도 작물의 성장에는 부부의 대화가 녹아 있는 셈이었다.

시골이 도시보다 낫다는 어설픈 자랑이 아니다. 대부분 성장기를 도시에서 보낸 나로서는 오히려 시골보다 도시의 삶이 더 익숙하다. 구순에 돌아가신 내 아버지가 평생 시골을 떠나 있어도 고향에 대한 향수를 잊지 못하셨듯이 나 역시 도시인으로서의 관성이 강하게 남아 있다. 그리고 사실 겨울철 동안은 시골에는 할 일도 별로 없다.

그러나 4월이다. 만물이 태동하는 지금의 시기라면 이야기가 달라진다. 죽어 있던 것이 생명을 얻는 마술 같은 신비가 재현되는 곳이 바로 시골이다. 저곳에 핀 꽃, 저 빛깔을 봐라! 저것은 단순히 색(色)이 아니다. 어찌 저 투명한 색채가 빨간, 초록, 파란의 조합으로 빚어진 것이라 말할 수 있을까. 야들야들한 새순이 움튼 까닭이 항성과 행성의 자전과 공전의 결과로 설명할 수 있다는 믿음이 얼마나 오만에 가까운 착각이랴.

저것은 물리나 과학으로 해석되는 게 아니다. 그 어떤 첨단의 기술로도 시연이 불가능한 것으로, 무시로 불쑥불쑥 깨어나고 탄생하는 곳, 튀어나오는 곳, 땅에서 솟는 것, 하늘에 눈꽃처럼 휘날리는 것…, 가슴 벅찬 맑은 하늘이 있는, 바로 4월이 있어 가능한 것이다. 그리고 그 봄이라는 계절이 있기에 많은 불편을 감수해도 시골에 머무는 이유가 되는 것이다.

게다가 요즘에는 갖가지 꽃향기도 맡을 수 있다. 오묘한 색상만큼이나 감미로운 냄새…. 어떨 때는 마당을 거닐다 말고 코끝에 닿는 향기에 걸음을 멈추기도 한다. 이번 것은 라일락 향기다. 나는 눈 감은 채 턱을 약간 치켜들고 코끝을 세워 본다. 분홍과 보라의 엷은 프릴의 꽃술이 머릿속에 그려진다. 절대 과하지 않은 그 향(香)에 취하는 동안 사방에는 봄 햇살이 쏟아지고 있다. 앵앵거리며 어디선가 벌의 날갯짓 소리도 들려온다. 나 자신마저 그 향기와 소리에 스며들어 자취마저 잃어 가는 듯하다.

"개똥이 아빠. 식사 차려 놨어!"

아득한 곳에서 부르는 소리에 간신히 깨어났다. 눈을 뜨고 둘러보니 저만치 화려한 배꽃 나무 아래서 아내가 불러대고 있다. 한 뼘 넘게 자란 쑥부쟁이가 둘러선 근처에 야외 식탁이 마련되었다. 점심 메뉴는 국수다. 그늘을 드리운 파라솔 아래에 들어서자, 고명을 담은 그릇이 옹기종기 정겹다. 잘게 썰어 담은 그릇 옆에는 오전에 딴 엄나무 순도 가지런히 놓여 있다. 아내가 고명을 얹은 그릇에 물을 부었고 나는 데친 엄나무 순을 집어 초장에 찍었다.

"좋지?"

아내가 한 말이다. 대상은 뚜렷하지 않다. 국수가 좋다는 것인지, 아니면 방금 먹은 엄나무 순이 맛있냐는 질문인지, 그것도 아니면 그저 밖에서 점심 먹는 그 자체에 대한 물음인지는 몰라도, 나는 크게 고개를 끄덕이며 국물을 들이켰다. 두말이 필요 없는 완벽한 순간이 아니던가. 아내는 자기 말에 동의하는 남편의 모습을 흐뭇한 표정으로 바라본다. 그 순간, 묘하게도 나는 이상한 감정 속으로 빨려들고 있었다. 그것은 이제까지 경험하지 못한 어떤 두려움이 내포된 생소한 감정이었다.

사람에게 주어지는 행복이란 이렇게 완벽할 수는 없는 법이다. 더할 나위 없이 만족스러운 이 순간이 만약 지금 현실이 진실이 아니면 어쩌나 하는 불안이 움텄다. 내가 꿈을 꾸거나 신기루 속을 헤매고 있는지도 모른다고 생각했다. 진실이라 해도 두렵기는 마찬가지다. 사람이 죽어 육신은 없고 기억만 남는 거라면 지금, 이 순간이 처절한 그리움이 되어 억겁(億劫)의 시간 속을 떠돌 테니 말이다.

2019 04 24

할머니 입문

아내는 적잖이 충격을 받은 모습이었다. 순간 나는 괜한 소리를 한 것에 후회했다. 어린아이가 한 소리에 지나지 않은데도 그것을 곧이곧대로 옮긴 것이 화근이었다. 주말이면 가끔 우리 집 대문에 묶여 있는 강아지를 보기 위해 몰려오는 위쪽 전원마을 삼 형제 중 막내였다. 큰 애가 초등학교 3학년쯤으로 보이고 둘째가 일 학년, 그리고 막내는 아직 초등학교 입학 전이었다. 이 아이들 말고도 삼 형제 중 둘째 또래나 될 법한 다른 아이 한 명도 우리 집 앞을 지날 때면 그냥 가지 못해 대문에 들어선다. 이유는 역시 강아지 때문이다. 마트에서 파는 애견용 간식을 사 와 던져 주기도 한다.

사료 이외의 별식이라고는 음식 찌꺼기가 고작인데다 종일 묶여만 지내는 잡종견이다. 찾는 이가 없으면 누구도 관심 주지 않는, 그렇게 천대 받는 놈이 아이들이 오면 제법 귀한 대접을 받는다. 먹는 것을 던져 주고 가까이 붙어 앉아 말도 걸어 준다. "진돌이!" 하고 제 이름도 불러 준다. 머리를 쓰다듬는 아이도 있다. 물론 강아지는 얼굴을 익혀 아는 아이들이라 꼬리가 떨어지라 반겼다. 덩치에 어울리지 않게 굉장히 순한 놈이라서 아이들한테 귀여움을 받는 것 같았다.

시골에 보기 드문 아이들이 최근 종종 눈에 띄는 이유는 젊은 사람도 시골에 세컨 하우스로 전원주택을 보유하는 부류가 늘었기 때문이다. 잘 발달된 도로며 직장 없는 직업군이 는 것도 영향을 주는 것 같다. 게다가 도시와 인접한 곳이다. 사실 나부터도 직장을 가지지 않는 재택근무자로 은퇴 전에 미리 귀촌했다. 아무튼 탈 도시화는 이제 은퇴 여부와 상관없이 새로운 주거문화의 한 형태로 자리 잡아가는 것이 분명하다.

그 아이 중 한 명이 강아지와 어울려 노는 제 형제와 떨어져 닭장이 있는 뒷마당으로 건너왔다. 닭 사육은 귀촌하면 꼭 해 보고 싶은 일이었기에 시골로 이사하던 이듬해 집 짓고 남은 자재를 이용해 닭장을 만들었다. 처음에는 중닭 몇 마리를 사와 키우다가 나중에는 난 알을 부화기에 넣어 마릿수를 늘려왔다. 지금은 스무 마리의 크고 작은 닭들이 한 울타리 안을 누비고 다녔다. 나는 텃밭을 망치고 있는 잡풀을 걷어 닭장에 던져 넣고 녀석들을 관찰하는 중이었다. 망초며 씀바귀, 명아주도 녀석들에게는 훌륭한 먹잇감이었다. 아이는 지난주 부화기에서 나온 병아리의 상태가 궁금한가 보았다.

"병아리 많이 컸지?"

나는 허리쯤에 붙어 서는 아이에게 인사 삼아 말을 건넸다. 대여섯 마리의 병아리들이 모이통을 둘러싸고 바쁘게 사료를 찍어대고 있었다. 일주일 상간에도 병아리는 몰라보게 컸다. 아이는 "예."라는 대답하고는 잠시 후 주변을 두리번거렸다. 그리고 평소 같으면 보였을 사람이 보이지 않자, 아내의 소재에 관해 물었다.

"할머니는요?"

처음 나는 누구를 말하는지 얼른 알아듣지 못했다. 사실 우리 집에는 할머니라고 부를 만한 노인이 없기 때문이었다. 그러나 곧 아이가 찾는 사람이 다름 아닌 아내를 지칭하는 말이라는 것을 깨닫는 순간 기분이 묘해졌다. 어색한 표현이었다. 딱히 꼬집어 말할 수는 없어도 뭔가 부자연스러운 용어였다. '아줌마'라고 했으면 금방 알아들었을 텐데 녀석이 굳이 '할머니'라는 이상한(?) 단어를 사용해 아내를 찾은 것이다.

"할머니? 응. 그래. 할머니!"

솔직히 나는 그때 조금 당황했다. 그리고 조금 전까지 화단에서 풀을 매고 있던 아내를 찾아 사방을 휘 둘러보았다. 아내가 보이지 않았다. 마당에 없으면 집 안에 있을 테지만 나는 할머니라고 부른 아이에게 아직 그 정도는 아니라는 것을 확인시키고자 했다. 물론 때때로 할머니 또는 할아버지로 불리기도 한다. 결혼해서 아이를 가진 조카들이 수두룩하기 때문이다. 그 아이들의 입장에서 보면 분명 할아버지 할머니가 맞다. 나 자신도 조카의 아이를 안고 "할아버지다. 까꿍!" 소리치며 좋아한 적이 종종 있다. 그렇지만 그것은 촌수(寸數)에 의한 것이지 정말 노인을 일컫는 말은 아니지 않은가.

혈연이 복잡하게 얽힌 집안에는 조카보다 나이 어린 삼촌도 얼마든지 있다. 그런데 이번 경우는 촌수가 닿아 할머니라고 한 게 아니라 그냥 제 눈에 보기에 적당하다고 여겨 찾아낸 말이 할머니였다. 생물학적으로 늙은 여자를 가리키는 말이 맞다. 악의라고는 전혀 없는, 아직 초등학교조차 입학하지 않은 순수한 아이의 입에서 나온 말이었다. 아이들 눈은 정직하다고 하지 않던가. 반박조차 할 수 없는 상황이라 심경은 더욱 미묘해졌다. 속절없이 당한 기분이었다. 아내가 할머니면 나는 할아버지가 된다.

"아니, 누가 그래요?"

이 소리를 전해 들은 아내는 벌어진 입을 다물지 못했다. 오전 나절 풀을 매고 볕이 따가워지자, 실내로 들어왔다고 했다. 젖은 수건을 머리에 이고 있는 것을 보아 이제 막 욕실에서 나왔나 보았다. 위쪽 전원마을 삼형제라고 이야기했기 때문에 아내는 "그들 중 누가 그렇게 눈 어두운 소리를 하더냐."고 반문했다.

"첫째예요? 아님 둘째예요? 셋째가요?"

평소 아들이 오면 냉장고에 마련해 둔 아이스크림 하나씩은 손에 들려 줄 줄 아는 인심 좋은 아줌마인데도 갑자기 아이들로부터 무슨 좋지 못한 모함이라도 당한 사람처럼 흥분했다. 예상 밖으로 음성이 높아지자 나는 공연한 말을 전한 것 같아 후회되었다. 그냥 삼 형제가 다녀갔다고만 했으면 됐을 것을 굳이 막내의 안부까지 전할 필요는 없었던 것이다.

"뭘…, 애가 한 말을 갖고 그래….'

나는 냉장고에서 차가운 물병을 꺼내며 오물거렸다. 사람은 저마다 신체적으로 자신을 분류할 때 어디에 속할지 나름의 기준을 갖고 있다. 아내는 이제 오십 중반이다. 옛날 같으면 노인으로 분류될 수도 있겠지만 요즘은 아니다. 육십도 청춘이라는 판국에 오십 중반에 벌써 늙은 사람 취급받은 게 황당하다는 반응이다. 그러면서도 아내의 표정에는 어딘지 복잡한 심경이 읽혀졌다.

나는 식탁에 앉고 아내는 거울 앞에 앉았다. 그런 몹쓸 소리 한 녀석은 다음에 만나면 혼꾸멍을 내야겠다고 큰소리치면서도 한편으로는 자신이 나이 든 여자로 비친다는 사실이 심란한 모양이었다. 솜 같은 것에 뭔가를 묻혀 얼굴을 문지르는 동안에도 곰곰이 생각하는 눈치였다. 나는 냉커피를 탄 유리잔에 몇 조각 얼음을 넣고 흔들며 딴청을 피워댔다. 아내는 시종 골똘한 표정이다. 그러다 대뜸 돌아앉으며 물어왔다.

"개똥이 아빠 보기에도 내가 그렇게 나이 들어 보여요?"

차가운 커피를 목으로 넘기던 나는 아내의 질문에 눈치부터 살폈다. 참 어려운 질문이다. 나이란 것이 어디를 기준으로 하느냐에 따라 더 들기도 하고 덜 들기도 하는 것이다. 아침만 먹으면 마을 회관에 모여드는 동네 할머니들은 지금도 아내를 보면 '새댁'이라고 부른다. 그렇다고 해서 아내가 이제 갓 시집온 사람이라는 뜻은 아니지 않은가.

"뭐, 나이가 들어 보인다고 그래…. 그냥 그렇지 뭐."

이럴 때는 대충 얼버무리는 게 상책이었다. 아니다. 젊다. 예쁘다. 하는 입 발린 소리를 잘못하다가는 오히려 역효과가 날 수도 있다. 그렇게 어물쩍 둘러대는데 아내는 분명치 못한 내 대답에 꼬투리를 잡으려 했다. 버럭 성질을 내는 것이다.

"개똥이 아빠 때문이에요. 개똥이 아빠 해 다니는 꼴이 꼭 영감 같잖아요. 머리는 염색도 하지 않고 하얘 가지고 돌아다니니 애들이 할아버지로 보잖아요. 거울 한번 보세요. 아저씨 같아 보이는지…. 그러니까 나까지 할머니 소리나 듣지."

공연히 애먼 사람한테 화풀이를 해댔다.

2016 05 23

시골살이와 뱀

나는 내 아내의 동공을 평소보다 대략 세 배쯤 크게 만드는 방법을 알고 있다. 단 일 초면 된다. 아니 일 초까지도 필요 없다. 단음절의 외마디! 단 한마디면 되니 말이다. 바로 "뱀!"이다. 아내는 뱀이란 소리를 들으면 순간 동공이 팽창해 버린다. 남에게 듣는 것이 아닌 직접 목격이라도 하게 되면 일 킬로미터 밖에 선 사람도 들을 만큼 요란하게 비명을 내질렀다. 그믐날 밤 떠도는 처녀 귀신도 기겁할 정도로 높은 소리다.

시골에 와 살면서 나는 아내의 그와 같은 비명을 몇 차례 들은 적 있다. 시골에 들어와 사는 것을 나보다 더 원했지만, 아내가 가장 경계하는 동물이 그곳에 사는 것이 문제였다. 뱀이 틈입해 들 것이 걱정된다며 집 지으면서 주방의 배기 후드나 보일러 굴뚝마저 없애자고 고집부리던 아내였다. 마당에 연못을 팔 적에는 꼬박 삼 년을 설득해야 했다. 연못에 개구리가 오면 뱀이 자동으로 나타난다는 것이 반대 이유였다.

다른 집과 달리 무시로 드나드는 고양이가 많은 것도, 놈들이 함부로 화단이며 잔디밭에 똥을 싸질러도, 나름 관대한 이유는 놈들이 설치면 뱀이 접근 못 한다는 아내의 믿음 때문이었다. 그렇지만 뱀은 심심찮게 나타났고, 고양이는 뱀을 잡아도 짓궂게도 자랑삼아 집 근처로 가져오는 게 또 문제였다. 아내는 치를 떨었고, 놈들은 먹지는 않지만 뱀을 죽도록 가지고 놀았다. 그리고 아무렇게나 방치했다. 나는 축 늘어진 그것을 집게로 집어 보이지 않는 곳에 내다 버려야 했다. 어쩐지 산 놈보다 죽은 놈이 더 징그러웠다.

올해는 다른 해와 달리 뱀이 눈에 잘 안 띄었다. 감나무 근처에서 한 마리 발견했으나 아내 몰래 해치웠다. 크지 않은 새끼였고 여울목이었다. 작년에 농막으로 쓰는 컨테이너 아래 살던 살모사는 고양이 먹이통을 그곳에 두자, 올해부터는 모습을 보이지 않았다. 그런대로 평화로운 전원생활을 보냈다. 하지만 며칠 전 아내가 우편물을 가지러 갔다가 새하얗게 변해 돌아왔다. 뱀 꼬랑지 비슷한 것을 보았다고 했다. 뱀이면 뱀이지 비슷한 것은 무어냐고 핀잔하자, 돌담으로 기어들어 정확히는 못 봤는데 이제 대문 근처는 못 가겠다며 울상을 지었다.

바로 그 녀석을 내가 잡았다. 잡았다는 표현은 좀 그렇고 어쨌든 해치웠다. 예초기 날에 상하지 않도록 배롱나무 밑동을 굵은 THP 관을 잘라 둘렀는데 녀석은 교묘하게 관의 원통을 따라 몸을 숨기고 있었다. 아내가 다리가 후들거려 못 가겠다고 이야기한 대문 근처였다. 여울목이었다. 푸른색이라 잔디에 가려 잘 보이지도 않았다. 녀석의 위장술은 항상 사물의 형태보다 배경을 따른다. 여름내 가뭄을 안긴 날씨는 가을을 앞두고 어쩐 일인지 연 사흘, 나흘 비를 뿌려댔다. 잔디가 무성해졌다. 비가 그치고 모처럼 잔디 손질에 나선 것이다. 기계로 밀고 다녀도 전체적으로 깔끔하게 손질하려면 구석진 곳과 나무 아래는 예초기 작업이 필요했다.

짐작하시겠지만 나는 예초기를 돌리는 중이었고 녀석은 그 와중에 위장(僞裝)이 탄로 났다. 당장 조치해야 했다. 그러나 예초기를 멈추고 처리할 마땅한 도구를 찾는 동안 녀석이 사라질 공산이 컸다. 굳이 변명하자면 절차 또한 복잡했다. 예초기 시동을 끄고, 짊어진 기계를 벗어야 하고, 녀석을 두들겨 잡을 작대기를 찾아야 하고… 등등. 상황이 이렇다 보니 내 선택은 한 가지일 수밖에 없었다.

아내를 기절시킬지도 모를 뱀이다. 녀석을 살려 보내고 싶은 마음은 손톱만큼도 없었다. 녀석의 불행이 가중될 수밖에 없는 상황이었다. 예초기의 맹렬한 굉음이 치솟자, 아드레날린이 일시에 머리로 몰리는 기분이었다. 결과는 상상에 맡기도록 하겠다. 별로 크지 않은 놈이라 흔적마저 없었다. 어쩐지 찜찜하고 뒷맛이 개운치 못했다. 필요 이상 과도한 대응을 한 것이다. 왠지 옳은 일을 한 것 같지 않아 후회가 따랐다.

사실 아내만 뱀을 싫어하는 것은 아니라 나 역시 뱀을 좋아하지 않는다. 어릴 적에는 실제로 뱀을 밟은 적도 있었다. 물론 일부러는 아니고 모르고 밟았는데 밟은 순간 느낌이 확! 왔다. 미끄덩한 것도 같고 물컹했던 것도 같았다. 결코 유쾌한 느낌이 아니었다. 살모사였다. 밭둑 아래 똬리를 틀고 있던 녀석이나, 졸지에 놈의 대가리를 밟고 나뒹군 사람이나 기절초풍하기는 마찬가지였다.

녀석은 녀석대로 날벼락 맞은 꼴이 되어 정신을 못 차리는데 잠시 후 함께 있던 아이들이 와아, 하고 짱돌과 솔가지를 꺾어 들고 달려들었다. 놀라 하얗게 질린 사람보다 어쩐지 다른 아이들이 분노를 더 크게 느끼나 보았다. 거의 형체를 알아보기 어렵게 짓이겨 놓고 돌무덤을 쌓아 녀석의 사후까지 단속했다. 침을 세 번 뱉고 깽깽이걸음을 쿵쿵 뛰고, 지그재그로 걸음으로써 녀석의 죽은 혼이 따라오는 것도 막았다.

그러나 아무리 세월이 흘러도 뱀을 밟던 그 좋지 못한 느낌은 쉽게 지워지지 않았다. 사람은 좋은 기억보다 나쁜 기억을 더 오래 간직하도록 프로그램 되어 있다고 한다. 진화적으로 생존과 관련되어 있기 때문이다. 이유를 설명할 수 없는 뱀에 대한 인간의 편견도 어쩌면 먼 조상 때부터 뱀과의 좋지 못한 인연이 유전 형질로 대물림 되고 있는 것은 아닌지 모르겠다. 신화에서도 뱀은 사악한 동물로 그려지는 일이 많다. 하긴 신의 피조물을 꾀어낼 정도로 간악했으니 얼마나 담대하고 영악한 놈인가 말이다.

어느 정도 잔디가 정리되었을 때 아내가 나타났다. 혹시라도 무슨 흔적이라도 있을까 싶어 살폈으나 배롱나무 아래는 의외로 깔끔했다. 아내는 일부러 대문이 있는 곳과 거리를 두고 며칠 전 뱀 꼬랑지를 보았다는 돌담 아래를 가리켰다. 구멍을 막으라고 하는 소리는 아니었다. 있는 구멍을 다 막자면 돌담 전체를 시멘트로 뒤발해야 한다. 그저 유념하라고 이르는 소리지만, 하필 아내가 딛고 선 곳이 조금 전 놈이 피살된 배롱나무 근처다.

"알았어, 개똥이 엄마. 내가 신경 써서 살필게."

아내는 마음 놓고 대문 앞을 다닐 수 있도록 놈이 보이면 처치할 것을 신신당부한다. "개똥이 아빠 잘 봐요. 무조건 잡아야 해요." 그러면서 방금 뱀을 목격한 사람처럼 진저리를 친다. 나는 갑자기 입이 근질근질하기 시작했다. 정황상 조금 전 예초기의 날에 의해 처참하게 황천길로 간 녀석이 아내가 말하는 그놈일 공산이 컸다. 그리고 아내가 딛고 선 자리가 바로 그곳이다. 뱀이란 뱀은 모조리 철천지원수로 여기는 아내인지라 이야기를 전해도 칭찬받을 일을 한 것이다. 그런데도 어쩐지 말 못 할 것 같다.

총알 한 방이면 해결될 것을 군이 곡사포로 대응한 것 같은 잔인함이 느껴졌다. 녀석들의 입장에서 볼 때 인간의 자신들을 향한 분노 이유를 알 수 없는 것이다. 사냥을 목적으로 하지 않는 살상도 납득하기 어려운데 살해도 꼭 잔인한 방법이 동원된다. 돌로 쳐 죽이거나 작대기로 때려죽인다. 뭔 원한을 그리 깊이 샀을까? 자신들은 인간에 대해 적의를 품은 적 없는데 왜 인간은 자신들을 원수 대하듯 하는가 말이다.

이유는… 잘 모르겠다. 뱀을 사랑하는 사람도 있을까? 사람 나름이지만 나도 아내 못지않게 뱀을 싫어한다. 그 꿈틀거림에 대한 본능적인 거부는 설명을 다 못한다 해도 어쨌든, 녀석들을 곁에 두고 싶지 않다. 아무튼 영역을 정해 서로 차지할 공간을 나누어 가질 수 없는 이 전원생활에서 여름만 되면 녀석들과의 공존은 늘 불편하다. 아내와 달리 남자니까 호들갑스럽게 비명은 못 해도 팔다리 없는 녀석이 기어가는 것을 볼라치면 머리가 쭈뼛 솟는 게 사실이다.

2018 09 03

닭 사육기

1

시골로 이사하면 해 보고 싶은 일 중 하나가 닭 키우기였다. 화초가 잘 자란 정원(庭園)이나 텃밭에서 채소를 키우는 일도 물론 손꼽을 수 있는 전원생활의 일부이다. 도시에서 쉽게 할 수 없는 일이기에 시골로 이사를 계획하는 누구라도 동경하는 일  일 게 틀림없다. 케이도 그랬다. 평생 도시에서 살았지만, 정년 후의 삶은 시골에서 시골 사람으로 마무리하고 싶었다. 텃밭이 딸린 아담한 집을 짓고 아기자기하게 정원을 꾸미고 싶은 생각에 귀촌을 결심하게 되었다.

닭을 키우고 싶다고 이야기했을 때 아내는 반대하지 않았다. 뒤란의 뜰은 여느 집보다 넓은 편이다. 닭이 아니라 염소나 돼지를 키운다고 해도 집으로 냄새가 건너오지 않을 만큼 공간은 충분했다. 따라서 케이가 집을 짓고 남은 목재를 가리키며 저것으로 닭장을 짓겠노라 했을 때 아내의 근심은 닭장에서 풍길 냄새가 아니라 서투른 남편의 연장 다루는 솜씨였을 것이다. 공연히 망치로 손가락을 짓뭉개 버리거나 엉성한 톱질로 아까운 자재만 버려 놓지 않을까 하는 눈치였다.

케이는 보름 넘게 뚝딱거렸다. 목수의 실력보다 좋은 연장과 훌륭한 자재 탓에 닭장은 생각보다 잘 지어졌다. 케이는 만족스럽게 아내를 불러내 보였다.

"개똥이 아빠, 이만하면 닭장이 아니라 호텔이에요. 호텔!"

아내는 남편의 솜씨에 칭찬을 아끼지 않았다.

처음에는 병아리를 사서 천천히 큰 닭으로 키워 갈 생각이었다. 닭을 키우는 이유는 두말이 필요 없이 알을 꺼내 먹는 것이 목적이었다. 언젠가는 도축하겠지만 우선은 알 낳는 닭을 기르고 싶었다. 그런데 생각 외로 닭 구하는 일이 쉽지 않았다. 닭장을 짓고도 보름이나 지나서야 중 닭 여섯 마리를 살 수 있었다. 한시바삐 알 낳는 닭을 갖고 싶다는 조급증이 병아리를 사는 것을 포기하게 한 것이다.

이제 갓 부화한 병아리는 암수 구별이 어려운 것이 문제였다. 확률은 반반이라고 한다. 열 마리 병아리를 사면 다섯이 수탉이 될 가능성이 있다는 말이었다. 수탉 하나에 암탉 네댓이 가장 이상적인 비율이라고 하는데 자칫하면 암탉보다 수탉이 많아질 수도 있었다. 닭장은 큰 닭을 기준으로 예닐곱 마리가 들어앉을 수 있는 크기로 지어졌다. 성별도 모르는 놈들을 데려와 무작정 키운다는 것이 쉽지 않았다. 병아리를 부화해 파는 곳을 찾았으나 아내가 먼저 고개를 저었다. 빈 닭장은 다시 일주일간 더 방치되었고 부부는 부지런히 인터넷을 뒤졌다. 그리고 마침내 중 닭을 분양하는 곳을 알아냈다.

그날은 3월 중순, 봄비가 내리는 어느 날이었다. 집에서 조금 먼 거리였지만, 케이는 주저하지 않고 차를 몰고 나섰다. 한 시간이면 도착할 거라는 예상과는 달리 삼십 분을 더 달려 목적지에 도달했다. 시간은 이미 오후 네 시가 지나 있었다. 초행인데다 비까지 내린 탓이었다. 농장주가 밖으로 나와 케이를 맞이했다. 취미로 키운다는 말과 달리 비닐하우스 두 동을 잇대어 지은 사육장은 컸다. 토종닭뿐 아니라 오골계와 비둘기까지 키우고 있었다. 내부는 청소가 안 되어 지저분하기 짝이 없었다. 케이는 수탉 하나와 암탉 다섯을 주문했고 곧 알맞은 크기의 닭을 포획하기 위해 사육장으로 들어갔다.

주인은 입구에서 우주복과 같은 아래위가 붙은 괴상한 작업복으로 갈아입었다. 신도 장화로 갈아 신었는데 곳곳에 뿌려진 닭똥 때문인 것 같았다. 안으로 들어가자 문 쪽에 몰려 서 있던 닭들이 우르르 구석으로 달아났다. 이왕이면 큰 놈으로 잡아 주기를 기대하며 케이도 조심스럽게 뒤따랐다. 크고 작은 여러 놈이 뒤섞여 있어 어느 정도의 것이 중닭 크기인지 잘 판단이 서지 않았다. 비가 오는 날씨에다 환기마저 원활하지 못한 비닐하우스 내부는 지독한 냄새를 풍겼다.

머지않아 농장 주인이 암탉 한 마리를 포획하는 데 성공했다. 구석에 몰려 있던 일부가 마주 선 주인의 장화를 뛰어넘고 달아나려다 그중 한 마리가 낚아채였다.

"꼬꼬댁! 꼬꼬…."

양 날개가 잡힌 암탉은 요란하게 비명 질렀다. 생각보다 컸다. 무게를 가늠하듯 아래위로 흔들어 보던 주인은 곧 녀석을 방면해 버렸다.

'중닭이란 병아리보다 조금 큰 놈을 말하나?'

암탉과 수탉은 벼슬이 나기 시작하면 구별할 수 있다고 한다. 너무 어리면 알 낳는 시기도 그만큼 늦어질 거라는 생각에 케이는 조바심이 났다. 주인은 다시 눈에 들어오는 닭을 향해 다가갔다. 표적이 된 암탉은 요란한 소리를 내며 달리기 시작했다. 날개를 가졌으나 날지 못하는 새…, 닭이 날뛰는 모습을 보며 케이는 웃음을 터뜨렸다. 뒤뚱거리며 녀석은 잘도 달아났다. 그 소란 중에 일부 닭들은 횃대로 날아올랐다. 케이는 횃대 위에 오른 닭들이 함부로 똥을 내갈길지 몰라 가능한 한 주의하며 농장 주인을 도왔다.

포획한 닭은 준비한 라면 상자에 모두 넣었다. 크기는 크지도 작지도 않은 그야말로 중닭이었다. 다만 수탉만큼은 암탉보다 약간 컸다. 같은 연령대라도 수탉은 원래 큰지 아니면 고르기가 귀찮아 선심 쓴 건지는 알 수 없었다. 다 큰 닭 같았다. 그러나 알 낳는 것은 수탉이 아니라 암탉이라는 것은 삼척동자도 다 아는 사실이다. 케이의 궁금증은 어느 정도 자라야 암탉이 알을 낳나 하는 점이었다. 솔직히 닭을 사 넣기도 전에 알을 누가 거두느냐 하는 문제를 두고 아내와 티격태격 다투기도 했었다.

"자네가 모이 주고 내가 알을 챙기면 되겠다."

"무슨 소리예요. 남자가 모이 주는 거예요. 알은 내가 챙길 거예요."

이렇듯 없는 닭을 두고도 어린애 같은 말씨름을 해 오던 터라 케이가 언제쯤 알을 낳게 될 것인지에 대해 궁금증을 드러낸 것은 어쩌면 당연했는지도 모른다. 케이의 승용차 앞에서였다. 트렁크에 라면 상자를 싣던 농장 주인은 조금 어이없는 표정으로 케이를 돌아보았다. 마치 우물에서 숭늉 찾는 사람을 만난 표정이었다.

"이 녀석들 이제 막 병아리 티 벗은 놈입니다."

조금 꾸짖듯이 이야기했다.

"빠르면 두 달, 늦으면 삼사 개월 후가 될지 모릅니다."

"그렇게나 오래 기다려야 해요?"

케이의 실망스러운 반응에 오십 후반의 농장주는 다시 대꾸했다.

"길게 보아 여름 장마까지 기다려 보세요."

집으로 돌아오는 동안에도 비는 그치지 않았다. 날이 어두워지고 생각보다 늦은 남편의 귀가가 염려스러운지 아내로부터 전화가 걸려 왔다. 종일 질척거리던 비가 갑자기 장대비로 변할 즈음이었다. 와이퍼가 바쁘게 빗물을 걷어 내도 전방의 시야가 흐려져 속도를 낼 수 없었다.

"왜 그리 늦어요?"

"비 때문에 달릴 수가 없어."

"닭은요?"

"트렁크에 실었어."

"그냥 트렁크에 실었다는 거예요?"

"아니. 박스에 넣었어."

"괜찮을까요?"

"글쎄 말이야. 농장 주인은 괜찮을 거라고는 하던데…."

사실 그 대목에 대해서는 케이도 염려스럽기는 마찬가지였다. 숨쉬기조차 어려운 박스에 갇힌 닭들은 벌써 한 시간 넘게 시달리는 중이었다. 심한 멀미를 할 수도 있었다. 아니할 말로 트렁크를 열었을 때 성한 놈 한마리 없이 모두가 비실비실하다면 낭패일 것이다. 실제로 케이는 강아지한 마리를 얻어 오면서 멀미에 고통스러워하는 강아지 모습을 본 적이 있었다. 지금은 다 자라 천덕꾸러기가 되어 대문을 지키고 있지만 녀석과의 첫 대면은 결코 트렁크에 실린 닭의 처지보다 낫지 않았다.

박스에 담아 관찰할 수 있게끔 조수석에 두었다. 이제 갓 어미 젖을 뗐을 만한 정말 어린놈이었다. 불안하게 주변을 살피던 녀석이 새 주인과 눈이 마주치자 공연히 딴짓하듯 코를 박았다. 좁은 박스 안을 탐색하는 것 같았다. 차가 움직이자, 녀석의 활동이 눈에 띄게 둔해졌다. 입에 거품을 물기 시작한 것은 채 십 분도 지나지 않아서였다. 다리에 중심을 잃고 엉덩이를 주저앉혔다. 처음에는 이유를 몰랐다. 병든 게 아닌가 하는 의심이 들 정도였다. 거품이 침이 되어 흘러내리고 얼마 지나지 않아 강아지는 먹은 것을 토하기 시작했다.

케이는 차를 세우고 맥을 못 추는 녀석을 관찰했다. 차량이 멎자, 강아지도 조금 진정되나 보았다. 한동안 게워 낸 토사물을 응시하던 녀석이 주저앉은 뒷다리를 일으켜 세웠다. 그러나 차가 움직이자 다시 비실거렸고 속에 것을 게워 내느라 전신 경련을 일으켰다. 비로소 케이는 녀석이 멀미하고 있다는 것을 깨달았다. 젖은 눈으로 원망스럽게 쳐다보는 눈과 마주치자 죄짓고 있다는 느낌을 떨칠 수 없었다. 어미한테서 떼어 놓은 것도 미안한데 멀미의 고통까지 안기다니…. 되돌려 주고 싶은 마음이 굴뚝같았으나 그 집도 여덟 마리의 새끼를 처분하지 못해 골머리를 싸안는 중이었다.

지금 상황은 그때보다 더 안 좋았다. 좁은 박스 안에는 여섯 마리 닭이 들앉고 어두운 트렁크 속이다. 숨쉬기조차 힘들게 틀림없었다. 그 열악한 환경을 견디지 못하고 닭들이 모조리 죽어 버리면 돈은 돈대로 날리고 반나절 동안의 수고도 헛고생이 되고 만다.

저녁 7시를 넘겨 겨우 집에 도착했다. 궂은 날씨 탓에 어둠이 짙어 주위는 온통 깜깜했다. 손전등을 든 아내가 현관 앞에 서 있었다. 케이가 마당에 들어서자, 아내는 계단을 내려왔다. 쏟아지는 비를 가리느라 우산을 받쳐 주었으나 케이는 손을 내저었다. 트렁크부터 열었다. 다행히 닭은 무사한 것 같았다. 잠잠하던 녀석들은 뚜껑이 열리자 동시에 고개를 내밀며 수런거렸다.

"*꼬꼬꼬… 꼬꼬꼬…*."

모두 생생했다.

"닭은 멀미를 안 하나?"

반가워 케이는 반색하며 아내를 돌아보았다.

"글쎄요? 쟤들도 동물인데 멀미를 안 할 리가 있나요?"
"이봐 생생하잖아. 난 먼저 진돌이(강아지) 짝이 날 줄 알았다니까."
"다행이네요. 얼른 닭장으로 옮겨요."

박스 안을 비추던 손전등 불빛이 걷히기 바쁘게 케이는 뚜껑을 닫았다. 손전등을 든 아내가 앞서고 케이가 뒤따랐다. 닭장은 모이통이며 물그릇까지 마련되어 주인 맞을 채비를 완벽히 갖춘 상태였다. 아내가 문을 따자 케이는 박스를 바닥에 내려놓았다. 뚜껑을 열면 와그르르 쏟아져 나올 거라는 기대와 달리 닭들은 고개만 내밀고 두리번거렸다. 의심이 많은 녀석들이었다.

"인마. 나와!"

한차례 호통을 치고 박스를 발로 차자 녀석들은 그제야 화들짝 놀라 뛰쳐나왔다. 그러나 그때뿐 구석으로 몰리며 마치 지뢰밭을 마주한 듯이 몸을 사렸다. 그나마 자신 없는 태도로 오락가락하는 것은 수탉뿐이고 나머지는 구석으로 몰린 채 서로 눈치만 살폈다.

내부를 어지럽게 순회하던 아내의 손전등이 모이통 위에 멎었다. 한동안 트렁크에서 시달렸을 녀석들이 컴컴한 어둠 속에서 먹이통을 찾지 못할까 봐 알려 주고자 하는 나름의 배려였다. 모이통에는 옥수수를 빻은 사료가 가득 담겨 있었다. 하지만 먹이통 가까이 오는 놈은 한 마리도 없었다. 손전등 불빛이 다시 물그릇으로 옮겨 갔다. 뚜껑이 없어 쓸모없게 된 토기를 케이가 물그릇으로 갖다 둔 것이었다. 그곳에도 넘치지 않을 만큼 깨끗한 물이 담겨 있었다.

"물, 물…."

아내가 사물의 이름을 알려 주듯 닭이 몰려선 곳을 향해 혼자 말했다. 그릇에 담긴 액체가 물이니 안심하고 마시라는 뜻이었다.

"저 알통에도 불 좀 비춰 봐."

아내가 구석에 몰린 닭들과 대화하는 동안 등 뒤에 선 케이가 말했다.

나무로 짠 알통은 닭장 중간 높이로 지른 선반 위에 놓여 있었다. 언제 낳게 될지 모르지만, 이왕 세간에 대해 설명할 거면 알통이 놓인 곳도 알려주라는 뜻이었다.

"이이는….."
"왜?"
"쟤들은 아직 어리잖아요."
"그래도 용도는 알려 줘야지."

아내의 손전등 불빛이 알통을 가리키는 것을 끝으로 부부는 닭장에서 물러났다. 길고양이들의 출몰이 잦은 곳이라 살짝 걱정되었지만 튼튼하게 지은 닭장을 믿기로 했다. 정확히 일 년 전 근처 이웃집은 닭장 짓고 닭을 사 넣은 지 단 하루 만에 몽땅 잃은 적이 있었다. 그 집도 정년퇴직 후 도시에서 이주해 온 사람이었다. 닭장을 짓는 데만 몇 날 며칠을 허비했는데 그 수고가 하룻밤 사이에 도로(徒勞)가 되어 버린 것이다. 아침에 가 보니 깃털 하나 없이 깔끔하더라고 했다. 누구는 길고양이가 물어갔다고 했고 족제비가 범인이라고 단정하는 사람도 있었다. 아무튼, 단 하루만 닭 사육을 해 본 그 이웃은 그날로 애써 만든 닭장을 허물어 버렸다.

이웃의 실패를 반면교사(反面敎師)로 삼았다. 케이는 빈틈없이 꼼꼼하게 지었다. 땅속을 파고든다는 족제비를 대비해 바닥은 시멘트로 덮었다. 철망도 여느 닭장에서 사용하는 것과 달리 촘촘한 것을 택했다. 이빨이 여간 단단한 놈이 아니고는 절대로 뚫을 수 없게 대비했다. 그래도 안심이 되지 않아 대문 앞에 있는 강아지를 닭장 근처로 옮기기로 되어 있었다. 경비가 필요하기 때문이다. 하지만 비가 철철 내리는 밤중에 강아지를 끌고 오는 것은 아무래도 너무 비인간적으로 느껴졌다. 내일 날이 밝으면 옮길 생각이었다.

"괜찮을까요?"

우산을 받쳐 든 아내가 염려스러운 듯 케이에게 물었다.

"괜찮을 거야."
"먼저 이웃집과 같은 사태가 나면 어쩌죠?"

케이는 걸음을 멈추고 아내를 돌아보았다. 종일 도로를 달린 데다 비까지 젖어 약간 지쳐 있는 상태였다. 얼른 들어가 쉬고 싶은 생각밖에 없었다.

"그럼 지금 진돌이 끌고 와?"

자신도 모르게 신경질이 묻어난 대꾸였다.

"아니… 그건 아니지만…."

2

강아지는 다음 날 닭장 근처로 옮겼다. 닭이 오기 전 유일하게 케이 집에서 키우는 짐승이었다. 진돗개의 혈통이 섞였다는 원래 주인의 자랑이 무색할 정도로 다리가 짧은 잡종견이었다. 새끼 때는 몰랐는데 몸뚱이가 크는 만큼 다리가 자라지 않았다. 그러다 보니 덩치는 여느 진돗개와 다름없지만 키는 약간 난쟁이였다. 어미가 땅개와 붙었던 모양이었다. 한때는 케이 부부의 귀여움을 독차지하던 녀석이었다. 그러나 덩치가 크면서 냄새가 독해져 지금은 누구도 녀석을 안으려 하지 않았다. 그런데도 강아지는 볼 때마다 깽깽거리며 재롱부리려고 했다. 꼬리가 떨어져라 흔들어 댔다.

강아지 때는 풀어놓고 키웠으나 어느 정도 자라 성견이 되면서 묶었다. 남의 집 밭에 뛰어들어 몇 차례 소동이 있고 난 후였다. 원래 본분에 맞게 대문 앞에 집을 마련했다. '불청객을 상대로 집 지켜라.' 하는 의도인데 어찌 된 놈인지 낯선 사람이 와도 좀체 짖을 줄 몰랐다. 누구든 반기며 꼬리를 흔들었다. 굉장히 순진하고 마음도 좋아 제 먹이를 뜨내기 개나 길고양이한테 주는 것을 장기로 알았다. 그 때문에 유기견이 시시때때로 케이의 집 대문을 들락거렸다.

그렇게 제 역할 못 하는 놈이지만 뒤란에 닭장이 생기면서 새로운 임무를 부과한 것이다. 닭장 근처 단풍나무 아래에 묶었다. 그늘이 짙게 드리운 곳으로 여름철이면 녀석의 피서(避暑)지로 이용하던 장소였다. 그러나 이번엔 피서가 아닌 경비가 목적인지라 체류가 길어질 것에 대비해 임시 숙소를 마련하였다. 앞이 뚫린 화덕으로 쓰던 반 토막 난 드럼통을 이용했다. 바닥에는 짚을 깔고 합판 조각으로 지붕을 해 덮었다. 강풍에 날아가지 않게 큰 돌로 눌러놓자, 가설(假設)로 지은 개집치고는 그런대로 훌륭했다.

"너, 저기 보이지. 쟤들이 어젯밤에 온 새 식구들이야."

느닷없이 끌려온 녀석에게 상황을 설명해야겠기에 케이는 닭장을 가리켰다. 전날 밤 입주한 닭들은 그사이 적응한 것인지 철망 안에서 얌전히 거닐고 있었다. 특히 암컷을 다섯이나 거느린 수탉은 우두머리다운 풍채가 났다. 단연 눈에 들어왔다. 곁 보기는 덩치가 암탉보다 두 배 정도 차이 났다. 훤칠한 키에 아주 당당한 걸음걸이로 암탉 사이를 오락가락했다.

그렇지 않아도 평소 보지 못한 것을 발견한 강아지는 짖어야 할지 말아야 할지 몰라 주인과 닭장을 번갈아 보며 잠시도 가만히 있지 못했다. 유기견이나 고양이한테 보이는 반응과는 달리 유독 날것(鳥類)에 대한 것만큼은 적의를 드러내는 이상한 놈이었다. 어쩌다 마당에 내려앉은 까치나 비둘기만 보아도 발광했다. 왕왕 짖기도 하고 으르렁대며 새들이 마당에 노니는 꼴을 보지 못했다. 그런데 새다! 흔히 보는 놈들과 조금 달라도 어쨌든 새가 확실했다. 다만 녀석들이 들어앉은 곳이 조금 낯설었다.

뭐지?

어리둥절해하는 강아지의 목줄을 잡아당기며 케이가 주의를 환기시켰다.

"잘 봐. 저놈들을 지키는 것이 네 역할이야. 고양이나 족제비가 오면 짖어. 알겠지?"

그러나 강아지는 주인의 말에 귀 기울이는 것 같지 않았다. 기어코 으르렁대며 짖어대기 시작했다.

"왕! 왕!"
"어허! 이 녀석이 왜 이래?"

녀석이 두 다리를 치켜들고 발버둥 치는 통에 줄을 묶은 말뚝이 빠지려했다. 케이는 당황했다.

"가만 안 있어!"

후려칠 듯이 위협해 봐도 강아지는 고개만 찡긋할 뿐 짖기를 멈추지 않았다. 주인을 피해 이리로 쪼르르 도망가 짖고 다시 저쪽으로 달아나 짖었다. 그 와중에도 다행인 것은 닭들의 반응이었다. 처음 보는 동물에 놀라서 혼비백산할 거라는 염려와는 달리 무덤덤했다. 철망 안을 오락가락하던 녀석들 모두가 멈춰 서서 짖어대는 강아지를 물끄러미 쳐다보았다. 강아지는 그게 더 애가 타나 보았다.

"으르렁⋯. 왕! 왕!"

기어코 케이는 걷어찼다.

"깨갱!"

꼬리를 말아 넣기 바쁘게 강아지는 숨을 곳을 찾는 시늉을 했다.

"도대체 왜 그러는 거야?"

케이는 성질이 돋아 고함을 쳤다.

"인마, 가족이야."

케이가 고성을 멈추지 않자, 강아지는 주눅이 들어 제 주인의 눈치 보기
에 급급했다. 불만을 삼키듯 낑낑대며 드럼통 주변을 맴돌았다.
　케이는 심호흡한 후 목소리를 낮추었다.

"잘 들어. 네가 온 목적은 쟤들을 위협하는 게 아니라 지키기 위함이야."

강아지는 직수굿이 고개를 숙이고 케이의 말을 경청했다. 확실히 한풀
꺾인 티가 역력했다. 케이는 타이르듯 이야기를 이어 갔다.

"쟤들도 우리 식구고 네 동생뻘이야."

아래로 깔았던 눈을 위로 살짝 치뜨며 제 주인의 눈치를 살폈다. 까닭 없이 성질내고 또 부드럽게 대하는 이유는 이해할 수 없었으나 어쨌든 은 근해진 말투에 조금 마음이 풀어진 듯했다.

"닭장 근처에 얼씬거리는 것이 있으면 그때 짖어."

강아지는 고개를 들었다. 다시 발로 찰 것 같은 분위기는 감지되지 않 았다. 다만 케이가 똑바로 쳐다보는 게 부담스러워 시선을 피하며 주변을 힐끔거렸다. 케이는 잡고 있는 강아지의 목줄을 당겼다.

"알았지?"

케이가 다짐하듯 물었다.

"컹!"

녀석이 짖었다. 케이는 적이 만족스러워 칭찬과 함께 강아지의 머리를 쓰다듬었다.

강아지는 곧 익숙해져 닭장에 대해서는 무관심해졌다. 주인이 사라지 자, 닭장 안의 닭보다 자신이 끌려온 장소에 관심 두기 시작했다. 주변에는 일정한 간격을 두고 여러 수종의 과일나무가 새순을 달고 있었다. 전날 저녁까지 내린 비의 흔적은 어디에도 발견되지 않았다. 강아지는 바닥을 살짝 긁었다. 그저 본능에 따라 해 본 것에 지나지 않는 데도 본래 있던 곳과 달리 쉽게 땅이 파였다. 모처럼 밟아 보는 땅이다. 원래 있던 곳은 시멘트로 된 곳이었다. 긁어도, 긁어도 드러나지 않는 바닥은 긁을수록 마른 그릇을 핥는 것만큼이나 갈증을 증폭시켰다.

그런데 땅이다! 강아지는 허기진 배를 채우듯 앞발을 번갈아 놀리며 열심히 구덩이를 팠다. 그러다 고개를 처들고 밖을 내다보는 수탉과 눈이 마주쳤다. 머리에 붉은 깃을 달고 덩치가 큰 것으로 보아 서열이 앞선 놈이 분명했다. 곁에는 흰 닭이 서 있다. 황색 깃을 가진 나머지 닭들은 뒤에 서 있거나 좌우로 오가는 중이다. 수탉은 고개를 갸웃갸웃한다. 밖을 응시하며 무언가 관찰하는 태도였다. 눈이 마주치고도 꿈쩍도 하지 않자 얌전하던 강아지는 태도를 바꾸어 이빨을 드러냈다. 으르렁대며 짖기 시작했다.

"왕! 왕!"

집 안에 들앉은 케이는 개 짖는 소리가 들리자 적이 만족스러웠다. 강아지가 경비로서 제 역할을 하고 있다는 증거였다. 닭을 키우면서 제일 경계해야 하는 동물은 개, 고양이, 족제비 순이라고 들었다. 대문에 간혹 뜨내기 개들이 들락거려도 집 안까지 휘젓고 다니지는 않았다. 문제는 고양이와 족제비인데 아직 이곳에 정착해 살면서 족제비를 만난 적은 없다.

그렇지만 산과 인접한 곳이다. 밤이면 야행성인 족제비가 언제든 나타날 가능성이 높았다. 그럴 때 경비의 역할이 중요했다. 조금이라도 이상 징후가 감지되면 강아지는 짖을 것이고 그것만으로도 족제비 접근을 차단하는 데 도움이 될 것이었다.

그다음 고양이다. 사실 케이가 가장 경계하는 놈이 녀석들이다. 놈들은 수시로 집 안팎을 들락거렸다. 모두 길고양이들이다. 이따금 집 뒤란 대밭에는 난잡하게 흩어진 비둘기 깃털이 발견되곤 했다. 놈들이 사냥도 마다하지 않는다는 증거였다. 한밤중에 파란 불을 켠 놈과 마주치면 케이는 저도 모르게 머리카락이 주뼛 솟았다. 발정 난 암컷이 야밤에 울 때면 꼭 귀신의 곡성처럼 들려 재수가 없었다. 그래서 놈들을 만나면 케이는 짱돌부터 집었다. 달아나는 고양이를 맞히기 어렵지만 무조건 돌팔매질을 하고 보았다.

그런데 그렇게 쫓지 못해 안달하던 고양이한테 케이 스스로 관대해질수밖에 없는 일이 발생했다. 뱀 때문이었다. 아내는 뱀이라면 숨이 넘어갈 만큼 기겁했다. 시골로 이사하기 전부터 뱀 때문에 걱정이 태산 같았던 사람이었다. 집은 현대식으로 잘 지었지만, 주변은 온통 뱀이 서식하기에 딱 좋은 환경이다. 근처에 대밭이 있고 산과 인접한 곳이었다. 지난해만 해도 집 주위에서 두 차례나 뱀이 목격되었다. 독이 없는 꽃뱀 종류지만 아내는 흡사 재앙을 만난 듯했다.

그 징그러운 놈을 퇴치하는 데 고양이만 한 동물이 없다고 했다. 어디서 주워들은 말인지는 몰라도 그 이야기가 있고 난 후부터 갑자기 아내는 고양이한테 집착을 보였다.

"고양이가 뱀을 잡는대요. 개똥이 아빠, 그러니까 고양이 쫓지 말아요."

케이는 별로 신뢰하지 않았다. 쥐를 잡는 것은 본 적 있다. 고양이와 생쥐. 이것은 뭔가 짝이 맞는 스토리인데 고양이가 뱀을 잡다니…. 어딘지 어색했다. 우선 동기부터가 미약했다. 뭐 때문에 고양이가 뱀 사냥을 한단 말인가? 잡아서 먹나?

"선물로 던져 준다더군."

역시 도시 살다 시골에 귀촌해 사는 아시는 형님이 한 분이 한 말이었다. 길고양이한테 먹이를 주고 돌보면 간혹 쥐나 뱀 따위를 잡아 집 현관에 놓아둔다고 했다. 은혜에 대한 보답이라는 것이다.

"그럼, 형님도 그런 선물 받은 적이 있습니까?"
"한 번 정도…."

참 별스러운 선물이다 싶었다. 오히려 현관에 혁대처럼 늘어져 있는 그놈을 보았을 때 아내의 표정이 궁금했다. 기절초풍할 것이 틀림없다. 그런데도 아내는 마치 구세주를 만난 것처럼 뱀을 잡는다는 고양이한테 환심을 드러냈다.

"고양이가 다니는 곳은 뱀이 얼씬 못 한대요."

지금껏 원수로 알던 길고양이를 손님 대하듯 하라는 것이다. 그리고 그
날 이후 아내는 실제로 멸치를 담은 그릇을 내놓으며 녀석들을 유인하기
시작했다. 야옹아! 나비야! 제멋대로 이름을 지어 부르며 담장 아래로 기
어드는 길고양이들을 불러 모았다. 슬금슬금 눈치 보던 녀석들이 하나둘
모여들기 시작했고, 금방 수가 늘었다. 한두 마리면 충분할 것 같은데 원
래 뜨내기들이라 통제가 쉽지 않았다.

케이는 머지않아 닭장 앞에 울타리를 치고 닭을 놓아 키울 생각이다. 좁
은 닭장에서만 가두어 키우면 양계 닭과 다를 바가 없다. 낮에는 돌아다
니게 하고 밤에만 가두면 혹시 있을지 모를 족제비들의 공격으로부터 안
전하게 지킬 수 있다. 한 번 피 냄새를 맡으면 갖은 수단으로 틈입해 든다
는 녀석들을 대비해 케이는 철옹성 같은 닭장을 지었다. 지붕과 벽체 사
이로 드러난 틈새는 모조리 판자로 덧대 막았다. 아무리 튼튼한 이빨을
가진 동물이라도 뚫지 못하도록 방비한 것이다. 닭장 안에만 있으면 안전
했다.

그러나 풀어놓으면 상황이 달라진다. 낮에 닭을 덮칠 만한 동물은 개 아
니면 고양이였다. 개보다는 고양이가 될 공산이 컸다. 케이는 고민이 깊
어졌다. 닭도 키워야 하지만 집에 뱀이 기어 다녀도 안 될 일이다. 뱀 사냥
에 대한 녀석들의 재능이 어딘지 과장된 느낌이 없지 않지만, 아내의 신
망은 두터웠다. 뱀 퇴치사라고 했다. 그런 놈들을 내쫓으면 단박 부부싸

움이 날 게 자명했다. 하지만 닭을 키우게 된 이상 어떻게든 길고양이와의 관계도 설정도 불가피했다. 고양이 먹잇감으로 닭을 키울 생각은 전혀 없기 때문이다.

3

케이는 아침저녁으로 하루 두 번 모이를 주었다. 생각보다 사료 소비가 많아 닭을 사던 날 뜯은 20킬로그램짜리 포대가 일주일 만에 절반으로 줄었다. 사료 한 포에 만 오천 원, 이런 식으로 나가면 보름에 한 포, 한 달이면 삼만 원이 든다는 계산이 나왔다. 생각보다 지출이 컸다. 강아지 사료도 비슷하지만 한 포면 두 달 먹일 때도 있고 석 달 끌 때도 있었다.

"너무 많이 주는 게 아녀요? 양을 조금 줄이세요."

케이가 예상 밖으로 빠르게 주는 사료를 걱정하자 아내가 한 말이었다. 한 번에 듬뿍 주지 말라고 했다. 케이는 손에 들린 용기(容器)를 들여다보았다. 페트병 아랫부분을 비스듬히 잘라 만든 닭 사료를 퍼내는 전용 바가지였다. 그곳엔 정말 사료가 가득 담겨 있었다. 모이통은 두 개를 만들었기 때문에 한 번 줄 때마다 두 번 퍼야 했다. 케이는 퍼낸 사료를 다시 절반쯤 원래 포대에 쏟았다. 절약하기 위해서인데 쏟고 보니 너무 쏟은 것 같아 치켜든 용기를 쳐다보고 고개를 갸웃거렸다. 너무 쏟았나? 다시 쏟은 만큼 담았다.

사료 바가지를 들고 닭장으로 갔다. 문을 열기 전 케이는 철망에 이마를 붙이고 안을 살폈다. 별로 크지 않은 공간임에도 어떨 때는 여섯 마리 중 일부가 안 보일 때가 있었다. 횃대는 아래위 이중으로 만들었다. 껑충 뛰어오를 만한 곳에 낮게 만든 것이 닭을 사 넣기 전, 처음의 것이고 나중에 어른 가슴 높이로 하나를 더 추가했다. 너무 높으면 닭이 뛰어오르지 못할까 봐 배려하는 차원에서 낮게 설치했는데 닭을 판 사육장 주인의 설명은 케이의 예상과는 달랐다. 닭이 횃대에 오르는 이유는 포식자를 대비한 자기방어라고 했다. 기둥을 세우거나 벽에 걸치지 않고 천장에서 곧장 매다는 방법까지 알려 주었다. 그래야 침입자가 있어도 안전하다는 것이다.

"그리 높이 설치하면 닭들이 어떻게 올라가요?"

두 번째 만든 횃대를 보고 아내가 한 말이었다. 케이도 같은 질문을 사육장 주인한테 했었다.

"나아 참, 날개가 그냥 있습니까? 날지 못해도 닭도 엄연히 샙니다."

반신반의하면서 천장에 닿을 만큼 하나를 더 만들었는데 놀랍게도 닭들은 그 횃대가 만들어지던 날 밤 모두 그곳에 올라가 있었다.

그늘진 탓에 닭장 내부가 한눈에 들어오지 않았다. 두 마리가 비는 것 같아 철망에 바짝 이마를 갖다 댔다. 역시 보이지 않던 놈들은 위쪽 횃대에 올라앉아 있다. 여섯 마리가 다 무사하다. 닭을 사 넣고 하룻밤 사이에 몽땅 털린 이웃집과 달리 자기 닭이 무사하다는 사실에 게이는 만족스러웠다. 지나치게 합판을 덧댄다는 아내의 잔소리를 무시한 것이 제대로 효과를 발휘한 것이다. 뿌듯하기조차 했다.

조심스레 문을 열었다. 횃대에 올라앉아 있던 닭들이 작은 소요와 함께 앉은뱅이걸음으로 안쪽으로 물러났다. 케이가 모이통에 사료를 쏟기 바쁘게 한둘씩 뛰어내렸다. 가장 먼저 모이통을 차지하는 것은 흰 암탉이다. 다섯 마리 암탉 중에 네 마리는 모두 황갈색인데 유일하게 흰 깃털을 가진 놈이다. 덩치도 다른 암탉에 비해 조금 컸다. 재미있는 것은 이놈은 오는 첫날부터 수탉 곁에 붙어 앉아 본처 행세를 했다. 다른 암탉이 수탉 근처에만 와도 부리로 쪼아댔다. 먹이를 먹을 때도 마찬가지였다. 누구도 모이통 근처에 얼씬 못하게 했다. 자신의 식사가 끝나야 다른 암탉의 접근이 허락되었다. 이번에도 혼자 모이통을 차지하고 다른 암탉은 주변을 맴돈다. 잠시 후 참지 못한 한 마리가 모이통에 머리를 밀어 넣자 흰 닭은 여지없는 공격을 해댔다. 콕콕! 머리를 쪼았다.

"꼬꼬댁!"

불에 덴 듯한 비명과 함께 당한 암탉은 구석으로 달아났다. 유일한 예외는 수탉이다. 암탉들이 모이를 먹을 때는 쫓기듯 서두르는 데 비해 수탉은 짐짓 여유마저 느껴졌다.

닭의 먹이로 잡풀과 음식찌꺼기를 이용한다는 것을 케이는 닭을 키우게 되면서 알게 되었다. 마을 어르신 한 분이 집에 놀러 왔다가 조언해 주신 것이다. 어르신의 집도 스무 마리 정도 닭을 키운다고 했다.

"그리 비싼 닭으로 키워 어찌할런고?"

사료만 먹여대는 케이의 사육법을 듣고 나무라시듯 하신 말씀이었다.

"예?"
"풀도 먹이고 음식 찌꺼기도 먹여야지 사료만으로 어찌 다 감당하누."

비로소 해답을 찾은 듯했다. 닭 여섯 마리가 한 달 사룟값으로 삼만 원씩 축낸다면 어르신 말마따나 비싼 닭이 될 수밖에 없었다. 달걀을 먹는 것이 목적이지만 한 달 치 계란값으로 삼만 원은 조금 과한 감이 없지 않았다.

"자넨 알았어?"

케이는 아내를 돌아보았다. 아내는 자신이 시골 출신임을 강조하며 닭을 키우기 전부터 전문가 행세를 했었다. 어릴 적에 닭을 키워 봤노라고 했다. 따라서 닭의 생태에 대해 아는 바가 많을 것으로 기대했는데 가장 초보적인 상식조차 제대로 된 자문을 하지 못했음이 드러나자 은근히 신뢰가 무너졌다.

"우리 어렸을 적엔 그냥 풀어놓아 키웠어요."

"그게 뭐야. 그래도 먹이는 줬을 거잖아."

"그냥 쟤들이 알아서 먹었다니까요."

아내는 고집을 꺾지 않았다. 닭을 가둬 키우니 사료 같은 것을 필요하지만 예전에는 다 놓아길렀기 때문에 별도로 먹이 주는 법이 없었다고 했다. 풀어놓으면 저희끼리 어울려 다니며 광이나 외양간 주변을 돌며 벌레나 나락 따위를 쪼아 먹었다는 것이다.

시골에서 살아 본 적이 없는 케이로서는 알 도리가 없지만, 아무튼 그이야기를 듣던 날 오후, 케이는 곧장 새순이 돋기 시작한 망초며 씀바귀따위를 낫으로 벴다. 텃밭에 꽃이 펴 쓸모없게 된 겨울초도 왕창왕창 걷어다 닭장에 던져 넣었다. 생각해 봐도 이와 같은 방식으로 키워야 닭도건강하고 생산한 알도 신선할 게 틀림없었다. 닭들은 기대 이상으로 채소를 좋아했다. 케이의 처지에서 보면 일거양득인 셈이었다. 잡초도 제거하고 닭 먹이도 충당하고….

그러나 음식 찌꺼기에 대해서는 상황이 조금 복잡(?)했다. 닭이 오기 전케이 집에서 기르는 짐승은 강아지가 유일했다. 분양받아 올 당시 인터넷을 통해 알게 된 애완견 사육에 대한 상식에 의하면 사료 이외의 음식은일절 주지 말라고 되어 있었다. 똥(便) 냄새가 독해지는 것을 예방하기 위해서였다. 특히 사람 먹는 음식을 먹게 되면 냄새가 더 지독해진다고 했다. 사람이나 짐승이나 다 위로 먹고 아래로 싼 것이니 당연히 구리기 마런이다. 그러나 강아지 뒤처리는 사람이 맡는다는 것이 문제였다. 제 똥도 더러운데 개똥이 달가울 리 없다. 당연히 냄새 덜 나는 강아지로 키우고 싶어 했다. 사료만 먹인 개똥은 동글동글 잘 뭉쳐져 부삽으로 뜨기에도 편리했다. 살짝만 밀어 넣어도 또르르 구르듯이 부삽 위로 올라왔다.

케이도 한동안 기본 매뉴얼에 따라 사료 이외의 다른 것은 일절 먹이지 않았다. 냄새 안 나는 동물로 키우고자 애썼다. 하지만 남긴 음식물 중에는 정말 버리기 아까운 것이 종종 발생했다. 도시 아파트에 살 적에는 공용으로 음식물을 처리하는 별도의 용기가 마련되어 있었다. 일반 쓰레기, 음식물 쓰레기, 재활용품 갖가지…. 이렇게 분리수거하는데 그 처리가 순조롭지 못하면 반상회 때마다 핏대 세운 부녀회장의 잔소리를 들어야 했다.

시골에서는 분리수거에 음식물은 제외된다. 음식물 찌꺼기를 버리는 곳은 따로 없었다. 재활용품이 아니면 모조리 쓰레기봉투에 담아 마을회관 앞에 내놓게 되어 있었다. 음식물 쓰레기는 가축 사료로 쓰지 않으면 거름으로 땅에 묻는 것이 일반적이었다.

깨끗이 발라먹지 않은 통닭이며, 유통기간을 넘긴 햄, 다시 물을 우려내고 건져 낸 통통한 멸치, 푸지게 먹고 남긴 수제비, 라면 찌꺼기… 이런 것들을 땅에 묻을 때마다 케이는 왠지 죄짓는 기분이 들었다. 땅에 거름으로도 좋지만 강아지 먹이로 줘도 다 피가 되고 살이 되는 영양 덩어리였다. 게다가 강아지한테도 하루도 거르지 않고 토끼 똥처럼 마른 사료만 먹이는 것도 잔인하게 여겨졌다. 오로지 키우는 사람 저 편하자고 짐승의 기본 욕구를 제한하는 것에 지나지 않았다. 저도 사람과 마찬가지로 세상에 났는데 공평하게, 최소한 저 먹고 싶은 것쯤은 입맛 다시게 하는 것이 옳지 않을까 하는 생각이 들었다.

그래서 남은 음식을 주기 시작했다. 강아지는 굉장히 좋아했다. 마침내 케이의 집 강아지는 사료만 먹는 애완견이 아니라 주인이 주면 주는 대로 먹는 잡식성 개가 되어 버렸다. 똥 냄새는 엄청 독해졌다. 먹는 것에 따라 체질도 달라지는지 가까이 가면 역한 냄새가 났다. 그렇지만 한 번 맛을 들인 음식을 다시 제한하고 싶지는 않았다. 그런 이유로, 어쨌거나 지금까지 남은 음식은 당연히 강아지 몫이었다. 닭장을 짓고도 한동안 그 룰은 변함없었다. 아내는 식탁을 치우면서 먹을 수 있는 것과 없는 것을 가렸고, 먹을 수 있는 것은 강아지 몫으로 챙겼다.

"진돌아, 밥 먹어!"

아내는 음식 찌꺼기가 든 양재기를 들고 닭장 지키기에 수고 많은 강아지가 있는 뒤뜰로 갔다. 그릇에 담긴 것이 푸짐할수록 아내의 표정에는 뿌듯함이 넘쳤다. 강아지는 엎드려 있다가도 발딱 일어나 꼬리가 떨어지라 흔들어 댔다. 한 달이면 동날 사료 포대가 두 달 갈 때도 있고 때로는 석 달까지 끌게 된 사연은 그러했다. 하지만 상황이 달라졌다. 끼니때마다 강아지한테 줄 음식이 나오는 것은 아니지만, 그중에서 정말 찌꺼기에 지나지 않는 것은 닭 먹이로 주기로 했다.

케이는 아내가 내미는 양재기를 받아 들었다. 개수대 거름망에 걸러진 것으로 말 그대로 버려야 할 찌꺼기였다. 보통 때면 텃밭으로 갔을 텐데 케이는 닭장으로 향했다. 케이가 나타나자 엎드려 있던 강아지는 고개를 들었다. 곧 일어나 가설로 지은 제집의 드럼통 밖으로 나왔다. 녀석은 뒷다리는 그대로 땅에 짚은 채, 허리를 낮춰 상체 뻗으며 잔뜩 기지개를 켰다. 크게 하품도 했다. 다가오는 주인 맞을 채비로 살래살래 꼬리를 흔들기 시작했다. 주인과의 간격이 좁혀질수록 강아지의 꼬리는 점점 더 빠르게 흔들렸다.

그런데 양재기를 든 케이가 자신을 그냥 지나쳐 버렸다. 어리둥절한 강아지는 등을 보이고 걷는 케이를 바라보았다. 가던 케이가 멈춘 곳은 닭장 앞이다. 강아지는 고개를 갸웃했다. 게다가 더욱 이해할 수 없는 일은 한 손에 양재기를 든 케이가 닭장 문을 따고 있다는 점이었다. 문 근처에 있던 닭들이 꼬꼬!거리며 안쪽으로 쫓겨 갔다. 다음 순간 강아지는 믿을 수 없는 광경을 목격하게 된다. 케이가 양재기에 든 음식을 닭장에 쏟은 것이다. 동시에 물러났던 닭들이 바닥에 것을 쪼아 먹기 위해 몰려들었다.

이럴 수가! 뭐가 어떻게 돌아가는지 알 수 없다. 강아지는 가만히 있지 못하고 오락가락했다. 닭들은 열심히 바닥을 쪼아댔다. 저 녀석들이 자신 것을 가로챈 것으로 생각하니 항문 끝이 쫄밋거리며 분노가 치밀었다. 케이는 여전히 닭장 앞에 서 있다. 강아지는 자신도 모르게 급하게 돌진했다. 그러나 뭔가에 붙들렸다. 목줄이다. 안절부절못하고 후퇴했다가 다시 튕겨 나가려고 발버둥 쳐 본다. 역시 단단한 목줄에 잡혀 제지당하고 만다.

"왕! 왕!"

갑자기 강아지가 짖기 시작하자 케이는 고개를 돌렸다. 도약하려다 목줄에 잡힌 강아지가 앞발을 치켜들고 있다. 저 녀석이 왜 저러지? 주인보고 짖다니? 평소에 안 하던 행동이었다.

"조용히 안 해!"

버르장머리를 고치고자 손에 든 것을 휘두르는 시늉을 해 보였다. 순간 케이는 와닿는 것이 있었다. 자신의 손에 양재기가 들린 것을 발견한 것이다. 강아지가 양재기에 든 것이 제 먹이로 오해한 모양이었다. 케이는 저도 모르게 피식 웃음이 났다.

"자식아, 이건 그냥 찌꺼기야."

케이는 해명했다. 아내는 집에서 기르는 짐승도 위계질서가 있어야 하므로 밥 줄 때도 꼭 강아지를 먼저 챙기고 닭 모이를 주라고 했다. 강아지가 우리 집에 먼저 왔으니 형이고 닭은 아우라는 것이다. 일리 있는 말이었다. 케이는 아내의 말을 쫓아 먹이를 줄 때면 꼭 강아지를 먼저 챙겼다. 그런데 오늘은 음식 찌꺼기를 닭이 얼마나 잘 먹는지 관찰하느라 깜빡한 것이다. 케이는 농막으로 가서 강아지 사료를 퍼내 왔다.

"미안하다. 이해해라."

강아지 밥그릇을 채우며 사과했다. 하지만 오해에서 비롯된 강아지의 흥분은 쉽게 진정되지 않았다. 닭장을 향해 연신 짖어댔다. 그릇에 담긴 사료 따위는 관심도 없다는 태도였다. 한 발짝 내딛고 짖은 후 물러나고, 맴을 돈 후 다시 급하게 돌진하며 짖어댔다.

"자식아, 정말 그것은 네 것이 아니라니까!"

목줄을 움켜잡고 고함지르자, 강아지는 비로소 짖기를 멈추었다. 닭장을 향했던 고개를 돌려 제 주인을 쳐다보았다. 그럴 수 있냐는, 섭섭한 표정이 역력했다.

"진짜 네게 아니었어."

케이는 거듭 변명 아닌 변명을 했다.

4

모이를 주기 위해서가 아니라도 케이는 종종 닭장으로 가 녀석들을 관찰했다. 어릴 적에 케이가 자란 곳은 도시였으나 변두리 지역으로 요즘의 시골과 다름없었다. 논이 있고 밭이 있어 아이들은 논두렁과 밭두렁을 따라 4킬로미터가 넘는 등굣길을 걸어서 다녔다. 심심찮게 가축 키우는 집 근처를 지나쳤다. 소 키우는 집은 드물어도, 돼지 소리는 간혹 들을 수 있었고 오리나 닭은 비교적 흔했다.

병아리를 부화하고자 짚단에 웅크리고 앉아 알을 품었다는 '에디슨'의 이야기는 아이들에게 많은 상상을 불러일으켰다. 무엇을 발명했는지는 몰라도 유명한 발명가로 알려진 그 천재가 어릴 적에는 알을 품을 만큼 멍청한 짓을 취미로 여겼다는 것이 동류의식을 갖게 했다. 케이도 그랬다. 우선 닭이 알을 낳는 것부터 신기했다. 소나 말 돼지는 모두 새끼를 낳지 알을 낳지 않는다. '사람도 알을 낳아 필요할 때 품어 아기로 부화한다면 얼마나 편리할까?'라고 상상한 적도 있다.

동글동글한 그 속에 생명이 담겨 있다는 것 자체가 신비로웠다. 그래서 알을 깨고 나오는 병아리는 아이들에게 경이로움 그 자체였다. 노랗고 부드러운 털을 가진 귀여운 병아리…. 삐악삐악, 종종걸음으로 어미 닭을 쫓는 그것을 볼 때마다 케이도 병아리를 키우고 싶어 안달했다. 꼭 그럴 무렵, 하굣길 교문에 병아리 장수가 나타났다. 낡은 벙거지를 쓴 중년 남자는 손바닥에 올려놓은 앙증맞은 병아리를 들어 보이며 지나가는 아이들을 상대로 호객 행위를 했다.

"애야, 봐라. 예쁜 분홍 병아리다."

그러면 고학년은 몰라도 저학년 아이들은 관심을 끌게 마련이었다. 케이도 걸음을 멈추었다. 중년 남자의 손에 들린 것은 노랑이 아닌 정말 분홍색 병아리다. 분홍색은 처음 보았다. 라면 상자에 담겨 오글거리는 병아리들은 모두 각양각색이다. 분홍도 있고 빨강도 있고 파란 분필로 칠한 것 같은 병아리도 있었다. 케이는 쭈그리고 앉았다. 나중에 성인이 되어 모두 물감들인 조작된 것임을 알았지만 당시는 그것을 알 턱이 없는 초등학교 저학년이었다.

"이것은 분홍색 알에서 난 놈이고, 이놈은 파란 알에서 나왔단다."

아이가 눈알을 반짝이며 흥미를 보이자 중년은 오른손에 든 놈과는 별도로 파란 병아리 한 마리를 상자에서 집어냈다. 그러나 손바닥을 펴는 순간 푸드덕거렸고 중년은 재빨리 낙하하는 병아리를 낚아챘다. 파란색 병아리의 머리가 중년의 굵은 손가락 사이에 끼었다.

"삐악!"

덩달아 숨이 찼다. 잠깐 대롱거리던 병아리가 안전하게 바닥에 놓이자, 아이는 마른침을 삼켰다.

앉은걸음으로 좀 더 당겨 앉았다. 라면 상자 속 병아리들한테 완전히 몰입되고 만 것이다. 노란색 병아리만 보다가 다양한 색상의 병아리를 대하자 앞서 경험한 적 있는 여러 실패는 머릿속에 떠오르지 않았다. 이전에도 병아리를 산 적 있었던 것이다. 그러나 바커스 상자에 담아 온 병아리는 단 사흘을 넘기지 못했다. 물도 주고 좁쌀도 부족하지 않게 챙겨 주어도 오는 날부터 발병한 졸음 병은 시간이 갈수록 심해졌다. 꾸벅꾸벅 졸았다. 박스를 툭! 치면 화들짝 놀라 빠릿빠릿해졌으나 이내 기운을 잃고 주저앉았다. 나중에는 아무리 박스를 흔들어도 일어날 줄 몰랐다.

"그럼, 얘는 나중에 파란 알 낳고 쟤는 분홍 알을 낳겠네요."

아이는 상자 속에 든 병아리 중 이놈 저놈을 번갈아 손가락으로 가리키며 물었다.

"그렇지! 너 똑똑하구나."

조금만 생각해도 알 만한 내용을 이야기했는데도 뜻밖의 칭찬을 듣게 되자 아이는 기분이 좋아졌다. 두 마리를 사기로 했다. 한 마리는 외로우므로 두 마리를 사는 것은 당연했다.

"암놈과 수놈 두 마리 주세요. 암놈은 분홍이고요. 수놈은 파랑으로 할게요."

아이는 제법 진지하게 말했다.

"어디 보자…. 이놈은 암놈이고, 그리고 또… 저놈은 수놈!"

중년은 신중히 고르는 척하면서 신문지로 만든 봉지에 분홍색 병아리한 마리, 파란색 한 마리를 담았다. 가격은 마리당 이삼십 원 내외였던 것 같은데 세월이 너무 흘러 정확한 값은 잘 기억나지 않는다.

새삼 어릴 적 추억이 떠오르자, 케이는 미소를 머금었다. 물론 물감들인 그 두 마리의 병아리도 졸음병으로 곧 죽고 말았다. 당시 케이는 녀석들이 죽지 않고 자랐다면 정말 파란 알이든 분홍 알이든 낳았을지 모른다고 상상했다. 병아리가 크면 닭이 된다는 사실은 아무리 초등학생이라도 모를 리 없는데도 어찌 된 일인지 어린 케이의 머릿속에서 알을 낳는 닭은 여전히 병아리 모습을 하고 있었다.

케이는 철망에 이마를 대고 내부를 들여다보았다. 철망이 촘촘해 손으로 이마를 가려야 안의 것을 볼 수 있었다. 닭장 문을 열었다. 날개가 있어도 날지 못하는 새. 녀석들은 어째서 하늘을 버렸던 것일까? 케이는 문을 열어 둔 채 녀석들을 관찰했다. 잠시 구석으로 몰리며 동요하던 닭들은 케이가 위협적이지 않다고 판단했는지 곧 평안을 되찾았다. 수탉을 앞세우고 좌우로 흩어져 있던 암탉은 제각각의 활동으로 되돌아갔다. 고개를 숙이고 모이를 쪼아대는 놈, 엉덩이를 흔들며 바닥을 헤집는 놈, 횃대에 올라앉는 놈….

다만 수탉은 꼿꼿이 머리를 쳐들고 처음 섰던 원래의 자리를 지켰다. 녀석이 고개를 움직일 때마다 턱 아래의 붉은 수염이 흔들렸다. 머리 위의 볏도 잘 섰다. 암컷을 다섯이나 거느린 가장으로서 풍모가 느껴졌다. 그러나 녀석은 케이의 집에 오기 전 원래의 사육장에서는 수컷으로서의 경쟁에서 한참 밀려난 놈이었다. 무리와 섞이지 못하고 넓은 사육장 구석에 처박혀 있었다. 사육장 주인이 녀석을 케이의 집으로 보내기로 한 것은 그와 같은 배경이 작용했을 가능성이 컸다. 암탉을 고를 때는 신중해도 수탉은 망설이지 않고 녀석이 있는 곳으로 곧장 걸어갔다. 녀석 말고도 낙오자는 몇 마리 더 있었지만, 놈들은 달아나기 바빴고 녀석은 붙잡혔다. 그러나 포획된 순간 녀석은 신(神)을 만난 셈이었다. 그곳에 있으면 영원히 수컷으로서의 기회가 없었을 테지만 케이의 집에서는 경쟁이 필요 없다. 이런 것을 두고 전화위복(轉禍爲福)이라고 하던가.

장소에 따라 역할이 달라지기도 하지만 역할에 따라 태도도 변하는가 보았다. 원래 있던 곳에선 가장자리만 맴돌던 녀석이 케이의 집에서는 아주 당당한 모습으로 암컷들을 거느렸다. 철망의 앞자리에서 오락가락하며 자기 영역을 확고히 하려 했다. 모이를 주면 다른 암컷들은 모이통에 다투어 머리를 밀어 넣어도 녀석은 달랐다. 서두르지 않았다. 공간이 비면 그때 톡! 톡! 톡 쪼아댔다. 한마디로 말해 여러 암컷을 거느린 수컷으로서 채신머리 있게 행동했다.

반대로 전혀 점잖지 못할 때도 있었다. 암컷을 굴복시킬 때가 그랬다. 주변에 흩어진 암탉을 유심히 살피다가 갑자기 근처에 있는 한 마리를 공략했다. 뒷덜미를 물고 올라탔다. 아래에 깔린 암탉은 죽겠다고 비명인데도 녀석은 물고 있는 덜미를 놓아주지 않았다. 저항하는 것도 아닌데도 왜 그와 같이 거친 방법으로 암컷을 제압하는지 이해할 수 없었다. 이번에도 마찬가지다. 상대는 흰 암탉이다. 아직 미성숙한 다른 암탉보다 덩치가 큰 놈한테 더 끌리나 보았다.

"꼬꼬댁! 꼬꼬, 꼬꼬댁! 꼬꼬…."

졸지에 당한 흰색 닭은 죽겠다고 비명을 질러댔다. 바람난 여편네를 족 쳐대듯 수탉은 등에 올라탄 채로 뒷덜미를 물어뜯었다. 평소 다정하게 굴 던 두 녀석이 갑자기 그와 같은 소동을 벌이면 다른 황색 암탉들은 어리 둥절한가 보았다. 모두 먹이활동을 멈추고 멀뚱멀뚱 쳐다보았다. 그러나 싸움(?)은 길지 않았다. 안정감이 없는 자세로 올라탄 수탉은 기어이 흰 닭을 굴복시킨 뒤 등에서 내려왔다. 암탉은 방면되고 곧 평화를 되찾는 다. 두 녀석은 언제 무슨 일이 있었느냐는 듯 시치미를 뚝 뗐다.

녀석들의 별난 사랑을 지켜본 케이는 만족스럽다. 저와 같은 짓이 반복 되는 것은 알 낳을 시기가 머지않았다는 징후이기 때문이다.

'그래 자식아. 많이, 많이 해라.' 케이는 수탉과 암탉에게 진심 어린 응 원을 보내며 혹시나 하는 마음에서 닭장 안으로 고개를 디밀었다. 선반에 놓인 알통을 살피기 위해서였다. 통은 비어 있다. 나무로 짠 알통에는 부 드러운 천으로 된 헌 옷을 깔았다. 털 스웨터 종류인데 깔고 앉은 흔적만 보였다. 움푹 파인 곳엔 마른 똥만이 덩그렇게 자리하고 있었다. 아내의 관찰에 의하면 요즘 수탉이 흰 닭만 공략하는 것은 아니라고 한다. 다른 암탉도 올라타더라는 것이다.

그러나 케이가 목격한 바로는 아직 흰색 닭 한 마리다. 따라서 가장 먼 저 출산(?)하게 될 놈도 당연히 흰색 닭이 될 것으로 믿었다. 처음의 까칠 함은 많이 줄었지만, 요즘도 흰 닭은 수탉 주변에 다른 암탉이 설치는 꼴 을 보지 못했다. 꼭꼭! 쪼아 내쫓았다. 본부인 행세를 하는 것이다. 아내가 많으면 사랑도 골고루 줘야 하는데 수탉은 어쩐 일인지 흰 닭의 횡포에 눈을 감았다. 닭의 생태에 대해 잘 알지 못하면서도 케이는 그와 같은 수탉의 태도가 못마땅했다. 편애를 하는 거라면 다처(多妻)를 거느린 가장으로써 올바른 처신이 아닌 것이다.

어쨌거나 케이의 집 닭장에는 수탉 하나와 시어머니처럼 구는 흰색 암탉 한 마리, 황갈색 깃털을 가진 네 마리의 암탉이 한 가정을 이루며 평화롭게 정착을 완료했다. 처음에는 좁으면 어쩌나 하고 걱정했는데 닭장 크기는 여섯 마리가 들앉기에 크지도 좁지도 않고 적당했다. 대략 한 달 정도 가두었다 풀어놓으면 닭은 제 집을 찾아 귀환한다고 한다. 귀소 본능이 강한 텃새인 것이다. 따라서 케이도 때가 되면 방사해 키울 생각으로 있다. 닭장에만 가두어 키운다면 토종닭이라고 할 수 없다. 무늬만 토종이 아닌 진짜 토종닭으로 키우고 싶었다. 그러기 위해서는 맨땅을 밟고 다니며 벌레도 잡고 지렁이도 먹어야 할 것이다.

하지만 그전에 알을 낳는 것을 먼저 보고 싶었다. 방사 후에 알을 낳으면 녀석들이 닭장이 아닌 엉뚱한 곳에 둥지를 틀까 봐 걱정되었다. 지금도 녀석들은 볏짚이 깔린 바닥에 앉는 것을 좋아했다. 모이를 쪼지 않을 때는 대부분 그렇게 웅크리고 있었다. 그러다가 어떤 놈은 선반에 올려둔 알통에 들어가 보기도 했다. 알을 품는 동작인지 알을 낳는 동작인지는 몰라도 어쨌든, 녀석들이 알을 낳게 되면 그곳이 닭장 안이어야 했다. 이왕이면 알통에 낳으면 더 좋고….

5

그러던 중 드디어 고대하던 일이 이루어졌다. 4월 중순을 넘길 무렵이었다. 케이는 주차장의 낮은 돌담 아래서 화단을 고르고 있었다. 금잔화나 봉숭아 씨라도 뿌릴까 해서였다. 잔돌이 많은 땅이었다. 괭이로 찍고호미로 후벼 내 돌을 고르고 있는데 아내의 비명이 들렸다. 케이는 깜짝놀라 소리 나는 쪽을 돌아보았다. 아내에게 저와 같은 날카로운 비명을유발할 수 있는 것은 딱 두 가지밖에 없었다. 뱀, 아니면 지내 같은 다족류의 벌레였다. 뱀이나 지내가 활동하기에는 조금 이르다고 생각하면서도손에 들린 곡괭이를 움켜쥐고 달려갔다. 그러나 외마디 비명 다음 이어지는 소리가 조금 이상했다. 내용을 알아들을 수 없는 호들갑이다.

"<u>호호호!</u>"

분명 웃음소리도 섞여 있었다. 그러면서 달려오는 남편을 향해 아내는손에 든 무언가를 흔들어 보였다. 알이었다.

"세상에 무슨 이런 일이 다 있을까요. 봐요. 네 개예요. 혹시나 해서 봤는데. 호호호! 이렇게 알이 있지 뭐예요."

케이는 믿을 수 없다는 표정이 되어 아내의 손에 들린 알을 살폈다. 알이 맞다. 크기는 평소 슈퍼에서 사 먹는 알보다는 무척 작았다. 삼분의 일정도나 될까…. 아무튼, 그렇게 작고 앙증맞은 알 넷을 손바닥에 올려놓고 있었다.

"어디 있었어?"
"알통에요."
"호오!"

케이는 감탄했다. 더 반가운 소리였다. 암탉이 알통의 용도를 제대로 새긴 것이라 생각하니 기특한 것이다. 사육장 주인 말에 의하면 최소 두 달은 기다려야 한다고 했었다. 그런데 고작 한 달 조금 지났는데 벌써 알을 낳다니⋯. 게다가 하나가 아니라 아내의 손에 들린 것은 넷이었다. 한 마리가 낳은 것인지 아니면 다른 것도 어울려 낳은 건지는 알 수 없지만 그것들이 옹기종기 통 속에 모여 있었다는 것이 신기했다.

"이리 줘 봐."

케이는 알을 넘겨받았다. 자그마한 게 한 손에 넷이 오롯이 들어왔다. 흰색이다. 슈퍼에서 판매되는 계란은 모두 갈색이었다. 케이 어릴 적에는 갈색보다 흰색이 더 많았다. 그런데 언제부터인지 흰 달걀은 사라지고 갈색 알만 남았다. 이유는 모른다. 케이의 암탉이 낳은 알은 모두 흰색이다. 그것만으로도 토종임을 증명하는 것 같아 뿌듯했다.

"왜 이리 작지?"
"토종 알이라 그럴 거예요."

그럴 것이라 짐작하고 물었는데 아내의 생각도 다르지 않았다. 하지만 알 낳은 산모(?)를 추측하는 데는 의견이 갈렸다. 케이는 한 마리가 낳은 것이 모인 것이라 했고 아내는 아니라고 주장했다. 알 낳은 임자가 한 놈이 아닐 수도 있다는 것이다. 아직 이르다고 믿어 통 속을 자주 살피지 못한 것이 부른 혼란이었다. 어쩌다 살펴보면 그때마다 마른 닭똥만 덩그렇게 차지하고 있었다.

"한 마리가 아니면 더 좋고."

그럴 리 없다고 생각하면서도 케이는 아내의 의견에 동조했다. 그러나 기대와 달리 이튿날 통 속에서 발견된 알은 하나였다. 다음 날도 마찬가지였다. 그러니까 최초 발견한 알 넷은 모두 한 마리가 낳은 것이 분명했다. 케이는 당연히 덩치 큰 흰 닭을 지목했고 아내는 이번에도 다른 의견을 냈다. 조숙(早熟)의 정도는 덩치와 상관없다는 것이다.

"아닐걸요. 저 녀석일 가능성이 커요. 수탉이 저놈을 공격하는 것을 며칠 전 봤어요."
"뭐라? 저놈이?"

케이는 고개를 갸웃했다. 흰 닭은 다른 것과 구별되지만, 나머지 모두 황갈색이다. 섞이면 어느 놈이 어떤 놈인지 가리기가 어려웠다. 잠깐만 한눈팔아도 좌측에서 우측으로 간 놈과 우측에서 좌측으로 간 놈을 구별하기 어려운데 어떻게 저놈이 그놈이라고 장담하는지 이해할 수 없었다.

그런데도 아내는 확신하는 모양이었다. 케이가 의심을 거두지 않자, 아내는 며칠 전 보았다는 두 놈의 짝짓기에 대해 자세히 묘사했다. 여느 때처럼 소란스럽지 않고 위에 놈과 아랫놈 모두 진지해 보이더라는 것이다. 그러나 설득력은 없었다. 그 정도의 장면은 케이도 수차례 보았기 때문이다. 수컷 하나에 암탉이 다섯이다. 유독 애정을 쏟는 암컷이 따로 있다고 해도 어쨌든 모두 수탉의 세례를 받았다. 흰 닭이 아니라면 아내가 지목하는 꼭 그 닭이어야 할 이유는 없었다.

게다가 문득 생각난 것인데 '수탉이 있어야 암탉이 알을 낳나?' 하는 의문점이었다. 이따금 TV에서 본 양계장 풍경은 산란(產卵)과 수정(受精)은 무관한 것처럼 보였다. 유정란(有精卵)이니 무정란(無精卵)이니 하는 말이 있는 것을 보면 '수컷 없이도 알을 낳지 않을까.' 하는 생각이 들었다.

"수탉이 있어야 암탉이 알을 낳나?"

케이는 새삼 떠오른 의문을 확인하고자 아내에게 질문했다. 어릴 적 시골에서 닭을 키워 봤다는 전문가는 갑자기 그 대목에 이르자 자신 없는 태도를 보였다.

"수탉이 있어야 하지 않나요?"
"그럼, 양계장 닭들은 다 뭐야?"
"글쎄요. 그것도 수탉이 있겠죠?"

아내는 말꼬리를 흐렸다. 케이는 엥? 외마디 소리와 함께 혀를 끌끌 찼다.

닭이 알을 낳기 시작하자 케이 부부의 닭장 출입이 평소보다 잦아졌다. 케이의 짐작대로 알 낳는 닭은 흰 닭이 맞았다. 갈 적마다 유심히 지켜보면 통 속에 들앉은 놈은 흰색 닭이었다. 다른 닭이 앉을 때도 있지만 잠시 이용하는 것 같았고 활용 빈도 또한 높지 않았다. 다른 놈들은 흰 닭이 자리를 비우면 조심스럽게 들어가 앉아보곤 했다. 그러나 직수굿이 앉아 있지 못하고 곧 일어났다. 그리고 통 주위를 맴돌며 방금 앉은 자리를 살피기도 했다. 나중에 알 낳을 때를 대비해 예행 연습하는 것 같았다. 혹시나 하여 들여다보면 역시나 비어 있었다. 다른 암탉은 아직 때가 이르지 않은 것이다.

흰색 암탉은 한 번 앉았다 하면 지나치다 싶을 정도로 오랜 시간을 끌었다. 그 대목은 케이가 상상한 것과는 많이 달라 조금 놀랐다. 케이는 닭이 알을 낳을 때 끙! 하면 순풍! 빠지는 것으로 알았다. 가끔 TV에서 본 양계장 풍경이 낳은 오해지만 실제로 알을 낳는 과정은 그렇게 간단하지 않았다. 뜸 들이 듯 오랜 시간을 끌었고 안절부절못하고 일어나고 앉기를 반복했다. 심한 변비를 앓는 것처럼 보였다.

재미있는 것은 마침내 알을 낳았을 때 암탉의 행동이었다. 요란하게 소리를 내지름으로써 만천하에 알리고자 했다. 한동안 마려운 것이 쑥 빠져 시원해서일까?

"꼬꼬댁! 꼬꼬…. 꼬꼬댁! 꼬꼬…."

상자를 딛고 서서 수선을 피워댔다. 그러면 수탉도 거의 비슷한 소리를
내며 응대한다. 다른 암탉들은 가만히 있는데 알 낳은 놈과 수탉만 합창
하는 것을 보면 암탉은 알을 낳은 것을 알리느라 소리치고 수탉은 그것을
칭찬하느라 응수하는 모양이었다. 어떨 때는 생산을 마치고 내려오는 암
탉 주위를 맴돌며 수탉은 날갯죽지를 꺾고 병신춤을 덩실덩실 추기도 했
다. 자기 자식을 낳은 기쁨을 그런 식으로 표시하는 것 같았다.

그렇게 생산한 알이다 보니 낳는 족족 집어 오는 것이 미안했다. 자꾸만
없어지면 알 낳는 장소를 변경하거나 아예 낳지 않을 수도 있을 것 같아
서였다. 일부러 수거를 미루기도 했다. 몇 알을 모아 한꺼번에 꺼내기 위
해서였다. 그럴 때도 꼭 하나를 남김으로써 알 낳는 장소에 대한 집착을
버리지 않도록 신경을 썼다.

"하나만 남기면 쟤들이 눈치 채지 않을까요?"

아내가 한 말이었다. 알을 모았다가 일부만 꺼내자고 한 사람도 아내였
다. 닭이 불쌍하다는 것이다. 한동안 무심코 집어 왔는데 듣고 보니 그럴
법했다.

"그럼, 둘을 두고 하나만 꺼내?"

통 속에 든 알 셋 중 둘을 꺼내려던 참이었다.

"아이, 모르겠어요. 어떻게 하는 게 옳은 건지."

그냥 해 본 소리인데도 아내는 정말 고민스러운 표정을 했다. 일종의 가
책(呵責)을 느끼나 보았다. 어떨 때는 암탉이 빤히 보는 앞에서 집어 오는
데 닭의 처지에서 보면 천인공노(天人共怒)할 만행이었다.

부부의 닭장 출입이 잦아지면서 강아지 반응이 예사롭지 않게 변해 갔
다. 평소 같으면 주인의 그림자만 봐도 깡충거리던 녀석이 최근에는 아주
데면데면하게 굴었다. 지나다녀도 별로 반갑지 않은 모양이었다. 멀뚱멀
뚱 쳐다보기만 했다. 별일이다. 하고 생각했는데 아내가 닭들한테만 관심
을 쏟으니, 녀석이 소외감을 느껴서 그런 것 같다고 말했다.

"설마 그래서 그러려고…."

케이는 무시했는데 아내의 생각은 달랐다. 다 같이 집에서 기르는 짐승
인데 편애하면 안 된다는 것이다. 그러면서 최근 나온 음식물 중에서 강
아지가 먹을 만한 게 없었다는 점에도 반성했다. 설거지 후 개수대 거름
망에 고이는 찌꺼기가 전혀 없지만은 않아 양재기를 들고 닭장 왕래가 잦
았던 것은 사실이었다. 특히 알을 낳기 시작하면서부터 케이는 암탉의 먹
이에 대해서는 지나칠 만큼 신경 썼다.

하지만 없는 음식을 일부러 만들어 강아지 비위를 맞출 수는 없었다. 다음 날에도 아내가 버리고 오라고 내미는 양재기 속에는 정말 강아지가 먹을 만한 게 아무것도 없었다. 평소는 아무렇지도 않던 것이 그날은 중간에 지키고 있는 강아지가 신경 쓰였다. 턱을 괴고 엎드려 있던 강아지는 케이가 나타나자, 귀를 쫑긋 세웠다. 몸을 일으키는 동작도 몹시도 굼떴다. 전에 같으면 팔짝팔짝 뛰었을 놈이었다. 케이는 손에 든 것을 슬쩍 뒤로 감추었다. 녀석은 다 알고 있다는 듯 지나가는 케이를 말끄러미 쳐다보았다. 끝까지 외면해야 하는데 그만 눈이 마주치고 말았다.

녀석은 변심한 사람을 대하듯 꼬랑지도 치지 않았다. 시큰둥했다. 케이는 걸음을 멈추고 양재기 속을 들여다보았다. 말 그대로 거름망에 걸러진 찌꺼기들뿐이었다. 용케 대가리 없는 멸치 몇 마리가 눈에 들어왔다. 케이는 그것들을 추려서 녀석의 먹이통에 던져 넣었다. 강아지는 제 먹이통에 든 것을 살피고는 케이의 손에 들린 양재기에서 눈을 떼지 않았다.

"봐라. 자식아, 이거다."

화가 난 케이는 녀석의 코앞에 그릇을 디밀었다. 녀석이 안을 살폈다. 색다른 게 있을 리 없다. 코를 들이대던 녀석이 케이를 올려다보았다.

"자식이 사람을 못 믿고 그래….''

냉큼 그릇을 빼앗았다. 그래도 시무룩한 태도를 버리지 않으나 케이는 그냥 가던 길을 갔다. 오히려 제 주인의 처지를 이해 못 하는 녀석이 섭섭했다. 저는 경비 이외는 무위도식 하지만, 닭은 알을 낳지 않는가 말이다. 잘 챙겨 먹여야 하는 것은 당연한 이치였다.

닭장 문을 열고 양재기를 쏟자, 닭들은 경쟁하듯 달려들었다. 바닥에 흩어진 것을 쪼아 대느라 정신이 없었다. 그동안 많이 컸다. 수탉을 제외하면 흰 닭이 맏인 셈인데 지금은 다른 암탉과도 덩치가 비슷비슷해졌다. 요란하게 먹이를 쪼아대는 암탉들과 달리 수탉은 점잖게 주위를 배회하고 있다. 그 모습을 지켜보다 말고 케이는 생각난 것이 있어 안으로 들어갔다. 알통을 살폈다.

그런데…. 어라? 통 속을 살피던 케이는 고개를 갸웃했다. 알이 둘이 아니라 셋이다. 어제 분명히 하나만 남겼는데…. 아닌 가…? 순간 케이의 머릿속에 와닿는 것이 있었다. 다른 놈이 알을 낳은 증거였다. 케이는 알 둘을 집어 들기 바쁘게 집으로 달려왔다.

"개똥이 엄마! 드디어 다른 암탉도 알을 낳기 시작했나 봐."

6

케이는 베어 낸 대나무를 강아지 집 근처로 옮겼다. 닭을 방사할 울타리를 만들기로 한 것이다. 그렇지 않아도 집터로 밀고 드는 대나무를 정리할 생각이었는데 닭 방사장 울타리를 칠 말뚝으로 대나무를 이용하기로 했다. 열댓 개의 대나무를 잘라 옮기자 풍성한 댓잎 때문에 주변은 꽉 찬 느낌을 주었다. 갑자기 제 집 주변의 풍경이 바뀌자, 강아지는 전에 없이 활기를 띠었다. 뭔가 신나는 일이 벌어질 것으로 기대하는 눈치였다. 제 주인이 대나무 하나를 끌고 올 때마다 격렬하게 꼬리를 흔들어 댔다.

"이놈아, 저리 좀 가라."

케이는 잔가지를 정리하기에 앞서 바짓가랑이 근처에서 얼쩡대는 강아지를 밀어냈다. 낫질하는데 위험하기 때문이었다. 그러나 그때뿐이다. 강아지는 성가실 정도로 달라붙고 잘린 가지를 물어뜯었다.

방사장으로 이용할 공간은 닭장 앞으로 대여섯 평 남짓 구획을 정했다. 울타리 없이 풀어놓아도 때가 되면 닭장으로 돌아오겠지만, 문제는 닭의 안전이었다. 케이가 위험으로 여기는 동물은 강아지, 고양이, 족제비순이었다. 사실 닭에게 가장 위해성이 큰 동물은 족제비라고 들었다. 녀석들에게 한 번 닭장 위치가 노출되면 갖은 수단을 동원해 침입해 든다고 한다. 하지만 출몰의 빈도를 고려할 때 우선순위에서 밀려날 수밖에 없었다. 이곳에 살면서 아직 족제비를 만난 적은 한 번도 없다. 게다가 설혹 근처에 산다고 해도 녀석의 활동 무대는 야간이었다. 그 시간 닭들은 모두 철옹성처럼 지은 닭장 안에 머물게 된다. 그러면 안전하다.

다음이 강아지인데, 경비로 와 있는 녀석은 현재 묶여 있는 상태였다. 요즘은 익숙해져 닭장을 향해 짓는 일도 거의 없어졌다. 나머지는 고양이다. 케이의 집 주변을 떠도는 고양이만 해도 서너 마리가 넘었다. 케이가 구별하는 놈이 그 정도이고 실제로는 몇 마리가 들락거리는지 알 수 없는 실정이었다. 모두가 길고양이였다. 그러지 않아도 닭장을 기웃거리는 녀석들을 케이는 여러 번 목격했다. 철망 때문에 어쩌지 못해도 풀어놓으면 상황이 다를 수 있다. 닭을 머무는 방사장 둘레로 울타리를 쳐야 할 이유였다.

"깨갱 깽!"

곁에 있던 강아지가 갑자기 비명을 지르며 달아났다. 주저앉아 급하게 앞발로 코끝을 문질러댔다. 잔가지 하나가 콧구멍을 찌른 모양이었다. 쩔쩔매는 꼴을 보아 아주 제대로 찔린 것이 분명했다. 코피가 나나 살펴보니 다행히 그 정도는 아니었다. 그런데도 녀석은 연신 '깨갱! 깨갱!' 죽겠다고 비명을 질러댔다.

"자식아, 그러니 가까이 오지 말랬지."

눈을 다친 게 아니라 안심하고 녀석을 나무랐다.

뒤뜰에는 여기저기 심은 과실수가 많아 자른 대나무를 끌고 와도 쌓을 만한 곳이 없었다. 그나마 빈터라곤 강아지 집 주변인데 녀석이 번잡스럽게 굴다가 당한 것이다.

"꼴좋다. 자식아."

의기소침해 있는 강아지를 향해 또 한 번 꾸짖었다. 다행히 콧구멍의 쓰라림을 통해 교훈을 얻은 것인지 녀석은 더는 귀찮게 달라붙지 않았다. 우울한 표정으로 물러나 앉아 줄곧 케이의 작업을 지켜보았다.

장대만 남기고 쳐 낸 잔가지는 모두 대밭으로 옮겼다. 장대는 적당한 크기로 잘라 한쪽 끝을 죽창 형태로 다듬었다. 기둥으로 쓸 장대가 모두 마련되자, 이제는 닭장 앞으로 일정한 간격으로 땅에 박기 시작했다. 방사할 공간은 닭장 앞 대여섯 평 정도로 잡았다. 중간에 뽕나무가 있어 그곳 그늘 아래에 모이통을 두면 어울릴 듯했다. 장대를 박고 농막 근처에 굴러다니는 철근 토막을 장대에 바짝 붙여 또 박았다. 보강하기 위해서였다. 굵은 철사로 장대와 철근을 한데 묶었다. 흔들어 보니 튼튼했다. 기둥 세우는 작업이 모두 끝나자, 시장에서 산 그물을 꺼냈다. 풀어헤쳐 장대와 장대 사이를 옮겨 다니며 묶기 시작했다.

그물을 다 치자 방사장 울타리는 닭장 앞을 기준으로 기다란 직사각형 꼴로 만들어졌다. 높이는 케이의 키보다 살짝 높았다. 사람이 들고 나는 문이 있어야겠기에 출입구를 만들기 시작했다. 문설주로는 닭장과 마주선 꾸지뽕나무의 둥치를 이용하기로 했다. 한쪽은 굵은 각목을 땅에 박아 사용했다. 이윽고 닭장 지을 때 쓰고 남은 철망을 이용해 문짝을 짜서 달았다. 울타리가 완성되어 갈 즈음 아내가 시찰을 나왔다. 남편의 손재주가 궁금했던 모양이었다. 어떠냐며 케이가 돌아보자, 아내는 그럴듯하다고 칭찬을 해댔다. 누구의 보조 없이 혼자서 작업을 해낸 터라 케이는 아내의 칭찬에 기분이 좋아졌다.

이제 닭만 풀어놓으면 되었다. 닭장으로 다가가 문을 활짝 열었다. 드디어 갇혀 지내던 녀석들이 해방되는 순간이었다. 그러나 기대와는 달리 닭들은 얼른 밖으로 나오지 않으려 했다. 케이가 멀찍이 물러나도 뭔가 함정이 있을 것으로 의심하는 태도였다. 오히려 안으로 더 기어들며 몸을 사렸다. 다만 수탉만 문 앞에 고개를 내밀고 밖을 염탐했다. 나오려다 말고 다시 되돌아갔다. 한 달 넘게 갇혀 지내던 놈들이라 갑작스레 주어지는 자유가 미덥지 않은가 보았다.

허어, 자식들이 왜 저러지?"

충분히 거리를 줘도 나오다 말고 다시 기어드는 수탉을 바라보며 케이가 중얼거렸다.

"불안한가 봐요. 울타리 밖으로 나와요."
"아니야. 안에서 내몰아야겠어."

케이가 다가가자, 수탉을 앞세우고 있던 암탉들이 우르르 구석으로 달아났다. 수탉은 불안한 가운데도 달아나지 않았다. 소리만 지르며 철망 앞을 오락가락했다.

"나가!"

케이가 엄하게 명령했다. 수탉만 내보내면 나머지는 자동으로 따르게 되어 있었다. 그러나 녀석은 나갈 생각이 없어 보였다. 암탉을 가로막고 일전도 불사하겠다는 태도를 보였다. *꼬꼬댁! 꼬꼬댁!* 소리가 높아지자, 케이는 방법을 달리하기로 했다. 난동을 부리는 수탉의 엉덩이를 걷어찬 것이다.

"나가, 인마!"
"*꼬꼬댁! 꼬꼬…*."

비명과 함께 녀석이 튀어 나갔다.

암탉들 앞에서 당한 수모 탓인지 녀석의 소란은 밖에서도 줄지 않았다. 오히려 더 높아졌다. 닭장 앞을 서성이며 고래고래 소리 질렀다. 안에 든 암탉 때문인 것 같았다. 케이는 몸을 돌려 구석에 있는 암탉을 몰아내기 시작했다. 가장을 잃고 불안에 떨던 암탉들은 위협을 받자마자 곧장 밖으로 내달았다.

"*꼬꼬댁! 꼬꼬…. 꼬꼬댁! 꼬꼬…*."

밖에 있던 수탉이 암탉들을 맞이하기 위해 달려왔다.

"*꼬꼬댁! 꼬꼬…. 꼬꼬댁! 꼬꼬…*."

재회가 이루어지자, 암탉과 수탉은 합창을 해댔다.

게다가 묶여 있던 강아지마저 가세해 짖기 시작하자 케이의 집 뒤란은 소란스럽기 그지없는 상태가 되었다. 닭장 안에 있어야 할 놈들이 밖으로 나오자, 강아지는 어찌할 바를 몰라 했다.

"왕! 왕! 왕!"
"진돌아, 가만있어! 닭들이 놀라잖아."

울타리 밖에서는 이리 뛰고 저리 뛰는 강아지를 진정시키느라 아내가 고함을 쳤다.

"꼬꼬댁! 꼬꼬…. 꼬꼬댁! 꼬꼬…."
"왕! 왕! 왕!"
"그만 좀 짖으래두!"

7

수탉과 암탉이 우는 소리는 확연히 달랐다. 암탉의 울음소리는 소란스러울 뿐 기품이 느껴지지 않았다. 잠잠하다가도 뭔가 색다른 것이 눈에 띄면 "꼬꼬…." 소리를 내며 다가갔다. 호기심을 참지 못했다. 바닥에 기는 벌레를 부리로 톡! 톡! 쪼아대면 다른 놈이 곧장 달려와 뺏으려 했다. 그러면 녀석은 빼앗기지 않으려고 물고 줄행랑 놓았다. 다른

놈은 쫓는다. 딴짓에 몰두하던 다른 암탉들도 무슨 일인가 싶어 곧장 추격에 동참했다. 곧이어 여러 마리가 뒤엉켜 놈이 물고 있는 것을 빼앗으려 했다.

참 이해할 수 없는 놈들이다. 제 앞에 먹이를 두고도 꼭 남의 것을 빼앗으려 하는 습성이 있다. 달아나던 놈이 흘린 것을 차지했을 때는 곧장 흥미를 잃는 것도 재미있다. 별것도 아닌 것이다. 그런데도 지켜보면 암탉들은 그런 짓을 반복할 때가 많았다. 제 것보다 남의 것을 채뜨려 먹는 것이 더 맛있는 것일까? 아무튼 양보라고는 모르는 놈들이다.

겁은 또 엄청나게 많다. 아무런 이유 없이 소란스러울 때가 있는데 그럴 때면 암탉의 자발맞은 본성이 고스란히 드러났다.

"꼬꼬댁! 꼬꼬…. 꼬꼬댁! 꼬꼬…."

나뭇가지에 스친 바람에 놀란 녀석이 소리를 내지르면 단박에 다른 놈들한테 전염되었다. 주변에 딴 놈들도 덩달아 수선을 피워댔다. 푸다닥거리며 날아오르는데, 그 꽁무니 좀 봐라. 튕겨져 달아나는 꼴이 정말 가관이다.

그러나 수탉은 다르다. 외양부터 점잖은 테가 있다. 갸웃갸웃 고개를 틀며 좌우로 살피는 것은 제가 거느린 식솔을 지키기 위함이다. 모이통을 채우고 물러나도 수탉이 먼저 차지하는 경우는 절대 없다. 바쁘게 쪼아

대는 암탉들 사이에 공간이 비면 그제야 천천히 고개를 밀어 넣었다. 톡!
톡! 쪼아댔다. 짐짓 여유가 묻어난다. 먹이를 두고 다투는 암탉들에게는
찾아볼 수 없는 기품이 있다.

밖으로 나가거나 안으로 들 때도 마찬가지였다. 자신이 먼저 밖을 살피
고 무리를 이끌었다. 볕이 따뜻한 한가로운 오후, 암탉들은 땅을 파고 들
앉아 휴식하는 동안에도 수탉은 긴 목을 빼고 사주경계(四周警戒)에 게으
르지 않았다. 그러다가 갑자기 놀란 암탉 한 마리가 소란을 피우면 다른
암탉들은 혼비백산 달아나기 바빠도 수탉은 정반대로 행동했다. 위기에
처한 암탉을 향해 달려온다. 케이는 그것을 여러 번 목격했다.

케이는 하루 두 번, 아침에는 닭장 문을 열어 주기 위해 가고 저녁에는
밖에 노는 닭들을 몰아넣기 위해 닭장으로 갔다. 그럴 때마다 꼭 뒤처져
서 낙오하는 놈이 한둘씩 생겨났다. 민첩하지 못해 밖으로 나가지 못하거
나 반대로 안으로 들어오지 못하고 밖에 남겨지는 경우인데 이럴 때 암탉
은 당황해 어찌할 바를 몰라 했다. 가야 할 곳이 아닌 반대로 돌거나 아예
철망에다 고개를 처박아 댔다. 그럴 때 수탉의 행동은 도드라졌다.

"꼬꼬댁! 꼬꼬!"

요란한 외침과 함께 낙오된 암탉을 향해 돌진한다. 중간에 사람이 서 있
어도 상관하지 않았다. 날개를 치켜세우고 케이의 주위를 맴돌았다. 암탉
의 탈출을 돕기 위해 자신 쪽으로 시선을 끌기 위한 동작인 듯했다. 케이

야 당연히 녀석과 다투어야 할 이유가 없지만 제 식솔을 위해 제 한 몸 던지기를 마다하지 않은 수탉의 투지에 절로 감탄이 났다.

걷는 모습 또한 봐줄 만하다. 늘씬하게 빠진 몸매를 꼿꼿이 세우고 한 걸음 한 걸음 내딛는 품이 과히 우두머리로서의 품격이 있었다. 짧은 두 다리로 통통 튀듯 걷는 암탉과는 비교할 수 없다. 학과 메추라기의 걸음걸이에 대비된다고나 할까…. 그래서 수탉을 '장닭'이라고도 하는데 과히 닭의 생태에 대해 올바르게 알고 붙인 이름이라 할 수 있겠다. 사전에는 '장닭'을 수탉의 잘못된 일컬음으로 경상도 사투리라고 되어 있는데 케이의 관점에서 볼 때 오히려 이러한 해석이야말로 수탉의 생태에 대해 잘 알지 못하고 재단(裁斷)하는 일반론의 오류라고 생각된다. 암수를 가리는 의미라면 수탉이 맞다. 그러나 '장닭'은 단지 수컷을 의미하지만은 않는다. 제 무리를 이끌고 거두는 장부(丈夫)다운 기질을 옛 어른들은 간과하지 않은 것이다. '장닭'이라는 호칭은 그래서 생겨난 말일 게 분명하다.

평소 새벽에 우는 닭은 암탉이 아니다.

"꼬끼오-."

목을 길게 뽑고 고개를 약간 숙인 상태에서 터져 나오는 목청은 암탉의 것과 비교할 때 과연 우렁차다고 할만 했다. 첫음절 '꼭!' 소리는 튀어 오르듯 치솟는다. 그러다 팽팽하게 당겨진 연줄이 끊어지듯 '끼이-오~.' 하고 끌며 낙하하는 소리는 케이의 뇌리에 침잠해 있는 어릴 적 옛 향수를 일깨우곤 했다. 목울대 구조가 다른 것일까? 암탉은 그와 같은 소리를 내지 못했다. "암탉이 울면 집안이 망한다."는 속담은 그저 닭의 울음소리에 빗대어하는 말이 아니다. 그 속담의 원뜻은 가솔을 이끌 가장의 부재를 우회적으로 지적한 말이다.

수탉은 한낮에도 빳빳하게 고개를 세우고 우렁찬 소리로 울 때가 있는데 그것은 주변에 자신의 존재를 드러내기 위함이다. 과시 행위인 것 같았다. 수탉이 목청껏 소리를 지르면 암탉들은 먹이 활동을 멈추고 경배하듯이 놈을 우러렀다. 그러면 녀석은 붉은 볏을 단 머리를 하늘로 잔뜩 치켜들고 다시 소리를 질렀다.

"꼬옥! 끼오~."

수탉과 암탉의 비율은 보통 1:5 정도로 잡는다고 한다. 그러나 사람에 따라 암탉 수를 더 늘려 잡기도 하는 모양이다. 닭장이 크면 비율을 1:8에서 1:15로까지 잡는 사람도 있다고 한다. 이 비율의 조절이 잘 안 되면 수탉은 서로 죽으라고 싸워 한 놈은 기어이 퇴출되고 만단다. 닭장 크기에 맞춰 닭을 사 넣어야 했던 케이도 이 황금 비율에 대해 고민했었다.

"개똥이 엄마, 이 정도면 열 마리 정도는 키울 수 있지 않을까?"

닭장이 지어졌을 때 케이는 아내를 불러 자문을 구했다. 닭이 완전히 컸을 때 마리당 어느 정도의 공간이 필요한지 감이 잘 오지 않았다. 병아리를 기준으로 하면 스무 마리도 넉넉하지만, 녀석들도 곧 자라 성조(成鳥)가 될 터였다. 양계장 안의 풍경은 촘촘한 철망에 갇힌 닭들이 모이만 쪼아대고 아래로는 알이 쏟아지고 있었다. 닭이 알을 낳는 게 아니라 거대한 설비에 의해 생산되는 것처럼 보였다. 생명체가 설비의 부속으로 전락한 셈이었다. 그렇게 알만 낳고 모이만 쪼아대는 닭은 얼마 지나지 않아 육계로 팔려 간다고 한다. 케이는 자신의 닭장이 양계장과 같아서는 안 된다고 생각했다. 자신이 원하는 것도 결국 알이고 고기겠지만 키우는 동안만이라도 건강하게 살도록 배려하고 싶었다.

"무슨 소리예요. 좁아요. 대여섯 마리라면 몰라도."

시골 출신인 아내가 한 말이었다. 그래서 정해진 수가 여섯 마리였고 수탉 하나에 암탉 다섯이었다. 원래 사육장에서 경쟁에 밀려나 무력하기 짝이 없던 수탉은 케이의 집에 와서는 당당히 우두머리로 등극했다. 주인을 잘 만난 셈이었다. 그동안 외양적으로도 잘 자랐다. 몸집도 크고 깃털에도 윤기가 흐른다. 전체적으로 검은빛을 띠는데 어깨부터는 망토를 두른 듯 황색 깃이 뒤덮었다. 꼬리로 갈수록 색은 짙어져 밤색이 되었다가 끝에 이르러서는 검은색으로 변했다.

놈은 턱 아래의 붉은 수염을 흔들며 제 암컷들을 둘러보았다. 짐짓 위엄이 서려 있다. 그러다가 문득 눈에 들어오는 암탉이 있으면 잽싸게 올라타고 눌러댔다. 부리는 정확히 암탉의 볏이 끝나는 뒤통수를 물었다.

"꼬꼬댁!"

예전에는 흰 닭만 공략했는데 요즘은 황갈색 닭도 가리지 않았다. 흰 닭은 어쩐지 그동안 덩치가 좀 줄었다. 다른 암탉의 덩치가 커진 탓이겠지만 이제는 모두 크기가 고만고만해졌다.

흰 닭이 충분히 자라지 못한 이유에 대해 아내는 수탉에게 너무 시달린 탓이라고 했다.

"뭐, 그 때문에 그랬으려고…."

케이는 부정했다. 하지만 아내는 흰 닭의 몸집이 왜소해진 것은 수탉의 지칠 줄 모르는 양기(陽氣) 때문이라는 주장을 폈다.

"안 그렇겠어요. 거의 제 혼자 감당했는데."

흰 닭이 안쓰럽다는 반응이었다.

"그렇게 따진다면 수탉은 힘 안 드나?"
"수탉이 뭐가 어때서요?"
"오히려 혼자 다 감당하잖아. 하나도 아니고 다섯이나…."
"그야 제 힘이 남아돌아서 그런 거고. 암탉의 입장에서 보면 다를 수 있잖아요."

별것도 아닌 것을 가지고 시비하자고 들자, 케이는 어이없는 표정으로 아내를 쏘아보았다.

"허어 이 사람…. 그러면 병아리는 어떻게 만드는데."

케이는 따지듯 되물었다.

"그야 알 바 아니죠."
"그런 말이 어디 있어? 종족 번식은 무릇 생명을 갖고 난 것의 본능이자 의무야. 의무!"
"몰라요. 나는 그딴 거."
"학교 다닐 적 생물 시간에 다 배웠잖아."
"아뇨. 난 안 배웠어요."
"허, 이 사람…."

아내가 막무가내로 나오자, 케이는 벙긋 벌어진 입을 다물지 못했다. 그러든지 말든지 아내는 토라져서 입을 삐쭉이며 돌아서 가 버렸다.

8

닭장에서 발견되는 알은 일정하지 않았다. 다섯 마리 암탉 중에서 세 마리가 낳는 것은 확실했다. 셋이 되었다 둘이 되었다 하는 것을 보면 한 마리는 아직 미성숙 상태에 있는가 보았다. 생산을 확인한 흰 닭을 뺀 나머지는 모두 황색이라 어느 놈이 알을 낳고 낳지 않은지는 겉으로 봐서는 알 수 없었다. 생김새나 덩치도 다 비슷비슷했다. 통 속에 들앉아 있는 놈을 유심히 살피고, '바로 저놈이구나.' 하고 판단했는데 막상 자리를 비울 때 보면 알이 없을 때가 많았다. 통 속에 들앉아 있는 이유가 꼭 알을 낳기 위해서만은 아닌 것 같았다. 알을 낳지 않아도 나중을 위해 예행연습을 하는 모양이었다. 그런데 참으로 알 수 없는 것은 녀석들이 알을 낳는 장소였다.

평소에 보면 통이 아닌 바닥에 웅크리고 있을 때가 더 많았다. 닭장 안에서도 그렇고 밖에서도 나무 그늘 아래에 구덩이를 파고 들어앉아 있었다. 먹이 활동을 하지 않을 때는 대부분 그러고 있었다. 케이는 저것이 자기 둥지로 알고 알도 그곳에서 낳을 것으로 생각했다. 웅크리고 앉은 모습이 영락없이 알을 낳는 모습 같았기 때문이다. 그런데 아니었다. 알은 꼭 닭장 안에서만 낳았다. 그것도 나무로 만든 통 속이었다. 이제까지 발견된 알은 모두 통 안에 있었다. 그러다 보니 알을 낳는 닭은 차츰 늘고 통은 하나밖에 없다 보니 어떨 때는 알을 낳기 위해 기다리는 닭도 생겨났다. 한 마리가 통을 차지하면 다른 놈은 그것을 이용할 수 없는 것이다. 안에 든 놈이 얼른 비켜 주지 않으면 주변을 맴돌며 '꼬꼬꼬꼬…' 소란을 피웠다. 비켜 달라고 재촉하는 것이다.

그래서 케이는 그와 같은 적체(積滯)를 해소하기 위해 얼마 전 통 하나를 더 마련했다. 고물상에서 구한 플라스틱 상자였다. 노란색으로 크기는 나무로 짠 것과 비슷했다. 케이가 고물상에서 그것을 들고, 얼마냐고 물었을 때 용접기로 철근을 자르고 있던 주인은 가까이 오라고 손짓했다. 케이의 손에 든 것을 살피고는 대답 대신 장갑을 낀 왼손을 쫙 펴 보였다. 오므린 것 없이 다섯 손가락을 다 편 것을 보아 오천 원을 달라는 뜻인 것 같았다. 낡은 중고인데 좀 비쌌다.

"에이, 무슨. 이삼천 원이면 되겠구먼."

말은 그렇게 해도 알 통으로 쓰기에는 안성맞춤이라 흥정이 안 되면 그냥 사 갈 생각이었다. 그런데 고물상 주인 태도가 영 마음에 안 들었다. 이번에도 말은 하지 않고 고개를 돌려버렸다. 낡은 등산모에 수건을 목에 두른 주인은 용접기의 불심지를 돋우고 하던 작업을 계속했다. 용접기와 맞닿은 발아래 밟힌 철근 토막이 발갛게 익어 가고 있었다.

'벙어린가?'

그럴 수도 있을 것 같아 불쾌한 기분을 달래며 상자를 원래 있던 장소에 던지고 나오는데 등 뒤에서 사람의 말소리가 들렸다.

"그리하소."

벙어리가 갑자기 말을 했다.

"예?"

"그리하시라니까요."

돌아보니 그는 계속 용접에만 열중하고 있었다. 고개는 돌리지도 않고 말만 한 모양이었다.

역시 기분 나쁜 태도였다. 아무리 하찮은 물건을 사러 온 뜨내기손님이라 할지라도 사람 대하는 태도가 이래서 안 되는 것이다. 그냥 가 버릴까 하다가 사기로 했다. 그런데 얼마를 달라는지 애매했다. '이천 원을 달라는 거야 삼천 원을 달라는 거야….' 케이는 지갑에서 천 원짜리 두 장을 꺼냈다. 천 원짜리 지폐가 더 있었지만, 일부러 두 장만 내밀어 보았다. 어떻게 하는지 반응을 보고자 하는데 이번에도 주인은 사람은 보지도 않고 내뻗은 손으로 돈만 챙겨 갔다.

케이는 고물상에서 사 온 통을 씻어 닭장 선반에 올려놓았다. 헌 옷을 깔고 원래 있던 나무 상자와 같은 분위기를 연출했다. 그리고 알 낳는 암탉들이 조금이나마 여유를 갖기 고대했다. 하지만 당연히 그럴 것으로 생각했는데 참으로 이해할 수 없는 일이 일어났다. 시간이 가도 어느 놈도 새 통은 이용하지 않았기 때문이었다. 오로지 나무 상자 앞에서만 줄을 섰다.

"쟤들도 친환경을 찾느라고 그러는 것이 아닐까요?"

화장실 앞에서 차례를 기다리듯 하는 녀석들의 행동을 이해하지 못하겠다는 남편을 향해 아내가 한 말이었다. 먼저 것과 같이 나무로 짜서 넣으라고 했다.

"나무가 있어야지?"

"남는 거 없어요? 있는 것으로 대충 짜 넣어요."

"없어. 닭장 만들면서 다 썼잖아. 있으면 진작 하나 더 만들었지."

"그럼 할 수 없죠. 낯설어서 그럴 거니 기다려 봐요. 곧 그쪽 통도 이용하는 닭이 생길 거예요."

"그렇겠지?"

했는데 며칠을 두고 관찰해도 도통 새 통에 들어가 앉는 놈은 없었다.

'참으로 알 수 없는 놈들이야. 알 수가 없어….' 케이는 새 통의 위치를 이리저리 옮겨 보았다. 먼저 것과 붙이기도 하고 떼기도 해 보았다. 아예 바닥에 내려놓아 보기도 했다. 아무런 변화가 없자 처음 위치로 되돌렸다. 지켜볼수록 닭들은 케이의 의도와는 달리 새로 넣은 통을 애물단지로 여기는 조짐이 역력했다. 차례를 기다리는 데 방해가 되는지 기웃기웃하다 말고 똥만 찍 갈겨댔다. 그러다 보니 시간이 갈수록 새 통 안에는 마른 똥만 수북이 쌓여 갔다. 결국 치워 버렸다.

그러나 며칠 지나지 않아 치운 플라스틱 통을 다시 들고 와야 할 일이 발생했다. 아침에 닭장 문을 따고 안을 살피던 케이는 평소에 보지 못한 것이 물그릇에 동동 떠 있는 것을 발견한 것이다. 들어보니 달걀이 분명한데 껍질이 얇아 몰캉몰캉했다. 이것이 왜 이곳에 있을까? 고개를 갸웃하며 상자를 살펴보니 통 속에는 세 개의 알이 있었다. 원래 생산하던 알은 다 있었다. 그렇다면…. 얼른 머리에 와 닿는 것이 있었다. 이제까지 미성년인 두 마리의 암탉 중 한 마리가 알을 낳기 시작한 것이다. 녀석은 처음 겪는 일이라 당황했나 보았다. 게다가 알 낳는 상자는 이미 사용 중이라 녀석에게는 기회가 주어지지 않았던 것이다. 쫄밋거리는 엉덩이를 참다 참다 어찌하지 못하고 그만 물그릇에 쏟은 것 같았다.

케이는 닭장 밖에서 서성거리는 암탉들을 훑어보았다. 어떤 놈이 이런 미숙한 짓을 저질렀는지는 외양으로만 보아 짐작이 안 되었다. 플라스틱 통을 다시 넣기로 했다. 그렇지 않아도 통 하나를 두고 세 놈이 공유하는 것도 벅찬데 한 마리가 더 가세하면 상황이 어떨지는 안 봐도 뻔했다. 컨테이너 농막 안에 던져 둔 플라스틱 통을 가져와 원래 자리에 놓았다.

그리고 집으로 들어와 문제의 알을 아내에게 내보였다.

"칼슘이 부족해서 그런 거예요."

아내는 말랑말랑한 알을 건네받고 아는 체했다. 그러면서 다시 국물을 우리고 남은 멸치 담긴 접시를 내밀었다. 칼슘 부족에는 멸치만 한 게 없다고 했다. 게다가 생선이라 닭들도 좋아할 거라는 말도 덧붙였다.

"알껍데기도 칼슘으로 만드나?"

"그럼요. 단단한 거잖아요."

그런가? 케이는 고개를 갸웃했다. 뭔가 미덥지 못했지만 어쨌든 어릴 적 닭을 키워 본 사람의 말이라 시키는 대로 하기로 했다.

접시에 든 것을 울타리 안에 던져 넣자 흩어져 있던 닭들이 경쟁하듯 모여들었다. 종종 음식 찌꺼기를 그와 같은 방식으로 뿌리기 때문에 이번에도 모이 주는 것으로 생각한 모양이었다. 그러나 바닥에 부려진 것은 큼직한 멸치. 누군가 몰캉한 알을 낳지 않았다면 강아지의 간식이 되었을 멸치들이었다. 부리로 콕콕 쪼아대던 놈들은 이내 흥미를 잃고 흩어졌다. 아내의 말과 달리 멸치는 닭이 선호하는 먹이가 아닌가 보았다.

9

하루는 닭장을 찾은 케이는 수탉이 서 있는 곳을 보고 당황했다. 닭장 울타리 내에는 버섯 종균을 넣은 표고목이 쌓여 있었다. 닭 사육뿐 아니라, 시골로 오면서 도시에서 할 수 없는 버섯 키우기도 해 보고 싶은 일 중하나였다. 집 뒷산에는 임도를 내면서 잘라 낸 참나무가 몇 그루 버려져 있었다. 진작부터 표고목으로 안성맞춤이라 눈으로 새겼지만, 가져올 방법이 없어 망설이던 끝에 도시에 있는 아들놈을 호출했다. 반나절 톱질하고, 부자가 용을 쓰며 옮긴 나무였다. 올 3월 초봄, 겨울 동안 묵혀 둔 참나무 둥치에 종균을 넣었다. 그러니까 케이가 '닭을 키우겠노라.' 결심하기 직전의 일이었다.

교본에 의하면 표고 종균을 넣은 참나무는 한동안 우물 정자로 쌓아 두게 되어 있었다. 가로세로 엇갈리게 장작 형태로 쌓아 케이의 가슴 높이만큼이나 되었다. 현재는 그늘막을 덮어 둔 상태였다. 장마가 끝날 6월 하순경에 대나무 숲으로 옮겨 세울 예정이었다. 거의 울타리와 맞먹는 높이인데 어떻게 올라갔는지 수탉이 그곳에 우뚝 서 있었다. 울타리 내부는 전체적으로 대밭을 향해 약간 기운 지형이다. 울타리 밖은 곧장 케이의 집과 안팎의 경계를 짓는 곳이었다. 문제는 대밭이 있는 장소가 비탈로 아래로 꺼지면서 절벽으로 되어 있다는 점이었다.

"어어, 저 녀석이 왜 저기 서 있지?"

당장이라도 뛰어넘을 수 있는 위치였다. 그 아래는 이삼 미터 벼랑이다. 한 번 떨어지면 자력으로는 귀환할 수 없는 곳이기도 했다. 바람이 불자 어깨를 맞댄 대나무들이 좌우로 건들거렸다. 서늘한 바람이 불어오는 곳…. 녀석은 밀집 대형으로 선 대나무 숲이 감추고 있는 그 내부가 무척이나 궁금한가 보았다. 그렇지 않아도 울타리를 치기 전에 암탉 한 마리가 그 아래로 빠져 애를 먹은 적이 있었다.

닭장 청소할 때였다. 안쪽으로 내몰렸던 암탉 중 한 마리가 바닥을 긁는 갈고리를 폴짝 뛰어넘었다. 녀석은 용케도 케이의 가랑이 사이를 통과해 밖으로 뛰쳐나갔다. 닭을 키운 후 한 번도 없던 일이라 케이는 당황했다. 다행히 녀석은 멀리 가지 않고 닭장 근처에서만 서성거렸다. 케이는 청소를 중단하고 밖으로 나왔다. 안에 든 다른 놈들이 밖으로 나와서는 안 되겠기에 얼른 문을 닫았다. 그러자 갑자기 돌아갈 길이 막혀 버린 암탉이 꼬꼬댁! 꼬꼬댁! 난리를 쳤다. 안에 든 수탉도 소란스럽기는 마찬가지였다. 뒤늦게 판단이 선 케이는 문을 다시 활짝 열었다.

"들어가!"

명령했으나 녀석은 주변을 배회하면서도 문 쪽으로 다가오지 않았다. 케이는 비켜서며 길을 터 주었다. 그리고 다시 재촉했다.

"들어가, 얼른."

마찬가지로 녀석은 닭장으로 뛰어들지 못했다. "꼬꼬꼬…." 불안하게 목젖을 움직이며 주변만 맴돌았다. 오히려 안에 든 놈들이 밖으로 나올 기미마저 보였다.

그렇지 않아도 암탉 한 마리가 자신의 영역 밖을 벗어나자 수탉은 철망 앞을 오가며 소란을 피우는 중이었다. 횃대에 올랐던 놈들까지 모조리 뛰어내려 기회를 엿보았다. 수탉이 나오면 우르르 뒤따를 놈들이었다. 낭패였다. 케이는 와락! 문을 닫았다. 그러자 안에 든 놈이나 밖에 선 놈이나 동시에 소란이 커졌다. 다시 왈칵! 열었다.

"안 들어가?"

애가 탔으나 상황은 조금도 나아지지 않았다. 문을 열어둘 수도, 닫을 수도 없게 되어 버린 것이다.

일단 문 닫고 고리를 걸었다. 구슬려서 안 되면 강제로라도 잡아넣을 수밖에 없었다. 낌새를 알아챈 녀석이 내빼기 시작했다. 케이는 뒤쫓기 시작했다. 잡힐 듯했으나 녀석이 날갯짓하며 떠올랐다. 손이 닿았다. 그러나 헛방이었다. 푸드덕 날아오른 곳엔 빈 깃털만 흩어졌다. *"꼬꼬꼬… 꼬꼬꼬…."* 암탉은 재난을 만난 듯 달리고 케이는 뒤쫓았다. 그러다 지그재그로 달아나던 녀석이 피난처로 택한 곳이 어처구니없게도 대밭이었다. 아차! 하는 순간 녀석의 꽁무니가 사라졌다. 마른 낙엽과 함께 녀석이 벼랑 아래로 굴러떨어졌다. 그리고 시야에서 사라졌다. 저 아래 어디선가 *"꼬꼬댁! 꼬꼬…."* 비명만 들려왔다.

케이는 가까이에 있는 대나무 하나를 붙잡고 아래를 살폈다. 수북이 쌓인 묵은 댓잎만 눈에 들어왔다. 평소 길고양이들이 지나다니는 곳이기도 했다. 바스락바스락 소리만 들릴 뿐 암탉의 모습은 보이지 않았다. 한참 만에 녀석이 보였다. 안정을 찾은 암탉은 모이를 쪼아대고 있었다. 내려가자면 벼랑을 우회해야 했다. 일단 스스로 올라오기를 기다려 방법을 찾기로 했다. 그러나 문제는 그사이 길고양이를 만나면 어쩌나 하는 우려가 생겼다. 집으로 달려가 아내를 불러냈다. 자초지종을 설명하고 닭장 앞에 보초를 세웠다. 닭이 올라오면 문을 열어 주는 역할을 맡겼다.

그렇게 준비를 마친 후, 케이는 긴 작대기 하나를 들고 대숲으로 뛰어들었다. 우회하기보다 벼랑을 직접 내려가는 방법을 택했다. 낙엽에 발목이 깊숙이 빠지자, 장화를 신고 있음에도 뱀을 밟을까 봐 신경이 곤두섰다. 다행히 암탉은 중간쯤에 머물러있었다. 케이는 작대기로 근처의 대나무를 때렸다. 부스럭거리며 녀석이 올라갔다.

"옳지! 옳지! 잘 올라간다. 개똥이 엄마!"

케이는 아내에게 신호를 보냈다. 준비하란 뜻이다. 녀석이 올라오면 문을 열고 멀찌감치 비켜서야 한다. 그리고 중요한 것은 안에 든 놈들이 밖으로 나오게 해서도 안 된다.

"개똥이 어-엄-마-아."

케이는 길게 소리를 질렀다.

"알았어. 기다리고 있어."

답신이 왔다.

"훠이! 이놈아, 어서 올라가."

케이는 작대기로 주변 대나무를 두들기며 쫓았다. 기대와는 달리 잘 오르던 녀석이 갑자기 방향을 틀었다. 횡으로 가로지르기 시작했다. 대나무

그늘이 마음에 들었던 모양이었다. 그곳으로 가면 더 넓은 곳으로 이어진
다. 다급해진 케이가 돌멩이를 집었다. 던진 돌은 정확히 놈의 전방에 낙
하했다. 암탉이 방향을 바뀌었다.

"개똥이 엄마, 가안-다-아."
"알았어. 기다리고 있어!"

아내로부터 답신이 왔다.

"멀찍이 물러나 있어."
"알았어!"

대숲을 벗어나자, 아내와 암탉이 대치하고 있었다. 문을 열고 간격을 두
고 서 있는데도 녀석은 쉽게 닭장으로 뛰어들지 못했다. 곧이어 작대기를
든 케이가 나타나자 다시 소리를 지르며 달아나기 시작했다. 하지만 이번
에는 제 맘대로 방향을 정하지 못했다. 케이가 작대기로 녀석이 가야 할
곳을 지시했다. 좌로 틀면 좌측으로 휘둘렀고 우로 틀면 우측에 작대기를
들이댔다.

그런 식으로 몰아넣은 곳이 닭장과 컨테이너 농막 사이였다. 그곳은 낡
은 그물이 쳐져 있었다. 그 너머는 역시 대밭으로 케이의 집 경계였다. 녀
석이 꼼짝없이 궁지에 몰렸다.

"요 녀석!"

푸드덕거리며 날갯짓을 했으나 달아나기에는 공간이 좁았다. 뒷다리가 잡혔다. 날갯죽지를 움켜잡고 완전히 제압했다. 등허리가 함빡 젖고 이마에 땀이 솟아 있었다.

잘못하면 그때의 소동이 재현될 수 있었다. 표고목에 올라선 수탉이 응시하는 쪽이 꼭 그때 암탉이 빠진 장소였다. 당시의 상황을 되새기는 것일까? 수탉은 정찰하듯 그 너머를 신중하게 바라보고 있었다. 자극하지 말아야겠기에 케이는 조용히 녀석을 불렀다.

"어이!"

수탉이 돌아보았다.

"내려와."

타이르듯 말했다. 하지만 수탉은 들은 체도 않고 케이를 외면했다.

"그냥 내려와. 그쪽으로 뛰면 너 죽어."

조금만 소리가 높아도 녀석이 반대편으로 뛰어내릴 것만 같다. 그러면 상황은 복잡해진다.

울타리 밖에서 케이가 뭐라고 계속 지껄이자, 수탉은 움직이기 시작했다. 녀석은 그곳 전망대가 썩 마음에 드는가 보았다. 유유자적 좌우로 걸음을 옮겨 다녔다. 목덜미 너머로 흘러내린 망토의 빛깔이 윤기로 넘쳐났다. 바닥보다 높은 곳에 서 있는 수탉의 자태는 더욱 도도해 보였다. 좌우로 오락가락하던 녀석이 걸음을 멈추고 목을 치켜세웠다. 그러고는 다시 고개를 돌려 대숲으로 향했다. 볼만한 경치는 역시 그곳밖에 없다는 태도 같았다.

케이는 슬그머니 울타리 문을 밀었다. 가능한 한 천천히 행동했다. 케이가 접근하자 표고목 아래에서 휴식하던 암탉들이 놀라 일어났다. 우왕좌왕했다. 케이는 걸음을 멈추었다. 수탉을 자극하면 안 되기 때문이었다. 암탉의 소란에 수탉이 아래를 굽어보았다. 기웃기웃하던 녀석이 훌쩍 뛰어내렸다. 됐다! 케이는 쾌재를 부르며 조금 전 차분하던 행동에서 돌변하여 녀석에게 달려들었다.

"들어가! 자식들아 들어가!"

발길질해 대며 닭장으로 몰기 시작했다. 울타리의 허점이 드러난 이상 보완이 불가피했다. 표고목을 다른 곳으로 옮겨야 했다. 그때까지 모두 닭장 안에 가두기로 한 것이다. 양팔을 휘저으며 몰아대자, 한동안 방향을 잡지 못하던 닭들은 마침내 닭장 안으로 뛰어들었다. 역시 그곳이 가장 안전하다고 믿는 모양이었다.

10

우려하던 일이 기어코 일어났다. 고양이다. 고양이 한 마리가 울타리 안으로 뛰어들었다. 요란한 닭장 소리를 듣고 달려갔을 때는 고양이와 닭 들이 한창 술래잡기 중이었다. 그물로 친 울타리라서 기어오르기 쉽지 않 았을 텐데 어떻게 들어갔는지 알 수 없었다. 짐작대로 평소 케이가 요주 의로 여기던 코끝 인중에 ㅅ(시옷) 자로 털 난 녀석이었다.

케이의 집 뒤란에서 보이는 고양이들은 비교적 온순한 편이었다. 아내 의 배려(?)로 먹을 것이 부족하지 않은 탓도 있지만 민가 주변을 떠도는 놈들이라 사람이 키우는 가축에게도 익숙했다. 대부분 지나가는 나그네 에 불과한지라 닭장에 관심을 두는 놈도 드물었다. 심지어 닭장 울타리 근처에서 졸고 있는 놈도 여러 차례 목격했다. 그러나 모두가 그렇지 않 은 게 문제였다. 가끔은 야생성을 버리지 못한 놈도 나타났다. 케이의 집 뒤뜰에도 그와 같은 놈이 한 마리 있는데 현재 울타리 속에 뛰어든 바로 저 녀석이 그랬다. 코끝 인중 모양으로 다른 놈과 구별되는 녀석이었다. 다 같이 뜨내기인 주제에 녀석은 제 덩치만 믿고, 다른 수컷 고양이들을 무차별 공격하는 것을 낙으로 여기는 것 같았다. 조폭이 따로 없었다.

그 때문에 녀석이 나타나면 다른 고양이들은 예외 없이 쫓겨 달아났다. 이따금 케이 집 강아지한테도 횡포를 부리나 보았다. 어찌 된 일인지 주 인 노릇을 해야 할 강아지 놈마저 녀석 앞에서는 순한 생쥐처럼 굴었다. 제 먹이 그릇을 통째 상납하고 녀석의 식사가 끝나기를 기다렸다. 그런 좋지 못한 행실을 알기에 케이는 닭을 키우기 전에도 다른 고양이와 달리 녀석만 보면 무조건 쫓았다.

"가! 자식아. 가!"

고함을 쳤다. 더러 짱돌을 들고 위협도 했다. 그러나 동물도 나이를 많이 먹으면 여우가 된다고 하는데 꼭 그놈이 하는 짓이 그랬다. 당장 돌멩이를 맞을 위기에 처해도 얼른 달아나지 않았다. 느릿느릿 걸으며 사람을 약을 올렸다.

"짜식이!"

사람을 무시하는 태도에 격분해 짱돌을 던지면 그때야 튕기듯 내빼곤 했다.

다행히 아직 피해는 없었다. 닭들이 민첩하게 날아다니는 통에 사냥이 쉽지 않았던 모양이었다. 노리는 것은 암탉이지만 헛방의 연속이었다.

"*꼬꼬댁! 꼬꼬…. 꼬꼬댁! 꼬꼬….*"

어지럽게 날뛰는 암탉들 사이로 수탉이 결사 항전으로 맞서고 있었다. 케이가 고함을 지르며 달려갔다. 울타리 밖에 세워둔 각목을 들고 뛰어들었다. 순식간에 사태는 역전되었다.

수고롭기만 할 뿐 아무 소득이 없는 와중에 사람까지 등장하자 고양이는 당황해 어찌할 바를 몰라 했다. 달아나야 하는데 사방이 그물로 막혀 있다. 오히려 궁지에 몰린 꼴이 되어 버렸다. 평소 사람을 봐도 너구리 짓을 하던 여유는 어디에도 찾아볼 수 없었다. 케이는 각목을 휘둘렀다. 혼쭐내어 쫓을 생각으로 출입문은 열어 두었는데도 녀석이 출구를 찾지 못했다. 계속 엉뚱한 곳에 머리를 처박았다. 그때마다 그물이 출렁거렸다.

이제껏 관망하던 울타리 밖 강아지가 마구 짖기 시작했다. 그제야 자신의 태만을 깨달은 모양이었다. 제 주인의 의도를 간파한 녀석은 왕왕! 짓고 이리저리 몸을 비틀고 다시 왕왕! 짖어댔다. 닭들의 소요가 줄어든 만큼 녀석의 소란이 높아진 것이다. 강아지는 어찌할 바를 몰라 했다. 뒤늦게 새긴 자신의 사명을 그렇게 해서라도 제 주인에게 알리고자 하는 것 같았다. 그러던 와중에 일시적인 고요가 찾아왔다. 개도 짖지 않고 닭들도 얌전해졌다. 그물에 걸린 고양이만 웅크린 채 케이를 돌아보았다.

'한 방 갈겨?' 정신을 차리지 못하는 녀석이 한편 불쌍했지만 그래도 이번 기회에 따끔한 맛을 보여야 할 것 같았다. 그래야 다시는 이곳을 기웃거리지 않을 터였다. 정말 한 대 칠 요량으로 다가갔다. 그 순간 고양이는 갑자기 튕겨져 달아났는데 어이없게도 녀석이 택한 곳은 닭장 속이었다. 더 좁은 공간에 갇혀 버렸다. 닭은 모두 밖에 있는 상태였다. 파닥거리며 필사적으로 발버둥 쳐도 녀석이 달아날 구멍은 없었다.

"넌 독 안에 든 쥐다."

케이는 회심의 미소를 머금으며 얼른 문을 닫았다. 그리고 어떻게 하면 녀석을 제대로 조질지를 고민하면서 집으로 달려가 아내를 불러냈다. 상황을 설명하고 울타리 밖에 서 있게 했다.

닭장 안에 든 고양이는 바들바들 떨며 잔뜩 움츠려 있다. 궁지에 빠진 자신의 불행을 받아들이는 모양이었다. 어디에도 평소 보이던 불한당 같은 모습은 보이지 않았다.

"한 방 쳐 버릴까?"

케이는 아내를 향해 손에 든 각목을 내보이며 닭장 속의 고양이를 가리켰다.

"그냥 보내세요."

아내는 녀석에게 연민을 느끼나 보았다.

"아니야. 그냥 보낼 수 없어. 아무리 생각해도 요즘 닭이 알을 낳지 않은 게 저놈 때문인 것 같아."

하루 꼬박꼬박 계란 셋을 선사하던 닭들이 며칠 전부터 알을 낳지 않고 있었다. 울타리를 치고 방사한 며칠 후부터였다. 알통에 앉아 낳는 시늉은 하는데 들여다보면 통 속은 비어 있었다. 마른 똥만 잔뜩 고여 있었다.

알 낳는 장소를 닭장 밖으로 옮겼나 싶어 구석구석 살폈다. 그러나 없었다. 대밭이 인접한 곳이라 수북이 쌓인 댓잎이 많았다. 그곳도 샅샅이 들춰봐도 산란(産卵)의 흔적은 없었다. 그래서 문득 생각난 것이 울타리를 밖의 고양이 때문에 스트레스를 받은 것으로 추측했다.

"알을 물어 간 것이 아닐까요?"

케이가 며칠 전 닭이 알을 낳지 않은 이유를 궁금해 하자 아내가 한 말이었다. 낳기는 하는데 고양이가 물고 갔을 수도 있다는 이야기였다. 케이는 그 무슨 말도 안 되는 소리냐며 인상을 찌푸렸다.

"고양이가 어떻게 물고 가는데? 물면 그냥 깨지지."

다분히 힐난조였다.

"깨지지 않게 입 속에 살짝 넣고 갔을 수도 있잖아요."

아내는 자신의 추측이 무시당한 게 기분 나쁜가 보았다.

"이 사람아, 그게 말이 돼? 먹고 갔으면 이해되지만."
"그러면 흔적이라도 남아야 하잖아요."
"그러니까 안 낳은 거지."
"가져갔을 수도 있다니까요."

"안 낳았다니까!"

"낳았다니까요."

"고양이가 왔다 갔다 하니 스트레스를 받아 못 낳는 거라고."

"물고 갔을 수 있어요."

"그걸 왜 가져가? 그냥 먹지."

"새끼 주려 가져갔죠."

처음은 제 추측을 이야기하던 것이 대화를 거듭할수록 자존심 싸움으로 번져 가고 있었다. 서로 제 주장이 옳다며 고집을 꺾지 않았다. 그랬는데 오늘 문제가 된 고양이가 울타리 안에서 발견된 것이다. 녀석이 어떻게 들어갔는지는 알 수 없었다. 그리 넓지 않은 공간임을 감안해 볼 때 쫓겨 다닌 닭들이 얼마나 놀랐을지는 짐작 가고도 남았다. 지난번 물그릇에 여물지 못한 알을 낳은 것도 놀란 암탉이 조산(早産)한 것일 수도 있었다. 울타리 밖에서 노리는 것도 그만큼 큰 위협인데 이놈은 아예 안으로 뛰어들었다. 엄히 다스리는 게 맞다.

"그냥 보내요. 보세요. 혼이 달아난 모습이잖아요."

몽둥이로 한 방 갈길 요량으로 문을 여는데 아내가 말렸다. 그 정도면 충분히 경고한 셈이라는 것이다. 물론 케이도 처음에는 그럴 작정이었다. 그러나 녀석이 얼마나 교훈을 얻었는가 하는 점에서는 아내와 생각이 달랐다. 무조건 한 대 패야 했다.

문을 따고 들어서자 이제까지 바들거리던 녀석이 갑자기 태도를 돌변했다. 날카로운 소리를 내며 달려들 기세를 보였다. 선명하게 드러나는 송곳니를 보자 케이는 주춤, 뒷걸음질 쳤다. 독 안에 든 생쥐가 고양이를 무는 법이라고 했다. 녀석의 처지가 꼭 그랬다. 죽을 각오로 덤비면 위험하다는 생각이 들었다. 아나나 다를까 녀석이 정면으로 돌진해 왔다.

"엄마야!"

케이가 비명을 지르며 몸을 피하는 사이 녀석이 용케 닭장을 벗어났다. 울타리 출입구 정면에는 아내가 서 있었다. 녀석이 달려오자, 이번에는 아내가 혼비백산 비명을 지르며 달아났다.

"엄마야!"

울타리 밖을 벗어난 녀석은 뒤도 안 보고 사라졌다.

11

"아무리 생각해도 저 녀석을 원래 있던 곳으로 데려다 놓아야겠어."

케이는 닭장 근처에 묶여 있는 강아지를 보며 말했다. 날이 더워지면서 강아지는 잎이 무성해진 나무 그늘 아래서 턱을 괸 채 낮잠에 빠져 있었다. 5월임에도 한낮의 볕은 여름을 방불케 했다. 여름철이면 더위를 피하기 위해서도 옮겨 주는 장소이지만 현재는 피서가 아니라 닭장 경비로 와 있다. 그런데 녀석의 태도가 영 마음에 들지 않았다. 짖어야 할 때는 침묵하고 별로 중요한 일도 아닐 때는 죽으라고 짖어댔다.

특히 주변에 새가 내려앉으면 예민하게 반응했다. 미친 듯이 짖는 소리에 놀라 달려 나가면 정작 근처에 있는 고양이는 외면한 채 멀찍이 뛰노는 까치 떼를 쫓지 못해 안달했다. 고양이와는 사촌지간이나 다름없었다. 퍼질러 자는 머리맡에서 녀석의 밥그릇을 핥는 고양이를 한두 번 목격한 것이 아니었다. 자지 않을 때도 마찬가지였다. 멀뚱멀뚱 눈을 뜨고 있는데도 야금야금 자신의 먹이를 축내는 고양이를 못 본 척했다.

어떨 때는 먹이를 주고 돌아서기 바쁘게 고양이가 나타나 먼저 그릇을 차지하기도 했다. 제가 먹고 남긴 것을 주는 것이 아니라 고양이가 먹고 남긴 것을 제 몫으로 여기는 것 같았다. 녀석들에게 아주 호되게 당한 적 있는 모양이었다. 아예 고양이 앞에서 생쥐 흉내를 냈다. 케이는 기가 찼다. 이제껏 사룟값을 들여 강아지를 먹인 게 아니라 도둑고양이만 살을 찌운 셈이었다. 특단의 조치로 사료 양을 확 줄여 보았다. 사람이든 동물이든 제 먹을 것이 귀해져야 제 것을 지키려는 투지도 생겨난다고 믿었다. 하지만 소용없었다. 사람이 지켜 서 있지 않으면 양이 적든 많든 고양이한테 먼저 상납하기는 마찬가지였다. 녀석의 무른 성격은 도무지 고쳐지지 않았다.

"아무래도 우리 진돌이는 바보 같아."

케이가 오수에 빠져 있는 강아지를 바라보며 말했다. 며칠 전 방사장 안에 뛰어든 고양이 사건만 두고 봐도 그랬다. 녀석의 역할은 아예 없는 거나 마찬가지였다. 그나마 울타리가 있었기에 여태 닭을 지켜 온 것이지 경비로서 녀석의 기여도는 거의 제로에 가까웠다. 제 밥그릇도 지키지 못하는 놈이 오죽 닭장인들 지키겠느냐는 불평을 늘어놓았다. 그리고 예서 아무 역할을 못 할 바에야 대문 앞 원래 집으로 돌려보내자고 했다.

"왜요? 보기 좋잖아요. 나무 그늘 아래고 볼거리도 많아 심심하지 않을 테고…."
"심심하고 말고가 어디 있어. 여기 놀러 왔나? 경비라고 데려다 놨는데 저 꼴 좀 봐. 저게 개가?"

가까이서 부부의 대화 소리가 들리자, 강아지는 슬그머니 감았던 눈을 치떠 보았다. 그러나 곧 졸음을 견디지 못하겠다는 듯 다시 눈을 감고 수면 속으로 빠져들었다. 개 팔자 상팔자라더니 저놈 하는 짓이 꼭 그 짝이었다. 뒷다리는 퍼질러 앉았고 앞다리는 턱을 괸 자세다.

"여기서 아무것도 하지 않을 바에야 차라리 대문을 지키는 게 나아."
"언제 대문은 지켰나요?"
"그러니까 옮기자는 것이지. 저 봐. 모르는 사람이 보면 황군(黃狗) 줄 알겠어."

흙바닥에 뒹군 탓에 녀석의 흰털이 누렇게 변해 있었다. 처음 옮길 때만

해도 주변에 잡풀이 많았는데 시간이 갈수록 강아지의 발길이 닿는 곳은 모두 흙바닥을 드러냈다. 정확히 녀석이 묶인 말뚝을 중심으로 동심원을 그렸다. 목줄의 길이만큼 바닥을 다져 왔기 때문이다. 그 맨땅에 녀석은 수시로 뒹굴었다. 헛바닥을 뽑고 불알이 내보이도록 배를 드러낸 채 등짝을 문질러댔다.

처음에는 어릴 적 부리던 응석을 버리지 못해 그러나 생각했는데 차츰 저놈이 등이 가려워 그 짓을 한다는 것을 알게 되었다. 한 번 발광하고 일어서면 주변에는 뿌옇게 흙먼지가 피어올랐다. 그리고 차츰 녀석의 털 색깔은 황구를 닮아갔다. 냄새 또한 지독해서 가까이 가는 것조차 부담스러웠다. 녀석의 원래 집은 시멘트로 바닥이 되어 있어 저렇게까지 지저분하지는 않았다. 배변을 치우고 한 바가지 물만 뿌리면 그런대로 청결이 유지되는 곳이었다.

"목욕을 시키는 게 어떨까요?"

처음과는 달리 아내도 녀석을 대문 쪽으로 보내는 것에는 반대하지 않았다. 대신 너무 지저분하니 목욕이나 시켜 돌려보내자고 했다. 수돗가로 끌고 가 비누질해서 깨끗이 씻기자는 제안을 한 것이다.

"녀석이 가만있을까?"

워낙 물을 싫어하는 놈이었다. 원래 천성이 그런지 아니면 간난 새끼 때

겪은 좋지 못한 기억 탓인지는 알 수 없었다.

태어나 한 달도 안 된 놈을 분양받아 오던 날 욕조에 넣고 씻긴 적이 있었다. 시골로 오기 전 도시 아파트에 살 때였다. 동물을 별로 좋아하지 않는 부부가 강아지를 분양받게 된 이유도 귀촌을 계획하고 있었기 때문이었다. 낯선 사람과 낯선 분위기에 적응하기도 전에 찬물 바가지부터 뒤집어썼다. 강아지는 애처로울 만큼 바들거렸다. 물을 끼얹을 때마다 거의 숨넘어갈 듯이 버둥거렸다. 녀석은 곧 자신이 죽을 것으로 아는 모양이었다. 샴푸를 잔뜩 묻혀 털을 문질렀다. 아무리 조심해도 녀석의 공포는 잦아들 줄 몰랐다. 온몸을 와들와들 떨어댔다.

그 후로 한 번 씻길 적마다 녀석과는 전쟁을 치르듯 했다. 격렬하게 저항했다. 덩치가 커진 요즘은 아예 포기해 버렸다. 대신 너무 지저분하면 호스를 들이대고 물로 쏘아댔다. 목욕 대신 샤워시키는 방법을 택한 것이다.

"그냥 하던 대로 해. 녀석을 어떻게 감당해?"

아무래도 붙들고 씻길 자신이 없었다. 겉보기에는 얌전해도 녀석이 고집을 부리면 두 사람의 힘으로도 제압이 어려웠다.

"보세요. 아예 누런 색이예요. 그런 식으로 해서 씻겨 질 것 같아요?"

아내는 곧 죽어도 비누질해 씻겨야 한다고 주장했다.

"하긴, 그래….."

케이가 보기에도 녀석의 상태는 물을 끼얹는 정도만으로는 해결되지 않을 것 같았다. 비누를 묻혀 박박 문질러도 본래의 털 색깔을 되찾을 수 있을지 의문스러울 정도였다. 케이는 잠시 고민했다. 그러다 생각난 것이 있어 곧장 농막으로 향했다. 얼마 전 새로 산 비옷이 떠올랐던 것이다.

기존에 있던 바바리 형태의 판초우의가 불편해 바지와 상의로 된 비옷 한 벌을 장만했었다. 아직 한 번도 입지 않았는데 드디어 용도를 찾은 셈이었다. 비 오는 날 밭고랑을 누비기에 안성맞춤인 우의를 입고 나타나자, 아내가 손뼉을 쳤다. 그야말로 강아지 목욕시키기에 적합한 복장이라는 것이다.

"언제 이런 비옷을 사 두었어요?"
"전에…. 수돗가에 가 준비해. 내 저 녀석 끌고 갈 테니."

졸고 있던 강아지는 제 머리맡에서 느껴지는 인기척에 놀라 눈을 떴다. 이상한 복장을 한 주인이 정면에 서 있었다. 뭔 일인가 싶어 어리둥절한데 주인은 쭈그려 앉아 말뚝에 묶인 줄을 풀기 시작했다. 케이한테는 지독한 고무 냄새가 났다. 어쨌거나 산책하러 가는가 싶어 강아지는 엉덩이를 세우고 줄레줄레 따라나섰다. 그런데 도착한 곳이 앞마당 수돗가다.

강아지는 단박 눈치를 챘다. 순조롭게 뒤따르던 녀석이 갑자기 버티고 고집부리기 시작했다.

"너 안 와?"

끌어도 소용없었다. 녀석이 잔뜩 고개를 수그리고 목줄을 벗으려고 했다. 대야에 물을 붓던 아내가 바가지를 든 채 달려와 강아지 엉덩이를 밀었다. 녀석은 요지부동이다. 아내가 강아지의 엉덩이를 철썩! 갈겼다. 녀석이 움찔하며 한 걸음 옮긴다. 케이가 앞에서 당겼다. 강아지는 두 발로 버티며 저항한다. 꽁무니를 잔뜩 뒤로 뺐다.

"진돌아! 왜 이래? 이렇게 더러운데 씻어야 할 거 아냐."

아내는 어르고 달랬다. 이윽고 케이가 레슬링 하듯이 녀석의 목을 겨드랑이에 끼우며 껴안았다.

꼼짝달싹 못 하게 결박하자 아내가 강아지 등줄기에 물을 퍼부었다. 녀석이 움찔했다. 연거푸 물을 퍼붓던 아내가 비누질을 시작했다. 매끈한 손놀림 탓인지 녀석의 저항이 조금 누그러졌다. 어깨동무하고 퍼질러 앉은 케이는 구석구석 하라고 제 아내를 향해 지시했다.

"하고 있어요. 하고 있어…."

아내의 코끝에 땀이 맺혔다. 몇 차례 비누질과 물로 씻기기를 반복한 끝에 겨우 몸통을 끝냈다. 이제는 세수다. 머리통을 씻겨야 하는 일이니 이게 만만찮은 일이었다.

아니나 다를까 고분고분하던 녀석이 얼굴에 물이 닿기 무섭게 발광을 해댔다. 케이가 뒤에서 끌어안고 있지만 고개를 빼고 흔드는 통에 제대로 씻길 수가 없다. 아내가 발칵 화를 냈다. 손에 든 바가지로 녀석의 머리통을 한 대 내려쳤다.

"깨갱!"

녀석이 비명을 질렀다.

"가만 좀 있으란 말이야."

아내가 성질을 부렸다.

"대충 해 좀…."

케이가 재촉했다.

12

다 잘되었다. 케이는 그렇게 생각했다. 울타리 속이나마 닭들은 비교적 자유롭게 활동할 수 있게 되었고 경비로 별로 도움 되지 않던 강아지는 본래 집으로 돌아갔다. 우려하던 고양이의 공격은 반복되지 않았다. 지난번 울타리를 넘어 닭 사냥을 감행했던 녀석은 더 이상 모습을 보이지 않았다. 지옥의 문턱까지 다녀온 처지라 그럴 만하다고 생각되었다. 어쩌다 울타리 근처에서 보이는 다른 고양이들도 닭장에는 별 관심을 두지 않았다.

그러면 되었다. 고양이는 고양이대로 개는 개대로 닭은 닭대로 서로가 서로에게 무관심하면 평화로운 공존이 이루어지는 것이다. 닭의 안전만 보장된다면 케이도 굳이 고양이를 쫓고 싶은 마음은 없었다. 녀석들의 왕래가 있어야 뱀의 출몰도 막을 수 있다고 하지 않은가. 아내뿐 아니라 케이도 뱀은 정말 싫다. 어떨 때는 바닥에 버려진 밧줄을 보고도 화들짝 놀란다. 밤에는 꼭 손전등으로 발아래를 살피며 걸었다.

어릴 적 일이지만 케이는 정말 뱀을 밟은 적이 있다. 그것도 독사였다. 지나간 시간으로 따지면 까마득한 옛일이지만 그때 발아래의 감촉은 지금까지도 사라지지 않고 있다. 동네 아이들과 어울려 레슬링 놀이를 하고 산에서 내려오면서였다. 당시는 우리나라 김일 선수와 일본 이노키 선수가 사람들을 흑백텔레비전 앞으로 모여들게 하던 시절이었다. 이마를 물어뜯긴 김일 선수가 피를 철철 흘리며 코너로 내몰리면 아이들은 의분을 참지 못했다. 비틀비틀…, 그러나 순서는 정해져 있었다. 기어코 정신을 차린 우리의 김일 선수가 이노키 선수의 머리통을 끌어안았다. 그리고 박치기를 날렸다. 사태는 순식간에 역전되고 아이들의 함성이 터졌다. 연방 박치기를 당한 이노키 선수가 정신을 차리지 못해 쓰러지면 분위기는 최고조로 달했다. 아이들은 서로 끌어안고 덩실덩실 춤을 추기도 했다. 다음날 창고에 있는 고무 밧줄을 내와 인근 산으로 향했다. 잔디가 좋은 주인 없는 무덤 앞을 차지하고 링을 만들었다. 그리고 제각각 레슬링 선수가 되어 신나게 뒹굴곤 했었다.

하산하던 길이었다. 무거운 밧줄은 아이들이 두셋 어울려 나누어 들었다. 밭둑을 내려서면서 무엇인가를 밟았다. 순간 느낌이 바로 왔다. 미끄덩한 것도 같고 물컹했던 것도 같았다. 어쨌든 밟는 순간 뱀이다 싶었다. 엄마야! 비명과 함께 벌렁 뒤로 자빠지며 발을 치켜들었다. 발등을 감았던 놈이 신발과 함께 저만치 나가떨어졌다. 다행히 물리지 않았다. 녀석도 놀랐는지 한동안 바닥에 떨어진 그곳에서 방향을 읽고 정신을 차리지 못했다. 갈색에 대가리가 세모진 영락없는 살모사였다. 벗겨진 고무신 곁을 얼른 떠나지 못하는 것으로 보아 밟은 곳이 대갈통 근처였나 보았다. 놀라서 뒷걸음치는데 아이 중 하나가 급하게 손에 든 작대기를 들고 달려갔다. 짱돌을 든 아이도 있었다. 뒤늦게 사태를 알아차린 뱀이 내빼기 시작했으나 아이들은 틈을 주지 않았다.

여러 곳에 등창이 터진 살모사는 움직이지 못했다. 하지만 아이들의 공격은 멈추지 않았다. 케이도 매질에 가세했다. 당시 아이들은 뱀은 죽어도 곧 되살아난다고 믿었다. 되살아나 자기를 가해한 사람을 뒤쫓아 온다고 했다. 특히 잠자는 밤에 몰래 찾아와 복수를 한다는 것이다. 상대는 살모사다. 녀석이 이부자리로 기어드는 상상은 생각만으로도 오줌 지리게 했다. 걸레가 되도록 쳐 죽여야 하는 이유였다.

형체를 알아보지 못하게 짓뭉갠 후, 아이들은 돌을 모아 무덤을 만들었다. 돌아가면서 세 번 침을 뱉고 깽깽이걸음을 뛴 후 통통, 물러났다. 침 냄새는 불사조처럼 살아난 녀석에게 혼란을 주기 위함이다. 그래야 추적을 못 한다고 했다. 그리고 십 보나 이십 보를 걸을 때마다 직각으로 방향을 꺾는 것도 중요했다. 뱀은 직각으로 기지 못하기 때문이다. 혹시 따라와도 중간중간 직각으로 방향이 꺾이면 추격은 불가능하다. 체육 시간에 배운 대로 아이들은 일렬종대로 가다가 갑자기 우향우하고, 좌향좌하며 걸었다. 그래도 찜찜했다.

작년 여름 딸기밭 근처에서 여울목이 한 마리를 보았고 집 뒤란의 돌담으로 기어드는 뱀의 꼬리를 본 적도 있다. 이야기를 전해들은 아내는 마치 재앙을 만난 듯 질린 표정을 했다.

"개똥이 아빠, 이젠 우리 어떡해요."

집에 기어들까 봐 무섭다는 것이다.

"허어! 이 사람이. 어떻게 집으로 들어와?"
"하수구나 환기구로 뚫고 올 수도 있잖아요."

"말도 안 되는 소리 그만해. 철망이 막혀 있는데 어떻게 들어와?"

"그래도 들어오면 어떻게 해요?"

"못 들어와. 절대 장담해!"

그 징글맞은 뱀을 고양이가 퇴치한다니 아내의 입장에서 보면 구세주를 만난 셈이었다. 음식 찌꺼기 중 고양이가 먹을 만한 것을 추려 접시에 담아 내놓으며 녀석들을 불러 모았다. 특히 먹다 남긴 생선은 반드시 고양이 몫으로 챙겼다. 위협이 사라진 데다 음식 대접까지 받게 되자 길고양이들은 금세 늘었다. 같은 시간에 음식이 없으면 챙겨 달라고 다용도실 앞에 눌러앉아 시위하는 놈까지 생겨났다.

"야옹! 야옹!"

흡사 갓난아기 우는 소리를 내며 아내를 불러댔다. 갈색 줄무늬가 난 고양이였다. 길고양이들은 대게 민가 주변을 떠돌기 때문에 사람과 친숙한 편이다. 그렇지만 막상 사람이 손으로 잡으려 하면 슬금슬금 뒷걸음치며 빼는 특성을 보였다. 그 때문에 길고양이를 잡아 집고양이로 길들이기 위해서는 아주 갓난이 적에 데려와야 한다. 그런데 녀석은 돌연변이였다. 아내의 손길도 피하지 않고 응석마저 부렸다. 아내는 '나비'라는 이름을 지어 붙였다. 그리고 음식을 내놓을 때마다 녀석의 이름을 불러댔다.

"나비야! 어디 있니?"

한동안 녀석들과의 관계는 그렇게 평화로웠다. 그러나 부부가 닭을 키우기로 하면서부터 상황이 급변했다. 닭의 안전을 고려할 때 고양이는 하나의 장애였다. 케이의 집보다 앞서 닭 사육을 시도한 이웃집은 단 하룻밤 사이 닭장이 몽땅 털려 버렸다. 다섯 마리의 중닭이 다음 날 아침 가 보니 깃털 하나 없이 깨끗하더라고 했다. 케이 집만큼 뒷마당이 너른 집이 아니었다. 안채와 가까운 곳에 지은 닭장임에도 아무 소리도 듣지 못했다고 했다. 그 미스터리를 두고 동네 사람들의 의견이 분분했다. 누구는 족제비니, 누구는 고양이 짓이니 말이 많았다. 그러나 동물이 무슨 특공 작전을 벌인 것도 아닌데 닭 다섯 마리가 찍소리 없이 사라진 것이 케이로서는 납득되지 않았다. 조만간 닭을 키우기로 한 케이로서는 이 사건을 반면교사로 삼아야 했다. 조언을 듣고 참고할 정보를 얻고자 방문했다.

"아이고, 동생 함부로 때려치워라."

이웃 형수님은 자신의 경험에 비춰 볼 때 케이의 실패도 눈에 보듯 예견된다는 투였다. 두 집 다 도시에 살다 귀촌한 사람이라 농사일이며 별다른 가축을 키워 본 경험이 없었다. 물론 동물로 강아지 정도는 키웠겠지만, 강아지는 가축이 아니다. 신선한 알이나 꺼내 먹자고 쉽게 생각했는데 비싼 자재만 버려 놓았다는 것이다. 그러면서 근거 없이 닭장을 턴 범인을 길고양이로 지목했다.

"저 봐라. 저 녀석들 아이가."

담장 아래 졸고 있는 검은 점박이 하나를 가리켰다.

"뭔 놈의 동네에 이렇게 고양이 새끼가 많은지. 저 봐라. 저기도 한 놈 있네."

고개를 늘리고 느릿느릿 창고 앞을 지나는 또 다른 고양이를 향해 손짓했다. 그러면서 동네에 이렇게 고양이가 많은 줄 알았다면 애초에 닭장을 짓지 않았을 거라고 후회했다.

즉, 요약하자면 닭장 짓기 전에는 주변에 떠도는 고양이에 대해 무심했다. 그러나 당하고 보니 새삼 이 동네에 득실거리는 동물은 모두 길고양이뿐으로, 고양이 새끼만 눈에 들어오더라. 따라서 고양이가 이렇게 많이 설치는 동네에서 닭 키우는 것은 절대 불가능하다. 동생, 진작 때려치워라….

"아무 소리도 못 들었습니까?"
"정말 못 들었다니까. 들었으면 달려 나갔지."
"허 참, 거 미스터리네…."

그러나 어떤 소리도 듣지 못했다는 그 이웃의 둔감과 닭장을 턴 범인은 차치하더라도 닭장이 털린 원인에 대해서는 케이의 추측이 맞았다. 삼면의 벽을 목제로 붙인 것과 앞면에 철망을 댄 것은 케이가 계획하는 것과 다르지 않았다. 하지만 지붕과 벽체 사이가 허술했다. 틈새가 있었다. 치밀하지 못한 것이 원인이었다. 안에 있는 닭이 밖으로 나오지는 못하게 하는 것만이 닭장의 역할이 아닌 것이다. 밖에서 노리는 동물이 틈입해 드는 것도 막아야 했다. 중닭이라 해야 고작 병아리 티를 벗은 정도에 지나지 않는다. 족제비가 그런 일에 전문이라고 알려져 있지만, 벌어진 틈으로 보아 고양이도 들락거릴 수 있는 정도였다. 단 하루 닭 사육을 해 본 이웃집은 그날로 닭장을 허물었다.

따라서 이웃집의 실패를 교훈 삼아 케이는 빈틈없는 닭장을 지었다. 그리고 길고양이와의 관계를 어떻게 설정하느냐가 무엇보다 중요했다. 아예 접근을 막는 것이 닭의 안전을 담보하고 근심도 드는 것이 되겠으나 그것은 24시간 밤을 지키고 있지 않은 한 불가능하다. 게다가 고양이가 뱀을 잡는다는 아내의 믿음은 확고했다. 뱀이라면 진저리를 치는 아내를 위해서라도 뱀 퇴치사와의 공존은 어느 정도 필요했다.

너무 멀지도 가깝지도 않은 거리…. 녀석들에게 그것을 가르쳐야 하는데 드디어 해낸 것 같았다. 케이는 그것이 만족스럽다. 요즘은 닭에는 관심을 두는 고양이는 아예 없는 듯했다. 고양이만 나타나면 소란스럽기 그지없던 닭들도 덩달아 차분해졌다. 서로가 서로에게 무관심하니 평화가 온 것이다.

13

케이는 물 한 컵을 마시고 꺼억! 트림을 토하기 바쁘게 식탁에서 일어섰다. 신을 꿰신고 밖으로 나왔다. 도시와 달리 시골은 현관문만 나서면 곧장 마당과 연결되는 구조이다. 볕이 따사로운 오월, 탈색되어 가는 흰 마사가 깔린 뒤란을 향해 가던 케이는 닭장 쪽을 바라보고 주춤했다. 매실나무 한 그루를 중심으로 닭들이 한가롭게 흩어져 있었다. 평소와 다름없는 풍경이다. 그런데 조금 이상한 점은 한 마리만 유독 선명하게 보였다. 황갈색 닭이었다. 가만히 보니 녀석이 있는 곳이 울타리 안이 아니라 밖이다.

"아니, 저 녀석이 어떻게 나왔지?"

먼저 문제가 됐던 표고목은 이미 다른 곳으로 옮겼다. 현재 울타리 안에는 닭이 딛고 설 만한 물건은 아무것도 없는 상태였다. 그 때문에 바닥에서 날아오르지 않는 한 울타리를 뛰어넘을 수는 없는 구조였다. 다행히 녀석은 멀리 가지 않고 다른 무리가 있는 근처를 배회했다. 그물이 가로놓인 것만 빼면 멀리서 보면 마치 한 무리가 어울려 있는 것처럼 보였다. 놀라게 해서는 안 될 것 같아 케이는 조용히 발길을 돌려 집으로 왔다. 아내를 불렀다.

"어떻게 나왔죠?"

아내도 의아해했다.

"몰라. 어쨌든 근처 있을 때 잡아야 해."

케이는 오미자 넝쿨이 타고 오르게끔 설치한 원형 쇠 파이프 구조물을 가리키며 조용히 일렀다. 그곳에서 조금만 가면 컨테이너 농막이 놓여 있다. 닭장과 일정한 간격을 두고 좁은 골이 생긴 그곳은 먼저 닭장 청소 때 암탉 한 마리가 밖을 나와 소동을 벌이다 생포된 장소였다. 전방은 그물로 가로막혀 있고 양쪽은 닭장과 농막이 담으로 되어 있는 구조였다.

"자넨 저리로 돌아가. 살금살금 놀라지 않게."
"어쩌게요?"
"내가 저쪽으로 돌아가 몰 테니까."

케이가 대숲 방향을 가리켰다. 그곳에서 쫓으면 암탉은 반대편으로 가게 되어 있었다. 아내가 녀석을 맞아 다른 곳으로 빠지지 않도록 막고 가야 할 곳으로 친절히 안내하면 된다.

모이를 쪼며 한가롭기만 하던 암탉이 작대기를 든 케이가 나타나자 당황하기 시작했다. 무리 속으로 뛰어들고자 했으나 그물이 가로막혀 있다. 좌우로 주춤거리던 녀석이 케이의 작대기를 피해 달리기 시작했다. 예상했던 곳이다. 녀석이 달아나는 곳에는 아내가 서 있다. 녀석이 방향을 틀었다. 닭장과 컨테이너 농막 사이로 뛰어들었다. 먼저 경험을 쫓아 간단히 궁지로 몰아넣었다. 막다른 곳임을 깨닫고 되돌아오던 암탉이 케이와 마주쳤다. 녀석은 어쩔 줄을 몰라 했다. 다급한 나머지 울타리 그물에 머리를 처박았다. 제 동료가 있는 곳으로 들어가기 위함이지만 제대로 될 리 없었다.

"꼬꼬댁! 꼬꼬…. 꼬꼬댁! 꼬꼬…." 서너 차례 머리를 처박아도 뜻하는 바가 이루어지지 않자, 암탉은 비명을 질러댔다. 어렵지 않게 소동을 마무리하는 것 같아 느긋하게 다가갔다. 그러나 녀석을 잡으려는 순간 케이는 그만 흠칫 놀라 물러섰다. 울타리 안에 있던 수탉이 날개를 치켜들고 달려온 것이다. 그렇지 않아도 녀석은 밖에 있는 암탉이 쫓기는 순간부터 "꼬꼬꼬…!" 괴상한 소리를 내며 안절부절못했다. 그런데 그물 가까이 다가가자, 케이를 향해 달려들었다. 이제까지 보지 못한 의외의 반응이었다. 궁지에 몰린 암탉을 위해 녀석은 사력을 다해 싸우기로 결심한 것 같았다. 푸드덕거리며 날아오르자, 케이는 한 발 물러났다. 잘못하면 쪼일 것만 같았다.

"어머나! 제 암컷을 채 간다고 그러나 봐요."

아내가 탄성을 치며 수탉의 돌발 행동에 감탄을 자아냈다.

"멋져요. 어쩜! 얼른 잡아 넣어 주세요."

아내는 감격스러운가 보았다. 케이는 어이없는 와중에도 암탉을 잡아 울타리 안으로 던져 넣었다.

"꼬꼬댁! 꼬꼬… 꼬꼬댁! 꼬꼬…"

암탉이 푸드덕거리며 울타리 안에 안착하자 어지럽게 오가던 수탉의 저항도 누그러졌다.

"아, 멋져요. 우리 수탉!"

아내는 감동이 쉬 가라앉지 않는가 보았다. 수탉에 대한 칭찬을 거듭했다. 케이는 그런 것은 아랑곳하지 않고 울타리를 찬찬히 더듬기 시작했다. 뚫린 곳을 찾기 위해서였다. 양 사방을 다니며 다 살폈다. 그러나 멀쩡했다. 그렇다면⋯. 정말 이놈이 날아서 나왔단 말인가? 케이는 벌어진 입을 다물지 못했다. 닭이 이렇게 높이 날 수 있나?

"개똥이 아빠, 우리 수탉 멋지지 않아요?"

아내는 연방 수탉에 대해 칭찬을 해대며 남편에게 동의를 구했다.

"시끄러워!"

케이는 성질을 부렸다.

다음 날도 같은 일이 벌어졌다. 역시 정오 무렵 울타리 밖에서 서성대는 암탉 한 마리가 발견된 것이다. 울타리를 넘은 것이 분명했다. 같은 놈인지 어쩐지는 몰라도 한 마리가 넘기 시작하면 다른 놈도 곧 밖으로 나올 공산이 컸다. 그렇다면 녀석들을 가두고 있는 울타리는 없는 거나 마찬가지였다. 케이는 심란해졌다. 한 마리야 어떻게든 잡아들일 수 있지만 만약 여럿이 쏟아져 나오면 상황은 복잡해진다.

암탉은 사람이 다가오는 줄도 모르고 한가로이 모이를 쪼고 있다. 케이는 짐짓 관심 없는 척 다가가 갑자기 달려들어 어제와 같은 곳으로 몰았다. 말뚝 박고 그물 친지 이제 갓 한 달 남짓 되는데 울타리 자체가 쓸모없어진 것이다. 짜증이 났다. 닭을 잡아 안으로 던지고 문을 따고 들어갔다.

"좀 얌전하면 서로 좋잖아."

케이는 성질을 부리며 밖에 흩어져 있는 닭들을 닭장 안으로 몰았다. 저녁 시간도 아닌데 쫓겨 들어온 닭들은 얼떨떨한 표정을 했다. 혼란스러운가 보았다. 위아래로 고개를 끄덕이며 부산하게 닭장 안을 오갔다.

"벌이다 자식들아. 이제 풀어 주나 봐라."

분풀이하듯 쏘고 집으로 돌아왔다. 그런데 이야기를 전해들은 아내는 못마땅한 소리를 했다. 월담은 한 마리가 했는데 전부를 가두는 게 말이 되냐는 것이다.

"허어! 이 사람아, 그놈이 나왔다면 다른 놈도 나올 수 있다는 뜻이잖아."
"한 마리잖아요. 나오는 놈이 꼭 다시 나온대요."
"무슨 소리야? 그놈이 그놈인지 어떻게 알아. 한 놈이 나오면 다른 놈들도 나오는 것은 시간문제야."

울타리는 거의 케이의 키 높이와 같았다. 구멍이 뚫리지 않은 이상 날아서 넘은 것이 분명했다. 그것은 정말 예상 밖의 일이었다.

"그럼, 이제 어떻게 할 건데요? 다시 가둬 키워요?"

케이는 대답을 못했다. 위로 뚫린 하늘까지 몽땅 그물을 치지 않는 한 지금의 울타리는 쓸모없는 거나 마찬가지였다. 그렇게 하자면 자칫 대공사가 될 수도 있다. 집에 닭 몇 마리 키우자고 동물원 조류 사육장과 같은 시설을 만들 수는 없었다. 배보다 배꼽이 더 커질 것이 자명했다.

"모르겠어. 어찌해야 할지…"

케이는 볼멘소리를 냈다.

"그렇지만 별수 없잖아. 울타리가 소용없게 됐는데."

다음 날 아침 케이는 닭장 문을 엶과 동시에 방사장 울타리 문도 완전히 개방해 버렸다. 모이를 주러 갔는데 녀석들이 일제히 출입구로 몰려왔던 것이다. 여느 때와 마찬가지로 문을 따 주는 것으로 생각한 모양이었다. 모이통만 채우고 문을 닫자 단박 내부가 소란해졌다. '꼬꼬댁! 꼬꼬…. 꼬꼬댁! 꼬꼬….' 부산하게 철망 앞을 오가며 아래위로 목을 꺼덕여 댔다. 이미 자유를 경험한 놈들이었다. 좁은 공간을 불편으로 여기는 것 같았다. 케이는 잠시 고민했다. 그러나 곧 결심하고 다시 문을 열었다. 울타리 문까지 활짝 열어 둔 채 밖으로 나왔다. 어차피 소용없는 울타리라면 완전히 놓아 키우고 싶은 충동이 생겼던 것이다.

시골 닭답게 키우자. 뒷마당 앞마당 가릴 것 없이 저희 다니고 싶은 대로 다니며 뭐든 쪼아 먹는 것이 진짜 토종닭다운 모습이 아니겠는가. 벌레도 잡아먹고, 지렁이도 먹고….

게다가 처음 닭을 사 올 때와 달리 암탉 수탉 할 것 없이 이미 중닭 티를 벗고 있었다. 다 큰 닭이 되었다. 앞서 경험한 바이지만 고양이가 뛰어들어도 녀석들은 쉽게 당하지 않았다. 이리저리 날아오르며 민첩하게 잘도 피했다. 무엇보다 수탉의 투지를 믿어보기로 했다. 녀석은 자신의 식솔이 위험에 처하면 물불 가리지 않는 기질을 보였다. 평소에도 사주경계에 게으르지 않고 조그만 위험 요소가 보여도 '꼬꼬꼬…' 신호를 보냈다. 그러면 모이를 쪼거나 바닥에 주저앉아 있던 암탉들은 단박 일어나 경계 태세를 취했다.

케이가 울타리 문까지 열어 둔 채 나가자, 닭들도 조금 의아해했다. 뭔 일이지 싶어 서로서로 눈치를 보았다. 함정에 걸려들지 않겠다는 듯 섣불리 나오려 하는 놈이 없었다. 곧 암탉 한 마리가 꼬꼬거리며 밖을 나섰다. 이틀간 잇달아 무단가출을 감행한 녀석이라 짐작되는 암탉이다. 주춤주춤 다른 놈이 뒤따랐다. 드디어 노상 그물 안에서만 보던 바깥세상의 풍경 속으로 녀석들이 걸어 나온 것이다. 몇 걸음 떨어져 지켜보던 케이는 자신의 선택이 옳은 것인지에 대해 잠깐 고민했다. 여전히 주위는 길고양이들의 왕래가 잦은 곳이다. 울타리 안에 있을 때는 미련을 갖지 않던 놈들도 울타리 밖에 있는 먹잇감을 발견했을 때는 태도가 달라지지 않을까 염려되었다. 물론 먼저 경험을 상기해 볼 때 사냥은 쉽지 않을 것으로 생각되었다. 그렇지만 반복이 잦으면 결과는 장담할 수 없다. 사람이 있으면 어쩌지 못하겠지만, 종일 닭만 지키고 있을 수도 없지 않는가 말이다.

집에 돌아와 상황을 설명하자 아내도 일이 그리된 이상 방사 자체를 반대하지 않았다. 외부 침입을 막는 데는 울타리가 도움되지만 안의 것이 밖으로 나오는 바에야 무슨 소용이 있냐는 것이다. 오히려 잘되었다고 했다.

"이제는 닭이 커서 고양이도 쉽게 공격하지 못할 거예요."

그러면서 아내는 다른 근심을 내었다. 암탉이 돌아다니다가 밖에 아무 곳에나 알을 낳으면 어떻게 하느냐는 것이다. 어찌 된 일인지 한 번 중단한 계란 생산은 그때까지도 재개되지 않고 있었다. 벌써 한 달 가까이 파업 상태였다. 이유는 알 수 없었다.

"알통에 낳겠지. 어디에 낳겠어."
"그건 모르잖아요. 갇힌 것도 아닌데 얼마든지 좋은 장소를 찾아 낳을 수 있잖아요."

듣고 보니 그럴 것도 같았다. 녀석들은 구덩이를 파고 종종 웅크리고 있을 때가 많았다. 각자 구덩이는 각자가 마련하는 것 같았고 울타리 안 곳곳이 파헤쳐져 있었다. 케이는 혹시나 싶어 녀석들이 비운 구덩이 속을 살폈지만, 알은 발견되지 않았다. 계획대로라면 지금쯤 하루 세 개의 알을 수거해야 했다. 이전까지 알 낳는 암탉은 세 마리였다. 그런데 어쩐 일인지 한날 동시에 생산을 중지해 버렸다. 울타리를 치고 닭장 문을 개방하고 난 후부터였다. 달라진 환경 탓인 듯했다. 울타리 밖의 위협이 스트레스로 작용한 것으로 생각되었다. 일종의 생존 본능이다. 알을 낳아봤자 고양이 차지가 되고 알 낳기 위해 기력을 소진하는 것도 위험을 가중할 뿐이다. 따라서 케이는 어느 정도 울타리에 대한 신뢰가 쌓이면 자동으로 알 생산은 재개될 것으로 믿었다.

그런데 여전히 파업 중이었다. 갈 때마다 닭장과 울타리 곳곳을 둘러보아도 어디에도 알 낳은 흔적은 없었다. 고양이가 물고 갔을지 모른다는 황당한 발상을 하던 아내도 요즘은 닭이 알을 낳지 않는다는 것을 믿는 눈치였다. 그런 아내가 이제는 암탉 스스로 안전한 곳을 찾아 알을 낳을지도 모른다고 추측하는 것이다. 생각해 보니 일리 있는 말이라 여겨졌다. 아니할 말로 녀석들이 대나무 숲 깊숙이 들어가 은밀한 곳에 둥지를 틀 수도 있다. 그렇게 되면 케이 부부는 절대로 그것을 발견하지 못하게 된다.

"그럼 어떻게 해? 다시 가둬?"

아내는 미간을 좁혔다. 뭔가 쉽게 답을 찾지 못할 문제에 부딪혔을 때 나타나는 습관이었다. 다문 입술 꼬리가 우측으로 당겨졌다. 고민이 깊어진 까닭이다.

"이따금 수색하지 뭐."

"……."

아내는 대꾸가 없다.

"나쁠 것도 없잖아. 나중에 병아리를 까서 선물할 텐데 뭘."

웃자고 한 농담이지만 아내의 표정은 달라지지 않았다.

닭의 안전이 궁금해 평소보다 자주 밖을 내다보게 되었다. 케이는 케이대로 아내는 아내대로 틈만 나면 밖으로 나가 닭의 상태를 살폈다. 울타리 안에 있을 때보다 밖에 내놓자 확실히 수탉의 역할이 도드라졌다. 암탉은 수탉이 가는 곳만 쫓아갔고, 수탉이 '꼬꼬꼬…' 소리를 내면 흩어져 있다가도 모였다. 위험이 높아진 만큼 결속도 그만큼 강화된 것 같았다. 암탉들이 고개를 박고 먹이 활동에 전념하는 동안에도 오로지 수탉만은 빳빳하게 목을 치켜세우고 있었다. 그러다 위험의 징조가 느껴지면 신호를 보냈다. 수탉이 먹이를 쪼는 모습은 좀체 보기 어려웠다. 그 투철한 사명감에 아내는 존경심이 우러날 정도라고 했다. 아내는 녀석의 태도에 연신 감탄을 자아냈다. 무릇 제 식구를 거느린 자는 수탉과 같은 무거운 책임감을 가져야 한다고 했다.

"그렇지 않아요? 개똥이 아빠?"

아내는 케이를 돌아보며 말했다. 뭔가 동의를 구하는 말투지만 꼭 자신을 두고 하는 말 같아 기분이 좋지 않았다. '당신도 수탉의 처신을 본받아라.' 하는 말과 다름 아닌 것이다.

"왜? 내가 자네 밥을 굶겼어? 아이들을 방치하기라도 했어?"
"어머! 왜 그래요? 속 좁게…"
"뭔 속이 좁아. 하는 말이 그렇잖아."
"아아, 관둬요. 하여튼 남자들이란…, 대화를 못 하겠어."

시비는 저가 먼저 하고 마무리도 일방적이다.

12

닭의 처지에서 보면 출몰이 잦은 이유만 빼면 사실상 고양이보다 강아지가 더 위협적인 존재였다. 닭 쫓던 개 지붕 쳐다본다는 속담은 그저 생겨난 말이 아니다. 닭은 민가에서 개가 흔히 만날 수 있는 동물이다. 얌전한 척 보여도 강아지들은 종종 잠재된 사냥에 대한 본능을 드러내곤 했다. 물론 날개 달린 짐승이라 쉽게는 당하지 않아도 덩치 큰 개가 작정하고 덮치면 장담할 수 없다. 마찬가지로 주변에서 보이는 고양이도 종종 개의 추격 대상이 되었다. 케이의 집 대문을 지키는 강아지는 아주 드문 경우이고 대부분의 개와 고양이는 사이가 좋지 못하다.

가끔 문지기(?)의 허락 없이 덩치 큰 개가 난입해 들 때가 있었다. 그럴 때면 조용하던 집 안의 평안은 깨지고 놈들로 초비상이 되었다. 닭은 울타리를 치고 방사하기 전이라 닭장 안에 있어 비교적 안전했으나 마당에서 졸고 있던 고양이들은 혼비백산 쫓기는 상태가 되었다. 이럴 때 이제 갓 난 새끼 고양이라도 있으면 그들에게는 저승사자를 만나거나 다름없었다. 케이 집을 제 영역으로 삼는 암컷 중에는 드물기는 해도 새끼를 배 낳는 녀석도 있었다. 집 밖에서 낳아 데려오기도 하고 집 안에서 낳아 내가기도 했다. 새끼들을 보호하기 위해 이삼일 간격으로 이리저리 장소를 옮겨 다녔다. 수컷에게 발각되면 가차 없이 물어 죽이기 때문이다. 새끼가 있으면 암컷이 발정하지 않아 발정을 유도하기 위해서이다. 그래서 사람이 개입하지 않으면 야생에서 난 고양이 새끼의 생존율은 지극히 낮다.

그 고양이 새끼가 때로는 강아지 표적이 되기도 한다. 함부로 남의 집에 난입해 든 유기견들에 의해서다. 대게 그런 개들은 둘 셋씩 무리를 지어 다녔는데 놈들은 무슨 보물찾기 하듯이 집 안 구석구석을 헤집어 놓았다. 그러다 간혹 새끼 고양이가 발견되면 가차 없이 물어 죽였다. 잘근잘근 씹어 놓았다. 이상한 녀석들이었다. 먹지도 않을 거면서 왜 그런 행동을 하는지 알 수 없었다. 소란을 눈치 채고 밖으로 나오면 이미 놈들은 내빼고 없고 헝겊처럼 늘어진 죽음만 발견되었다. 어떻게 보면 사냥이 목적이 아니라 그저 욕구를 발산하는 것 같았다.

다행히 닭장 울타리를 치고 방사한 후로는 아직 그런 개가 난입한 적은 없었다. 고만고만한 유기견이나 마을 강아지들의 방문이 잦아도 그들은 대문 근처에 있는 경비를 만나는 것이 목적인 듯했다. 인심 좋은 케이의 집 강아지가 선선히 제 먹이통을 내주기 때문이었다. 음식도 나누어 먹고, 다정히 코도 문지르고 엉덩이를 살피는 등 대문 앞에서만 머물다 떠났다. 마당까지 들어오는 일은 거의 없었다. 게다가 특이한 점은 개들은 고양이들과 달리 항상 대문을 이용한다는 점이다. 고양이들처럼 울타리를 비집고 들거나 월담하지는 않았다. 대문으로만 오면 어쨌든 케이의 집 강아지와 마주치게 되어 있다. 불한당 같은 놈들이 아니면 언제나 인심 좋은 게이의 집 문지기를 만나 유순해졌다. 굉장히 사교성이 좋은 녀석이기 때문이다. 유유상종이라고 동족끼리라 그런지 웬만한 개들은 서로서로 잘 어울렸다.

그렇게 따지면 역시 케이의 집에서 닭의 안전에 위해(危害)를 가할 첫 번째 동물은 고양이가 될 가능성이 컸다. 견물생심(見物生心)이라고, 그물이 가로막혔을 때는 어쩔 수 없지만 지금은 마음만 먹으면 사냥이 가능한 환경이 조성된 것이다. 그렇지만 케이는 이왕 방사를 결정한 마당이라 그냥 닭을 믿어 보기로 했다. 예전 시골에도 다 이런 식으로 놓아 키웠다고 들었다. 미숙한 병아리 티를 벗은 이상 저희 나름대로 방어 능력을 지니고 있을 것으로 믿고 싶었다.

"죽고 살고는 다 너네 운명이다."

오전에 산으로 기어올라 한때 소동을 벌인 닭들은 어느새 돌아와 뒤란 나무 그늘에 옹기종기 모여 있었다. 사주경계에 바쁜 수탉을 제외하면 모두가 평화로운 모습이다. 구덩이를 파고 들앉은 놈들과 주변을 떠돌며 먹이를 쪼아대는 녀석도 보였다. 아침에 수탉이 제 식솔을 거느리고 산으로 향하자, 부엌에서 밖을 내다보던 아내가 황급히 뛰쳐나갔다.

"큰일 났어요. 개똥이 아빠. 닭들이 산으로 가요."

소심하게 울타리 근처에만 머물던 첫날과는 달리 녀석들의 활동 반경이 넓어지고 있었다. 아내의 소리를 듣고 밖을 보니 수탉이 집 뒤란 경계를 넘어 산이 있는 곳으로 오르는 중이었다. 고사리밭이 있는 곳이다. 사오월 수확기에만 주인이 잠깐 다녀갈 뿐 일 년 내내 방치하는 묵정밭이었다. 그러다 보니 온갖 잡풀이 우거져 밀림과도 같았다. 장화를 신어도 발아래 뱀이 기어 다닐까 봐 출입이 꺼려지는 곳이었다. 선두에 수탉이 서고 나머지 암탉은 뒤를 따랐다.

아내는 다급한 나머지 부엌 빗자루를 휘두르며 산으로 가는 수탉을 향해 소리쳤다.

"안 돼! 훠이 훠이, 그쪽으로 가면 안 돼!"

비탈을 오르던 수탉이 아내를 돌아보며 멈추었다. 뒤따르던 암탉들도 주춤 섰다.

"내려와!"

아내가 수탉을 향해 명령했다. 그러나 거리가 떨어져 있어서 그런지 녀석들은 별로 경계의 빛이 없었다. 오히려 까닭을 모르겠다는 듯 고개를 까딱거리며 빗자루를 흔드는 안주인을 내려다보았다. 급한 경사 탓에 후미에 붙은 암탉 한 마리가 미끄러지며 뒷걸음질을 쳤다.

"개똥이 아빠. 어떻게 좀 해 봐요. 산으로 가면 못 돌아올지 몰라요."

언덕을 향해 삿대질하던 아내가 이번에는 남편에게 구원을 청했다.

"어떻게 하라고?"
"잡아야죠."

불가능한 일이었다. 지금 뛰쳐나가도 뒤에서 쫓는 입장이 된다. 그러면 더 급히 산으로 모는 꼴이 되고 만다. 게다가 한 마리가 아니고, 여섯이다. 케이는 고개를 가로저었다. 그러자 수탉은 알았다는 듯 가던 길을 재촉했다. 뒤뚱거리며 암탉들이 뒤를 따랐다.

"돌아올 거야. 녀석들도 주위를 탐방하느라고 그러나 보지, 뭐."

원래 닭은 귀소 본능이 강한 동물로 알려져 있다. 집단 가출이 목적이 아니라면 반드시 돌아오게 되어 있다. 문제는 저렇게 돌아다니다 포식자를 만나는 상황인데 케이는 이왕 방사를 했기에 믿어 보기로 했다. 그리고 아니나 다를까 산으로 갔던 놈들은 몇 시간 후 뒤란 울타리 근처로 귀가하여 옹기종기 모여 있었다. 귀소 본능이 증명된 셈이었다.

사주경계 중이던 수탉이 갑자기 두리번거리기 시작했다. 빳빳하게 고개를 치켜세웠다. 무슨 낌새라도 알아차린 것일까? 수탉의 시선이 한 곳에 집중되었다. 멀찌감치 떨어져 선 채로 녀석들을 관찰하던 케이의 눈길도 수탉의 시선이 간 곳을 쫓았다. 대밭이 끝나는 지점이었다. 아래는 주변을 볼 수 없을 정도로 산딸기 덤불이 우거진 곳이었다. 수탉이 '꼬꼬꼬….' 낮은 소리를 내며 주의를 환기시켰다.

이유는 곧 밝혀졌다. 덤불 아래에서 감지된 움직임은 역시 고양이었다. 갈색 줄무늬를 띤 녀석으로 낯익은 수컷 고양이다.
'아니 저 녀석은….'
먼저 닭장 울타리로 뛰어들었다가 쫓겨 간 바로 그 녀석이었다. 지옥의 문턱까지 다녀온 놈이라 한동안 얼씬도 하지 않았는데 그 사이 마음이 변한 모양이었다. '꼬꼬꼬….' 수탉이 다시 소리로 주변에 흩어진 암탉들을 불러 모았다.

몇 발짝 앞으로 내딛던 고양이가 나부죽이 엎드렸다. 녀석이 향하는 곳은 매실나무 쪽이다. 수탉과 암탉이 몰려 서 있는 곳이다. 녀석의 의도가 분명해 보이자 멀리서 지켜보던 케이도 긴장되었다. 수탉의 경고에 따라 암탉은 모두 수탉 뒤로 물러나 있는 상태였다. 케이는 이마 가죽이 팽팽히 당겨지는 긴장을 느꼈다. 드디어 케이가 고대하던(?) 순간이 온 것이다. 케이의 입장에서는 반드시 확인해 두어야 할 장면이기도 했다. 가능한 한 개입하지 않기로 했다.

슬그머니 고양이가 전진했다. 수탉은 조그만 예외 상황도 놓치지 않을 요량으로 목을 치켜세우고 마주 오는 녀석을 노려보았다. 수탉의 표정 어디에도 두려움의 흔적을 발견할 수 없는 것에 케이는 놀랐다. 거리가 좁혀 오자, 수탉이 천천히 양 날개를 치켜세웠다. 이어 뒷덜미의 깃도 곧추섰다. 이제까지 보아온 수탉의 모습과는 전혀 다른 크기의 덩치로 몸집을 불려 나갔다. 다리를 껑충 치켜든 것일까? 건듯건듯, 어깻죽지를 치켜세우고 앞으로 나아갔다. 고양이가 사냥 자세로 돌입했다. 잰걸음으로 전진했다. 그러나 녀석의 견골(肩骨)이 곧추서는 순간, 놀랍게도 공격을 감행한 쪽은 오히려 수탉이었다.

"꼬꼬꼬!"

요란한 괴성과 함께 수탉이 돌진했다. 예상 밖의 선방에 고양이가 펄쩍 뛰어 물러났다. 수탉은 멈추지 않았다. 어깨의 망토가 하늘로 치솟는 순간 두 발을 뻗어 녀석의 얼굴을 노렸다. 착지의 순간 부리로 찍어댔다. 날카롭고 저돌적인 공격이었다.

방어를 기대했는데 오히려 공격을 감행하는 수탉의 투지에 케이는 놀라 입을 다물지 못했다. 대치하던 고양이가 꽁무니를 빼기 시작했다. 하지만 용서를 못 하겠다는 듯 수탉은 빠른 걸음으로 고양이를 추격했다. 녀석이 쫓겨 달아났다. 수탉의 완벽한 승리였다.

"와! 만세! 만세!"

케이는 저도 모르게 탄성을 질렀다. 케이의 입장에서 봐도 이것은 의미 있는 사건이었다.

개선 장군 같은 모습으로 수탉이 제 암탉이 있는 곳으로 향하는 동안 케이는 집으로 달려갔다. 아내에게 방금 본 수탉의 무용담을 들려 줘야 하기 때문이었다.

2016 05

우리 집 황토방

이렇게 반듯하게 누워 있으면 등 뒤로 느껴지는 따뜻한 기운에 스르르 절로 눈이 감긴다. 온돌의 장점은 한 번 군불을 때면 이와 같은 온열이 장시간 오래간다는 점을 들 수 있다. 시간에 맞춰, 혹은 온도에 따라 수시로 돌다 꺼지는 자발맞은 보일러의 작동과는 질적으로 다른 방식으로 열을 공급하고 보관한다.

바닥에는 황토를 왕창 때려 넣었다. 게다가 축열(蓄熱) 효과를 높이기 위해 몽돌 또한 네댓 자루를 부었다. 그래서인지 한번 불을 때면 거의 24시간 따뜻한 기운을 잃지 않았다. 따뜻하면 아래서 작용하는 중력도 강해지는 것일까? 등을 대고 있으면 바닥에서 무언가 잡아당기는 게 있는 것처럼 몸이 늘어져 붙는다. 그렇게 한숨 자고 나면 피로는 눈에 띄게 줄었다. 낮에도 가끔 등을 대고 눕는다. 잔열이 등허리를 타고 퍼지는 것을 느끼기 위해서다.

어제는 휴일로 노동으로 시간을 보냈다. 휴일만 되면 우리 부부는 귀촌의 삶을 산다. 시골 일이라는 것은 버려 두면 아무 일도 없지만 찾아서 하면 한정 없이 느는 특성을 보인다. 나무를 옮겨 심기로 한 날이었다. 마당 한편에 선 단풍과 벚나무 그늘에 들어 살던 화살나무 한 그루를 옮기기로 했다. 아침 일찍 옮겨야 할 두 나무 밑동에 물을 흠뻑 뿌려 두었다. 그래야 쉽게 땅을 팔 수 있기 때문이다.

단풍과 화살나무는 그 위치에서 몇 년씩 자라 이미 성목이 된 상태였다. 수종은 달라도 둘 다 가을이면 단풍이 보기 좋게 물드는 나무다. 이 두 그루의 나무를 황토방 앞으로 옮기기로 했다. 황토방 전면은 통유리로 큰 창을 냈다. 밖을 조망하기에는 탁 트인 전방이 중요하지만, 밖에서 보면 황토방 주변이 너무 휑뎅그렁했다. 뭐든 적당히 가리는 것도 필요했다. 두 그루의 나무는 황토방 유리의 전면을 가리지 않는 범위에서 적당한 간격을 두고 심기로 했다.

사와 심는 것이 아니라 원래 있던 것을 파내 옮기는 작업이라 노동은 꼭 두 배가 필요했다. 나는 삽을 들기도 하고 곡괭이로 찍기도 했다. 매번 느끼는 바이지만 한 번 뿌리박은 나무는 있던 곳을 잘 떠나려 하지 않으려 하는 성질을 보였다. 아래로 파고들수록 물기는 사라지고 딱딱한 맨땅이 드러났다. 그렇게 많은 물을 뿌려댔건만 수분은 일정 부분 투과하고 아래로는 도달하지 못한 것이다. 게다가 크고 작은 돌멩이마저 뿌리를 감싸고 있어 작업을 더욱더 고되게 만들었다. 삽으로 파내고 손으로 흙을 긁어내기도 했다. 굵은 뿌리를 톱질로 분리하고 둥치를 잡고 흔들어 댔다. 낑낑대며 밀기도 했다. 그러다 나무가 풀썩! 눕자, 둥치에 매달렸던 나도 아내도 덩달아 자빠졌다. 혀를 빼물고 길게 숨을 내쉬었다. 이마에 땀을 씻었다. 단풍 한 그루를 캐는 데 거의 두 시간을 허비했다.

황토방은 단차 진 비탈면 위에 터를 만들어 지어졌다. 그래서 전면 흙이 무너지지 않게 돌담을 쌓아야 했다. 돌담은 황토방 지을 터를 고를 때 굴삭기가 헤집어 놓은 것 중 큰 돌만 골라 사용했다. 아주 큰 돌이 둘 정도 있었는데 아내와 힘을 합쳐 밀고 당기고, 나중에는 자동차 타이어를 갈 때는 쓰는 기구까지 동원해 겨우 자리를 잡았다. 시골로 이사 와 사는 동안 돌담 쌓는 일에는 아주 이골이 났다. 워낙 돌이 많은 땅이라 그것들을 처리하자면 여기저기 돌담 쌓는 것 외는 소비할 방법이 없었다. 아내는 그렇게 쌓은 돌담 아래 담쟁이 뿌리를 캐 와 심었다. 흙에서 캐낸 돌이라 벌겋게 보기 싫던 것도 시간이 가면서 차츰 떼를 입어 자연스러워졌다. 황토방은 그 돌담 위에 섰다.

원래 계획대로 작고 앙증맞은 황토방을 완성했다. 황토방 공사는 올봄 내내 내 기력을 뽑았었다. 아궁이 공간을 다 합쳐도 채 다섯 평이 안 되는 작은 별채로 지은 집이다. 아내는 황토방이 다 지어질 무렵 초대할 여러 사람을 손꼽았고 실제로 그중 몇몇은 다녀갔다. 다섯에서 여섯 명 정도 들앉으면 꼭 알맞은 공간이다. 가운데 좌탁을 놓고 둘러앉으면 시간 가는 줄 모르고 대화가 가능한 사랑방 역할을 한다.

신기한 것은 겨울을 목전에 둔 지금도 한낮엔 따스한 볕이 방 안 전체를 점령하고 든다는 점이다. 이것은 예상 밖의 행운이었다. 본채를 앞세우고 지은 집이라 여름을 제외하면 다른 계절은 모두 그늘에 묻혀 살 것으로 생각했다. 그러나 실제로는 아니었다. 아침나절만 지나면 태양이 곡선을 그리며 하늘을 지나는 내내 정확히 황토방 위를 지났다. 그리고 오후, 햇살은 넓게 설계한 전면의 유리를 통해 방 안 깊숙이 쏟아져 들어왔다. 전날 데운 방바닥의 온기가 식지 않도록 방 안 전체를 누볐다.

저녁놀이 지는 장면도 본채의 지붕은 가리지 않았다. 정확히 삼분의 일 정도를 뺀 나머지 경관 모두를 허용했다. 좌측 지붕과 쌍을 이루듯 우측에는 가깝고 먼 산의 풍경이 조화를 이루었다. 마당 건너 중앙에는 잔가지를 이고 선 감나무 한 그루가 서 있고, 그 너머 벌판을 지나면 등고선을 잇댄 산들이 병풍처럼 이어졌다. 노을빛은 전신주의 늘어진 전선을 따라 번져갔다. 빛을 잃고 어둠이 짙어갈수록 박공널의 지붕 실루엣은 더욱 또렷이 각인되어 갔다. 그 지붕 위로 두둥실 달이라도 떠오르는 날이면 아내는 신음 소리를 뱉었다.

"개똥이 아빠, 저것 좀 봐. 저 달 좀 보란 말이야."

우리 부부는 가을로 접어들면서 밤에는 본채를 버리고 황토방으로 건너간다. 물론 식사나 일상적인 생활 모두는 본채에서 이루어진다. 그러나 일과가 끝나면 황토방에서 하루를 끝맺음했다. 잠도 황토방에서 잔다. 그래서 오후 한때 반드시 아궁이에 불 넣는 일이 지금은 일상이 되어 있다. 처음에는 과수를 전지(剪枝)한 잔가지를 태웠는데 덜 마른 나무는 타르를 유발해 구들 효율을 떨어뜨린다는 이야기를 들은 후 요즘은 마른 장작만 이용한다. 그리고 잔불을 이용해 고등어도 굽고 고구마를 포일로 감싸 굽기도 했다.

사실 우리 부부는 그동안 각방을 써 왔다. 무슨 특별한 문제가 있어서가 아니라 아이들이 커 밖에 나가 생활하다 보니 자연히 방이 남아돌았다. 한 번 두 번 딸아이 방을 이용하던 게 습관이 되어 버린 것이다. 어쩌다 아내의 방(안방)에 가면 어색했다. 그런데 황토방이 생기면서 부부는 다시 결속했다.

전면에 통으로 큰 창을 낸 것이 주효했던 것 같다. 대부분 구들 집은 열손실을 줄이기 위해 창을 작게 하는 것이 교본처럼 되어 있다. 우리 부부도 황토방을 계획함에 있어 이 부분이 딜레마로 작용했다. 그러나 황토방 기능 못지않게 별채, 즉 사랑방으로서의 역할 또한 감안해야 했다. 차(茶)가 되었든 막걸리가 되었든 무릎 높이에 창을 두고 밖을 보면서 잔을 드는 여유…. 무엇보다 나는 그와 같은 분위기를 포기하고 싶지 않았다. 다행히 아내도 반대가 없어 쉽게 합의를 보았다. 가로 백오십, 세로 백십, 여닫는 기능 없는 통으로 유리를 해 박아 버렸다. 단열을 감안해 중간에 질소를 주입했다는 이중 유리창이었다. 그런데 뜻하지 않게 이게 황토방의 화룡점정(畵龍點睛)이 될 줄이야! 물론 황토방 본래의 역할을 생각하면 구들보다 더 중요한 기능은 있을 수 없다. 그러나 언제나 등짝만 지지고 누워 있을 수만은 없지 않겠는가.

창은 그대로 커다란 액자가 되었다. 안에서는 밖의 풍경을 담아냈고 밖에서 보면 창에 비치는 정경 또한 작품이 되었다. 해 질 무렵 놀이 물들 때면 멀리 있는 원경보다 차라리 창틀에 갇힌 액자 속 풍경이 더 아름다웠다. 불을 끄고 누우면 밤하늘이 그대로 창을 통해 이마 위로 전개되었다.

창이 넓은 거실 바닥에 누워 하늘을 본 적도 많지만, 이곳 황토방 창을 통해 본 하늘만큼 감동적이지는 못했다. 사각의 프레임이 주는 알 수 없는 매력이 추가되어 밤하늘은 미묘한 감정의 영역으로 나를 이끌었다.

나는 누운 채로 창의 가로와 세로를 살폈다. 그리고 불현듯 저 둘의 비가 황금 비율이 아닐지 생각했다. 피보나치…, 레오나르도 피보나치, 0(제로)이란 숫자를 아라비아에서 유럽에 전한 장사꾼의 아들, 어쩌면 통유리의 창이 끌어들인 저 밤하늘의 구도야말로 피보나치가 자신이 발견한 순열의 끝에서 찾고자 한 궁극의 값인지도 모른다고 상상했다.

자다가 일어나 보면 아내가 없을 때가 종종 있다. 밖을 내다보면 아내는 몽유병 환자처럼 담요를 두르고 서성거리고 있다. 가을로 접어들면서 별자리가 늘자, 그것들을 관측하기 위해서란다. 그리고 잔뜩 찬 공기를 묻혀 들어왔다. 자는 사람을 깨워 자신이 본 별자리에 관해 설명하기도 했다. 나는 비몽사몽 듣는 둥 마는 둥 하고 북극성을 향해 뻗은 어느 별자리를 그려 보다 잠이 들곤 했다.

2020 11 17

장작 패기

도끼로 정중앙을 찍는 방법은 하수(下手)다. 아무리 힘이 좋다고 한들 미련한 방법이다. 그런 식으로 해서 등치가 쪼개질 리도 없지만 동강 났다면 아주 요행으로 보아야 한다. 물론 양손으로나 움켜쥘 정도의 작은 나무면 가능하다. 그런 나무는 한 방이면 정말 보기 좋게 갈라진다. 그러나 산에서 끌고 온 나무는 등치가 한 아름씩 되는 것들이다.

산에는 고목이 곳곳에 널려 있다. 누군가 베어 낸 것, 태풍 맞아 쓰러진 것, 저절로 죽은 것, 겉보기엔 멀쩡해도 빳빳이 선 채로 하늘을 향해 가지를 뻗은 채 죽은 놈, 등등 각양각색의 죽은 나무가 흔했다. 그러나 한때는 그 모두가 그림의 떡이었다. 굵은 것은 가져올 엄두를 못 냈다. 베어 낼 마땅한 도구가 없었던 것이다. 한 아름씩 되는 나무를 손톱으로 깔짝깔짝 자르는 것은 흡사 동산을 삽으로 뭉개는 것과 같은 무모한 짓이다.

그저 잔가지만 줍고 끌고 올 수 있는 나무만 탐냈다. 아내는 가지를 모아 머리에 이고 남편은 제 기운으로 감당할 것만 골라 끌고 왔다. 남들이 볼 때 무슨 소꿉장난 같은 나무하기였다. 그러다 마침내 엔진 톱을 장만했다. 상황이 백팔십도 바뀌었다. 장비가 일을 한다는 이야기는 정확한 표현이다. 이제는 산에 가도 잔가지 따위는 쳐다보지도 않는다. 적어도 한 아름 정도 되어야 톱날을 들이댈 마음이 생겨났다.

자른 나무 둥치가 크다 보니 옮겨 올 장비가 필요했다. 지게로는 도저히 져 나를 수 없는 크기이다. 다행히 뒷산은 시멘트로 포장된 임도가 있어 바퀴 달린 물건을 끌고 갈 수 있다. 컨테이너 농막에 처박아 놓은 수레를 떠올린 것이다. 도시 살 때 종이상자를 옮기는 용도로 사용하던 것으로 받침 달린 짧은 사다리처럼 생긴 손수레였다. 그것을 버리지 않고 보관해 왔는데 요즘 산에 나무하려 다닐 때 요긴하게 이용한다.

톱으로 잘라 어떻게든 임도까지만 굴리면 된다. 다음은 수레에 쟁여 싣고 뒤로 기울여 밀거나 강아지 끌듯 앞에서 끌었다. 누가 바퀴를 발명했는지 참으로 편리하다. 컨테이너 앞에 부려놓은 이 많은 나무는 모두 그런 식으로 가져왔다. 나이테를 숱하게 새긴 단면이 큰 것들이다. 그런 나무를 도끼 한 방에 절반으로 쪼갠다는 발상이야말로 초짜 티를 내는 것이다. 고수(高手)는 절대 그렇게 하지 않는다.

우선 목질부터 찬찬히 살핀다. 젖은 것과 마른 것의 정도에 따라 도끼를 휘두르는 전략이 달라야 한다. 얼핏 생각하면 마른나무가 더 잘 쪼개질 것 같아도 그것은 착각이다. 톱질해 보면 오히려 생명이 가시지 않은 생나무가 더 베기 쉽고 도끼질도 잘 나간다. 치켜들고 한 방 내려치면 그냥 갈라진다. 그러면 통쾌하다. 뭔가 제대로 힘쓴 것 같고 남자다운 기운이 넘쳐난다. 둥치가 아주 큰 것이 아니면 덜 마른 나무는 대체로 비슷한 성질을 보인다. 모로 세우고 찍으면 결에 따라 갈라진다. 수분이 오르내린 물관이 살아 있기 때문이라 여겨졌다.

그러나 마른 나무는 다르다. 단단하게 수축된 목질의 밀도에 따라 자칫 도끼날이 튕겨 버릴 수 있다. 정신일도 하사불성! 가다듬고 제대로 찍었다 해도 한 방에 나가는 경우는 드물다. 되레 나무가 도끼날을 물고 버티기 십상이다. 그러면 다음 이어질 타격이 어렵다. 도끼는 내려칠 때보다 치켜들 때 기운을 더 많이 쓰게 되는 도구이다. 그런데 나무에 도끼날이 물려 꼼짝 못 하는 상황을 떠올려 보시라. 오히려 박힌 도끼날을 뽑느라 없는 기운마저 써야 한다.

때문에 고수는 목질과 나무의 형태를 파악하기 전에는 절대 함부로 도끼를 휘두르지 않는 법이다. 옹이나 뒤틀림의 정도도 꼼꼼히 살핀다. 옹이는 가급적 아래 방향으로 향하게 둔다. 뒤틀림이 심한 것은 어디를 어떻게 찍을 것인가에 대해 파악한다. 내려치는 힘의 조절도 중요하다. 어떨 때는 세게, 또 어떨 때는 약하게…. 그래야만 한 번에 나가지 않아도 두 번째는 날이 깊숙이 결을 타고 박혀 들게 된다.

나무의 단면적 못지않게 고려해야 하는 것이 목재의 길이다. 도끼에 저항하는 힘의 정도는 정확히 나무의 단면적과 길이에 비례한다고 보면 맞다. 길이가 길면 당연히 쪼개기 힘들다. 삼십에서 사십 센티면 적당하다. 그 정도면 아궁이에 던져 넣기도 쉽고 연소에도 편리하다. 한 번 던지면 두 번 손길을 바라지 않고 곧바로 불길에 휩싸이는 나무야말로 장작으로서 제대로 된 자질을 갖춘 것이다.

마른 정도, 길이, 단면적의 크기 그리고 본래 수종(樹種)에 따라 화력이 결정되는데 이는 아궁이에 여러 차례 불을 넣어 본 사람만이 알 수 있는 전문적인 성질이다. 따라서 산에서 쓰러진 나무를 선정할 때부터 신경을 써야 한다. 죽어 자빠졌다고 아무것이나 끌고 오면 연기만 피워댈 뿐 땔감으로서 역할을 못 하는 나무가 숱하게 있다. 그것을 가리고 판단하는 자질이야말로 제대로 된 땔감을 볼 줄 아는 나무꾼이라고 할 수 있다. 지게만 지고 산에 올랐다고 해서 다 같은 나무꾼이 아니라는 소리다. 물론 나는 지게 지고 산에 오르지는 않지만 말이다.

장작을 패기 위해 우선 받침나무에 목재를 올리는 것이 순서다. 나무를 맨땅에 두고 도끼로 내려칠 수는 없다. 주방에서 사용하는 일종의 도마와 같은 역할을 하는 것으로 가능하면 단면이 넓고 고른 것이 좋다. 물론 단단한 받침이 되어야 하기에 수종 또한 중요하다. 컨테이너 농막 앞에는 이전부터 커다랗게 잘린 은행나무 등치가 하나 있었다. 마을 회관 앞 도로가 확장되면서 수난을 맞은 백 년가량 된 은행나무 등치의 일부다. 바둑판을 새겨도 손색없을 만큼 나이테가 넓은 것이다. 어디에 쓸지 모르고 무작정 갖다 놓았는데 최근 장작 팰 때 요긴하게 받침으로 사용한다.

올려놓고 내려치면 쩍! 하고 갈라진다. 그러나 단면이 아주 큰 것은 절대 중간을 치지 않는다. 우선 단면을 눈으로 일정한 비율로 나누는 것이 요령이다. 눈대중으로 대략 등분하여 대체로 가장자리부터 때리면 어떤 나무든 먹혀들게 되어 있다. 쉽게 말해 주변을 공략하고 중앙 성체를 때리는 전략이다. 주변을 그런 식으로 찍어 내다 보면 본래의 크기는 줄어

들게 되어 그때 중간을 때리면 되는 것이다. 자, 봐라! 이렇게!

나는 힘껏 내려치고 농막에서 무언가를 꺼내가는 아내를 향해 어떠냐는 듯 돌아본다. 고목은 정확히 두 동강 났고 그것을 본 아내는 엄지 척! 해 보인다. 아내는 매번 남편의 장작 패는 모습이 보기 좋다고 한다. 마초 같은 야성미가 느껴지나 보았다. 이왕이면 웃통까지 벗고 하라고 부추긴다. 어쩐지 칭찬이라기보다 머슴을 대하는 안방마님의 희롱 같다.

"춥거만 여편네…."

세워 놓고 보면 때로는 무슨 형상을 닮아 땔감으로 쓰기에 아까운 것도 있었다. 주로 오래된 고목의 일부가 그랬는데 옹이가 돋고 구멍이 뚫려 마치 예술 조각품 같아 보였다. 그런 모양을 요리조리 뜯어보고 감상하는 것도 재미났다. 어떤 쪽은 봉긋 솟고 어떤 쪽은 움푹 패어서 함몰된 모습이다. 제법 미끈한 비너스의 허리 곡선을 연상케 하는 것도 있다. 뭐야! 이놈은 완전 곰탱이 같잖아! 미련 없이 도끼를 치켜들고 내리친다.

옹이가 박힌 나무는 크기에 상관없이 대체로 쪼개기 어려웠다. 십중팔구 도끼날을 물고 버티기 십상이다. 그리고 절대 안 놓는다. 이리저리하다 뽑지 못하면 날을 박은 채 나무를 통째 들고 내리친다. 마치 떡방아 찧듯 쿵! 받침나무를 때린다. 세워두고 내려치나 박힌 채로 들고 치나 나무에 박힌 도끼에 가해지는 충격은 매한가지다. 그렇게 하다 보면 갈라질 때가 있다. 한 번 해서 안 되면 한 번 더 쿵! 하고 내리박는다. 그래도 안 되면 곁에 부려 둔 해머를 집어 든다. 치켜들기 힘들어서 그렇지, 한 방이면 무엇이든 해결하는 무지막지한 쇳덩이다. 그것으로 나무에 박힌 도끼의 정수리를 겨냥한다. 단단한 나무의 저항은 해머의 타격에 단번에 무력화된다. 쫙! 하고 갈라진다. 그래서 장작 패는 주변에는 도끼도 있고 해머도 자빠져 있다. 손도끼와 작은 해머도 굴러다닌다. 큰 놈은 큰 것으로 내려치고 작은 것은 작은 놈으로 때리기 위함이다.

대체로 한 줌 정도 되는 나무는 손도끼를 이용한다. 한 손으로 잡고 중앙을 톡 치고, 그래도 쪼개지지 않으면 도끼머리를 작은 해머로 톡톡 친다. 장인이 무엇을 다듬는 시늉처럼 보이나 이 같은 조치는 가능한 장작 크기를 일정하게 쪼개기 위해서다. 그래야 쌓기 쉬워 편리하다. 들쭉날쭉하면 보기도 싫지만 쌓기에도 불편하다. 일정한 크기와 일정한 두께…, 꼭 그래야 할 이유는 없지만 어쨌든 나는 그렇게 한다.

이해할 수 없는 것은 왜 장작을 '팬다' 하는지 모르겠다. 팬다고 하면 때린다는 것을 일컫는 말인데 나무가 뭔 잘못 있다고 패는가 말이다. 제 몸을 불살라 사람한테 봉사하는 물건임을 상기해 볼 때 팬다는 말은 아무래도 부적절해 보인다. 상전한테 구박받던 하인들이 분풀이로 휘두르는 도끼질이 그렇게 나무를 패는 것처럼 보였을까? 그럴 가능성 있다. 하지만 시대가 변했다. 지금 장작 패는 사람은 머슴도 아니고 하인도 아니다. 그저 저 좋아라고 황토방에 불 넣기 위해 땔감을 마련 중에 있다.

장작 만들기, 쪼개기? 다듬기, 자르기? 땔감 만들기….

대체할 여러 낱말을 떠올려 보아도 아무래도 기존 '팬다'는 말보다 더 잘 어울리지는 않는다. 그래도 뭔가 다른 말을 생각해 봐야겠다. 팬다는 말은 무식한 조폭이나 쓰는 폭력적인 용어 같기 때문이다.

2020 12 04

뱀 허물

"개똥이 아빠!" 하고 아내가 조용하고 낮은 음성으로 나를 불렀다. 그러고는 뒤꼍을 가로질러 내가 있는 황토방 쪽으로 왔다. 빠르지도 느리지도 않은 완만한 보폭이다. 이마에 그늘이 서린 것을 보아 밝은 표정은 아니었다. 나는 순간 긴장했다. 아내의 저런 표정은 뭔가 내게 못마땅한 것이 있을 때 드러나기 때문이다. 불만을 참고 벼르다가 마침내 따고 들 때의 모습과 일치했다. 경험적으로 아내의 저런 표정일 때 발발하는 부부 싸움은 강도도 세고 따라서 후유증도 깊었다.

'뭐지?'

불안해진 나는 장작 옮기던 동작을 멈추고 엉거주춤한 자세로 아내를 맞이했다. 동시에 아침에 집 안팎을 돌며 일어난 여러 나의 행적에 대해 떠올렸다. 평일에는 재택근무를 하는 까닭에 우리 부부의 일상도 여느 도시의 삶과 별반 다르지 않다. 전화 받고, 상담하고, 물건(?)을 판다. 시골인데도 전화를 한 쪽은 우리 부부가 귀촌한 사람이라고는 까맣게 모른다. 물론 사기는 아니다. 우리 부부는 이 업(業)을 삼십 년 가까이했고 도시에서의 일을 시골로 연장한 것뿐이다. 따라서 시골에 살아도 월요일부터 금요일까지는 전화통에 매여 일반적인 직장인의 삶을 산다.

나인 투 식스, 무슨 일이 있어도 아침 아홉 시부터 저녁 여섯 시까지는 근무한다. 그러나 휴일이면 전원생활을 만끽하고자 노력한다. 화단도 가꾸고 채소도 키웠다. 최근에는 황토방을 지어 산에 나무하러 다니는 일이 하나가 더 추가되었다. 그렇지 않아도 오전에 각자 자기가 하는 일이 끝나면 점심 먹고 산에 다녀오기로 의논되어 있었다. 뒤통수에 산을 달고 사는 집이라 몇 걸음만 가도 곧장 산이었다. 그리고 산에는 정말 마른 나무가 흔했다. 죽어 넘어진 적당한 것 하나만 골라 끌고 와도 일주일 치 땔감이 되었다.

그것은 오후의 일정이고 아내가 화가 났다면 아침에 내가 행한 어떤 일일 가능성이 컸다. 화단에 들어간 적이 있던가? 기억을 더듬었다. 왜냐하면 아내는 겨울을 대비해 오전 내내 식물의 구근(球根)을 캐고 또, 심는 일로 분주했기 때문이다. 화단에는 잘 보이지 않아도 땅속에 많은 것이 있었다. 언제부터 화단은 아내의 영역이 되어 있었다. 씨를 채종하고 화초 뿌리를 나누어 심는 일 따위가 아내의 일이다. 마른 잎을 달고 있는 화초들도 실상은 겨울나기를 준비 중에 있었다. 아내의 허락 없이는 함부로 전지(剪枝)하거나 옮겨 심어도 안 된다. 뒷걸음질을 치다 실수로 뭔가 밟은 것에도 아내는 화를 참지 못했다. 그래서 나는 화단 일에 잘 관여하지도 않고 들어갈 때는 조심조심한다.

"개똥이 아빠, 저기…."

아내의 손에는 역시 호미가 들러있다. 그러나 다가올 때 표정과는 달리 뭔가 따지고 들 사람 같아 보이지는 않아 안심되었다. 그래도 혹시나 몰라 나는 동그랗게 눈을 뜨고 아내의 낯을 살폈다. 아내가 가까이 붙었다. 아내는 누가 들으면 안 될 내용이라도 전하듯 아까와 같이 낮은 목소리로 말했다.

"저기…. 대문 앞에 커다란 뱀 허물이 있어."
"어디? 대문?"
"옆에 측백나무 아래에…."

그러니까 아내는 화가 난 것이 아니라 대문 근처의 화단 정리를 하다 뱀 허물을 발견하고 하얗게 질린 모양이었다. 보통은 허물 같은 것만 보아도 동네가 떠나가도록 비명 지르는 아내였다. 그런데 오늘은 어쩐 일인지 차분한 걸음으로 다가와 그것에 대해 남편에게 이르는 것이다.

사실 올해는 긴 장마와 잦은 폭우 탓에 예년에 비해 뱀 출현이 많지 않은 편이었다. 사람도 비가 오면 잘 나다니지 않듯이 녀석들도 궂은날에는 외출을 삼가는 것 같았다. 농막 근처에서 쏜살같이 내빼는 새끼 뱀 한 마리를 본 적 있고 대문 앞 진입로를 가로지르던 구렁이 한 마리를 목격한 것이 전부였다. 구렁이는 진입로를 마저 건너지 못하고 원수 만난 듯 달려온 한 남자에 의해 빗자루 몽둥이세례를 받고 저세상으로 갔다.

발견하자마자 눈에 들어온 것이 벚나무 둥치에 기대어 놓은 마당 빗자루가 전부였다. 제대로 타격할 만한 물건으로 여겨지지 않았지만, 녀석이 사라지기 전에 조치하자면 방법이 없었다. 픽! 픽! 내려치는데 그만 자루가 부러져 버렸다. 이번에는 부러진 작대기 한쪽을 잡고 내려쳤다. 대갈통을 겨누어야 효과가 컸다. 녀석의 입장에서 보면 참으로 황당한 노릇일 터였다. 자신은 아무런 피해를 준 것이 없는데 사람은 원수 대하듯 증오를 발산하는 것이다. 이유는… 나도 잘 모르겠다.

이윽고 녀석이 쭉 뻗었다. 나는 축 늘어진 놈을 집게로 집고 어찌할 것인가에 대해 생각했다. 아내가 보기 전에 치워야 했다. 처리한 결과는 이야기해 줘도 상관없다. 그러면 아내는 위험(?) 요소 하나가 제거된 것에 크게 안심할 것이다. 그러나 처리 과정이나 놈의 형체를 목도하면 거의 졸도 직전까지 갔다. 아내는 뱀! 소리만 들어도 흠칫 놀라 경기가 드는 사람이다. 삽으로 텃밭 구석에 구덩이를 파고 고이 묻었다. 아니, 발로 꽉꽉 눌러 밟았다. 가능한 흔적이 남지 않아야겠기에 주변 마른 잡초를 뜯어 덮었다.

그것이 올여름 동안 녀석들과의 좋지 못한 추억의 전부였다. 그 후 날이 선선해질 무렵 화단 경계석을 따라 길게 늘어진 허물 하나가 발견된 적이 있었으나 이 또한 아내 몰래 치웠다. 집 안에 뱀이 기어 다닌 흔적이 분명했지만, 아내는 몰라야 했다. 그런데 그 허물 하나가 또 발견된 것이다. 그것도 뱀이라면 기겁하는 사람 앞에 직접 노출된 것이다. 아내가 새파랗게 질릴 만도 했다. 얼마나 큰지는 몰라도 아내는 '커다랗다'라는 말을 몇 번이고 강조했다. 그리고 뒤늦게 진저리 치며 두 발을 동동 굴렀다.

확인해야겠기에 나는 아내가 말한 장소로 즉각 걸어갔다. 측백나무 아래를 살폈다. 과연 아내의 말대로 기다란 허물 하나가 나무 둥치를 끼고 담장 밖으로 뻗어 있었다. 머리가 바깥쪽을 향한 것으로 보아 집 안에서 밖으로 나간 것이 분명했다. 장갑을 낀 손으로 집어 들자 저만치 떨어져서 보던 아내는 숫제 팔딱팔딱 뛰며 잔소리를 해댔다. 작대기로 들어야지 징그러운 것을 손으로 집었다는 게 이유였다. 허물의 상태를 보아 오래된 것 같지 않았다. 아내는 멀리 떨어진 채로 어젯밤 일이라고 단정 지어 말했다.

"어젯밤에 그리한 거야. 어젯밤에….."

그것은 알 수 없는 일이고 내가 관심을 두는 부분은 허물의 색깔이었다. 갈색이다. 한 달 전 빗자루 몽둥이를 맞고 비명횡사한 놈이 갈색이었다. 그리고 얼마 후 화단 경계석에서 발견된 허물 또한 같은 색이다. 나는 그것이 뒤늦게 발견되었을 뿐 막연히 대문 밖 진입 도로를 건너다 맞아 죽은 놈의 허물일지 모른다고 생각했다. 그러면 녀석이 집 안팎을 넘나든 것이 되지만 자기 영역을 정함에 있어 사람의 경계를 소홀히 여겼다면 가능한 일이었다.

그런데 같은 색의 허물이 또 발견된 것이다. 땅속의 놈이 환생하지 않은 한 이것은 분명 다른 놈의 것이 된다. 최소 두 마리…. 만약 한 달에 한 번꼴로 뱀이 허물을 벗지 않고, 먼저 것도 죽은 놈의 허물이 아니면 모두 세 마리가 된다. 눈에는 잘 띄지 않아도 어쩌면 여러 마리의 뱀이 집 안팎을 드나들고 있는지도 모를 일이었다. 물론 독사는 아니다. 하지만 징그럽기는 매한가지다. 이유는 몰라도 나도 아내만큼 뱀이 싫다.

뱀을 좋아하는 사람이 있을까? 물론 있다는 것을 알고 있다. 애완용으로 키우고 심지어 입을 맞추는 사람도 텔레비전에서 본 적 있다. 나와 다르다고 해서 그들의 독특한 취미를 나무라고 싶지는 않다. 그러나 장담하건대 세상에는 뱀을 사랑하기보다 원수로 여기는 사람이 대다수인 것은 사실이다. 기원을 따지기 어려운 이 증오는 성경 기록 이전부터 사람의 몸속에 새겨진 그 무엇일 수 있다고 생각한 적도 있다. 이유는 없고 그냥 싫다. 사람은 본능적으로 자신과 닮지 않은 차이점에 이질감을 느끼는 족속인데 녀석은 다리도 없고 기다란 몸통만 지녔다. 게다가 기이하게도 걷지 않고 몸을 뒤틀며 진행한다. 그 꿈틀거리는 몸짓이 까닭 모를 거부를 낳는다.

아내는 허물을 든 나에게 멀리 내다 버리라고 성화다. 대문 밖에 나가 근처 고랑에 던졌는데 왜 거기 버리느냐고 고함을 질렀다. 눈에 띄지 않는 먼 곳에 갖다 버리라는 것이다. 나는 할 수 없이 고랑에 내려가 그것을 다시 주워들었다. 큰길로 나가는 뒤통수에 대고 아내는 연거푸 멀리! 멀리를 외쳐대고 있다.

"더 가! 더 가서 버리란 말이야."

뱀도 아니고 허물인데도 아내는 마치 죽은 뱀을 처리하는 것과 똑같은 방식으로 없애기를 바랐다. 나는 집 앞 진입도로를 벗어나 큰길 가드레일 앞에 붙어 섰다. 아래는 배수로가 있고 그 너머로는 가을걷이를 끝낸 빈 벌판이 휑하니 뻗어 있었다. 며칠 전 트레일러가 땅을 뒤집고 보리씨를 파종한 곳이다. 나는 아래를 한 번 쳐다본 다음 멀리서 지켜보고 서 있는 아내 쪽을 돌아보았다. 어때, 이쯤이면 괜찮겠어? 하는 물음이었다.

그래!

마침내 아내의 허락이 떨어졌다. 나는 뱀 껍질을 내던졌다. 바람이 살짝 불어왔다. 육신을 버린 껍데기는 바람에 둥실 날려 아래로 떨어졌다.

"인마. 잘 가라."

나는 녀석에게 작별을 고했다. 까닭은 몰라도 왠지 그래야만 녀석이 위로받을 것 같았다.

"미안하다. 자식아."

그리고 뱀을 싫어하는 인간을 대표해서 사과했다.

2020 11 13

M자 손금

그러니까 오늘 아내의 할 일은 자는 거라고 했다. 아무것도 하지 않고 하루 종일 잠만 자는 것이라고 했다. 이유는 비가 오기 때문이고, 전날의 피로가 덜 풀린 까닭이고, 휴일이지만 특별히 할 일이 있는 것도 아니고…. 이런저런 핑계를 대며 황토방 구들을 지고 누웠다. 게으름을 피우고 싶은 거겠지만, 어쨌든 아무 간섭받지 않고 하루 종일 잠만 자고 싶다고 했다.

식탁이나 제대로 치웠을까? 늦은 아침을 먹은 직후였다. 식사가 끝나자, 남편의 뒤를 따라 밖으로 나섰다. 그리고 곧장 걸어 황토방으로 직행했다. 담요를 어깨까지 두르고 모로 누워 잠자는 시늉을 냈다. 이해할 만했다. 궂은 날씨에 무엇을 하기도 어정쩡한데다 어제는 예정하고 온 사람과 예정 없이 온 사람들로 인해 아내는 종일 바빴던 것이다. 집에 손님이 많으면 남자보다 여자 쪽이 더 분주해지기 마련이다. 게다가 예정 없이 방문한 사람은 남편의 고등학교 은사님이시다. 아내의 입장에서 보면 신경 쓰지 않으려야 않을 수 없는 사람이었다. 졸업한 지 40년이 넘었지만, 선생님은 아직 제자를 잊지 않고 찾아 주신다.

평소보다 늦은 기상에도 불구하고 아내는 누적된 피로가 가시지 않은

지 누운 채로 뭉그적댔었다. 몇 번이고 일어날 것을 남편은 채근했다. 특별히 할 일이 있는 것은 아니지만 그래도 사람이 눈을 뜨면 기본적으로 행할 절차가 있었다. 그래도 일어날 생각을 하지 않자, 나중에 남편은 배가 고프다고 하소연을 해댔다.

"아이고. 팔자야."

아내는 남편은 왜 곁에 두고 사는지 모르겠다는 불평과 함께 일어났다. 그리고 안채로 건너갔다. 보통 잠은 황토방에서 자고 낮 생활은 안채에서 하는 게 요즘 우리 부부의 일상이었다. 황토방 하나가 생김으로 해서 우리 부부의 밤낮 공간이 확실히 구분된 셈이다. 여름에야 어떨지 몰라도 가을과 겨울, 어쨌든 이 두 계절은 따뜻한 온기가 각별하게 여겨지는 시기가 아닌가. 새삼 황토방의 역할이 크게 느껴졌다.

"개똥이 아빠, 잠시만."

아침 식사를 끝내고 자리에서 일어나는데 아내가 불러 세웠다. 그리고 뜬금없이 손바닥을 펴 보라고 한다. 나가는 사람을 붙잡고 마치 절도의 혐의를 확인코자 하는 의심 많은 슈퍼마켓 아줌마 같은 태도를 보였다. 나는 어리둥절해하면서도 결백을 증명해 보이듯이 손바닥을 펴서 내보였다. 봐라! 뭐? 했는데, 아내는 잠시 일별하고 다시 반대편 손도 내밀기를 요구했다. 이 마누라가 돌았나? 움켜쥐고 있던 나머지 손도 쫙! 펼쳐 코앞에 더 밀었다.

아내가 남편의 손을 잡았다. 그리고 용의 검사하는 선생님처럼 요리조리 신중하게 살폈다. 살짝 오므려 보라고 지시했다. 나는 하라는 대로 따랐다. 아내가 고개를 갸웃했다.

　"이상하다. 왜 개똥이 아빠한테는 안 보일까?"
　"뭐가?"
　"엠(M) 자."

　하면서 자신의 손바닥을 펼쳐 보이는데 중앙에 이리저리 뻗은 손금이 엠 자를 그린다고 했다. 내가 뭐가 뭔지 잘 모르겠다는 표정을 해 보이자, 아내는 손바닥을 살짝 오므려 보였다. 그러자 도톰한 살집을 파고든 손금은 조금 선명해졌으나 그게 엠 자인지 엑스(X) 자인지는 불분명했다. 내가 의심하자 아내는 다른 손의 손가락으로 손금을 따라 글자를 새겨 보였다. 그렇게 보니 또 엠 자 같아 보였다.

　"나는 양손에 다 엠 자가 있어."
　"근데 그게 뭐?"
　"손금에 엠 자가 보이는 사람이 노후에 안정된 삶을 산데."

　나는 코웃음을 쳤다. 밖에 나가려는 남편을 붙잡고 손바닥 검사를 한 것이 기껏 손금 보기 위한 것이라는 게 우스운 것이다. 아내는 가끔 미신을 신봉하는 편이었다. 내가 빅뱅을 이야기하면 아내는 그것의 근원은 신(神)이라고 우기는 식이다. 쉽게 말해 남편은 물리(物理)를 이야기하면 아내는 어떻게든 그것을 신과 연결 지어 갖다 붙였다. 요즘도 아내는 '엔키'니 '엔릴'이니 하는 수메르 신을 줄줄 꿰고 있다. 그냥 아는 것이 아니라 진짜 믿는다. 지금의 인류가 있기 전 현대 문명을 초월하는 어떤 다른 세상이 반드시 있었다고 믿는 사람이다.

"개똥이 아빠는 노후에 내 덕에 먹고사는 거야."

뒤에 연결되는 생략된 말을 유추하는 것은 어렵지 않았다. '그러니 잘해.'라는 것이다. 이번에는 웃음도 안 나왔지만, 그것이 얼마나 비과학적인가는 지적하지 않을 수 없었다. 사주니 손금이니 하는 것이 맞는다면 결국 운명론이 세상을 지배하는 셈인데 그것은 미래 역시 누군가(사주팔자나 손금이 기막히게 좋은)에 의해 결정되는 구조와 같아진다. 이게 말이 되나?

그러나 아내는 수십 세기에 걸쳐 연구된, 그리고 통계학적으로 증명된 이론이기에 믿을 수 있다고 우긴다. 일종의 과학이라는 것이다. 통계, 연구, 이론, 검증…. 확실히 이와 같은 단어는 과학에서 사용하는 보편적인 용어가 맞다. 그러나 같은 말을 사용한다고 해서 두 영역이 모두 과학이라는 논리는 터무니없는 비약이다. 영국의 과학 철학자 칼 포퍼는 과학과 유사 과학을 가르는 기준을 반증의 가능성이라고 했다. 어떤 이론이 과학의 영역에 포함되기 위해서는 그 이론이 스스로 틀릴 가능성을 내포하고 있어야 하는 것이다. 그리하여 여러 번의 검증에서 살아남은 이론이야말로 훌륭한 과학 이론으로 정립된다. 인류의 도약을 이끈 중요한 과학은

이와 같은 토대 위에 만들어졌다. 하지만 사주와 손금은 예초부터 반증의 가능성을 원천적으로 차단하고 있는 점이 문제였다.

'노후에 안정된 삶'이란 기준도 모호하지 않은가. 어느 정도 사는 것이 안정되었다고 할 수 있을까? 사람이 살아온 과정이 다르듯이 미래에 대한 기대치 또한 제각각일 수밖에 없다. '이만큼 사는 것이 내 손금 덕이야.'와 '이만큼이라도 사는 게 내 손금 덕이야.' 이 둘의 차이를 구분하는 잣대가 있다면 나는 손금도 기꺼이 과학으로 받아들일 수 있다. 여담이지만 나는 텔레비전에서 아이 키 크는 상품에 대한 광고가 앞서 말한 유사 과학을 마케팅에 활용한 전형적인 나쁜 사례라 여기고 있다. 그 상품을 먹고 아이가 더(?) 자랐다는 것을 검증할 방법이 없는 것이다. 그런데도 자라는 아동을 둔 아이의 엄마들은 혼들리게 된다.

아무튼 아내와의 논쟁은 닭이 먼저냐와 알이 먼저냐와 같은 소모적인 것이라 나는 더 이상 연장하지 않고 밖으로 나왔다. 아침부터 비가 오는 게 흠이긴 해도 어쨌든, 일요일이다. 실내에만 머물러 있을 수 없다. 아내가 쪼르르 따라 나왔다. 그리고 곧장 황토방으로 들어가 누우며 불을 때 달라고 일렀다. 어제 손님 치르느라 힘들었으니, 오늘은 아무것도 않고 잠만 자고 싶다는 소원을 피력한 것이다. 아침부터 불을 땐 적은 없지만 나는 아내의 소원을 들어주기로 했다.

"얼마나 뗄까?"
"양껏 때! 양껏, 제대로 좀 지져 보게."

아내는 어쩐지 당당하다. 손바닥에 엠 자를 지녔기 때문이라 여겨졌다. 나는 피식 웃으며 아궁이 앞에 쌓아 둔 마른 장작을 헐어 불을 붙이기 시작했다. 산에서 가져온 나무, 그리고 얻어온 나무 등, 농막 앞에는 땔감으로 쓸 나무가 산더미처럼 쌓여 있었다. 그러나 비가 오는 관계로 비상용으로 비축한 마른 장작을 사용하기로 했다. 아내의 요구대로 넉넉히 넣어 불을 땠다. 굴뚝에서 나온 연기가 바닥으로 깔리자 어쩐지 시골집다운 운치가 느껴졌다. 한편으로 연기가 문틈으로 새어 들지나 않을까 싶어 빼꼼 열어 보았다.

"개똥이 엄마, 괜찮아?"
"응. 좋아."

문을 닫았다. 그 사이 비가 조금 그치고 있어 나는 지난주 미루었던 나무를 캐서 옮기기로 했다. 아내의 요구는 다용도실에서 황토방으로 오가는 뒤꼍이 허전하니 돌담 아래 무얼 심어 달라고 했다. 조금 더 크면 안방 창문을 가리게 되어 있는 금목서를 캐 옮기기로 했다. 집을 지을 당시 생각 없이 여기저기 심은 나무는 몇 년의 세월 동안 서로 어깨를 걸치고 어떤 놈은 서고 어떤 놈은 앉는 등 균형과 조화를 상실하고 있었다. 그것들을 바로잡는 길은 솎거나 베어내야 했다. 땅만 사고 허허벌판에 나무 한 그루 아쉽던 시절을 생각하면 격세지감이 아닐 수 없었다.

캐낸 나무를 끌고 뒤꼍에 다다르자 불현듯 닫힌 황토방 문이 눈에 들어왔다. 아무리 꼼꼼히 틈을 막았다 해도 비도 오고 흐린 날이다. 가스 사고가 날 최상의 조건이었다. 정신없이 자고 있을 아내를 생각하자 걱정이 앞섰다. 다가가 살며시 문을 열었다.

"개똥이 엄마, 괜찮아?"

나는 단지 걱정이 되어 물었을 뿐인데 갑자기 아내의 톤이 높은 음성과 함께 신경질적인 반응이 돌아왔다.

"괜찮아! 제발 귀찮게 좀 하지 말라고!"
"알았어. 알았어."

나는 고분고분, 얼른 문을 닫았다. 그리고 순간 노후가 보장된 아내와 사는 미래의 남자 모습을 본 것도 같았다.

2020 11 24

아내의 뱀 퇴치 법

아내는 걸음을 멈추어 섰다. 그리고 한껏 숨을 들이마신 후 잠깐 멈추었다. 모과와 작은 대추나무 한 그루가 마주 보고 선 곳이다. 그곳으로부터 잡초와 화초가 우거진 조붓한 길이 시작되는 지점이기도 했다. 화초라고 해야 키만 멀쑥하게 자란 루드베키아나 고개를 늘어뜨린 초롱꽃이 대부분으로 이들은 갖가지 잡풀과 뒤엉켜 좁은 오솔길을 더욱 비좁게 만들고 있었다. 농막으로 쓰는 컨테이너로 가자면 십여 보정도 이어진 이 길을 걸어 다시 십여 미터를 지나 오미자 넝쿨을 위해 마련된 비닐하우스용 철제 터널을 통과해야 했다. 컨테이너는 그 너머에 있다.

아내는 마침내 가슴을 한껏 부풀리기 시작했다. 그리고 얍! 하는 기합소리를 냈다. 동시에 "얍! 얍! 얍! 얍!" 하는 소리를 연이어 뱉으며 앞으로 발을 뻗으며 절도 있게 나아갔다. 지나치게 무릎을 높이는 동작만 제외하면 제복 입은 북한 여군이 열병식에서 걷는 모습과 흡사했다. 그렇게 아내는 착착, 아니 쿵쾅! 쿵쾅! 땅을 박차며 마치 국기 게양을 위해 게양대 앞을 향해 걷듯 양손으로 컨테이너 속 냉장고에 넣을 물건을 받쳐 들고 앞으로 전진했다.

처음에는 이유를 몰라 깜짝 놀랐다. 그러나 곧 짐작 가는 바가 있어 나는 빙긋 웃고 말았다. 며칠 전 그곳을 지나면서 두 차례 뱀을 보았노라고 아내한테 전한 사람이 바로 나였기 때문이다. 집 안에도 냉장고가 있지만 불요불급한 것이 아니면 농막에 있는 냉장고에 보관했다. 시골로 이사 오면서 새것을 하나 장만해 집 안에 들이고 도시에서 사용하던 것은 농막에 여벌로 두고 있었다. 시골에는 이래저래 묵혀 두고 보관할 식재료가 종종 발생하는 곳인지라 컨테이너에는 중고 냉장고 외에도 김치냉장고까지 마련되어 있었다. 이래저래 왕래가 잦을 수밖에 없는 이유였다.

아내는 한밤, 자정이 가까운 시간에도 필요한 게 있으면 농막에 있는 냉장고에 가서 뭘 좀 꺼내 오라고 아무렇지 않게 심부름시키기도 한다.

"개똥이 아빠, 저쪽(농막) 냉장고에 가서 다진 마늘 얼려 놓은 거 꺼내와. 낼 아침 김치 좀 담게…."

그러면 TV를 보던 나는 리모컨을 든 채로 아내의 얼굴을 말갛게 쳐다보았다. 진심으로 하는 말인지 확인코자 하는 것이다.

"지금?"
"그럼, 지금 갔다 와야죠. 냉동실 맨 윗간에 있어요."

이러면 어쩔 수 없다. 쓴 약을 삼킨 얼굴을 감추고 일어선다. 왜 내일 아침에 담글 김치 양념을 이 오밤중에 가져오라는 것일까? 남편 담력 테스트라도 하고 싶어 저러는 것일까? 물론 컨테이너 앞도 가로등이 있어 별로 어둡지는 않다. 그래도 바람 불고, 비라도 부슬부슬 내리면 농막을 둘러싼 대밭에는 귀신의 곡성이 들리곤 한다. 게다가 지금은 이장하고 없지만 실제로 농막 뒤 대밭에는 파묘한 무덤이 있는 장소였다. 솔직히 밤에다니기에는 조금 무섭다. 한낮에도 대나무밭에 버려진 석물을 볼 때면 으스스한 기분이 드는데 마누라는 오밤중에 남편을 훈련시키는 것이다.

어쨌거나 내가 두 차례 뱀을 목격한 것도 집에서 농막으로 오가면서였다. 물론 한밤중은 아니고 대낮인데 무슨 일로 지나가다 발견하게 되었다. 길바닥에 있던 무엇인가 후다닥 풀숲으로 기어든 놈을 본 것이다. 다급히 몸통을 쫓는 꼬랑지의 길이를 볼 때 절대 새끼는 아니었다. 가던 걸음을 돌려 근처 황토방 아궁이 앞에 세워 둔 부지깽이를 들고 돌아왔다. 돌로 경계 지은 화단에는 초롱꽃이 듬성듬성 피어 있고 그 주변은 웃자란 쑥과 잡초가 한가득 점령하고 있었다. 거침없이 부지깽이를 휘둘러 쑥대밭을 휘저었다. 녀석이 기어든 곳이 바로 그곳이다. 콱콱 찌르기도 했다. 멀리 달아나지 않았다면 근처 어딘가에 있겠지만 무성한 잡풀로 뒤덮여서 놈을 찾기란 쉽지 않았다. 그게 녀석들과의 올해 들어 첫 번째 조우였다.

그러나 나는 아내한테 그 사실을 말하지 않았다. 집 주변에 뱀이 떠돈다는 것은 확실히 기분 좋은 상황은 아니나 아내가 겁에 질려 마당에도 나서지 못할 것을 염려한 탓이었다. 아내는 뱀! 소리만 들어도 비명을 지르는 위인이었다. 이 지구상에 존재하는 모든 생명체 중에 뱀을 가장 두려워했다. 진저리를 치며 무서워했다. 그래서 나는 사라진 녀석이 제발 제 영역이 잘못 설정되었음을 깨닫고 조용히 이사 가기만을 바랐다. 그런데

기대와 달리 나는 며칠 후 또 그 자리에서 다른 뱀을 발견했다.

먼저 본 놈과 다르다고 판단한 근거는 이번 것은 어른(?) 같아 보이지 않기 때문이었다. 머리의 크기로 볼 때 새끼 뱀에 가까웠다. 녀석은 팔자가 늘어져 도망도 가지 않고 경계석 위에 머리를 올려놓고 무슨 생각에 골몰하고 있는 모습이었다. 지나는 사람을 발견하지 못한 게 분명했다. 하지만 나의 처지도 즉각 대처할 수 없기는 마찬가지였다. 부지불식간인데다 양손에 무엇인가 들고 있었다. 그것이 무언지는 지금은 기억나지 않지만, 무엇인가 들고 농막으로 향하고 있었다면 십중팔구 아내의 심부름일 터였다. 이를테면 삶은 고사리 말린 것이나 아침에 따서 모은 산딸기일 수도 있었다. 어쨌든 나는 살금살금, 그러나 서둘러 농막으로 갔고 냉장고에 넣을 것을 넣는 동시에 작대기부터 찾았다.

볕을 쐬고 있는 놈의 대갈통을 여지없이 내려치리라 마음먹고 달려왔는데 감쪽같이 사라지고 없었다. 녀석도 제 앞을 지나는 사람의 존재를 뒤늦게 알고 달아난 모양이었다. 뱀이 있던 장소로 왔으나 어디로 갔는지 알 수 없는 상황이라 수색은 애초 불가능했다. 한 마리가 아니고 두 마리다. 녀석들의 출몰이 이처럼 잦다면 아내의 비명을 듣게 될 일도 곧 시간 문제였다. 이번에는 숨기지 않고 아내에게 뱀에 대한 목격담을 들려준 이유였다. 사람이 마음을 먹고 겪는 일과 무방비로 당하는 것은 분명히 다를 것이기 때문에….

그러니까 아내가 저 이상한 기합 소리를 내고 쿵쾅! 쿵쾅! 요란한 발소리를 내며 걷는 것은 근처의 뱀을 내쫓고자 하는 행위인 것이다. 혹시 풀숲에 놈이 숨어 있더라도 지나는 동안 잠자코 있거나 어디론가 달아나 버리라는 경고인 셈이었다.

"얍! 얍! 얍! 얍…!"

처벅! 처벅! 처벅…!

처음 볼 때는 아내의 괴상한 행동에 아연했지만, 몇 차례 그와 같은 일이 반복되자 차츰 익숙해졌다. 기합 소리가 얍! 얍! 에서 합! 합! 또는 캭! 캭! 등 이상한 발음으로 진행되는 것이 조금 우습기는 해도 나름대로 한 공간에서 녀석들과의 공존을 위한 노력으로 여겨졌다.

때로는 땡! 땡! 쇳소리가 나는 초인종을 치면서 다니기도 했다. 어디서 구했는지 한 손에 쥘 수 있는 작은 자전거 초인종을 지녔다가 농막에 오갈 때마다 이용했다. 뱀이 음이 높은 쇳소리를 싫어하기 때문이란다. 어김없이 오솔길이 시작되는 어귀에 멈춰 서서 호흡을 가다듬고, 얍! 얍! 기합 소리와 함께 땡땡! 초인종 소리를 울리며 지나갔다.

그런데 최근에는 더욱 기이한 방법 하나가 더 추가되고 있었다. 뭔가 중얼중얼 주문을 외우기 시작한 것이다. 처음에는 누가 와서 대화하고 있나 싶어 아내가 있는 쪽을 향해 고개를 늘어뜨렸다. 아무도 없다. 장화를 신은 아내가 잘 익은 복분자를 수확하고 있는 곳은 먼저 두 번의 뱀이 출몰하고 사라진 바로 그 오솔길 뒤쪽이다. 웬만하면 겁이 나 그 근처는 얼씬도 못 하는데 새카맣게 익어 가는 열매를 방치할 수 없었던 모양이다.

잘못 들었나 보다 하고 나는 전지가위를 들고 하던 일을 계속하려 했다. 그때 아내의 중얼거리는 소리가 다시 들리기 시작했다. 누구를 달래는 소리 같기도 하고 또, 꾸짖는 소리 같기도 했다.

"난 아무 감정 없어. 그러니 근처에 있으면 조용히 가라. 나오지 마. 꽉 밟는다. 그저 사라져! 가까이 오지 마. 좋게 이야기할 때 가라. 어디 사람 사는 데 얼씬거려…."

한 손에는 바구니를 들고 다른 한 손으로는 열심히 열매를 따면서 근처에 배회하고 있을지도 모를 뱀을 향해 아내는 끊임없이 경고를 날리고 있었다.

2021 06 07

아토피

곰곰이 생각해 보았다. 원인은 여러 가지가 있을 수 있었다. 일차적으로 생각해 볼 수 있는 것이 먹는 것인데 아무리 되짚어 보아도 딱히 이것이다. 하고 떠오르는 것이 없었다. 재택근무를 하는 탓에 음식을 외부에서 시켜 먹은 일도 없다. 사는 곳이 시골이라 배달 음식 자체가 불가능하다. 승용차를 이용하면 시내는 멀지 않지만, 외식이 잦은 편도 아니었다. 그저 삼시 세끼 아내가 차리는 음식에 기대어 먹고 마시는… 소위 말해 삼식이라 불리며 사는 까닭에 이것의 증상이 먹는 것에서 비롯되었다고 보기에는 무리였다.

시발은 피부에 아무런 표도 없이 팔꿈치며 무릎에 난 가려움이었다. 11월로 가을이 깊어 갈 무렵이었다. 느닷없이 나타난 증세였다. 팔다리가 꺾이는 엘보 부위가 몹시 가렵기 시작했다. 긁어도 시원치 않아 살펴보아도 겉보기는 말짱했다. 발진이나 벌레에 물린 자국 같은 것은 없고 그냥 가려웠다. 이어 허벅지가 가렵고 엉덩이가 근지럽고, 등허리가 이유 없이 궁싯거렸다. 그리고 이어진 또 다른 증상이 두드러기였다. 사타구니며 겨드랑이, 허리둘레에 물집처럼 피부가 부르텄다.

하루 이틀이면 음식을 의심해 볼 수도 있다. 매일 먹는 음식도 때로는 짜고 매울 때가 있고 보관이 길면 상하기도 한다. 상한 음식을 먹으면 몸에 이상 신호가 오는데 내 경우는 일차로 두드러기였다. 심하면 복통, 설사로 이어져 장염으로 병원에 실려 간 적도 몇 번 있다. 그런데 이번에 나타난 증상은 종전 경험과 비교하면 확실히 다른 패턴을 보였다. 두드러기는 나중의 일이지만 가려움은 매일 증세가 이어졌다. 낮에는 그럭저럭 견딜 만해도 밤이면 심해져 잠을 설치기 일쑤였다. 그래도 '자고 나면 낫겠지.' 하는 미련을 떨며 일주일을 견뎠다.

칭찬받을 고백은 아니지만 사실 나는 몇 해 전 귀촌한 이 작은 도시에 포진한 병원과 의원을 별로 신뢰하지 않는 편이었다. 몸살 오한에 '마늘주사'가 얼마나 효과 있는지 몰라도 감기로 찾은 환자에게까지 본 진료보다 몇 만 원씩 호가하는 각종 영양제를 홍보하느라 열을 올리는 데가 이곳이다. 노인이 많은 시골 도시라 어느 병원을 가든 사정 비슷했다. 터무니없는 과잉 진료는 대도시에서 살다 온 사람으로 납득 가지 않았다. 설사 복통으로 찾아온 환자에게조차 초음파며 혈액 검사를 강행한 것은 이해한다고 쳐도 입원까지 밀어붙이는 것은 아무래도 지나쳤다. 간호사들도 친절하지 못했다. 이런 좋지 못한 경험은 나에게 이 도시의 병원과 의원에 대해 편견을 안기기에 충분했다.

때문에 나는 예측 가능한 가벼운 질환이 아니면 가능한 한 원래 살던 도시로 나가 진료를 받는다. 차로 달리면 한 시간 안팎이면 닿는 곳이라 멀지 않은 거리였다. 현재도 두 달에 한 번 처방받는 당뇨 약도 이전부터 다니던 그곳 병원을 그대로 이용하고 있다. 하지만 나는 열흘 정도를 버티다 결국 현지 의원을 찾았다. 가려움이 곧 죽을병은 아닌지라 평일 왕복 두세 시간 자리를 비우는 것이 부담됐다.

사람들은 재택근무자는 어딘가에 얽매이지 않고 무턱대고 자유로울 것이라고 상상하는 이가 많다. 나인 투 식스! 대부분 아침 아홉 시 출근하고, 저녁 여섯 시에 퇴근하는 직장인의 시각에서 보면 출퇴근이 없는 나 같은 재택근무자는 한없이 자유롭게 여기는 것은 당연해 보인다. 하지만 출퇴근만 없을 뿐 나에게도 엄수할 규칙은 분명히 있었다. 늦잠은 상관없다. 씻지도 않고 부스스한 몰골로 식탁에 앉는 것도 맞다. 그렇지만 아침 아홉 시부터 저녁 여섯 시까지 어떠한 일이 있어도 걸려 온 전화는 받아야 한다. 업무용 전화는 두 대이고 이것들은 반나절 동안 뜸하다가도 번갈아 가며 정신없이 울릴 때가 있다. 두 대가 동시에 울리면 한 대는 아내가 받는다. 누군가가 오가는 일은 없지만 내가 머무는 곳을 일반 사무실로 알고 전화하는 것이라 최대한 재택근무 티를 내지 않으려고 애쓴다.

왜냐하면, 아직 우리나라는 사무실도 없이 집에 틀어박혀 만든 컴퓨터용 프로그램은 형편없거나 결함으로 가득 찬 것으로 예단하는 경우가 많기 때문이다. 참고로 나는 이 일을 28년째 해오고 있다. 더는 찾는 이가 없으면 문을 닫겠지만 아직은 그럭저럭 버티고 있는 형편이라 스스로 불리함을 드러낼 필요는 없다. 최대한 친절하게 전화 받고, 최대한 길게 살아남자. 직원이라고는 아내가 유일한 직장이지만 그것이 우리 부부의 신조였다.

나인 투 식스! 아침 아홉 시부터 저녁 여섯 시까지 꼼짝없이 전화기 앞에 붙들려 사는 이유이다. 물론 한 사람이 없어도 남은 사람이 웬만큼 걸려 온 전화는 다 응대할 수 있다. 그러나 심도 있는 에러나 A/S가 발생하면 아내는 당황해했다. 그런 예는 여러 가지 있지만 가장 큰 것은 서버가 죽는 일이다. 클라우드를 기반으로 작동하는 프로그램이라 서버가 죽으면 그곳과 연결되어 작업하는 거래처는 난리 난다. 이럴 때 아내의 역할은 극히 제한적이었다.

전화는 사방에서 걸려 오고 아내는 전전긍긍하면서도 일일이 응대한다. 그사이 나는 어떤 일이 있어도 문제를 해결해야 했다. 대처가 늦으면 성화는 물론이고 욕설 듣는 일도 감수해야 한다. 드물기는 해도 서버 중한둘은 가끔 그 같은 말썽을 빚었다. 그 심각한 상황이 내가 없을 때 발생하는 경우다. 최악의 상황이다. 그리고 실제로 그런 일은 몇 번 일어났다. 이쯤 하면 집에서 빈둥빈둥 노는 사람이 어째서 근무지를 이탈하지 못하는 이유를 충분히 짐작하리라 믿고 싶다.

내가 찾은 의원은 전에도 콧물이나 기침 등 가벼운 질환으로 들린 적이 있는 곳이었다. 지방 소도시의 병원 풍경은 어디를 가나 노인 환자가 많다는 공통점을 지닌다. 경로당에 들어선 것은 아닌가 하는 착각이 들 정도이다. 대개는 소화기 계통의 환자이고 허리며 팔다리 통증을 호소하는 갖가지 질환자가 뒤섞였다. 대기실 분위기만 보아서는 이 의원의 주 진료 과목이 무엇인지조차 혼란스러웠다. 게다가 그날은 피부 환자까지 추가되고 있었다. 밖에 붙은 다양한 진료 과목 중에는 피부 질환도 분명 포함되어 있었음을 확인했으나 실내 분위기는 어쩐지 번지수를 잘못 찾은 것 같은 느낌은 지울 수가 없었다. 하지만 이미 접수를 마친 상태다.

거의 한 시간의 지루함을 견딘 끝에 내 차례가 왔다. 환자가 많으면 의사는 서두르기 마련이었다. 나는 가능한 내 증상을 소상히 전하고 싶었으나 의사는 대수롭지 않게 여기는 것 같았다. 환부조차 보려 하지 않았다. 게다가 처방은 어느 병원에 가든 3일이 기본인데 그는 단 이틀 치만 처방하겠노라 했다. 잘 알려진 흔한 질병인 모양이었다. 그렇지만 의사가 내 증상을 너무 가볍게 여기는 것 같아 나는 일부러 바지를 까 보였다.

"여기…."

무시로 가려움이 머무는 곳을 손가락으로 가리켰다. 그렇지만 피부는 겉보기에 아무 흔적 없이 말짱했고 어쩐지 나는 거짓말하는 기분이 들었다. 모니터를 향한 채 타이핑을 시도하던 의사는 나의 그 행동에 힐끗 환부를 일변했다. 그리고 나를 응시하고는 꾀병을 부리는 아이를 마주한 사람처럼 입술을 오므린 채로 좌우로 씰룩거렸다.

"알았습니다. 주사도 맞고 바를 연고도 처방해 드리지요."

억지를 썼다는 기분이 들었지만 어쨌든 처음보다 나은 진료를 받은 것이다. 밖에 나오자, 간호사 한 명이 내 팔을 잡으며 진료실과 맞닿은 주사실로 이끌었다. "엉덩이 주삽니다." 하는 간호사의 지시에 따라 바지를 까고 침대에 엎드렸다.

"아버님, 손! 손!"

내 손이 주사를 놓는 데 방해되는지 간호사가 외쳤고 나는 쥐고 있던 바짓가랑이를 놓았다. 차가운 무엇인가 피부에 닿았고 이어 따끔하면서도 묵직한 통증이 왔다. 개인적인 생각이지만 목구멍으로 넘기는 알약보다 나는 주사를 더 신뢰하는 편이었다. 약효가 빠르게 몸 전체로 퍼질 거라는 믿음 때문이다. 특히 몸살일 때 효과는 두드려졌다. 다 죽어 병원에 가도 주사 한 방이면 스멀스멀 기운이 돌았다. 플라세보에 지나지 않을지 몰라도 어쨌든 내 믿음은 그랬다.

약은 아침저녁 두 차례 먹게 되어 있고 연고는 가려우면 무시로 발라도 된다고 했다. 의사의 태도로 볼 때 심각한 것은 아닌 것 같았다. 그래서 약을 먹고 바르면 곧 나을 것으로 기대했다. 단 이틀 치에 지나지 않지만, 때를 맞춰 약을 복용하고 열심히 연고를 발랐다. '그러나 낫겠지. 나을 거야.' 하는 믿음에 반해 증세는 그대로였다. 다리가 가려웠다가 허리가 근지럽고, 허리를 긁고 나면 엉덩이가 말썽이었다. 팔꿈치와 무릎이 제일 가려웠는데 약을 발라도 소용없었다. 나중에는 보이지 않던 발진마저 드디어 피부를 뚫고 올라왔다. 겉보기엔 전형적인 아토피였다. 며칠 후 나는 의사를 다시 찾아가 이것 보라는 듯이 환부를 내보였다. 의사는 붉은 반점이 아토피라는 내 의견에 동조했다.

"왜 이럴까요?"

근심 가득한 표정을 지으며 의사를 바라보았다. 마흔 이쪽 아니면 저쪽으로 보이는 젊은 의사는 고개를 끄덕이며 아는 체하다가 다시 모로 꺾으며 모르겠다는 듯 애매한 표정을 지었다. 알겠다는 건지 모르겠다는 건지 알 수 없는 표정이었다.

"음식 탓일까요?"

나는 조심스럽게 내 의견을 말해 보았다. 계절 탓에 피부 건조증이 의심되기도 했지만, 피부 건조로 보기에는 가려움도 컸고 오래 지속되었다. 피부 건조증은 가을이 들고, 찬바람이 불기 시작하면 내 나이의 장년층은 대게 한 번쯤 경험하는 증상이다. 대처법은 샤워 후 꼭 보습제를 바른다. 가습기로 실내 습도를 조절하는 것도 중요했다. 그러나 이번 것은 피부 건조가 원인이 아니라는 징후는 뚜렷했다. 가습기를 틀고 보습제를 발라도 소용없었다. 게다가 이제는 발진이라니…. 가볍게 볼 상황이 아니었다. 무엇이든 장기간 지속되면 좋지 않은 법이다. 만성이란 딱지가 붙으면 치료가 어려워지는 것은 당연한 노릇이었다.

그래서 나름 원인을 짚어 보는데 먹는 음식이라는 생각이 들었다. 아토피의 여러 환경적 요소 중 무엇보다 음식이 일차적인 원인이 되는 수가 많았다. 최근에 이전과 달리 먹은 음식이 무엇이 있나 하고 곰곰이 생각해 보았다. 달라진 것은 없는데 또 생각하면 여러 가지가 있을 수 있었다.

가령 이런 것이다. 밥은 매일 먹지만 그 원료인 쌀은 한결같지 않다. 포대가 바뀔 때마다 다른 쌀로 밥을 짓게 된다. 반찬에 들어가는 양념류도 그렇고 사 먹는 마트 음식도 재료는 늘 다르다.

물론 이런 생각은 지나치게 비약적인 추론이지만 김치만 해도 그 속에 들어가는 첨가물은 손가락으로 다 꼽지 못할 정도이다. 그것 중에 평소 내가 먹지 않은 이상한(?) 것이 포함될 수도 있지 않은가 말이다. 또 매일 마시는 수돗물도 정수 과정에 포함되는 각종 소독제의 비율이 차이가 날 수 있다. 0.5 밀리그램은 괜찮은데 0.55 밀리그램이 되면 내 신체가 알레르기 반응을 일으킬지도 모른다. 염소를 섞는 작업자가 이제껏 오른쪽으로 젓던 동작을 갑자기 어느 날 왼쪽으로 돌리기로 마음을 바꾸어 먹었을 수도 있다. 이런 이유로 물의 성질이 이전과 다르게 변한 것은 아닐까? 아니면 모자를 썼다 벗었다 하면서 머리카락에 실린 비듬이 왕창 물속에 떨어진 것일 수도 있다.

"혹시 간은 괜찮습니까?"

의사가 질문했다.

"예? 간요?"
"간이 안 좋으면 그럴 수도 있거든요. 약주는 자주 합니까?"

예상 밖의 질문이었다. 나는 선뜻 대답하지 못했다. 사실 나의 음주는 지금처럼 이상 징후가 있기 전까지 거의 매일이다시피 했다. 외출로 누굴 만나서라기보다 저녁 먹으면서, 혹은 식후 홀짝하는 것을 낙으로 여겼다. 그러니까 반주라고 해야 할 것이다. 간혹 안주 삼을 찬거리가 식탁에 오르면 다소 늘긴 해도 보통 소주 석 잔 또는 넉 잔을 넘기지 않았다. 맥주는 캔 하나가 정량이다. 그 정도의 주량으로 간이 손상될 리는 없었다.

그러나 문제는 평소가 아니라 예외적인 날도 드물지 않았음이다. 지금은 나이 들어 자제하지만 50을 넘기기 전에는 소위 남들이 말하는 주당에 속했음을 고백하지 않을 수 없다. 많이 마셨다. 술이 술을 마신다는 이야기는 거짓이 아니다. 취한 사람일수록 술을 더 찾는다. 필름이 끊기고 고주망태가 되어 비틀거린 숱한 날을 떠올릴 때 의사의 추측이 무리가 아니라는 생각이 들었다. 처방은 전과 다름없고 이번에는 간 검사를 위한 채혈이 추가되었다. 주사기를 꽂고 팔뚝의 피를 양껏 뽑았다. 결과는 사흘 후 다시 내원하면 알려 주겠노라고 했다.

간이 문제라…. 아무래도 불안했다. 간(肝)은 익히 알려진 바로 침묵의 장기(臟器)라고 하지 않든가. 어지간히 손상되어도 표도 나지 않는데 조짐을 보이면 이미 늦은 경우가 많다고들 한다. 그러고 보니 최근 느끼는 까닭 없는 피로도 간에서 비롯된 것이 아닌가 하는 의심이 들었다. 하루 종일 모니터만 쳐다보는, 육체적인 노동이라고는 거의 없는 직업을 갖고 있다. 그런데도 아침마다 거뜬히 자리에서 털고 일어나지 못했다. 그 때문에 얼마 전부터는 부실한 체력을 보강하고자 영양제까지 먹고 있는 형편이었다. 가려움과 연결 지어 생각해 보지 않았지만, 막상 의사의 말을 듣고 보니 그럴듯한 진단이라 여겨졌다. 하지만 며칠 후 내원했을 때 의사가 알려 준 결과는 뜻밖이었다.

"말짱합니다."
"예?"
"깨끗합니다. 간에는 아무 이상이 없습니다."

대부분 사람은 이런 결과를 들으면 안심할 것 같다. 그런데 나는 반대였다. 기분 나쁘다는 뜻이 아니라 의심이 갔다. 가려움증이 발발하기 전 최근까지도 간을 혹사하는 일이 드물지 않게 발생했기 때문이다. 나는 내가 술을 잘 못 마시는 사람이라는 것을 최근에야 깨달았다. 나이가 들수록 주량은 주는데 술에 빨리 취했다. 그냥 술을 좋아한 것이지 술이 몸에 잘 받는 체질은 아니었다. 몇 사람이 둘러앉아 마셔도 가장 먼저 눈알이 흐릿해지고 입이 비뚤어지는 쪽은 나였다. 체내에 알코올 축적이 빠르고 분해는 더딘 편이었다. 그런데도 그 짓을 사십 년 가까이 한 것이다. 술이 나를 거부하는데 나만 짝사랑한 꼴이나 다름없다. 이제 쉰 중반을 넘기고 머지않아 육십을 바라보는 나이다. 오래 쓰면 뭐든 낡고 닳기 마련 아닌가. 그런데 말짱하다니? 더구나 깨끗하다는 강조가 붙자 믿음이 싹 달아났다.

'자식들 옳게 검사한 것은 맞아?'

팔뚝에서 뽑은 혈액을 어디로 가져가 어떻게 검사하는지 나는 알지 못했다. 짐작기로는 그런 검사만 하는 전문 업체가 따로 있고, 수수료를 주고 위탁하는 것 같은데 한가한 시간 자신이 직접 현미경을 들여다본 게 아닌지 의심스러웠다. 수수료 몇 푼 아끼고자 그 짓을 할 리는 없겠지만, 무슨 기록지(記錄紙) 한 장 없이 말짱합니다. 하니 신뢰가 가지 않는 것이다. 샘플이 바뀐 것은 아닐까? 나 대신 누군가가 간암이나 간경화 진단을 받고 큰 병원에 입원 수속을 밟고 있을지 모른다는 황당한 상상에 이르기까지 했다.

옳게 검사했다 쳐도 혈액 한 방울로 체내 장기에 무슨 문제가 있고 어떤 질환을 앓는지 알아낸다는 그 검사 방법에도 의문이 들었다. 생각해 보라. 조직을 떼어 낸 것도 아니고 신체 어디서나 돌고 돌았을 피 한 방울이 아닌가. 장기가 상하면 그 이상 징후를 드러내는 특정 물질이 분비된다고 해도 인체에는 수많은 장기가 있다. 혈액 한 방울로 그 많은 정보를 일일이 구별하고 분석하는 것이 과연 가능한 일일까? 개략적(概略的)인 추측에 불과하다면 얼굴에 나타난 낌새만 보고 병을 진단하는 것과 무엇이 다를까. 가령 간이 나쁜 사람은 낯빛이 검고 눈에 황달이 낀다고 한다. 더 답답한 노릇은 효과는 없는데 처방은 달라지지 않는다는 점이었다. 아침저녁 알약 챙겨 먹고 가려우면 연고나 발라라….

병원을 바꾸기로 했다. 진작 피부만 전문으로 보는 곳을 찾지 않은 것이 후회되었다. 시간을 아끼고자 한 것이 실수였다. 실제로 몇 해 전 팔뚝에 풀독이 올라 이번과 비슷한 시행착오를 겪었다. 인근 병원에서 처방받고 약을 먹어도 진전이 없었다. 명색이 시(市)라는 타이틀을 달기는 해도 인구가 겨우 10만을 넘긴 소도시였다. 게다가 도시다운 면모를 갖춘 곳은 전체 면적의 극히 일부에 지나지 않았다. 나머지는 전형적인 농촌 지역이었다. 그러면 풀독으로 인한 증상을 당연히 알아봐야 할 텐데 그러지 못했다. 귀촌 이전 원래 살던 도시에는 당시에 아이들 교육 문제로 오피스텔 하나를 임대해 사용하는 중이었다. 근처 피부과에 갔는데 오히려 그쪽 의사가 즉각 풀독임을 알아보았다. 일 회 처방으로 말끔히 나은 기억을 갖고 있다.

차를 몰았다. 사람은 참 귀소 본능이 강한 동물이다. 지금은 시골에 살지만 나에게 익숙한 공간은 여전히 도시다. 두 아이를 그곳에서 키워 냈다. 살던 곳이 대로변을 낀 구역이라 건물이며 거리는 잘 정돈된 편이었다. 10분 거리 내에 모든 편의시설과 만날 수 있는 곳이기도 했다. 은행 일을 보고 주민 센터에 들렀다가 마트에서 장을 보고 돌아오는 데 한 시간이면 족했다. 내과, 외과, 치과, 소아과, 피부과 등등이 한 건물 또는 그다음 건물에 잇달아 간판을 걸고 있어 원만한 진료는 종합병원에 갈 필요조차 없다.

아침저녁으로 차량이 홍수처럼 밀려가고 밀려오는 곳…. 오십에 이르도록 그 도시에 살았지만, 사실 그곳이 초밀집 지역으로 바뀐 것은 채 20년 안팎의 일이다. 내 어릴 적엔 그 도시의 변두리에 해당하던 곳이라 현재 이주해 사는 시골과 별반 다르지 않았다. 논두렁에서 메뚜기를 잡으며 등하교한 이야기를 내 아이들은 믿지 못했다. 사람은 참으로 귀소 본능이 강한 동물이다. 나이가 들수록 24시간 불빛에 갇힌 그 도시의 삶에 피로를 느꼈다. 새벽에도 거리에는 여전히 사람이 다녔고 택시가 서 있고 앰

불런스가 요란하게 달려갔다. 나는 깨어 있는 것이 아니라 잠들지 못하고 있었던 것이다. 아무리 벌어도 부족을 느꼈고 조급해하는 나 자신에 대해 지쳐 갔다. 꽉 막힌 도시, 어디를 가나 보도블록과 아스팔트로 포장된 거리를 걸으며 무언가 잃어버린 것을 떠올리려 애를 썼다. 아내가 시골로 가고자 했을 때 이견 없이 동조한 이유였다.

그러나 사람은 참으로 이중적이다. 현재 나는 또 다른 귀소 본능에 의해 도시로 가는 중이다. 나는 결국 시골에 사는 도시 사람에 불과했다. 그 이중성이 나의 정체성이다. 이도 저도 아닌 어정쩡한 경계에 머무는 나 자신이 마음에 들진 않지만, 어쨌든 전원의 편안함과 도시의 편리함, 둘 모두를 갖고 욕심은 어쩔 수 없다. 기다란 장의자와 기차역 대합실 같은 난잡한 시골 의원과 달리 도시 병원은 대기실 분위기부터 다르다. 깔끔하기로는 말할 것도 없다. 푹신한 소파 앞은 유리로 덮은 다탁이 놓였다. 전체적으로 차분한 느낌을 받도록 실내가 잘 꾸며져 있다. 접수대의 아리따운 간호사마저 당장 손님의 부름에 호응할 듯 친절한 미소를 잃지 않는다. 나는 여러 곳을 방황하다 비로소 내가 와야 할 곳을 찾아온 사람처럼 편안한 안정을 느꼈다. 게다가 의사는 처방을 한꺼번에 일주일 치나 해 줌으로써 시골서 온 환자를 감동시켰다. 내가 그곳에 사는 사람이 아님을 미리 통보한 게 주요했던 모양이었다. 먼 곳에서 자신을 알아보고 찾아온 환자에 대한 배려인 셈이었다.

처방은 비슷했다. 알약은 아침저녁 두 차례 복용하고 가려운 곳에 연고를 바르는 것…, 추가된 것은 머리에 바르는 물약인데 그즈음 두피마저 가럽기 시작한 까닭이었다. 감아도 소용없었다. 몸이 근지러운 것도 죽겠는데 머리까지 긁게 되자 사람이 몹시 지저분하게 느껴졌다. 그래서 사람을 만날 때면 굉장히 조심해야 했다. 참다가 은근슬쩍 긁어도 잦으면 표가 나기 마련이었다. 바야흐로 가려움은 온 전신을 점령해 가는 중이었다.

성실하게 약을 먹고 연고를 발랐다. 그러나 먼저 풀독처럼 간단히 치료될 거라는 믿음과 달리 이번에는 쉽게 잡히지 않았다. 더 이상 진전은 없는데 그렇다고 눈에 띄게 호전되는 것도 아니었다. 일주일 후 다시 찾았다. 왜 이런지 설명을 듣고 싶었지만, 의사는 별말 없이 같은 처방만 반복했다. 그래도 진행이 멈춘 것을 효과로 믿고 신뢰를 가지려 애를 썼다. 그러던 중에 또 다른 큰 변화가 발생해 사람을 당황스럽게 했다. 지금과는 전혀 다른 가려움이 피부 밖으로 뚫고 나온 것이다. 그것은 11월 말경 한 주말로부터 비롯되었다.

토요일, 나는 아내와 일박 이일 일정으로 집에서 3시간 거리에 있는 남해로 향했다. 고등학교 동창 모임을 그곳 어느 펜션에서 갖기로 되어 있었다. 대개 그렇듯 학창 시절부터 연락하고 지내는 친한 동기들이었다. 전국에 흩어져 살면서 일 년에 한 번씩은 모이자는 약속에 따라 곗돈을 붓고 있는 사이였다. 4명의 동창이 부부 동반으로 같은 장소에 집결한 것은 늦은 오후였다. 해가 뉘엿뉘엿 질 무렵이었다. 나머지 순서는 짐작하시는 바와 같다. 어울려 장 보고, 발코니에서 고기 굽고, 새벽에 이르도록 환담하는 것…. 나이가 들어서 그런지 술은 모두 예전 같지 않게 많이 자제하는 모습이었다. 평소 같으면 가장 먼저 혀가 꼬부라졌을 나도 생생한 모습으로 끝을 지켰다. 더 마시고 싶어도 가려움 증세가 발발하고부터는 더 마실 수도 없었다. 그나마 약으로 버티는 탓에 그 정도의 음주도 가능했다.

신체에 문제가 생긴 것은 다음 날이었다. 그날 일정은 펜션에서 20분 거리에 있는 근처 수목원을 둘러보고 점심 먹고 헤어지기로 되어 있었다. 나는 전날의 피로를 말끔히 씻지 못해 아내한테 운전을 맡겼다. 사실 아침 기상 때부터 나는 비실대고 있었다. 잠자리가 달라지면 잠을 잘 자지 못하는 타입이었다. 자는 것도 아닌 안자는 것도 아닌 상태로 밤을 지새웠다. 모두가 빠릿빠릿해 산책을 다녀오고 아침을 준비하는 동안에도 나는 누워서 미적거렸다.

"일나라, 인마. 네가 이러니 제수씨한테 만날 욕만 먹는 거다."

평소 그럴 것 같지 않은 놈들이 그날따라 주방을 차지하고는 돌아가면서 게으른 동창 한 명을 족쳐댔다. 술을 많이 마신 것도 아닌데 코끝에는 숙취가 느껴졌다. 머리는 납덩이를 매단 듯 무거웠다. '아, 왜 이러지.' 하면서도 나는 기신기신 일어났다. 속마저 편하지 못해 밥은 먹는 둥 마는 둥 했었다. 처음 드러난 증상은 멀미였다. 초행길인 데다 이리저리 굽은 지방도를 달리는 까닭에 아내는 속도를 내지 못했다. 그런데도 속이 메슥거리고 머릿속은 두뇌를 끄집어낸 듯 둔했다. 코너를 돌 때마다 어지럼증이 일어 눈을 감았다. 어찌 된 일인지 20분이면 도달한다던 수목원이 가도 가도 끝이 없었다.

간신히 수목원 입구에 다다랐을 때 나는 차에서 뛰어내려 숲으로 달려 갔다. 땅바닥에 고개를 처박고 속엣 것을 게워 내느라 아랫배를 움켜잡았다. 울컥하는데도 실제로 쏟아지는 것은 미미했다. 그래도 허리를 꺾은 채 한참 동안 헛구역질을 해댔다. 체기가 있나? 처음 나는 체증을 의심했다. 체기가 있으면 멀미를 동반하는 것은 일반적인 증세였다. 평소보다 과식은 안 해도 밤늦도록 상 앞에 앉아 있었던 것은 맞다. 게다가 선잠은 위장에 들어찬 내용물을 삭히는 데 방해가 되었을 것이 뻔했다. 그러고 보니 트림조차 나오지 않았다.

죽을 표정으로 뛰어가던 것과 달리 눈가를 말끔히 씻고 나오니 아내는 안심되는 모양이었다. 일시적인 것으로 받아들였다. 나 또한 그랬다. 억지 트림을 하다 보면 속이 편해지고 머리도 맑아질 것으로 기대했다. 그리고 실제로 수목원을 걷는 동안 컨디션은 눈에 띄게 좋아졌다. 청아한 숲의 공기가 머리를 맑게 했다. 겨울을 코앞에 둔 시점이라 낙엽송은 거의 져 바닥에 구르고 편백나무만이 하늘을 찌르고 있었다. 앞서거니 뒤서거니 대화하며 걷는 동안 멀미 기운은 완전히 가셨다. 속이 불편했으나 그래도 오후에 갈 먼 길을 생각해 준비해 온 음식 중 몇 가지를 추려 먹었다. 나는 내 몸이 정상을 회복한 것이라고 믿었다. 그러나 아니었다. 본격적으로 문제가 드러난 것은 친구들과 헤어지고 난 이후였다.

운전대를 내가 잡았다. 가능한 한 일찍 집으로 돌아가 쉬고 싶었다. 모임이란 항상 기대를 품고 가지만 잠시 만날 때를 빼면 나중에는 여러모로 불편했다. 아무리 허물없는 사이라고 해도 우리는 이미 20대가 아니었다. 마음대로 벗고 마음대로 씻을 공간이 필요했다. 집이란 바로 그런 곳이다. 나는 샤워하고 헐렁한 옷차림으로 소파에 드러누운 내 모습을 상상하면서 열심히 달리고자 했다. 그러나 출발하고 얼마 지나지 않았을 때였다. 갑자기 허리며 신체 여러 곳이 따끔거리기 시작했다. 따가우면서도 가려운 느낌인데 겨드랑이 아래 손을 넣자 오돌토돌한 게 만져졌다. 두드러기였다. 돌발적인 증상이었다. 시골길인지라 약국도 찾기 어려웠다. 더구나 일요일이었다. 상태가 점점 악화하여 아내와 운전을 교대했다.

그리고 본격적인 시련이 시작되었다. 멀미까지 다시 동반했다. 이제까지와는 전혀 다른 종류의 멀미였다. 언젠가 경험한 적 있는 뱃멀미보다 더 지독했다. 지구가 빙빙 도는 느낌, 발 디딜 곳 없는 허공에 사람을 띄워 놓고 마구마구 흔들어 대는 것 같은 고통 속에서 나는 신음했다. 몸을 뒤틀며 괴로워했고 중간에 차를 세우고 길섶에 뛰어들어 고개를 처박았다. 토하고, 또 토하고 나중에는 똥물까지 다 게워 냈는데도 진정되지 않았다. 차라리 바닥에 드러눕고 싶은 심정이었다. 게다가 그날은 각 집안의 묘사(墓祀)가 있는 시기와 겹쳐 고속도로의 정체는 말 그대로 주차장을 방불케 했다. 가다 서기를 반복하는 것이 달리거나 멈춰 선 것보다 더 견디기 어려웠다.

고속도로를 벗어나 국도로 내려섰다. 조금 돌아가더라도 정체를 피해 갈 수 있는 길을 택하고 싶었다. 그러나 실책이었다. 일정한 구간은 예상대로 잘 달렸다. 문제는 중간에 경유하는 한 공업 도시 앞에서 다시 고속도로로 올려야 하는데 차량이 막혀 꼼짝도 하지 않았다. 아내는 끊임없이 브레이크에 발을 올렸다 떼기를 반복했다. 짐작하시겠지만 그때마다 나는 몸부림쳤다. 말 그대로 지옥을 경험하는 중이었다. 평소 지은 죗값을 그와 같은 방식으로 치르고 있는지도 몰랐다. 10여 분이면 통과할 거리를 한 시간 이상 끌었다. 간신히 고속도로로 접어들어도 상황은 나아지지 않았다. 벌써 집에 도착해야 했지만, 해가 지고 어두워지도록 고속도로를 벗어나지 못했다. 차량의 미등이 마치 고인 물에 부유물 흘러가듯 천천히 떠밀려 갔다.

밤이 늦어 간신히 도착했다. 거의 녹초가 된 나는 씻지도 못하고 쓰러져 잤다. 다음 날 어지러운 증세는 진정되었지만, 두드러기는 여전히 가라앉고 재발하기를 반복했다. 그것은 지금까지 아토피로 발생한 발진과는 전혀 다른 형태의 가려움을 안겼다.

나는 비로소 내 신체에 심대한 문제가 발생했음을 깨닫기 시작했다. 피부에 드러난 겉이 중요한 것이 아니었다. 원인은 알 수 없으나 어떤 좋지 못한 상황이 내 몸 안에서 전개되고 있음이 분명했다. 이번에는 병원이 아니라 한의원을 찾아가기로 했다. 나이가 들면 몸의 호르몬 변화가 온다고 했다. 그것에 따라 체질이 변한 것인지도 모른다는 생각이 들어서였다. 체질에서 생긴 문제라면 양약보다 한약이 이로울 것 같았다. 역시 시골이 아닌 먼저 살던 도시로 향했다.

발목을 삐고 허리가 아파 한의원을 찾은 적은 있어도 아토피로 약을 처방받고자 가는 것은 처음이었다. 대개 한의원에 가면 원장과 대면 없이 곧바로 밀실 같은 물리치료실로 안내되었다. 진료는 그곳에 누운 채로 이루어졌다. 그리고 예외 없이 침을 놓거나 뜸을 떴고, 전기 자극을 주는 장치를 환부에 부착했다. 그다음 꾸벅꾸벅 졸다가 나온 것이 한의원에 대한 내 경험의 전부였다. 그러나 이번에는 원장실에서 별도의 면담을 가졌다.

내 나이 또래의 한의사였다. 한의사가 양의보다 나은 점은 환자 말을 잘들어 준다는 점이었다. 환자의 상태를 읽는 첫 잣대가 문진(問診)일지언데 어쩐 일인지 양의사는 환자의 이야기에 귀를 여는 것에 인색했다. 오히려 말이 많은 환자를 성가셔하는 편이다. 물론 다 그렇다는 것은 아니고 내가 접한 의사들은 그러했다. 나는 내게 일어난 일련의 변화에 대해 장황하게 설명했다. 어느 날 이유 없이 발발한 아토피, 그리고 최근 가세한 몸에 나는 두드러기에 이르기까지 비교적 소상하게 이야기했다. 병원 치료를 받았지만, 효과는 없고 한 달 넘게 진행 중이라 만성이 되는 것은 아닌지 걱정스럽다는 말도 덧붙였다. 그러자 말을 너무 길게 한 것 같아 무안해져서 잠시 입을 닫았는데 원장은 이해한다는 듯 조용히 고개를 끄덕였다. 차분한 그의 태도에 위안이 되었다.

이윽고 장시간 이야기를 듣고 난 한의사는 진맥을 시도했다. 나는 손목을 내밀고 그는 내 손목을 잡았다. 진지하고 엄숙한 분위기가 유지되었다. 팔딱이는 그 미세한 진동으로 무엇을 읽는지 몰라도 맥을 짚는 동안 그는 내 생년월일과 난 시(時)를 캐물었다. 조금 뜻밖이라 무슨 사주 보는 것도 아닌데 왜 그런 것이 필요하냐고 되물었다.

"체질을 아는 데 난 시와 생년월일을 아는 것이 중요합니다."

정말 그런 것이 관련 있는지 몰라도 어쨌든 묻는 대로 알려 주었다. 그의 손에서 건너온 따뜻한 체온이 내 손목으로 전해졌다. 여자 손님을 대할 때는 자칫 요상한 분위기가 될 수도 있겠다고 생각할 무렵 그의 손이 내 손목에서 떨어져 나갔다. 뭔가 허전함을 느끼면서도 나는 내 몸에 발생한 문제점을 그가 꼼꼼히 체크했을 것으로 믿었다.

"무슨 문젭니까?"

나는 수그린 어깨를 세우는 원장한테 질문했다. 자세를 고쳐 앉는 그의 등 뒤로는 두꺼운 의서(醫書)들이 꽂힌 체리 색상의 중후한 책장이 버티고 서 있었다.

"예?"
"아토피와 두드러기 원인이….."
"아! 모릅니다."
"예?"

나는 조금 어이없는 표정을 했다. 조금 전까지 진중하게 진맥을 시도한 사람의 대답이라고 하기에는 황당한 답변이었다.

"그러면 진맥은 왜…?"

"처방하자면 체질을 옳게 알기 위함입니다."

몸이 가려운 증세를 한의학에서 '소양증'이라고 하는 모양인데 사람마다 체질이 달라 그에 맞는 약을 짓고자 진맥했다는 설명이었다. 틀린 말은 아니지만 뭔가 부족이 느껴졌다. 나는 원인을 알고 싶었다. 원인을 알아야 치료법도 옳게 서는 것이 아닌가. 그런데 원인은 모르고 증상을 치료하겠다니 이게 무슨 말인가? 내가 불신을 보이자, 그는 특별할 것 없는 중 장년층에서 많이 발생하는 증세라며 안심시키려 들었다.

"웬만하면 한 질만 먹어도 효과를 보실 겁니다."

그의 말에 고개를 끄덕였는데 그 한 질 약값이 이십만 원이 넘는다는 것은 카운터에서 계산하면서 알게 되었다. 진맥도 짚고 처방도 받았으니, 계산을 안 할 수 없는 처지였다.

이튿날 약을 수령하면서 보니 비닐 팩에 든 약봉지는 아침저녁 두 차례 복용하는 것으로 20일 치였다. 병원 약이 남아 있음을 알렸을 때 한의원 원장은 모두 폐기하라고 했다. 연고는 발라도 되지만 한약을 먹는 동안 다른 약은 일절 먹지 말라는 것이다. 왠지 그 대목에서 원장의 말에 어떤 확신 같은 것이 느껴져 믿음이 갔다. 그래서 정말 한약 이외의 다른 약은 입에 대지 않았다.

이미 12월로 접어들고 연말이 다가오면서 나는 약간 초조해져 있었다.

오랫동안 개인 업(業)을 하며 재택근무를 한 까닭에 업무상 누구를 만나야 할 일은 없었다. 누군가를 접대해야 할 필요가 없는 직업이었다. 그래도 오십 중반의 남자라면 꼭 누군가로부터 연락을 받거나 연락하게 되는 시즌이 12월이다. 그동안 바쁘다는 핑계로 만남을 미루었던 사람들, 동창, 친구들….

"자식아, 넬모레면 육십이다. 어쩔래?"

이 정도 말에도 마음이 흔들릴 녀석이 한둘이 아니었다. 해가 가기 전에 꼭 봐야 할 그들과 마주 앉아 술 한 잔도 못 한다는 것은 지구 종말을 곁에 둔 것만큼이나 처참하게 느껴졌다. 그런 일은 결코 일어나서는 안 되겠기에 나는 조기에 약발(?)이 먹혀들기를 고대했다.

그러나 기대와는 달리 가려움은 쉽게 가라앉지 않았다. 처음부터 효과가 날 리 없지만, 오히려 약을 먹을수록 증상이 심해지는 것이 문제였다. 무릎의 반점은 허벅지를 타고 사타구니까지 번졌다. 연고를 아낌없이 발라도 그때뿐이었다. 해만 떨어지면 고통은 가중되었다. 무엇보다 발진이 피부 밖으로 드러나면서 목욕탕에 갈 수 없게 된 것도 큰 불편이었다. 가까운 곳에 부곡온천이 있고 먼저 살던 도시의 집도 온천장이 멀지 않아 종종 온천욕을 즐기는 편이었다. 아토피가 전염되는지 어떤지는 몰라도 어쨌든 남 보기에 좋지 않은 것만은 분명했다. 날은 점점 추워지는데 따뜻한 탕에 들앉고 싶은 욕망이 아무리 간절해도 현실은 집 안 욕조와 샤워 꼭지에 만족해야 했다.

나는 기어이 한의원 원장의 지시를 어기고 다른 약을 복용했다. 하루는 두드러기가 몸 전체를 점령했기 때문이었다. 겨드랑이며 허리둘레, 허벅지 곳곳이 부르트기 시작했다. 따갑고, 가렵고, 죽을 맛이었다.

"가능한 한 견뎌 보세요."

두드러기가 발생하면 어찌하느냐의 질문에 당시 원장이 한 말이었다.

"심할 때는 어쩝니까?"
"심하면 어쩔 수 없지만 가능한 다른 약은 안 먹는 게 좋습니다."

지금이 심한 경우라 판단하고 기어이 약국을 찾았다. 약사는 짙은 분홍색 캡슐이 든 알레르기 약을 건네주었다. 이 열로 다섯 개, 총 열 캡슐이 포장되어 있는데 하루 한 알씩만 먹으면 된다고 했다. 한의사는 그런 판매 약은 일시적으로 증상만 가라앉힐 뿐 근본적인 치료는 안 된다고 했다. 그러나 당장 내게 필요한 것은 현재 벌어진 증상을 없애는 것이 중요했다. 효과는 즉시 왔다. 이십 분쯤 지나자 우둘투둘한 두드러기의 트러블이 서서히 사라지기 시작했다. 아토피 피부염은 그대로였다.

한약 효과는 거의 없었다. 나중에 천천히 약효를 낼지는 몰라도 열흘이 지나도 가려움은 전혀 줄지 않았다. 그나마 다행인 것은 연고를 계속 처바른 까닭에 아토피 진행이 답보 상태에 머물렀다는 점이었다. 그러다 연고가 떨어졌다. 연고를 처방받기 위해서는 병원에 가야 했다. 처음에는 약국에 가서 아무 연고나 사 바를까 하다가 그즈음 한약에 대한 믿음이 차츰 상실되어 가던 무렵이라 다시 병원을 찾았다. 그놈의 조제한 약값이 아까워 억지로 챙겨 먹기는 했으나 사실 먹으나 마나 매한가지라는 생각은 진작 하던 중이었다.

병원을 바꾸기로 했다. 다른 피부과를 찾았다. 같은 전문의라도 제각각의 경험에 따라 잘 보는 분야가 따로 있을지 모른다는 판단에서였다. 먼저 피부과는 풀독에 대해서는 분명히 일가견이 있었다. 그러나 이번 증상에 대해서는 젬병이었다. 풀독은 젬병이라도 현재 증상을 치료해 줄 의사를 만나고 싶었다. 그래서 먼저 병원과 한 블록 떨어진 길 건너 큼직한 피부과 간판이 붙은 건물로 향했다. 평소에는 몰랐는데 피부과 의원이 흔한 것에 조금 놀랐다. 깔끔한 엘리베이터를 타고 오르자 곧바로 대기실과 연결되는 구조였다. 어쩐지 여자 미용실과 같은 실내 분위기가 이상했지만 일단 접수했다. 스마트폰에 고개를 숙인 젊은 청년 한 명을 제외하면 모두 여성만 앉아 잡지를 넘기고 있었다. 손님은 많지도 적지도 않은 적당한 수준이었다. 잔잔하게 흐르는 클래식 음악이 대기실에 앉는 사람들에게 안정감을 주었다.

진료실과 연결된 통로에는 유리로 칸막이를 한 부스가 둘 보였다. 미용실에서 봄직한 의자가 뒤로 젖혀져 있고 여성 환자 두 명이 누워 있었다. 한 명은 흰색 바가지를 얼굴에 덮었고 다른 쪽은 전동 칫솔 같은 기구로 간호사가 무엇인가 처치 중에 있었다.

내 차례가 왔다. 호명에 따라 진찰실로 들어서자 늙수그레한 남자 환자를 맞이한 의사는 조금 의외라는 반응을 보였다.

"무슨 일로…."

나는 출입구를 돌아보며 머뭇댔다. 환부를 보이자면 아무래도 바지를 내려야겠는데 활짝 열린 문이 신경 쓰였다. 하는 수 없이 바지를 걷기로 했다. 그러나 의사는 단박 내 행동을 제지했다.

"그냥 말씀만 하세요."
"아토피인데 보셔야 할 것 같아…."
"괜찮습니다. 그냥 말씀만 하셔도 됩니다. 언제부터?"

이야기하자면 길었다. 나는 나에게 있었던 그동안의 기나긴 치료의 모든 과정을 다 설명하고 싶었다. 그런데 의사는 이야기도 듣지 않고 환부도 보려 하지 않은 채 서두르는 기색이 역력했다.

"언제부터 그렇죠?"
"아니, 제가 드리고자 하는 말씀은…."
"아토피라면서요?"
"그렇긴 한데…."
"얼마나 되었습니까?"

의사의 진료 행태에 무성의가 느껴졌다.

"좀 오래되었습니다. 지금은 한약까지 먹고 있는 실정입니다."

그 대목에서 의사의 시선이 내게 돌아왔다. 이맛살이 찌푸려져 있었다. 어떤 알 수 없는 비난이 담긴 표정이었다.

"아니 왜 그런 것을 먹고 그럽니까?"

나는 입을 벌리고 말았다.

"하도 병원에 다녀도 안 낫기에…."
"아토피 대부분이 먹는 것에서 비롯되는 거 모릅니까. 그런데 그런 검증 안 된 것을…,"
"한방도 나름대로 처방한 겁니다."

언성이 높아졌다. 자제하려 해도 한방에 대한 그의 편견이 못마땅하게 여겨졌다. 한약이 효과가 없었던 것은 맞지만 그동안 경과를 볼 때 양약도 마찬가지였다. 내가 의외로 대응하자 의사는 갑자기 입을 닫고 잘근잘근 입술을 씹어댔다. 의사는 환자를 잘못 만났고 환자는 병원을 잘못 찾은 것이 분명했다. 서먹한 분위기 속에 의사는 의사대로 나는 나대로 침묵을 지켰다. 의사는 말없이 처방전을 써 주었다. 3일 치 복용할 약과 바를 연고였다. 믿음이 상실된 약이 얼마나 효과가 있을까마는 아무튼 연고가 필요한 까닭에 처방전을 받아 나왔다. 짐작하시겠지만 역시나 마찬가지였다.

그런 와중에 정말 빠지면 안 될 모임에 관한 연락 하나를 받게 되었다. 내가 졸업한 대학의 모(某) 교수 정년 퇴임식에 꼭 참석해 주십사하는 문자였다. 그런 연락은 대학원 과정이라도 거쳤다면 모르나 학부 과정에서 끝난 일반 졸업생에게까지 오는 경우는 드물었다. 재학 시절 나는 형편이 좋지 못했다. 휴학과 복학을 거듭하는 동안 몇 차례 도움받은 분이기는 해도 졸업한 지 벌써 30년이나 되어 가는 판국이라 거의 잊힌 사람이었다. 기억도 가물가물한 그 교수가 갑자기 정년퇴임을 챙겨야 할 사람으로 변모하게 된 사연은 현재 사는 귀촌과 관련이 있었다. 추려서 설명하면 이렇다.

내가 귀촌한 마을에는 전통 장작 가마로 도자기를 굽는 공방 하나가 있다. 나보다 꼭 한 살 많은 도예가의 집으로 다기(茶器) 쪽으로 제법 명인이라 소문 난 사람이었다. 처음은 서로 데면데면하게 지내 왔으나 그럭저럭 오가는 사이 친구 관계로 발전했다. 늘 가면 차(茶) 대접을 받았는데 하루는 우리 집에 초대했다. 그동안 얻어먹었으니 나도 뭔가 대접해야겠기에 마련한 술자리였다. 저는 차를 권하고 나는 술을 권한 것이다. 늘 차만 마시는 모습에 점잖은 사람으로 보아 조심스러웠는데 알고 보니 이 친구가 술고래였다. 자신의 공방은 도자기 빚는 곳이라 분위기상 술을 자제해도 밖에서는 종종 마시는 편이라고 했다. 솔직히 귀촌 후 가장 아쉬운 부분이 술친구였던지라 나는 내심 반가웠다.

한 일 년 어울려 열심히 퍼마셨다. 그 친구도 가마 때문에 시골로 왔을 뿐 원 태생은 도시였다. 내가 살던 같은 도시였다. 그러다 보니 어쩌면 겹치는 부분도 있지 않을까 싶어 하루는 이것저것 서로의 족보를 따져 묻게 되었다. 그러다 어찌어찌하여 학교 이야기까지 나오게 되었는데 내가 졸업한 대학의 학과에 대해 듣고 그 친구가 놀라는 표정을 했다. "어! 그러면 너 그 학과 류 교수라고 알겠네?" 했다. 우리 학번 지도교수였다.

"네가 그 교수 어떻게 아는데?"
"잘 알지. 우리 집에 차 마시러 자주 오거든."

세상은 참 넓은 것 같지만 좁다. 그래도 그러거니 하고 말았으면 좋았을 것을 친구의 주선으로 즉석 통화까지 이루어졌다. 졸업 후 한 번도 만난 적 없어 남이나 다름없던 사람이 다시 아는 사람이 되는 순간이었다. 따지고 보면 다 술 탓이었다.

학과에서 준비한 퇴임 행사는 조촐했다. 연락을 받고 온 졸업생들이 앞줄에 앉고 강제 동원이 분명한 재학생들은 뒤쪽에 자리를 채웠다. 여러 사람이 돌아가면서 인사말을 했다. 퇴임할 교수는 마지막에 연단에 올랐다. 그는 감회 어린 표정으로 말을 이어갔다. 딱딱한 나무 의자에 앉아 본 기억이 가물가물한 졸업생들은 벌써 허리를 꼬고 비틀기 시작했다. 간단히 끝내면 좋겠는데 교수는 그가 학교에 오던 날로부터 퇴임하기 전 과정을 술회하며 지루하게 시간을 끌었다.

마침내 연설이 끝나자 나는 잔등을 주먹으로 쿵쿵 쳐대며 일어났다. 1차로 몰려간 식당은 졸업생, 재학생 할 것 없이 뒤섞여 무슨 도떼기시장 같은 분위기였다. 마침 아는 교수 한 분을 발견하고 꼽사리 껴서 저녁을 먹었다. 담소 중 술잔이 왔으나 나는 입에 대는 척만 하고 내려놓았다. 나름대로 자제한 것이다. 2차로 몰려간 곳은 노래방이었다. 평소 절친한 동료 교수 몇 명과 나이 든 축에 속하는 졸업생이 동행했다. 나도 고참(古參)에 해당했기에 모처럼 만난 동기와 어울려 류 교수의 뒤를 따랐다. 노래만 하지 않으면 대화하기로는 그보다 조용한 곳이 없다는 이유였지만, 계단 아래서 류 교수를 맞이하는 주인 여자는 친정 오빠 대하듯 반색했다.

스무 명가량 앉을 수 있는 그 집에서 가장 큰 방을 배정받았다.

"자주 오는 곳입니까?"

졸업생 누군가가 이렇게 물었고, 류 교수는 "뭐 별로…." 했는데 주인 여자의 남다른 환대로 미루어 볼 때 단골이 분명해 보였다.

어쨌든 모처럼 만난 사람이 많아 한동안 환담이 오고 갔다. 아는 얼굴 모르는 얼굴이 뒤섞인 탓에 통성명과 수인사도 나누었다. 안주가 차려지기 바쁘게 술잔이 돌았다. 맥주잔, 소주잔이 어울린 화기애애한 분위기 속에서 나는 빈 잔이 보이면 열심히 채워 주었다. 대신 내게 오는 잔은 이미 있는 잔을 들어 보이며 입에 대는 척했다. 스스로 생각해도 가상한 대처이고 인내였다. 그러나 나 자신이 한심하게 느껴지는 것은 어쩔 수 없

었다. 술을 먹을 수 있으나 먹으면 안 되는 처지…. 누군가 류 교수의 십팔
번이라는 최백호의 〈낭만에 대하여…〉를 허락 없이 선곡했고 분위기는
곧장 노래방 본연의 모습으로 돌아갔다.

자정이 임박할 때쯤 밖으로 나왔다. 슬그머니 사라진 족속이 많아 남은
인원은 절반으로 줄어 있었다. 류 교수는 3차를 부르짖었으나 다음 날이
평일이라 대부분 사람은 뒷걸음질을 쳤다. 나도 떠나고자 했다. 그쯤이면
충분히 예의를 차린 것이라 믿었다. 그런데 동행할 사람이 줄자 류 교수
가 대뜸 뒤에 숨은 나를 불러 세웠다.

"너는 출근 안 하잖아."
"예?"
"하루 종일 집에 있는 놈이 뭐가 바빠 가는 거야."
"집에서 일합니다."
"어쨌든 출근은 않잖아. 남아!"

그래서 본의 아니게 남는 쪽으로 분류되었고 3차까지 뛰게 되었다. 다
섯 명이 잔류했고 차량으로 이동한 곳은 일본 사케 술을 파는 일식집이었
다. 류 교수의 집 근처라고 했다. 짐작하시겠지만 나로서는 굉장한 고역
이었다. 사람이 많을 때는 누가 잔을 들고 놓는지 모르는데 그곳에선 곧
장 정체가 탄로 났다. 류 교수가 잔을 받아 놓고 뭔 고사(告祀)냐고 타박
한 것이다.

"넌 원래 술 마시잖아."

"예, 그런데 지금은 못 마십니다."

"왜?"

"몸이 좀 그래서…."

우물쭈물 대답을 못 하자 류 교수는 내 안색을 살폈다.

"심각한 상태가?"

"그것은 아니고. 저… 뭐, 하여튼 좀 그렇습니다."

죽을병은 아니지만 그렇다고 아토피 때문이라고 고백하기에도 좀 그랬다. 한 잔만 마셔도 반응은 즉각 온다. 두드러기까지 일었다. 술을 자제하고 있는 지금도 무릎이며 등, 머리가 근질거려 미칠 지경이었다. 여러 사람 앞이라 벅벅 긁을 수 없어 참고 있다가 슬쩍슬쩍 긁는 중이었다. 다른 것도 아니고 몸이 근지러워 그렇다면 지저분하게 여길 것이 뻔했다. 류 교수는 더 이상 묻지 않고 다행히 권하지도 않았다. 그러나 그는 인상 깊은 멘트 하나를 남김으로써 마지막까지 사람 마음을 아프게 했다.

"참 안됐다. 무슨 낙으로 사노? 그 나이에 술도 못 하고…."

비참한 기분이었다. 하루빨리 몸이 좋아져야 할 이유가 분명해진 것이다. 연말은 이제 코앞에 닥쳐 있었다. 술 한 잔 못 마시는 송년이라면 차라리 어디에도 나가지 않고 집에 칩거하느니만 못했다. 누구와도 만나지 않는 게 나을 수도 있는 것이다. 이런 생각을 하자 더욱 우울해졌다.

자리가 파한 것은 새벽 두 시를 넘긴 후였다. 초저녁부터 이어진 술자리임을 감안할 때 거의 폭음(暴飮)이나 다름없는데도 칠순 가까운 노(老) 교수는 말짱했다. 자그마한 체구임에도, 옆 꾸리에 술 부대를 따로 차고 사는지 꼿꼿하게 바이바이 손 흔들고 사라졌다.

양약을 먹어도 한약을 먹어도 효과가 없어 더 이상 병원과 한의원을 찾지 않았다. 대신 두드러기가 심하면 약국에서 산 분홍색 캡슐을 한 알씩 삼켰다. 떨어지면 같은 약을 사서 먹었다. 툭툭! 부르튼 두드러기는 약을 먹으면 천천히 가라앉았다. 문제는 무릎과 허벅지, 허리에 번져 있는 아토피였다. 붉은 반점은 어찌 된 판인지 연고도 약도 듣지 않았다. 머리가 근지러운 것도 여전했다. 세상에는 불치병도 많고 난치병도 많다지만 아토피도 그런 질병 중 하나인 것이 분명했다. 한약과 양약, 어떤 연고도 소용없다면 이놈의 질병이 암이나 백혈병과 무엇이 다르냐 말인가.

시원한 바람을 맞으면 증상이 완화되어 밤이면 마당을 서성거렸다. 낮에는 근처 위양 못을 산책했다. 그늘진 곳에는 얼음이 얼어 있었다. 찬바람이 쌩쌩 불어오자, 숲속의 낙엽들이 우수수 떨어졌다. 산천이 헐벗고 있었다. 가장 추운 계절, 오히려 벗음으로써 자연에 순응하는 나무를 대하자 나도 모르게 울컥 감정이 솟구쳤다. 귀마개에 목도리를 감싸고 걷는 나 자신이 부끄러웠다. 꼬챙이 같은 나뭇가지에서 바람 소리가 났다. 찔끔찔끔 눈물을 쏟으며 나는 산책로를 따라 걸었다. 나는 내 몸이 늙고 있음을 비로소 인정했다. 피부가 전에 없이 신음하는 것은 세포가 노화되었기 때문이라고 생각했다. 호르몬의 변화니, 갱년기니 하는 말을 결국 늙었다는 말의 다름 아니지 않은가. 아, 드디어 나도 볼 장 다 본 늙은이의 반열에 들어섰단 말이 아닌가.

왠지 아무것도 이루지 못한 채 막다른 골목에 다다른 것 같은 초조와 허무가 동시에 엄습했다. 나는 걸음을 멈추었다. 먼 산등성이 위로 빈 하늘이 이어졌다. 겨울 하늘은 새털구름 하나 없이 청명했다. 문득 나 자신이 여기가 아닌 저기, 저 너머 어딘가에 있는 것은 아닐까 하는 착각마저 빠져들게 했다.

연고가 떨어졌다. 나는 약국을 찾아갔다. 특별히 효과를 기대할 수 없다면 병원 처방이나 약국에서 집어 주는 아무 약이나 무슨 차이가 있나 하는 자포자기의 심정이었다. 약사한테 증상을 설명하고 해당 연고를 부탁했다. 약사는 환부를 보고자 했다. '의사도 아닌 사람이 뭘 보겠다는 것인지…' 하면서도 나는 순순히 허리를 걷어 보였다.

"아, 아토피!"

약사는 한눈에 진단을 내리고 약품이 진열된 선반으로 갔다. 그리고 곽에 든 연고 하나를 들고 와 건넸다. 삼천 원이라고 했다.

"이거 며칠 바르면 나을 겁니다."

나는 연고를 건네받으며 희미하게 웃었다. 정말 그랬으면 좋겠으나 솔직히 믿음은 없었다. 만약 약사가 방금 본 그 발진 때문에 몇 곳의 병원을 전전하고 한약까지 먹었다고 한다면 어떤 표정일지 궁금했다. 그저 주변으로 번지는 것을 방치할 수 없어 아무 연고나 바르고자 할 뿐이었다. 시간이 가면 나을지 모른다는 아내의 말을 유일한 위안 아닌 위안으로 삼았다. 아내는 내 몸이 지금의 상태에 이른 것이 젊었을 적 함부로 굴린 탓이라 했다.

"생각해 봐요. 얼마 전까지 얼마나 퍼마셔 댔는지."

이날까지 누적된 과음이 신체의 밸런스를 허물어 피부 질환을 불렀다는 것이다. 음주가 세포에 어떠한 영향을 준다는 주장이 황당해 보여도 어쨌든 몸 상태가 이전과 다름은 인정해야 했다. 몸이 회복되려면 시간이 필요하고, 그러자면 기다림보다 명약은 없다는 것이 아내의 주장이었다. 그동안 금주(禁酒)는 필수라고 못 박았다.

사실이고, 사실이기를 간절히 바랐다. 실제로 난치로 애를 먹던 사람도 시간이 가면서 순순히 낫는 경우도 있다. 그와 같은 믿음을 바탕으로 꾸준히 연고를 발랐다. 다행히 몸에 발생하는 두드러기는 차츰 줄어들고 있었다. 솔직히 나는 보라색 알약을 삼킬 때마다 이것이 내성을 일으켜 약성을 발휘하지 못하면 어쩌나 하는 걱정을 했다. 한의사도 양의사도 처방 없이 먹는 약에 대한 부작용을 지나치게 부풀려 말했다. 일종의 경고였다. 때문에 알약을 삼키는 동시에 근심도 함께 커졌다. 한 알이 안 들면 두 알을 먹어야 하고, 다시 세 알로 증가하다 결국 약발이 안 받는 악성으로 발전하지는 않을까 노심초사했다.

다행히도 그런 일은 일어나지 않았다. 오히려 매일 먹던 알약을 하루걸러 먹어도 될 만큼 호전되고 있었다. 약효가 길어진 것인지 내 몸 저항력이 좋아진 것인지는 알 수 없었다. 어떨 때는 하루에 한 알, 이틀 만에 먹다가 다시 약효가 줄어 하루로 당겨지고⋯. 왔다 갔다 했다. 그 사이 피부에도 변화가 생겨났다. 발진이 엷어졌다. 약사가 챙겨 준 연고가 약발이 먹혀들고 있었다. 그것은 지난날 여러 의사의 처방을 비웃는 것이나 다름없었다. 의사가 아닌 약사가 올바른 약을 처방하다니! 그것도 환부를 한번 보고 간단히⋯. 발진이 엷어지자 가려움도 조금씩 가라앉았다. 연고가 떨어지면 하나씩 사 오던 것을 서너 개씩 왕창왕창 사 왔다. 거의 남용하다시피 했다. 옷에 약이 묻지 않도록 아예 팬티 바람으로 생활하기도 했다. 재택근무가 장점인 것은 바로 이런 경우였다.

변화는 갈수록 뚜렷했다. 그러는 동안 달이 가고 해가 갔다. 연말 연초 불가피하게 만나야 할 사람이 없지는 않았지만, 나는 단 한 방울의 술도 입에 대지 않았다. 아니, 마시지 못했다. 마치 딴 사람 만난 듯 멀뚱멀뚱 쳐다보는 사람들한테 사정을 둘러댔다. 피부병 때문이라고 말하지 않고 먼저 류 교수 퇴임 때 써먹던 수법을 사용했다. 죽을병이 든 사람 시늉을 했다.

"오죽하면 내가 이러겠니⋯."

엄살을 떨면 처음은 배신자 대하듯 하던 친구들도 곧 안쓰러운 표정을 했다.

"불쌍한 놈 어쩌다가…."

진심 어린 동정을 보냈다.

구정을 넘기고부터 아토피와 발진은 거의 사라졌다. 다만 간간히 재발하는 두드러기가 사람을 괴롭혔지만, 그것도 나름대로 예측이 가능해졌다. 가령 트림이 자유롭고 방귀가 잦으면 두드러기가 발생하지 않았다. 속이 갑갑하고 소화가 잘 안 된다 싶으면 어김없이 피부가 부르텄다. 소화기 계통과 연관된 어떤 문제가 두드러기를 유발하는 것 같았다. 때문에 조짐이 이상하다 싶으면 보라색 알약보다 소화제를 먼저 삼키는 날도 생겨났다. 그리고 방귀를 뀌면 예방이 되었다.

"뿡! 뿡!"

문제는 머리였다. 머리의 가려움은 좀체 낫지 않았다. 우선 머리카락 탓에 연고 바르기가 수월치가 못했다. 병원에서 처방받은 약이 있어 몇 차례 머리에 덧칠해 보다가 그만두었다. 머리카락 때문에 환부에 쉽게 닿지 않았다.

멀쩡하다가도 가렵기 시작하면 미칠 것 같았다. 정수리를 기준으로 가장자리로 갈수록 심했다. 쥐어뜯듯이 긁어도 시원치 않았다. 머리를 이리저리 만져 보면 오돌토돌하게 솟은 것이 만져지는데 가려움은 그 주변에서 발생했다. 특히 밤은 심해 책을 보거나 무슨 일을 해도 집중할 수 없었다. 자다가도 벌떡 일어나 긁어댔다. 쥐어뜯기도 했다. 다른 사람과 있는 자리에서 머리를 긁적이면 그보다 지저분하게 느껴지는 일도 없었다.

수북하게 빠진 머리카락을 나는 우울하게 쳐다보곤 했다. 숱은 많은 편이었다. 그러나 매일 긁다 보면 한 움큼씩 빠져 달아났다. 이러다 정말 대머리가 되는 것은 아닐지 염려되었다. 구순에 이른 부친은 돌아가시던 날까지 쌩쌩하게 백발을 간직하셨는데 그의 아들은 원인 모를 질환에 대머리가 되어야 한다.

마침내 나는 결심했다. 아내에게 이발 기구를 내오라고 이른 것이다. 아이들이 어릴 적에 아내가 직접 머리 손질을 하고자 산 이발 기구였다. 어설픈 솜씨에 머리를 맡겼던 큰아이는 대학을 입학하면서 제 엄마로부터 풀려(?)났다. 딸아이는 요즘도 긴 머리를 손질하는 데 있어 제 엄마와 다툼이 잦다. 그렇지만 내 머리는 박박 밀어야 한다. 솜씨 따위랑 아무 상관없는 이발이다.

아내는 몇 번이고 내 결심을 되물었다. 처음엔 농담으로 받아들이다 실제로 보자기를 두르고 거울 앞에 앉자 더럭 겁이 나나 보았다. 이발 기구를 챙겨 오면서도 몇 번이고 내 의지를 확인하려 했다.

"그냥 밀어라."
"어떡해, 정말…."

아내는 안절부절못했다.

"다다음주 조카 결혼도 있는데 미루면 안 돼?"
"모자 쓰면 돼."

뒷덜미에 닿는 떨림이 아내의 것인지 기계에서 비롯되는 것인지 구별이 안 되었다. 생각해 보니 이렇게 왕창 머리를 미는 것도 군 입대를 제외하면 처음 있는 일이었다. 손질이 필요 없는 이발이라 아내는 오래 끌지 않았다. 발아래 머리카락이 수북이 쌓여 갈수록 위로는 시원해졌다. 아내는 흉측한 모습이 보기 싫어 고개를 돌렸고 나는 맨머리를 쓸며 일어났다. 거울 앞에는 내가 아닌 낯선 이가 마주 섰다.

물을 묻혀 머리 위로 잔뜩 비누질했다. 약을 바르자면 피부가 드러나야 한다. 머리 면도를 하기 위해서였다. 거울을 마주 보고 선 빡빡머리 사내를 바라보았다. 험상궂다는 아내의 표현은 정직했다. 저런 흉한 몰골로는 어디가 중노릇도 못 할 것 같았다. 그러나 저게 내 본 모습이다. 고개를 꺾고 면도날을 들이댔다. 까칠한 머리카락을 면도날이 밀고 지나갔다. 나는 묵묵히 수행하듯 작업을 이어 갔다. 사각거림이 지나간 자리에는 형광 빛 조명이 미끄러졌다. 파르스름한 빛깔이 도드라질수록 나는 내가 새롭게 태어나는 것이라 믿었다.

2019 02 27

짚

나는 짚이랍니다. 누런 황색에 지금은 생명이 다해 볼품없지만, 사람들이 소중히 취급하는 작물 중의 하나랍니다. 따뜻한 초여름, 모로 키워져 물이 찰랑대는 논에서 여름 내내 초록으로 하늘을 우러렀지요. 하늘이 높아가고 알곡이 여물기 시작하면, 초록은 차츰 황금빛으로 물들고 이윽고 벼로서의 생을 마감하게 됩니다. 우리 생은 그렇게 짧습니다. 알곡을 털린 몸뚱이는 미련 없이 논바닥에 버려집니다. 메뚜기와 참새 떼, 허수아비로 풍성하던 벌판은 헐벗은 모습이 되고 나는 물기 없는 바닥에 잘린 밑동을 베고 누웠지요.

하늘이 높습니다. 높아진 하늘만큼 태양도 물러났을 텐데 볕이 따가운 이유를 알 수 없습니다. 아무리 눈을 감고 버텨도 볕은 내 몸 구석구석을 침투해 듭니다. 여기저기서 들리는 서걱대는 소리는 나와 내 동료가 볕에 말라 가는 소리입니다. 생명이 소멸하는 소리입니다. 사물을 구성한 원자가 본래의 자리로 돌아가는 소리입니다. 해가 저물고 선선한 바람이 붑니다. 바람은 내 몸에 남은 한 방울의 수분까지도 앗아 가고 우리는 그렇게 짚과 지푸라기로 황량한 풍경의 일부가 되었습니다.

우리는 버려지는 것이 맞습니다. 애초부터 버려질 운명이었으니까요. 콤

바인의 거친 동체가 논바닥을 누비는 순간 나와 내 몸의 일부는 무참히 분리되었습니다. 예정된 수순에 따른 것이지요. 나는 바닥에 눕고 나락은 하늘로 치솟습니다. 그리고 부대에 담겨 떠났답니다. 여름내 소중하게 키워지고 귀하게 자랐지만 결국 사람들이 원했던 것은 나락이었던 셈이지요. 누구도 볏짚을 가지려고 농사짓지는 않습니다. 그렇게 우리는 버려집니다.

바람 한 점 없는 허공에서 낙엽이 집니다. 놀이 물든 하늘에는 기러기가 갑니다. 나와 분리된 나의 일부는 지금쯤 어디에 있을까요? 부대에 담겨 창고에 쌓였거나 쌀독에서 누군가의 곡식으로 저장되어 있겠지요. 수천 년, 수백 년을 그리했듯이 몇몇은 볍씨가 되어 새로운 삶을 이어 갈 겁니다. 8천 년 넘게 사람과 동거해 왔다고 합니다. 공생의 관계이지요. 자연계를 돌아볼 때 우리처럼 안정적으로 종자를 퍼뜨리는 생명체도 흔치 않답니다. 미련 따위는 있을 수 없습니다.

따라서 이곳에 남겨지는 나의 이야기도 버려진 것에 대한 소외(疏外)나 허무한 소멸에 대한 술회(述懷)가 아닙니다. 무엇이든 사라지는 것은 자연의 이치이지요. 바람과 이슬과 볕으로의 환원이야말로 가장 편안한 안정(安定)을 의미하는 것이니까요. 버려지고, 버려질 수만 있다면, 버려짐으로써 얻는 안식이야말로 진정한 평안 그 차제일 것입니다. 무릇 생명을 가진 만물 중 어느 것 하나 그와 같은 휴식을 기대하지 않는 생명체가 있을까요? 시간이 온전히 멈출 수만 있다면 그것은 차라리 축복입니다.

그러나 시간은 정지해 있지 않습니다. 해가 지고 다시 해가 뜨기 때문입니다. 바람이 부는 까닭입니다. 밑동이 잘리고 낱알을 잃음으로써 생물로서 일생은 마감했으나 우리는 '짚'이라는 새로운 이름을 얻습니다. '볏짚'이라고도 하지요. 사람들은 쓸모없는 것에 이름을 짓지는 않습니다. 이슬에 젖고 볕에 말라도 쓰임새가 있는 사물은 완전히 사라지는 법이 아니랍니다. 볏짚으로 다른 삶을 이어 갑니다. 너른 벌판에 열을 갖추어 누워 있는 것도 잠깐의 휴식에 불과합니다. 볏짚의 용도는 셀 수 없이 많으니까요.

가장 흔한 용도가 소의 여물입니다. 사람은 낱알을 먹고 소는 볏짚을 먹는 거지요. 하나의 생명이 소멸함으로써 다른 생명으로 이어지는 것…. 이것이 윤회(輪廻)가 아닐까요? 따라서 소멸이란 처음부터 존재하지 않은 것일 수도 있습니다. 환원(還元)되고 또 환원되는 그 끝없는 영속(永續)의 과정에서 생명은 아주 짤막한 현상에 불과할지도 모릅니다. 어쨌든 우리는 소의 여물이 됩니다. 그래서 추수가 끝난 논에는 하얀 비닐로 감싼 볏단 묶음을 쉽게 목격할 수 있습니다. 부패를 막고 발효를 위한 일종의 저장 수단인 셈이지요.

한때는 가마니를 짜기도 하고 새끼를 꼬는 용도로도 사용했습니다. 무엇인가를 담고, 무엇인가를 묶는 물건이 되었지요. 삼용이가 밤늦도록 삼 았던 사월이의 신도 짚이 재료였답니다. 지금은 사라졌지만, 과거엔 초가의 지붕이 되고 비가 오는 날 두르던 도롱이도 짚으로 엮은 물건이랍니다. 멍석과 삼태기로도 변신하고, 함지를 이던 어머니의 머리 위에 놓이던 똬리가 되기도 했습니다. 흙담을 견고하게 하는 데도 짚의 역할은 중요지요. 이렇듯 우리는 하나이면서 하나가 아닌 다른 모습으로 태어나 새로운 사연을 갖습니다.

그중에도 가장 독특한 변신은 유약입니다. 도자기의 겉을 감싸는 재료이지요. 흙으로 빚어 수천 도의 고열을 견뎌야 비로소 완성되는 그것을 위해 우리는 기꺼이 재(灰)가 된답니다. 도공(陶工)은 한 무더기의 볏짚을 쌓고 불을 놓습니다. 불은 순식간에 타오릅니다. 불길 속의 볏짚은 형체 없는 모습으로 변해 갑니다. 한 줌의 재를 얻기 위해 도공은 수십 단의 볏짚을 다시 불 속에 던져 넣습니다. 분자가 나뉘고 원자로 쪼개져 타오르고 타오르던 불길은 마침내 사그라져 재가 됩니다.

사물이 타서 없어지는 것, 그것이 곧 사멸(死滅)을 뜻하는 것이 아니던가요. 그토록 고대하던 시간의 정지…. 윤회의 끝에 다다른 것 같습니다. 그러나 끝은 없습니다. 영원한 순환과 반복이 우주를 구성하는 본질이니까요. 짚은 재가 되었습니다. 지키고 선 도공은 비를 듭니다. 결이 고운 비로 씁니다. 없애기 위해 태운 것이 아니기 때문에 소중히 재를 모읍니다. 참으로 아이러니가 아닐 수 없습니다. 본래의 모습을 잃은 잿빛 가루에 지나지 않지만, 도공에게는 없어서는 안 될 중요한 유약의 재료입니다.

나는 재(灰)가 된 짚이랍니다. 회백색 숯덩이에 불과하지만, 우리가 불에 탄 이유는 도자기의 겉을 치장할 잿물이 필요했기 때문입니다. 여물로, 가마니로, 짚신으로, 삼태기로…. 다른 나의 형체가 여러 모습과 이름으로 거듭났어도 본래의 형질(形質)을 버리지는 않았습니다. 그러나 재는 사멸해야만 만들어지는 존재랍니다. 온전히 자신을 태워 없앰으로써 다른 무엇을 위해 거듭나는 것, 짚은 재가 되고 재는 유약(釉藥)이 됩니다. 빛으로의 환생을 위한 마련이지요. 머지않아 변치 않는 광택이 되어 영원히 반짝반짝 빛을 내게 될 겁니다.

2016 01 13

연못 비단잉어 실종 사건

"알 수 없는 일이다. 알 수 없는 일이라…." 케이는 고개를 갸웃거리며 혼잣말을 했다. 벌써 며칠째 연못 속을 들여다 보지만 물고기들의 모습은 한 녀석도 보이지 않는다. 원래 같으면 십여 마리의 비단잉어가 수면 아래로 떠다녀야 정상이었다. 그런데 어찌 된 영문인지 어느 한 날 한 시에 놈들이 몽땅 사라져 버렸다. 수면 위를 덮은 연잎을 헤쳐 보아도 녀석들의 흔적은 찾을 수 없다. 케이는 혹시나 싶어 기다란 작대기를 밀어 넣어 연(蓮)이 뿌리박고 있는 물속 화분을 두들겨 보았다. 보통 활동이 없는 겨울 동안은 화분과 돌 틈 사이에 숨어 정지된 형태로 머물러 있을 때가 많았다.

그러나…. 역시 아무런 흔적이 느껴지지 않는다. 아니, 없다! 녀석들은 정말 사라진 것이 분명했다. 따라서 요 며칠 사이 틈틈이 연못을 살피며 혹시나 하는 마음에 가졌던 기대감을 점점 옅어지고 있었다. 대신 어째서 녀석들이 몽땅 사라졌나 하는 의문이 무성하게 가지를 뻗고 있었다. 물고기는 연못에 투입한 시기에 따라 제각각 크기였다. 손가락만 한 것에서부터 손바닥만 한 것들이 얼마 전까지도 서로 어울려 자유롭게 유영했다. 몇 해 전 마당 구석에 땅을 파고 연못을 마련할 당시 케이가 머릿속에 그리던 딱 그 풍경이었다.

무단으로 난입해 들개구리 때문에 뱀의 출몰을 두려워하던 아내도 연잎 위로 솟은 순백의 꽃에 매료되어 시름을 버리는 눈치였다. 지름 2미터가 채 안 되는 크지 않은 연못이다. 밋밋한 마당의 분위기를 반전하는 데는 성공한 셈이었다. 그리고 오륙 년의 시간이 지나는 동안 피라미 같던 물고기도 제법 잉어다운 티를 내며 떠돌았다. 대부분 돈 주고 산 것이 아니고 얻은 것이라 정확한 마리 수는 모른다. 몇 번 녀석들이 몇 마리인가 싶어 눈대중으로 헤아려 보았지만 쉽지 않았다. 하느작하느작 지느러미를 놀리며 가만있다가도 녀석들은 자신이 숫자로 파악될 즈음 변덕을 부렸다. 갑자기 곁에 있는 놈을 꾀어 자리를 바꾸거나 원래의 장소를 떠났다. 좌측으로 가는 놈과 우측으로 헤엄치는 놈들 때문에 헷갈렸다.

　대충 십여 마리. 이제까지 케이가 감으로 파악하고 있는 녀석들의 마릿수다. 따라서 그들 중 한두 마리 사라졌다고 한들 사실 모르고 지날 공산이 컸다. 그런데 몽땅 사라졌다. 한 날 한 시라고는 단정할 수 없지만 며칠 전부터 녀석들이 보이지 않았다. 수면의 일부를 연잎이 가란 상태라 예사로 여겼는데 다음 날도 그다음 날도 녀석들의 기척은 없었다. 연못에 뭔가 심상치 않은 변화가 일었음이 분명했다. 그리고 비로소 며칠 전 보았던 예사롭지 않은 연못의 풍경이 떠올랐다. 수면에 고르게 펴져 있어야 할 연잎이 헝클어져 있었던 것이다. 수면 아래 있어야 하는 뿌리의 일부도 위로 치솟아 있었다. '뭔 일이지?' 하면서도 그저 바람이 심하게 분 탓으로만 여겼다.

　돌이켜 보니 뭔가 연못에 뛰어들어 분탕 친 흔적인 듯했다. 그러니까 그날의 낯선 풍경과 물고기의 집단 실종은 별개의 일이 아닌 것 같았다. 한 놈도 아니고 멀쩡하던 놈들이 떼로 사라졌다. 연못이 무슨 버뮤다 삼각지대에 있는 곳도 아닌데 멀쩡한 상황에서는 일어날 수 없는 사건이었다.

제일 의심 가는 쪽이 고양이였다. 케이는 연못 주변을 떠도는 고양이들을 여러 차례 목격한 적이 있다. 케이의 집터를 자신의 영역으로 삼고 사는 점박이를 제외하면 대부분 제멋대로 들락거리는 떠돌이 고양이였다. 녀석들은 가만히 연못 아래를 노리며 웅크리고 앉았다가도 곧 떠나곤 했다. 더러 앞다리를 뻗었다 거두어들이는 동작을 하는 녀석도 없지 않지만, 수면 아래 피신한 물고기들이 그 같은 어설픈 동작에 걸려들 리는 만무했다. 엉덩이를 치켜들고 잔뜩 노릴 때에는 멀리서 지켜보는 케이도 은근히 긴장되었지만 끝내 물속으로 뛰어드는 놈은 없었다. 이유는 녀석들이 물을 싫어하기 때문이다. '고양이 세수'란 말이 대변하듯 그저 살짝 묻히는 정도는 몰라도 물과의 접촉을 극도로 꺼리는 족속이라 했다. 그런 까닭에 수시로 놈들이 지나다니는 장소임에도 불구하고 수년 동안 비단잉어의 안전이 담보되어 온 것이다.

꼭 한 번 비단잉어 한 마리를 낚아채는 데 고양이가 성공한 적이 있다. 그러니까 지난해 4월 연못 청소할 때였다. 농막에서 무엇인가 챙겨 오는 사이 물고기를 옮겨 담은 고무 대야에 고개를 처박는 점박이를 발견했다. 벼락같이 고함치고 달려갔으나 이미 늦었다. 녀석의 입에는 큼직한 잉어 한 마리가 물려있었다. 줄행랑치는 놈을 쫓았다. 녀석은 재빨리 마당을 가로질러 맞은편 광나무 울타리 아래로 기어들었다. 그 너머는 움푹 꺼진

고랑이다. 케이는 손에 든 것을 있는 힘껏 투척했다. 달려오면서 집어 든 돌멩이였다. 녀석이 놀라 입에 문 것을 팽개친다 해도 이미 이빨 자국에 상처 나 되살릴 수는 없을 터였다. 그런데도 케이의 눈은 사방을 더듬어 다시 던질 만한 물건을 찾았다. 수년째 키워 온 것 중 가장 큰 놈일지 모른다고 생각하니 억울해 눈물이 다 빠질 지경이었다.

어쨌든 당시의 예외적인 경우만 제외하면 물과 상극인 고양이가 물고기 사냥을 위해 연못에 뛰어드는 일은 없었다. 그럼에도 케이의 심중에 가장 짙은 혐의를 드리운 쪽은 역시 고양이일 수밖에 없었다. 비록 물과 상극이라 해도 생선은 고양이가 가장 좋아하는 간식이다. 생선가게는 고양이한테 맡겨서는 안 된다는 옛 성현의 말을 새기지 않는다 해도 실상 녀석들이 못을 기웃거린 적은 매번 있어 왔다. 멀리서 보아도 도사리고 앉은 뒤태가 결코 물 마시는 모습이 아니었다. 못으로 뛰어들지 않고서는 결코 실현될 수 없는 것에 녀석은 미련을 버리지 못했다. 어떨 때는 재빨리 앞다리를 수면을 향해 뻗고는 접었다. 물론 연못이 투명하면 물 아래 것도 위에 뜬 것처럼 보이기도 한다. 아무리 그렇다고 해도 녀석의 짧은 다리로 물속에 것을 낚아 챈다는 것은 어림없는 일이다. 오히려 균형을 잃고 곤두박질치지나 않을까 싶은데도 녀석은 그 헛된 동작을 반복했다.

혹 그러다 정말 물속으로 추락한 것은 아닐까? 그리고 허우적거리는 와중에 용케도 물고기 한 마리가 걸려들었을 수도 있지 않은가 말이다. 그러면 불행 중에 얻게 된 횡재일 것이다. 털에 묻은 물기는 온몸을 떨면 제거된다. 그 후 녀석은 입에 문 것을 맛있게 먹으며 자신이 당한 불행보다

행운을 더 크게 새겼을지 모른다. 우연찮게 체득한 기술이다. 그리고 같은 동작을 반복하면 효과는 증대하기 마련이다. 며칠 전 보았던 연못의 어수선한 풍경은 바로 그러한 결과물이 아니었을까.

그렇지만 의문은 남는다. 녀석이 뛰어든다고 해서 물고기들이 곧장 걸려든 것이 상식적이지 못하다. 비단잉어 역시 상황에 따라 여간 민첩한 놈이 아니기 때문이다. 평소에는 느릿하게 오가다가도 뭔가 위험이 감지되면 후다닥 자취를 감추었다. 비록 은폐물로 이용될 화분과 장식 돌이 놓여 있다 해도 고작 한 평 남짓한 공간이다. 그 좁은 곳 어디로 숨는지 정말 감쪽같이 사라졌다. 케이가 연못의 심상치 않은 변화에도 불구하고 한동안 물고기들의 실종을 받아들이지 못한 이유였다. 고르지 못한 연잎의 상태를 보면 무언가 해찰을 부린 것은 분명했다. 그러나 그것이 못 속의 물고기 전체에 영향을 주었으리라고 생각하기 쉽지 않았다.

혹 한두 마리는 불행을 당했을 수 있다. 그러나 열 마리가 넘는 잉어 떼다. 아무리 물을 두려워하지 않는 고양이가 있다고 해도 사냥은 또 다른 문제이다. 첨벙! 물로 뛰어든다고 해서 저절로 고양이의 앞발로 기어들 물고기가 있을까. 그런 멍청한 놈이 있다면 진작 자연계에서 도태되어 없어졌을 거였다. 반복이 학습을 낳는다고 해도 어쨌든 고양이는 뭍에 사는 동물이다. 허우적거림이 아니라 잠수까지 해야 한다. 이게 가능한가?

"개똥이 아빠, 없어. 그냥 포기해."

한 며칠 보이지 않자, 아내는 물고기들의 실종을 곧장 받아들이는 모양이었다. 그러나 케이는 달랐다. 실종이 아니라 숨바꼭질로 받아들이고 싶었다. 그래서 케이는 수시로 연못을 들여다보며 사라진 잉어가 나타나기만을 고대했다.

"아냐, 있어. 저 아래 숨어 있다니까."

케이는 기대를 저버리지 못했다. 안 보인다고 포기하기에는 그동안 키워 온 시간이 너무 아까웠다. 정말 저 아래 어딘가에 물고기들이 옹기종기 모여 숨죽이고 있을 것만 같았다. 실제로 그런 일이 여러 차례 있었다. 녀석들은 수면 아래서 노닐다가도 먹이를 주면 어떻게 아는지 물 위로 부상했다. 주둥이를 치켜들고 수면에 뜬 것들을 다투어 낚아챘다. 크기는 연못에 투입한 시기에 따라 제각각이다. 색상이나 등에 새겨진 무늬 또한 다양했다. 발끝에 모여들면 케이는 쭈그리고 앉아 물속에 손을 담갔다. 잉어들은 달아나기보다 뭔가 다른 먹이인가 싶어 주둥이를 들이댔다. 톡톡 치고 빠질 때마다 작은 흡착이 느껴졌다. 알 수 없는 그 쾌감에 케이의 마음은 자식 대하듯이 너그러워졌다. 귀엽다. 예쁘다. 벌써 오륙 년 키운 것도 있으니 정말 자식 같은 놈들이 아닌가.

그런 물고기 중 일부를 출가(?)시켜야 할 일이 생겼다. 평소 가깝게 지내는 형님뻘 되는 지인의 집에 연못이 만들어진 것이다. 몇 마리 솎아 분양하기로 했다. 케이가 사는 시골과 달리 형님네 집은 시내 근처 단독주택에 살았다. 마당이 넓고 정원이 잘 가꾸어진 집이라 은근히 기대했는데 마련된 못은 땅을 파 만든 것이 아니었다. 실상 연못이라는 말은 구색에 지나지 않고 고물상에서 얻은 욕조에 부레옥잠 몇 점 띄워 놓은 것에 지나지 않았다. 그런데도 형수는 물고기를 키운다는 욕심에 아기자기한 조형물까지 만들어 넣고 자못 기대가 컸다. 케이는 봉지에 담은 물고기를 방사하면서 우리나라가 사계절이 뚜렷하다는 점을 상기할 때 솔직히 걱정이 앞섰다. 봄가을은 상관없다. 하지만 욕조가 놓인 곳은 칸막이 하나 없는 야외였다. 땡볕에 물이 데워질 여름과 통째 얼지도 모를 혹한을 과연 어린 잉어들이 견뎌 낼까 싶어서였다.

어쨌거나 그것은 나중 일이고, 케이는 출가할 잉어를 선별하느라 먹이를 줄 때처럼 해 불러 모았다. 동시에 발아래 녀석들이 모이자 감추고 있던 뜰채를 연못에 집어넣었다. 형수로부터 연못의 규모를 대충 들은 바있어 가능한 작은놈을 추리기로 했다. 비단잉어는 보기보다 성장이 더딘 물고기다. 피라미 같은 놈이 엄지손가락 크기로 자라는 데만 2~3년의 시간이 필요했다. 따라서 이제껏 들인 공을 감안하면 당연히 큰 놈은 보낼수 없다. 가능한 작은 놈…, 더 작은 놈을 골라야 했다. 그런데 물속에 있는 놈을 물밖에 서서 크기를 비교하는 일이란 쉽지 않다. 되는대로 뜰채로 퍼 올려 고무대야에 옮겨 담은 이유였다. 녀석들의 입장에서 보면 큰 배신에 해당한다. 평소처럼 먹이를 주어 꾀여서는 전혀 다른 행동을 한것이다. 사태를 만난 녀석들은 혼비백산했고, 방심의 대가는 컸다. 고스란히 뜰채에 담겨 공중 부양했다. 그리고 다시 물로 돌아왔을 때는 바닥이 시뻘건 고무대야 속이었다. 그렇게 추린 세 마리를 시집보냈다.

연못 청소를 할 때도 비슷한 절차를 따르지만, 꼭 그와 같은 일이 있고 나면 물고기들은 한동안 바닥에 들붙은 채로 몸을 사렸다. 돌 틈에 자취를 감추고 모습을 드러내지 않았다. 그래서 처음 녀석들의 흔적을 발견할 수 없는 것이 케이는 같은 이유라고 생각한 것이다. 무언가 연못에 뛰어들어 분탕을 쳤고 잉어들은 놀란 가슴을 진정시키느라 꼭꼭 숨어 있는 것이리라.

케이는 고개를 빼고 이리저리 못 속을 살폈다. 물속은 투명해도 널따란 연잎이 수면 아래와 위를 모두 점령 중이라 구석구석 관찰하는 일은 쉽지 않았다. 시간이 가면 차츰 모습을 드러내리라. 작대기로 휘저으면 더욱 놀라 더 깊이 숨어 버릴지 모른다. 그런 추측을 하며 기다렸는데 녀석들은 끝내 나타나지 않았다. 사흘이 가고 나흘이 가고…, 드디어 일주일이 지나도 보이지 않자, 케이도 전에 없는 녀석들의 긴 잠행(潛行)에 의구심을 품기 시작했다. 정말 몽땅 사라진 것일까?

"고양이들이 다 잡아먹었다니까 그러네."

아내는 미련을 버리지 못하는 케이와 달리 쉽게 그렇게 단정했다. 그리고 물고기들에게 참사를 안긴 범인은 바로 고양이라는 것이다. 아닌 게 아니라 못 주변을 떠돌며 왕래한 동물은 사실 고양이가 거의 유일했다. 실제로 녀석들이 노리는 것까지 목격한 적이 있어 아내는 추측이 아니라 아예 단정했다.

"그래도 그렇지. 어떻게 고양이가?"

케이는 고개를 갸웃했다. 고양이 짓으로 받아들이기에는 여전히 의문점이 남았다. 우선 이제껏 실패하던 놈이 어떻게 하루아침 다이빙과 잠수에 능해졌나 하는 점이다. 그런 재주를 가진 동물이 머릿속에 그려지지 않는 것은 아니지만, 그 또한 고개를 저었다. 잠수와 물고기 사냥하면 수달이다. 수달이라면 연못에 한 번 뛰어들어 모조리 해치울 수도 있다. 녀석들의 장기가 아닌가 말이다. 하지만 이곳에 정착해 사는 동안 수달은 근처에서 그림자도 보지 못했다. 미끈한 몸매의 녀석들은 천연기념물로 보호종으로 알려져 있다.

멀지 않은 곳에 저수지가 있기는 하다. 본 적은 없어도 수달의 서식이 가능한 장소다. 그렇다고 해도 녀석들이 그곳에서 케이의 집까지 도달하는 것은 또 다른 문제였다. 직선 오백여 미터의 거리에 불과하나, 실제로는 언덕이 있고, 도로를 건너야 하고, 여러 개의 밭과 밭둑을 오르내리고, 대숲을 지나고…. 무엇보다 케이의 집에 소재한 연못에 대한 정보를 그곳에 있는 수달이 어떻게 아는가 말이다. 드러난 정황상 아무리 유력해도 아직 한 번도 보지 못한 놈이라 혐의를 두는 것 자체가 무리였다.

너구리도 물고기를 먹나? 너구리라면 몇 차례 봤다. 멀쩡히 남의 집 마당을 가로지르기도 하고, 몇 년 전 여름 큰비가 내린 후에는 부상당한 놈이 한 며칠 울타리 내에 머물렀다. 외형은 멀쩡한데 어쩐지 기운 없어 보였다. 사람도 피하지 않았다. 다가가면 일어나 몇 걸음 옮겨 앉을 뿐 달아나지 못했다. 마른 고랑 어딘가에 구덩이를 파고 살다가 갑자기 불어난 물 때문에 사태를 만난 모양이었다. 한동안 떠나지 않기에 녀석과도 한 공간을 나누어 써야 하는가 보다 생각했는데 어느 날 자취를 감추었다. 그때도 연못에는 잉어 떼(?)가 우글거렸지만, 너구리는 이방인으로서 벗어난 행동은 하지 않았다. 물론 케이로서는 너구리가 물고기 사냥을 하는지 어떤지는 잘 모르지만 말이다. 어쨌든 너구리는 갔고 물고기는 말짱했다.

시골에 살다 보면 비슷한 이유로 울타리 안으로 기어드는 동물이 간혹 있었다. 역시 몇 년 전 태풍이 지나간 다음 비어 있는 강아지 집에서 이상한 동물이 발견돼 소동이 난 적이 있었다. 처음 보는 생김새였다. 주둥이는 개처럼 돌출되어 있었다. 거죽은 털이 없어 멧돼지 새끼라고 판단했는데 자세히 보니 그것도 아니었다. 날카로운 이빨을 경계하며 얼른 목덜미에 개 줄을 채웠다. 그리고 도대체 본 적 없는 놈이라 어딘가에 신고해야 하지 않을까 하고 생각했다. 아직 학계에 보고되지 않은 세상에 처음 발견된 종(種)일 수 있었다. 방송을 타게 될지도 모를 일이었다. 리포트가 내미는 마이크에 대고 떠듬떠듬 이놈을 발견한 경위에 대해 설명하는 자신을 상상하면서 케이는 무작정 시청 민원실로 전화했다.

"아주 이상하게 생긴 놈입니다. 저와 제 아내는 이렇게 생긴 동물은 처음 봅니다."

마치 외계 생명체를 마주한 사람의 심정으로 아주 심상한 목소리로 전했는데, 기대와 달리 신고 받는 사람은 심드렁했다. 마치 개구쟁이의 장난 전화를 받는 태도였다.

"보시기에 뭐 같습니까?"
"글쎄요. 이런 놈은 처음입니다. 아주 흉측합니다."

쭈글쭈글한 살갗에는 듬성듬성 털이 박혀 있었다. 꼬랑지는 멧돼지 같고 돌출된 안면은 어쩐지 개 같고…, 톱니를 닮은 이빨은 이리처럼 사나웠다. 상세한 설명에도 민원실 담당 역시 도무지 감을 못 잡겠나 보았다. 케이는 휴대폰으로 사진을 찍어 전송했다. 그러나 동물단체 어딘가로 연결해 주겠다는 안내를 받고 잠깐 실내로 들어왔다 나오니 외계 생명체는 감쪽같이 사라지고 없었다. 목줄을 묶었던 끈은 끊어져 있었다. 날카로운 이빨로 물어뜯은 것 같았다. 나중에 사진을 본 동물단체 관계자의 말에 의하면 사람이 키우다 버린 강아지가 들개로 변한 것 같다는 설명이었다.

광나무로 울타리를 한 탓에 케이의 집은 대문을 통하지 않고도 여러 종류의 동물들이 들락거리는 편이다. 당시 발견된 들개는 예외로 치더라도 유기견이나 동네 강아지들이 어울려 종종 뛰어들곤 했다. 녀석들이 나타나면 점박이 고양이는 어디로 달아나는지 자취를 감추었다. 대지와 밭(田)이 경계 없이 한 울타리에 있는 까닭에 모르는 남이 보면 꽤나 넓은 저택에 속했다. 마당 잔디만 백여 평에 달한다. 녀석들이 뒹굴고 놀기에는 안성맞춤이었다. 그렇게 놀다가 말없이 떠나면 괜찮은데 녀석들은 꼭 좋지 못한 흔적을 남겼다. 한 무더기 똥을 싸고 떠났다. 제 영역을 그런 식으로 표시하나 본데, 잔디밭에 그것이 발견되면 케이는 성질이 솟았다.

이해할 수 없는 놈이다. 왜 남의 집에 와 똥을 싸나 말이다. 어쨌거나 똥이 말썽이긴 해도 강아지도 연못에 관심을 두고 물고기를 해코지하는 일은 없었다.

케이는 자신의 경험을 바탕으로 연못에 접근할 만한 동물을 추리해 보았다. 고양이, 개, 너구리, 외계 생명체, 아주 드물게 숲에서 나와 후다닥 사라지는 고라니⋯. 이런 녀석들이 전부인데 그중에 물고기 사냥을 위해 물속에 뛰어들 만한 동물은 없었다. 그러면 아직 목격되지 않은 다른 것이 케이의 집 근처에 존재한다는 말이 된다. 무얼까? 그것이 수달이라면 현재 벌어진 상황에 대한 설명 가능하다. 그러나 정말 수달은 본 적 없다. 저 너머 저수지에 산다 해도 그놈들이 케이 집까지 원행을 다닐 까닭이 없었다. 저수지 아래로 잘 갖추어진 수로를 따라 논과 밭이 질서 있게 이어진다. 주로 논농사를 위해 마련된 물이지만 사시사철 일정한 수량을 유지했다. 낚시꾼들도 와 종종 진을 친다. 그것에 비하면 케이 집 마당에 있는 연못은 채 한 평도 안 되는 손바닥만 한 것이다. 그곳에 든 몇 마리의 잉어를 잡고자 낯선 곳을 헤매며 원정 왔다는 것이 믿기지 않았다.

수달을 혐의 선상에서 없애면 역시 유력하게 의심이 가는 쪽은 고양이뿐이다. 어설프긴 해도 놈들은 실제로 물고기를 노린 적이 한두 번이 아니기 때문이다. 한 녀석이 아니라 집단으로 뛰어들거나 아니면 수달처럼 물속을 잠수하는 고양이가 나타난 것은 아닐까? 물론 그 같은 유추는 고양이가 지닌 일반적인 습성과는 맞지 않는다. 그러나 세상의 모든 생명을 낳은 것은 신이 아니라 돌연변이임을 상기해 볼 때, 물속을 잠수하는 고양이가 출연하지 말란 법도 없지 않은가. 그렇지만 역시 상식적인 것은 못 된다. 그럼에도 케이는 이제는 물고기들이 숨바꼭질하는 게 아니라 사라졌다는 체념으로 기울면서부터 근처를 얼씬대는 길고양이들한테 횡포를 부렸다. 원수 대하듯 한바탕 욕설과 함께 돌멩이를 집어 들었다.

"아이고 아이고, 제발 그만 좀 해요."

아내도 물고기가 사라진 것에 대해서는 많이 속상해했다. 그리고 범인이 고양이라고 우긴 사람이 자신임에도 불구하고 점박이만 보면 심성 나쁜 어린애 같은 태도를 보이는 남편을 못마땅하게 여겼다. 아내는 평소 말 못 하는 동물을 학대하면 벌을 받는다는 신조를 갖고 있었다. 우리 대가 아니면 자식 대에 그 업이 전가된다고 한다. 기독 신앙을 가진 아내이지만 이상하게 윤회설을 믿는 것 같았다. 저 녀석들이 우리 집 근처를 오가는 것도 전생에 나름대로 이유가 있을 거라는 것이다. 그 때문에 먹다 남긴 음식도 그냥 버리지 않고 깨끗한 용기에 담아 컨테이너 농막 근처에 두었다. 점박이가 우리 집 고양이가 된 이유였다. 녀석은 케이를 보면 달아나고 아내를 보면 야옹야옹! 보채며 따라다녔다. 하긴 케이도 녀석을 볼 때마다 전혀 생각이 없지는 않았다. 일정한 거리만 유지되면 녀석도 케이를 만나도 달아나지 않는다. 마당에 나와 휴식을 취할 때도 저만치 떨어진 곳에서 웅크리고 앉아 케이의 행동을 지켜보았다.

더러 눈이 마주치기도 한다. 그럴 때면 묘한 기분에 사로잡힌다. 전생에 자신은 고양이인데 지금은 사람으로 태어났고 원래 사람이던 녀석과 처지가 뒤바뀐 것은 아닐까 하는 생각이 들곤 했다. 황당하지만 그것이 윤회의 본질이다. 그럴지도 모를 일이라 여겨졌다. 녀석의 눈빛은 꼭 그와 같은 전생을 기억하고 있는 듯했다.

아무튼 현재로서 물고기가 사라진 정확한 이유는 모른다. 고양이한테 혐의를 두지만 동시에 열 마리가 떼로 사라진 것에 대해서는 잘 설명되지 않는다. 그것이 미스터리다. 하늘로 솟거나 바닥으로 꺼지지 않았다면 분명 녀석들을 해코지한 무엇인가 있어야 정상이다. 그런데 모른다. 그 알 수 없는 의문이 새로운 물고기를 연못에 사 넣는 것도 주저하게 만들었다. 원인을 모르면 대비도 없기 때문이다. 보름 가까이 연못을 비워 두는 이유다.

빈 연못은 초록의 연잎만 무성하다. 하얗게 고개를 쳐든 연꽃이 제법 연못의 분위기를 연출해도 물고기가 사라진 물속의 풍경은 낯설기만 하다. 머릿속에는 여전히 다양한 무늬의 잉어가 유영하는데 주인 잃은 연못은 며칠 전부터 개구리 차지가 되어가고 있다. 뭍과 물을 자유롭게 오가는 녀석들이다. 다가가면 녀석은 물속으로 뛰어들었다. 케이는 물속에 사지를 뻗고 있는 개구리를 바라보다 문득 연못의 물이 많이 탁해진 것을 깨달았다. 물고기가 사라지자, 분수(噴水)를 틀어 놓는 일도 게을러졌던 것이다. 케이는 분수와 연결된 수도꼭지를 비틀었다. 연잎에 감싸인 연못의 중앙에서 쪼르르 물줄기가 솟아올랐다. 원래 식물에 물 주는 수관용 자재를 분수로 개조한 것이다.

허공에 치솟던 물줄기는 우산처럼 퍼져 수면 위로 빗방울로 떨어졌다. 그때다. 동심원과 함께 수면이 흔들리자, 아래로 희미한 무언가 떠다니는 것이 발견되었다. 아! 케이는 짧은 탄식을 뱉으며 굴절로 흔들리는 수면 아래를 살피기 시작했다. 드디어 숨어 있던 물고기가 출현한 것으로 생각했다. 그러나… 아니다. 알록달록한 비단잉어의 무늬로 착각한 그것은 파란 하늘 아래 떠가는 몇 점의 흰 구름이 비친 것이었다.

2022 05 30

공생과 기생

사실 이 이야기를 적는 것이 무척이나 조심스럽다. 나에게 있어서는 지나간 기억 일부이고 또 젊었을 적 경험의 한 편린(片鱗)에 지나지 않지만, 다른 시각에서 보면 그와 같은 일로 생계를 이어가고 있는 사람들이나 장애인에 대해 전혀 의도하지 않은 왜곡된 이미지를 안길 수도 있을 것 같아서이다. 다시 한번 강조하지만, 이 이야기는 나의 개인적인 경험을 적는 것일 뿐 절대 다른 의도를 지니고 있지 않다. 내 경험이라고 강조하는 부분도 사실은 6개월 안팎의 생활을 함께한 것에 근거를 둔 것이기 때문에 그쪽(?) 사람들의 일반적인 생활 모습이 모두 다 그렇다고 단정한다면 매우 위험할 것이다. 두 사람의 장애인을 태우고 다녔던 정상적인 신체를 지닌 20대 후반 나의 이야기다.

한 사람은 진 씨 성을 가진 이로써 어릴 적에 앓은 소아마비로 인해 두 다리를 사용할 수 없는 상태였고, 김 씨라는 다른 한 사람은 교통사고로 다리 한쪽을 잃은 외발이었다. 진 씨가 김 씨보다 나이가 들어 보였으나 두 사람은 말을 트고 지내는 사이였다. 두 사람이 언제부터 붙어 다녔는지는 모르겠으나 서로가 없어서는 안 되는 공생(共生)의 관계로 보였다.

진 씨는 왜소한 체구를 지닌 것에 비하면 굵고 구성진 목소리를 가져 노래를 전담했고, 외발이 김 씨는 한쪽 다리가 없는 것만 제외하면 건장한 체격에 속해 구루마 미는 역할을 맡았다. 두 사람 다 시장 입구 근처의 골목에서 고무 튜브로 역어 만든 깔판에 불편한 하체를 감쌌다. 그리고 각자가 구루마의 손잡이 한쪽 끝을 나누어 잡고 자유로운 다른 손은, 진 씨는 마이크를 잡는 데 이용했고 김 씨는 역시 고무 튜브 조각으로 만든 디딤판을 손바닥에 끼우고 시장 바닥을 짚었다. 앉은뱅이걸음을 하자면 디딤판을 댄 한 손이 다리 역할을 겸해 바닥을 밀어야 하기 때문이다.

진 씨가 앰프 소리를 키우고 구성지게 〈흑산도 아가씨〉나 〈섬마을 처녀〉와 같은 이미자 노래를 불러대면 김 씨는 힘차게 구루마를 시장 골목으로 밀어 넣었다. 길이가 2미터쯤 되는 구루마는 시장을 자유롭게 다니도록 폭이 좁게 제작된 것이었다. 그 구루마 위에는 수세미며 때 타올, 나프탈렌, 고무줄, 면봉과 같은 잡화가 넘치도록 실려 있고 행인들은 그중 아무거나 골라잡고 돈은 돈통에 알아서 넣었다. 수세미를 집어도 천 원짜리 한 장을 넣었고 면봉 하나도 천 원이 필요했다. 이따금 아무런 물건을 사지 않아도 돈통에 동전이나 지폐를 던지고 지나가는 사람도 있었다. 그럴 때마다 진 씨는 노래를 부르다 말고 꼭 감사하다는 인사를 빠트리지 않았다. 그러는 동안에도 김 씨는 묵묵히 구루마를 밀어댔다. 시장 골목에서 두 사람의 역할은 명확하게 구분되어 있었던 것이다.

요즘 돈 천 원이야 수세미 절반도 못사는 돈이지만 80년대 중반인 당시에는 오백 원 정도면 수세미 한 장을 살 수 있는 금액이었다. 그러나 천 원을 넣는 사람 누구도 나머지를 거슬러 달라는 말이 없었다. 물건을 산다는 거래가 아니라 불쌍한 사람을 돕는다는 동정의 의미가 담겨 있기 때문이었다. 그리고 생각 외로 빨리 동나는 물건이 있어 순찰을 돌면서 빠진 물건을 살피고 골목에 세워 둔 차량까지 가서 필요한 물건을 가져와 채우는 것이 나의 일이었다.

운전기사를 뽑는다는 신문 광고를 보고 찾아갔을 때 나는 처음 솔직히 당황했다. 나를 고용하겠다는 고용주가 가끔 시장에서 본 시장 바닥을 기어다니는 장애인이었기 때문이다. 사지가 멀쩡한 젊은 사람이 장애인의 보조로 일해야 하는 것이 망설이게 했다. 어떻게 보면 자존심 상하는 일이기도 했다. 그런데도 내가 그 일을 받아들인 이유는 다른 곳에서는 찾아볼 수 없는 높은 임금과 그 사람들 생활 이면에 대한 묘한 호기심이 동기였음을 고백하지 않을 수 없다. 그리고 나로서는 영구적으로 하는 일도 아니고 어차피 아르바이트였다.

운전사를 구하는 일에 어려움이 컸던지 두 사람이 나를 대하는 태도는 고용주와 고용인의 입장에서 보면 민망하기 짝이 없었다. 최대한 내 비위를 맞추려고 노력했다. 당시에는 여름으로 더운 날씨 탓에 점심은 주로 냉면집을 이용하는 경우가 많았다. 식당 앞에 주차하면 두 사람은 무조건 내게 최고로 비싼 것을 시켜 먹으라고 이구동성이었다. 거동이 불편한 두 사람은 차에서 내리지 않았다. 판자로 된 식판을 무릎에 올리고 기다리면 주문한 음식은 내가 식당에서 날라주었다. 다 먹은 그릇을 치우는 것도 내 몫이었다. 그와 같은 시중을 들면서 나는 식당에서 별도로 식사했다. 운전사를 겸해 두 사람의 불편한 수족을 대신하는 역할을 하는 것이다.

차에서 물건을 실은 구루마를 내리고 실을 때도 내 역할이 중요했다. 짐을 싣게 되어 있는 밴(van)은 물품 창고를 겸하고 있었기 때문에 짐칸은 구루마와 각종 물건으로 꽉 차 있었다. 짐칸 쪽에서 구루마를 바깥으로 밀면 고무 튜브를 다리에 끼우고 준비를 끝낸 김 씨가 앉은 자세로 그 무거운 한쪽 끝을 감당했다. 김 씨의 팔 힘이 아니면 불가능한 일이었다. 짐을 내리고 실을 때마다 왜소한 몸집에 구경만 하는 진 씨는 늘 김 씨에게 미안해했다.

그런데 나를 정말 곤란하게 하는 것은 짐을 싣고 내릴 때나 이따금 시장 골목을 돌고 있는 두 사람의 구루마를 살피고, 부족한 물건을 채우기 위해 다가갔을 때 주변 사람들의 시선이었다. 나는 분명히 고용인의 입장에서 고용주의 요구에 충실하게 내 역할을 하는 것뿐인데도 사람들의 눈에는 달리 비치는가 보았다. 마치 장애인을 등 처먹고 사는 파렴치한으로 생각하는지 곱지 않은 시선들이 따라다녔다. 부족한 물건을 들고 가거나, 채우고 돌아서면 주변에 선 사람들은 필요 이상 뒷걸음치며 경계했다. 깡패나 조폭 대하듯 했다.

그리고 또 다르게 나를 괴롭히는 것은 두 사람의 용변 처리였다. 두 사람 모두 차 안에서 앉은 채 대소변을 보았다. 소변은 깡통에다 받고 대변은 비닐봉지에 담았다. 처음에는 조심하는 것 같던 두 사람은 시간이 가면서 새로운 기사가 충분히 적응했다고 믿은 것인지 차 안에서 바지를 까는 행동이 과감해졌다. 운전석으로부터 나란히 앉았는데 그럴 때마다 나는 고역이었다. 벌이가 괜찮은 날이면 기분이 좋아져 운행 중에도 진 씨는 십

팔번인 〈흑산도 아가씨〉를 불러댔고 진 씨의 노랫가락에 맞춰 김 씨는 용변을 담은 봉지를 빙글빙글 돌렸다. 그러다가 멀리 차량 밖으로 내던졌다.

주로 시내(市內) 있는 시장보다는 도시 외곽이나 시골 오일장을 선호했다. 도시 사람들보다 변두리나 시골 사람들이 더 인심이 좋다는 것이 이유인데 그것은 당일 수입으로 입증되곤 했다. 깐깐한 도시 주부보다 늙수그레한 시골 아줌마들이 더 동정심에 약했던 것이다. 두 사람은 종일 시장 바닥을 기어다니는 것은 아니고 대게 두 시간 남짓 돌고 길어도 세 시간을 넘기지 않았다. 그리고 곧바로 인근 다른 시장으로 이동했다. 그 때문에 김 씨의 수첩에는 부산과 경남 일대의 장날에 대한 것이며 상설 시장 위치가 꼼꼼하게 기록되어 있었다. 더러는 1박 2일 멀리 원정을 가기도 했는데 그럴 때도 내 고충은 가중되었다. 숙소는 가능한 일층이 있는 건물을 찾지만, 없으면 이 층도 받아들여야 했다. 불편한 두 사람을 이끌고 계단을 오르내리기란 쉽지 않았다. 게다가 진 씨의 경우 목발만 빼앗으면 거의 식물인간이나 다름없기 때문에 변기에 앉히는 것은 물론 밑을 닦는 일도 도와야 했다.

나는 드디어 그만둘 것을 결심했다. 두 사람에게는 미안한 일이지만, 미루었던 휴학을 더 연장할 수도 없는 것이 내 처지였다. 군 제대 이후 나는 몇 년째 휴학과 복학을 거듭하고 있었다. 내가 사정을 설명하고 두 사람에게 양해를 구하자 진 씨와 김 씨는 섭섭함을 감추지 못했다. 젊은 사람이 언제까지 이런 일을 할 수 없을 것이라 그만둘 것은 예상했노라고 했다. 새로운 기사를 구할 때까지만 돕기로 했지만, 광고를 보고 오는 사람마다 고개를 젓고 돌아섰다. 한 달 넘도록 더 도왔지만 결국 새로운 사람을 구하지도 못한 채로 진 씨와 김 씨는 나의 사직(辭職)을 받아들였다. 오히려 나에게 미안하다고 했다. 6개월 넘도록 그 일을 버틴 사람이 내가 유일했다는 것이 진 씨의 설명이었다.

세월이 아주 흘렀다. 나는 결혼하고 아이까지 두었을 때 어느 날 부산 인근에 있는 월정 바닷가를 간 적 있었다. 휴일, 바닷바람을 쉴 겸 해서 간 가족 나들이였다. 아이는 이제 갓 돌을 넘겨 다박다박 걸음 했고 아내와 함께 선착장에 몰려 있는 노점을 둘러보고 나오는 길이었다. 선착장을 벗어나는데 누군가가 뒤에서 부르는 소리가 있었다.

"김 기사! 김 기사!"

다급하게 불러 돌아보니 진 씨 아저씨였다. 위태로운 두 다리를 목발에 의지하고 선 것은 여전했으나 그의 등 뒤에는 타이탄 트럭 한 대가 서 있었고 앞으로는 각종 공구를 즐비하게 늘어놓은 좌판이 펼쳐져 있었다. 직업을 바꾼 것 같았다. 내가 다가가자, 키가 작고 몸집은 진 씨를 그대로 닮은, 나이 든 여자 한 사람 앞세우며 안사람이라고 소개했다. 나는 엉겁결에 인사를 나누고 등 뒤에 있는 아내를 돌아보았다. 아이의 손을 잡고 선 아내는 의아해하는 것 같았다. 약간의 당혹감도 묻어나는 그런 표정이었다. 뭔가 설명을 해야겠는데 나는 지난날 나의 짧은 기생(寄生)에 관해 어떤 식의 설명을 해야 할지 난감했다.

2012 10 12

쪽빛을 기리며…

맑은 물이 담긴 유리잔에 짙푸른 잉크 몇 방울이 떨어진다. 방울방울…. 그것은 추락의 순간 머리를 헤쳐 풀고 수면 아래를 향해 유영한다. 형체도 없고 날개도 가지지 않은 것이 너울너울 춤을 추듯, 아래로 그리고 주변을 향해 번져 간다. 흡사 뿌리를 잃은 해초의 몸부림과 같고 막 흩어지는 구름의 형상과도 닮아 있다. 서로가 서로를 향해 나아가며 자신의 존재마저 희석시켜 버리고 만다. 마침내 물은 본래의 모습을 잃고 투명한 남색 옷을 입는다. 햇살의 찰랑거림이 떠돌고 사람의 발길이 닿지 않은 적도의 어느 섬을 감싸고 있는 푸른 대양이 떠오른다. 바다는 수평선 너머까지 쪽빛이다.

새삼 그가 왜 '쪽빛'이라는 닉네임을 가졌던가에 관해 묻지 않은 것이 후회스럽다. 나름대로 이유가 있었겠지만, 전투 헬기 조종사로 청춘을 다 보낸 군인이 지어 가진 닉네임으로 봐 주기로는 어딘지 간지러운 면이 있는 게 사실이었다. 아무리 봐 주어도 '쪽빛'은 남성보다 여성의 맵시를 먼저 떠오르게 한다. 깔끔하지만 차가움이 서린 완숙한 여인의 목을 두른 스카프의 색…. 사월에 피는 붓꽃의 푸른빛이 주는 단아함이라고나 할까? 아무튼, 쪽빛은 나에게 있어 시커먼 얼굴을 가진 사내의 빛깔은 아니다. 그런데 쪽빛이라니, 직업도 나이도 모를 때는 서로 사진으로만 만났기 때문에 그저 그러려니 했다. 나이 오십에 이른 남자도 여성성을 간직한 사람은 얼마든지 있을 수 있다. 그러나 직접 만난 후 나는 내 생각이 옳았음을 확인했다. 몸에는 니코틴 냄새가 배었고 술은 아무리 먹어도 취하지 않는 고래였다. 어디에서도 쪽빛을 떠올릴 수 없는 천생 그는 상남자였다.

그는 시골에 집을 짓는 중이었고 나는 머지않아 집을 지을 사람이었다. 귀촌 지역은 같아도 차로 오가야할 거리였지만, 시골생활을 앞두고 있다는 공통점만으로 우리는 금방 의기투합했다. 서로의 존재는 인터넷 귀농·귀촌 카페를 통해 알게 되었다. 나는 조금이라도 시행착오를 줄이기 위해 앞서가는 자의 경험이 필요했다. 그래서 무작정 전화를 걸었다.

짓는 집의 지붕 형태가 남달랐다. 지나치게 아래로 뻗은 처마가 비행하는 전투기의 모형을 본뜬 것이라는 말과 함께 그는 자신의 직업을 은근히 공개했다. 우리나라에서 가장 크고 민첩한 공격용 헬기 조종사라는 것을 밝히고는 곧바로 국가기밀에 해당하기 때문에 함부로 발설하면 안 된다는 주의를 주었다. 술이 들어갈수록 점점 말수가 많아지는 것이 나와 같은 과(科)였다. 완전히 같은 동질감 때문인지 첫 만남에도 불구하고 두 사람은 십년지기, 허물없는 사이가 되어 술잔을 나누었다. 나이도 동갑이라 말까지 터는 사이로 발전했다.

"위양 집에 있나?"
"그럼, 집에 있지. 평일에 어딜 가."

그는 집을 짓고 조기 퇴직 후 새로운 삶을 준비 중에 있었다. 정년을 채울 수 있지만 동료와 후배들의 추락 사고가 잇따르고 새로운 기종이 들어올 때마다 감내해야 하는 교육에 대한 스트레스를 견디기 어려웠다고 했다. 그렇지만 하늘에서 막상 땅으로 내려오자, 무엇을 해야 할지 모르겠다고 상담 아닌 상담을 핑계 삼아 술친구를 찾아오곤 했다.

"어딘데?"

"너네 집 앞. 4분이면 도착해."

자신의 방문에 대한 내 의향은 묻지도 않았다. 그냥 '내 왔다.' 하는 말과 다름없었다. 재택근무 하는 것을 알기에 그렇지만, 외출 중이거나 손님맞이할 수 없는 상태이면 곤란할 터인데도 막무가내로 오가는 참 배려 없는 친구이기도 했다. 한동안 그런 식으로 아무렇지 않게 오가곤 했다. 물론 나도 그의 집을 왕래했다. 우리 집에서 기르고 있는 고양이도 그 친구 집에서 분양해 온 것이다. 앞마당에 온통 고양이가 득실거려 처음에는 많이 놀랐었다. 장독대 아래서 꼬물거리는 조막만 한 새끼들을 보고 아내가 귀여워 죽겠다고 비명을 지르자, 그 친구가 두 마리를 잡아 바구니에 담아 내밀었다. 길러 보라고 했다. 하지만 그렇게 보쌈해 온 두 마리 중 한 마리는 얼마 안 가 죽고, 한 마리만 '노랑이'라는 이름을 갖고 지금까지 새끼 낳아 번성하고 있다.

긴밀히 만나야 할 사람이 아니었기에 때로는 잊고 지낼 때가 많았다. 그렇지만 어떤 때는 정말 뜬금없이 연락해 와 우리 부부를 식당으로 불러내기도 했다. 이유는 없단다. 우리 부부가 평소 채소만 먹고 사는 것으로 생각하는 것인지 그저 고기가 사 주고 싶어 연락했노라고 했다. 자주는 아니지만, 이따금 인터넷 카페에서 알게 된 다른 동료와 함께 어울릴 때도 있었다. 둘이 앉든, 셋이 함께하든 무조건 자신 주도로 대화를 이끌려 하거나 안주 없이 깡 소주만 먹는 습관 하며 취해서 했던 소리 또 하고, 했던 소리 또 하는 버릇에 고개를 내젓곤 했어도 한동안 안 보면 궁금해지는 친구였다.

가끔 전화만 하며 지내다가 지난해 말부터 연락이 뜸했다. 비닐하우스 농장을 만들어 아들에게 맡긴다는 계획이며 조경 일을 배워 업자로 나서겠다는 허풍이 얼마나 진전되었는지 궁금해 전화를 돌려보았다. 그게…. 지난해 11월 아니면 12월쯤이었다. 전화 받는데 어쩐 일인지 활기가 없었다.

"잘 지내지?"
"응, 그래."
"얼굴 한번 봐야지?"
"나중에 시간 나면."

심드렁했다. '뭐야? 자식이 삐졌나?' 내심 조경업자의 길이 생각만큼 순탄치가 않거나 아들에게 줄 비닐하우스 농장 일이 잘 안 풀리나 보다 하고 생각했다. 그리고 또 한 달쯤 지나 연락했는데 이번에는 아예 전화조차 받지 않았다. 못 받으면 나중이라도 연락하는 친구인데도 이번엔 그마저도 없었다. 그렇게 잊고 지내다 갑자기 연락할 일이 생겨 전화를 걸었다. 일이란 다름 아닌 그 친구의 집 근처를 지나다 문득 떠올라 충동에서 비롯된 것이었다. 불러내 모처럼 얼굴이나 한번 보자 하는 심사였다. 휴일이었다. 아내와 나는 오전 내 집 안팎을 돌며 잡초도 뽑고 보수할 돌담 쌓는 일로 시간을 보냈다. 3월 하순 바야흐로 봄기운은 되돌리지 못할 만큼 가까워졌고 파릇한 새순은 완연했다. 아내는 아내대로 나는 나대로 각자 일을 만들어 시간을 보냈다.

점심을 먹고 난 후였다. 오전에 맑던 하늘이 갑자기 흐려지며 찬바람이 불어댔다. 잔디밭에 자리를 깔고 누워 낮잠 자던 나는 으스스한 기운에 깼다. 구름이 잔뜩 끼고 주변이 음산해졌다. 울타리 넘어 대숲이 발광하듯 쓰러지고 일어서기를 반복했다. 마침내 빗발마저 치기 시작해 나는 비설거지 하느라 마당 이곳저곳을 바쁘게 쏘다녔다. 아내가 먼저 내가 뒤이어 집으로 들어왔다. 오후 시간 갑자기 할 일이 사라지자 남은 시간이 참으로 어중간했다. 횟집이나 다녀오고자 한 이유였다. 20분 정도 달리면 멀지 않은 곳에 양어장이 딸린 유명한 민물 횟집이 있었다. 먹고 오자. 사서 오자. 아내와 다투며 자동차로 달리는 중에 쪽빛이 생각났다. 지나던 도로가 그 친구의 집 근처기 때문이었다. 핸드폰을 꺼내 번호를 찾았다.

"누구한테?"
"쪽빛."

아내의 물음에 간단히 대답했다. 그러나 신호가 오랫동안 울려도 전화를 받지 않았다. 못 받나? 끊으려는데 누군가 받았다. 남자가 아닌 여자의 음성이었다. 몇 번 만난 적 있는 그의 아내일 것으로 짐작했다. 확신할 수 없는 상황이면 전화 건 쪽에서 전화기 주인의 이름을 대는 것이 도리였다. "홍길동 씨 전화 맞습니까?" 하는 식의…. 그러나 나는 당황했다. 내가 쪽빛의 실제 이름을 모르고 있었던 것이다. 벌써 7년째 아는 사람으로 지냈는데 정작 그의 본명은 알지 못했다. 그저 '쪽빛'으로 불러왔고 이제껏 그를 호칭함에 있어 불편이 없었기 때문이다. 그도 나의 이름이 아니라 위양이라는 닉네임으로 불렀다. 내가 당황해하자, 상대편에서 먼저 아는 체했다. 휴대폰에 저장된 닉네임으로 나를 파악한 것 같았다.

"안녕하세요."

그리고 친구의 아내한테, 남편의 친구에게 할 수 있는 통상적인 인사말이 오갔다. 그의 아내는 말수가 적은 사람이었다. 보통은 곁에 있는 남편을 바로 바꾸거나 그러지 못하면 양해를 구하는 타입이었다. 그런데 평소와 달리 인사말이 길어지는데도 그의 아내는 쪽빛을 바꾸지 않고 있었다. 나는 본론을 이야기하듯 쪽빛을 바꿔 달라고 했다. 그 순간 휴대폰 음성이 잦아들며 상대편의 말을 알아듣지 못할 상태가 되어 버렸다. 한동안 아무런 음성도 건너오지 않았다. 신호가 끊어진 것 같아 "여보세요."를 몇 번 외치고 전화를 끊고 다시 걸어야겠다고 생각하는데 쪽빛 아내의 음성이 다시 이어졌다. 무슨 말인가를 하는데 알아들을 수 없었다. 어딘가로 갔다는 말 같기도 하고 받을 수 없다는 소리 같기도 했다.

"없습니까?"
"네,"

"어디 갔는데요?"

다시 신호가 끊어진 듯 전화기에는 아무 음성도 건너오지 않았다.

"여보세요. 여보세요. 전화가 왜 이래?"
"많이 아팠어요."

바람에 실려 갔다 간신히 되돌아오는 소리로 그의 아내가 말했다.

"어디요? 병원에 있습니까?"

그때까지도 나는 정말 몰랐다. 왜냐하면, 내가 기억하는 쪽빛은 건강한 모습이었고 그런 사람이 한동안 연락 없었다고 해서 유명을 달리했다고 믿을 수 없었기 때문이었다. 문병을 가야 만나겠구나 생각하는데 좀 더 또렷한 음성이 건너왔다. 그의 아내는 울고 있었다. 음성이 잦아진 이유도 그 때문이었다. 모든 상황이 파악되는 순간 나는 달리던 차의 브레이크를 밟을 만큼 놀라고 말았다.

"18일, 며칠 전 있었던 일이에요."

나는 벌린 입을 다물지 못하고 오히려 그의 아내는 침착함을 되찾고 있었다. 병원에 있을 때도 그랬지만 사후도 남에게 번거롭게 하는 것이 싫어 연락하지 말라는 것이 쪽빛의 바람이었다고 했다. 조수석에 앉은 아내도 눈동자가 커졌다. "말도 안 돼. 말도 안 돼…" 같은 말만 반복했다. 불과 며칠 전 벌어진 일이었다. 물론 미리 알았다고 해도 어쩔 수 없는 일이지만 말이다. 뭐라 위로의 말을 해야 할지 몰라 허둥대는 나와 달리 그의 아내는 몇 번이고 괜찮다고 말을 했다. 몇 달 전 통화 시 기운 없던 그의 음성이 떠올랐다. 연결되지 않은 통화의 이유도 설명되었다.

아내도 나도 입을 다물었다. 밖은 바람까지 불어 을씨년스럽기 그지없었다. 비가 오는데도 구름 사이로 주홍의 해마저 고개를 내밀고 있다. 아내가 정면을 향한 채로 "호랑이 장가가는 날이 바로 이런 날인데…" 하는 말을 웅얼거렸다. 그리고 입을 닫았다. 얼떨떨함은 쉽게 가라앉지 않았다. 침묵만이 유일한 추모의 길이라 믿어졌다. 나흘 전이면 오늘이 사모제(思慕祭)였다.

나는 그가 젊은 시절을 보낸 창공(蒼空)을 떠올려 보려 애를 썼다. 전투헬기 조종사로서 자부심을 드러낼 때마다 그가 하늘 위에서 보았을 지상의 모습을 상상하곤 했다. 고소공포증이 있는 나로서는 평생 경험하지 못할 세상이 그의 발아래에 머물렀을 것이다. 삼면이 바다인 나라다. 조금만 날아도 푸른 바다가 훤히 보인다고 했다. 요란한 프로펠러 소리가 하늘 높이 비상(飛上)하고 아득히 먼 곳엔 수평선이 눈부시게 펼쳐진다. 하늘과 바다 모두 쪽빛이다. 나는 비로소 그의 닉네임 '쪽빛'에 대해 이해할 수 있을 것 같았다.

2019 03 25

죽음에 대한 고찰(考察)

　나는 내가 언제 죽는지 궁금하다. 곰곰이 생각해 봐도 현재 내가 선 곳과 죽음까지의 거리가 전혀 짐작되지 않는다. 오늘이나 내일쯤 죽을 수도 있다. 하지만 지금까지 아무 징후가 없는 것을 보아 조만간 어떻게 될 것 같지는 않다. 신체의 컨디션도 나쁘지 않고 특별히 죽음을 떠올릴 만한 질병을 지니지도 않았다. 게다가 지금은 만물이 생동하는 5월, 화창한 봄이다. 하지만 모를 일 아닌가. 저 맑은 하늘에서 날벼락이 칠 수도 있고 멀쩡한 땅이 꺼져 함몰되기도 한다.

　예상치 못한 갑작스러운 부고는 사람을 당황케 한다. 사고사는 아니다. 그동안 아팠다고는 하나 사후 전해 들은 이야기고 서로 연락 없이 지낸 기간은 고작 두세 달 남짓에 불과하다. 망자의 나이가 동갑인 데다 비슷한 시기에 시골로 귀촌한 동질감이 작용한 탓에 충격이 컸다. 무엇보다 예순에도 이르지 못한 나이로 유명을 달리했다는 것은 요즘 기준으로 볼 때 무척이나 애석한 일이다. 그 애석함이 수많은 질문과 화두(話頭)를 낳는다. 부쩍 죽음에 대해 생각하는 시간이 많아졌다. '죽는 게 과연 무엇일까? 왜 죽나?' 하는 물음이 머릿속을 떠나지 않는다. 올 때는 선착순(先着順) 갈 때는 선발순(選拔順), 태어나는 것은 사람에 따라 공정하지 못해도 죽음은 공평하다. 죽음에서 비켜설 수 있는 사람은 아무도 없다. 언젠가는 기어코 내 것이 되고야 말 그 죽음에 대해 오늘도 생각해 보고자 한다.

몇 살 때인지는 기억이 분명하지 않다. 아주 어릴 적 이야기다. 어느 날 문득 나는 시간의 진행이 순환이 아니라 단방향, 일방통행임을 깨닫고 무척 놀란 적이 있다. 왜냐하면 미래의 내 모습이 어른이 되었다가 다시 아이로 돌아가는 것이 아니라 시커먼 죽음으로 종말을 맞고 있었던 것이다. 그전까지 나는 막연하게 사람의 생명도 계절과 마찬가지로 순환하는 것으로 믿었다. 따라서 그때까지 어린 나에게 죽음이란 그다지 심각한 것이 아니었다. 그러나 새봄에 움트는 싹이 지난해의 연장이 아니라 전혀 새로운 생명의 시작임을 알게 된 것이다.

탄생은 본질적으로 죽음을 동반한다. 그 단순한 진리는 걷잡을 수 없는 두려움으로 다가왔다. 나는 정말 어찌할 바를 몰라 안절부절못했다. 그것은 누군가에게서 듣게 된 허무맹랑한 유령에 대한 이야기나, 거리에서 사나운 큰 개와 맞닥뜨렸을 때 갖는 두려움과는 전혀 다른 종류의 공포였다. 귀신이나 동물 따위는 나를 지켜 줄 사람만 곁에 있으면 극복할 수 있다. 그러나 죽음은 내 부모가 곁에 있어도 해결이 되지 않는 본질적인 다른 무엇을 내포하고 있었다. 나는 어떠한 설명도 없이 엄마의 치맛자락에 매달려 와들와들 떨어야만 했다.

"야가 와 일카노? 사람 성가시구로."

떼어내면 다시 매달렸다. 가능한 신체의 어떤 부위도 밖으로 노출하고 싶지 않았다. 숨을 수 있는 한 깊숙이 숨어들고 싶었다. 어쩌면 나는 어머니의 자궁 속으로 다시 기어들고자 한 건지도 모르겠다.

"무섭단 말이야. 무서워…."

밀치면 또 엄마한테 매달렸다. 그래도 불안은 조금도 줄어들지 않았다.

물론 오십을 넘긴 지금 느끼는 죽음의 색채는 어릴 적과는 많이 다르다. 그동안 달관했다거나 이해를 했다는 뜻이 아니다. 사후의 세계는 여전히 미스터리로 남아 있지만, 어느 정도 수용의 자세를 갖추었다. 두렵지만 필요한 것이라는 인식도 있다. 영원히 지속되면 그것은 아무 감각 없는 돌멩이에 불과하지 결코 생명일 수 없다. 죽음이 있기에 생명으로 일컬어지는 것이다. 이 역설적인 해석이야말로 무릇 생명에 대한 본질이 아니고 무엇이겠는가. 영원할 수 없고 영원하면 생명이 아니다. 그래서 일부 종교에서 말하는 영생(永生)을 나는 믿지 않는 편이다. 영생이라는 단어에는 이미 모순이 내재되어 있기 때문이다.

종교에서 설명하는 생(生)이 육신을 기반으로 한 것 아니라고 해도 마찬가지다. 영혼이든 정신이든 육신과 분리되어 있는 무엇이 있다고 가정해도 인식의 기반은 결국 오감(五感)이다. 희로애락이 이것에서 비롯되는데 신체 없는 오감을 어떻게 설명한단 말인가. 아무런 감각 없이 그저 행복한 느낌으로 존재한다는 것이 어떤 상태인지는 몰라도 '영원(永遠)'이라는 수식이 붙게 되면 무엇이든 동시에 권태(倦怠)를 수반한다. 영원이란 하루 이틀도 아니고 수천 년 수만 년이 더해진 시간이다. 과연 그런 상태가 축복이라 할 수 있을까?

무엇보다 나는 사람의 정신(영혼)이 몸과 따로 분리되어 있다는 전제를 좋아하지 않는다. 동서양을 막론하고 이와 같은 사고는 꽤나 오랫동안 고착되어 온 것이 사실이다. 그러나 현대 과학에서 정신은 육체와 분리될 수 없는 것으로 되어 있다. 나(我)라는 정체성은 기억이 만든 산물이라고 뇌(腦) 과학자들은 설명하고 있다. 즉 뇌의 활동이 멎는 순간 정신도 작동을 멈추게 된다. 셧다운(Shutdown)된 하드웨어와 같다. 전원이 나간 컴퓨터에 소프트웨어가 기능할 수 없는 것과 같은 이치다. 이 단순 명확한 사실은 한동안 나를 당혹케 했다. 반드시 믿은 것은 아니어도 이제까지 죽음 이후로 알려진 의미심장한 갖가지 내용에 의해 내 의식이 본능적으로 지배되어 온 까닭이다.

그런데 그저 사라지는 것에 지나지 않는다니…. 개돼지와 같은 동물의 죽음이나 벌레들의 사체, 썩어가는 나무토막의 부패처럼 나의 죽음도 단순히 박테리아에 의해 해체되는 과정에 놓이는 것에 말할 수 없는 처량함이 느껴졌다. 사람의 생명이란 얼마나 값지고 고귀한 것인가? 스스로를 특별하게 여기며 자연계의 다른 생명과 차별되는 존재라고 여기지 않았던가. 만물의 영장이니, 이 행성의 지배종이니 하는 교만스러운 정의도 그 때문에 가능하지 않았던가. 그런데 그 값진 것이 수명을 다했다고 하여 마치 폐기할 고깃덩이로 취급되어서 말이 되는가 말이다. 쉽게 묵과할 수 없는, 뭐라 말로 표현 못 할 복잡한 심경이 되었다. 고귀한 것은 그것에 걸맞은 대우가 있어야 한다. 나의 의식 저변에는 어쩌면 이와 같은 사고가 똬리를 틀고 있는지도 모르겠다.

하지만 한편으로 위안을 준 것도 사실이다. 죽으면 끝이다. 이 얼마나 간단명료한가. 사후에 무엇인가 연장되어 있다는 믿음이야말로 현재 삶에 있어 가장 큰 불편을 초래한다. 타인을 배려하고 선한 삶은 권장되어야 하지만, 내면 어딘가에는 모종의 거래로 여기고 있음 또한 사실이 아닌가. 좀 더 나은 내세(來世)를 위해, 보다 나은 환생(還生)을 위해…. 그래서 남을 위한 호의(好意) 또한 그 본질은 이기적 동기에서 비롯된다는 리처드 도킨스(Richard Dawkins)의 설명은 무척이나 설득력 있게 들린다.

도킨스가 바라본 생명체 본질은 그렇게 고상한 것이 아니었다. 유전자가 살아가는 장치에 불과하다. 우리의 신체는 유전자의 영속을 돕기 위한 안식처로 증식과 분열을 위해 마련된 도구(기계장치)에 지나지 않는다. 생명은 사라져도 유전자는 대를 이어 번성한다. 내 아버지의 아버지로부터 이어 온 생명이 내 아들의 아들로 이어진다. 그러한 큰 틀에서 보면 생명이란 기다란 줄기만 있을 뿐 어디에도 죽음은 없는 것처럼 보인다.

실제로 한 세대를 사는 개인의 삶도 마찬가지다. 신체를 구성하는 것이 세포라는 상식에 기초하면 사람의 몸은 매일매일 달라지는 셈이다. 어제의 나는 오늘의 내가 아니다. 좀 더 자랐거나 좀 더 늙었다. 현미경을 동원하지 않아도 십 년 전과 비교해 보면 금방 알 수 있다. 미래의 모습 또한 다르게 변해 갈 것이 자명하다. 그 수많은 개체(個體)는 당연히 이전과는 다른 세포들로 구성되어 있다. 물리적으로 따져 볼 때 머리부터 발끝까지 무엇도 일치하는 않는 세포 덩어리가 된다. 그런데 어째서 미래의 내 몸이 죽는 게 지금의 내가 죽는 것이 될까?

믿기 어렵겠지만 이 지구상에는 죽지 않고 영원히 사는 생물도 있음이 밝혀졌다. 투리토프시스 누트리큘라(Turritopsis Nutricula)라는 긴 이름의 이 생명체는 카리브해 열대 바다에서 발견된 해파리의 한 종류라고 한다. 우리말 이름으로는 '영생불사 해파리' 쯤으로 해석되는 이 생명체가 영원히 사는 비결은 몸 전체를 재생하는 세포의 교차 분화가 가능하기 때문으로 알려져 있다. 일정한 크기로 번식 후 다시 미성숙 태아(Polyp)로 되돌아가기를 반복한다. 어릴 적 막연히 상상한 생명의 순환이 지구 반대편 바다 속에서 실현되고 있다는 사실이 놀라웠다. 과학자들은 이 생명체가 생체의 흐름을 바꾸는 비밀을 캐고자 연구 중이라고 한다. 사람도 어른이 되었다가 다시 아이가 되기를 반복하면 영원히 사는 것이 된다. 솔직히 생물을 이루는 세포나 유전자를 기준으로 하면 죽음의 정의는 참으로 모호한 개념이 되어 버린다.

사전적인 죽음에 대한 설명은 '생물의 생명이 없어지는 현상'이라고 되어 있다. 그러나 생물을 어떻게 정의하느냐에 따라 이 말은 맞을 수도 있고 아닐 수도 있다. 세포나 유전자를 언급하지 않아도 실제로 죽지 않는 생명체도 엄연히 존재하니 말이다. 그러므로 '죽음이란 무엇인가?' 하는 명제는 생명체에 국한하면 오류가 불가피해진다. 어쩌면 생명체는 죽지 않는 불사의 것이고 우리가 죽는다고 믿는 것은 다른 것을 이야기하고 있는지도 모른다.

　죽음이 두려운 이유는 사망에 이르는 시점에 맞이할 고통과 사후 세계
의 불확실성 때문이다. 누구도 죽음을 경험하고 살아있는 자는 없다. 모
르는 것에 대한 공포와 단발마의 고통. 사망에 대한 추상적인 내용을 모
두 배제하면 결국 남는 것은 이 둘만이 칼에 베인 자국처럼 선명해진다.
신체가 죽는 것은 그렇게 심각한 문제가 아닐 수 있다. 실제로 고통을 느
끼는 주체는 몸이 아니라 그것을 전달받는 뇌에 있다. 게다가 현대 의술
이 지닌 보조 장치를 활용하면 신체는 얼마든지 그 기능을 연장할 수도
있다. 심장이 팔딱이고 호흡이 오르내린다고 해서 살아있다고 말할 수 있
을까? 아무 감각이 없는 신체일지라도 괴사(壞死)만 없으면 세포의 기준
으로 볼 때 아무 상관이 없게 된다. 그러나 나를 나라고 인지하지 못하는
몸뚱이가 푸줏간에 걸린 고깃덩어리와 무슨 차이가 있을까. 우리의 사고
(思考)가 이루어지는 곳은 뇌다. 그래서 뇌의 기능이 정지하면 사망으로
판정하는 견해에 나는 동조한다.

　그러면 뇌(腦)가 나인가? 뇌가 죽는 게 내가 죽는 것이라면 당연한 것으
로 보인다. 그러나 이 또한 의문을 완전히 멎게 하지는 못한다. 뇌는 수도
없이 결합된 신경 다발의 화학적 반응이 인지와 사고를 낳는다. 하지만
회백색 주름으로 이루어진 뇌간(腦幹) 역시 세포 덩어리에 불과하지 않
은가. 눈에 보이지 않는 무언가가 작용하고 있다 해도 분노나 욕망, 희열,
슬픔, 간절함, 처량함과 같은 모든 감정이 그것에 의해 조절되고 생성되
는 것이라는 설명은 오히려 혼란을 부채질한다. 그렇게 되면 나의 본질은

순간순간 조화를 부리는 휘발성 짙은 물질의 작용이 되고 만다. 애초부터 나란 실체는 존재하지 않는 것이 되어 버린다. 그럼 실재(實在)하지도 않는데 죽음은 어떻게 맞이하지?

물론 나는 존재한다. 새삼 데카르트의 성찰을 빌리지 않는다고 해도 이 쓸데없는 잡문을 적고 있는 나의 존재는 분명 부정할 수 없다. 거울 앞에 마주 서서 우울하게 나를 응시하는 저 녀석은 분명히 나일 가능성이 높다. 그렇게 믿는 이유는 바로 기억 때문이다. 과거로부터 현재를 잇는 통일 된 이미지로 완성된 것, 그것을 자신으로 인식한다는 것이 뇌 과학자의 설명이다. 고로 기억이 없으면 나도 없게 된다. 기억을 잃은 치매 환자가 거울 속 자신을 낯설게 바라보는 까닭도 같은 이유로 설명한다. 그러므로 나라는 실체는 추상적이면서도 상당히 모호하다. 엄밀히 따지면 없는 존재다. 그러나 있다고 믿어지는 존재이기도 하다. 신체를 빌어 끊임없이 영속하는 유전자가 찰나에 빚어낸 환상이다. 그리고 뇌의 기능이 멈추면 동시에 기억도 사라진다. 그것이 죽음이다.

끔찍한 상상이기는 해도 뇌를 꺼내 안전하게 보관할 수 있으면 영생은 가능하지 않을까? 실제로 2002년에 출간된 베르베르의 『뇌(腦)』라는 제목의 소설에는 식물인간이 된 장 루이 마르탱이라는 사람이 장비의 도움으로 뇌만 살아 있는 이야기가 나온다. 신체를 가지지 못해도 뇌의 특정 부분을 자극해 쾌락을 얻는 방법도 등장한다. 소설이 아니라 현대 과학의 진행 속도로 볼 때 머지않아 실현될 수 있는 이야기라고 나는 믿고 있다. 그러면 누구나 도달하고자 하는 소망, 영생의 길이 열리는 것이다. 신체는 없어도 뇌가 있으면 기억은 존속될 수 있으니 말이다.

그런데…, 정말 그렇게 해서라도 더 살아야 하는 걸까?

2019 05 16

어른으로 자라지 못한 난장이

20대에 감명 있게 읽은 책을 성인이 되어 다시 읽어 본 적이 있는가? 나는 최근에 그런 적이 있다. 정확히 고백하면 읽다가 중간에 그만둬 버렸다. 같은 책인데 20대와는 전혀 다른 감정을 느꼈기 때문이다. 설명하기 쉽지 않지만, 상당히 당혹스럽고 혼란한 경험이었다. 값진 무엇인가를 움켜쥐고 있다고 믿었는데 막상 손을 펴 보니 돌덩이에 지나지 않은 것 같은 허무감….

나는 그 책을 오래전 내 아이가 고등학교에 다닐 무렵에 선물했었다. 아이가 읽고 어느 정도 이해할까 염려스러웠지만, 한편으로 그 책이 전하고자 하는 내용을 내 아이와도 공유하고 싶었던 까닭이다. 우리나라에서 가장 많은 인쇄본을 돌파했고 가장 오랜 기간 팔린 책으로 기록되었다는 기사를 접한 직후였다. 문학사에 길이 남을 책임에 틀림없었다.

나는 80년대 초에 대학을 입학했었다. 학교에 다닐 때 운동권과 거리가 먼 사람이었다. 그렇지만 금기시된 사항에 대한 호기심은 운동권과 다르지 않아서 소위 말해 금서(禁書)라고 알려진 책을 찾아보는 일에 주저하지 않았다. 학생들 사이에 금서가 곧 필독(必讀)이 되던 아이러니한 시대이기도 했다. 레닌의 혁명사를 돌려보고 마르크스의 『공산당 선언』을 옮겨 적곤 했다. 읽어 보신 분은 알겠지만, 『공산당 선언』은 서문에 해당하는 문장이 상당히 유려한 편이다. 외우고 싶은 충동이 일 정도였다. 지금 돌이켜 보면 보면 나는 그때 선언문의 내용보다 문장 자체를 좋아했던 것은 아닌가 하는 생각이 든다. 하지 말라고 하면 더하고 싶고, 보지 말라면 더 보고 싶던 20대였다. 그때 20대의 충동을 힘으로 누르고자 했던 어리석은 사람들은 다 몰락했다. 지금은 『공산당 선언』은 금서가 아니다. 금서에서 해제된 책은 아이들은 관심을 가지지 않는다.

페레스트로이카에 의해 소비에트연방이 해체되어 갈 즈음에 모스크바 광장에 서 있던 레닌 동상이 철거되었다. 바닥에 나뒹구는 철거된 동상이 신문의 일면에 크게 실린 적이 있었다. 일 미터는 족히 넘어 보이는 레닌의 두상을 밟고 서 있는 청년의 모습도 함께 찍힌 사진이었다. 이유는 몰라도 나는 그때 상당한 통증을 느꼈던 것 같다. 동시에 아주 오래전 도서관에서 나돌던 끝이 너덜너덜해진 종이 뭉치들도 떠올랐다.

그 무렵 학생들에게 거의 필독서나 다름없던 개발 독재 시대를 배경으로 한 난쟁이 시리즈에 대한 책이 있었다. 철거민 영희네 가족과 그 주민들에 대한 이야기를 연작(聯作) 형태로 발표된 것을 단행본으로 묶어 출간한 책이었다. 70년대 후반과 80년대 초에 대학을 다닌 사람이라면 누구나 한 번쯤은 읽어 보았을 책이기도 했다. 도시 변두리에 살았던 내 입장에서 볼 때 영희네 가족의 삶은 남의 이야기가 아니었다. 하루하루 힘겹게 살던 내 아버지가 소설 속 난장이와 너무나 닮아 있었다. 우리 가족의 이야기였다. 그 시절 우리 모두의 이야기이기도 했다. 군용 점프와 낡은 청바지와도 너무 잘 어울리는 책이었다. 우리는 뭔가 토로할 분출구를 찾고 싶었고 꼽추와 앉은뱅이, 난쟁이 가족의 수난사(受難史)는 울분과 분노의 정당한 사유가 되기도 했다. 그 책을 아이에게 읽어라 하고 사 준 것이다.

아빠가 20대에 읽은 책이다. 아빠의 시대에는 이러했었다. 이 소설의 내용은 아빠와 할아버지의 이야기이고, 특권층에 짓눌러 살아온 당시 대부분 사람의 삶이기도 하다. 아마 나는 이와 같은 이야기를 아이에게 전하고 싶었는지도 모르겠다.

나는 내 아이가 그 책을 보았는지 어찌했는지는 모른다. 아마 읽어라 했으니 읽었을 것이다. 최근에 그 책을 내가 다시 읽게 되었다. 우연이라고 해야 할 것이다. 나는 가끔 지난 책을 읽기도 한다. 읽을 만한 책이 없나 하고 책장을 살피다가 몇 년 전 아이에게 사 준 그 책을 발견했다. 나는 그 책을 뽑아 들었다. 나는 책을 읽으면 서문에서 에필로그까지 몽땅 읽는 습관을 가지고 있다. 작가의 약력도 꼭 읽는다. 더러 책 마지막에 첨부되는 작품 해설이나 평론까지도 빠트리지 않는 편이었다. 내 스스로 생각해도 결벽에 가까운 고집이었다. 그 책은 앞부분에는 작가의 말이 추가되어 있었다. 과거에는 없었지만, 최근에 기록적인 인쇄를 돌파함으로써 새롭게 덧붙여진 내용인 것 같았다.

꼼꼼하게 읽었다. 개발 독재 시대의 우울한 배경과 소설을 적게 된 동기, 그리고 권력으로부터 감시와 탄압에 대한 이야기도 있었다. 다 아는 이야기였다. 그리고 나는 과거의 일을 상기하는 기분으로 소설의 본문을 읽어 나갔다. 첫 장에서 만난 수학 선생은 마치 오래전에 졸업으로 헤어진 먼 과거적 사람을 만난 것마냥 반가웠다. 짤막한 단문과 이따금 반복되는 열거는 내가 기억하는 그대로였다. 그러나 나는 읽어 가면 갈수록 까닭을 알 수 없는 불편을 느끼고 있었다. 20대에 받았던 감흥도 없었다. 분명 같은 소설이었다. 당시에는 보지 못한 것들이 행간에서 읽혀지는 것이 있었다. 스토리의 전개도 자연스럽지 못했다. 허술한 구성은 억지스러움마저 느껴졌다. 이야기는 집요하리만큼 한 방향으로만 고정되어 있었다. 개연성(蓋然性)보다는 작위성이 도드라져 보였다. 가지지 못하고 몸이 불편한 사람들은 모조리 강자에 의해 피해를 보는 약자들로 정의되어 있었다. 20대에 나를 흥분시켰던 소설이 이러했다는 것에 나는 당황했다. 도대체 무엇이 잘못된 것일까? 소설은 과거 그대로인데 나는 그때의 청년이 아니었던 것이다. 결국 나는 책을 덮었다.

복학 이후 나는 누구보다도 힘든 대학 시절을 보냈다. 가난이 원인이었다. 군을 제대하면서 포기했던 복학을 일 년 반이나 지나 간신히 학적을 회복했다. 강의실보다 아르바이트로 밖에 있을 때가 더 많았다. 틈을 내 학교에 오면 수업이 아니라 휴강이 이어지곤 하던 무렵이었다. 나한테는 데모조차도 사치였다. 그러던 어느 날 모처럼(?) 학교에 왔는데 또 휴강이었다. 5월 1일이었다. 지금은 5월 1일이 국제 노동절 기준에 맞추어 우리나라도 근로자의 날로 지정되어 있지만 당시에는 그렇지 않을 때였다. 강의실 문에 나붙은 쪽지에는 어느 시간 어느 장소에서 야외 수업이 있는 것으로 되어 있었다. 나는 당연히 담당 교수의 지시에 의한 것이라 믿고

그곳으로 찾아갔다. 어쩌다 학교에 오는 나에게는 출석이 무엇보다 중요
했다.

후배들이 둘러앉은 곳은 푸른 싹이 돋은 잔디밭이었다. 주변에는 장미
가 피어 있었고 5월의 하늘은 청명했다. 어쩐 일인지 복학생들은 아무도
보이지 않았다. 물론 교수도 없었다. 총학생부의 지시에 따라 학생들이
제멋대로 휴강하고 그곳에 모여 앉아 과목과 동떨어진 우리나라 노동 문
제에 대한 토론이 진행되고 있었다. 둘러앉은 학생들 앞에는 우유와 음료
수 그리고 과자류가 놓여 있었다. 나는 그때 몹시 화가 났던 것 같다. 후
배들과 다투기 싫었지만, 참을 수 없었다. 억눌린 목소리로 "너네가 정말
노동자의 삶이 무엇인지 알기나 하느냐."며 힐난하고 돌아섰던 기억이 있
다. 아마 노동자들이 그와 같은 토론을 지켜본다면 한심함을 떠나 분노와
적개심이 일 것 같았다. 사치였다. 80년대 후반 학생 운동 이면에는 분명
이런 측면이 있었다.

그날 이후 졸업 때까지 후배들이 나에게 붙인 별명은 회색분자라는 딱
지였다. 유쾌한 용어는 아니지만 개의치 않았다. 내가 생각했을 때 그들
중에도 진짜는 아무도 없었다. 가짜가 내지르는 손가락질에 부끄러워할
이유가 뭐 있겠는가. 누가 뭐래도 당시 나에게는 졸업이 제일 중요했다.
요즘도 나는 진보니 보수니 하는 용어를 가장 싫어한다. 세상 사람들 모
두가 그와 같이 또렷이 양분되어 있지도 않을 뿐더러 그렇게 되어서도 안
된다고 믿기 때문이다. 북한에 매를 들어야 한다고 생각하는 사람 중에는
미국이라면 알레르기 반응을 보이는 사람들이 있을 수도 있다. 북한에 대

한 무조건적인 동포애를 강조하는 친미주의자도 얼마든지 있는 것이다. 내가 바로 그와 같은 회색분자이기 때문이다.

생각은 머물러 있지 않는다. 그것이 신념이라고 해도 마찬가지이다. 그 책은 80년대의 스무 살 청년이 읽어야 할 내용이지 50을 넘긴 장년이 읽어야 할 책이 아니었다. 2000년대를 살아가는 내 아이에게도 어울리지 않은 내용이었다. 나는 읽기를 포기한 난쟁이 이야기를 덮기 전에 작가의 말을 한 번 더 읽어 보았다. 예전에 쓰여진 소설에 첨부된 최근에 적은 작가의 말이었다. 처음 읽을 때는 몰랐는데 두 번째 읽으면서 동의하고 싶지 않은 부분도 눈에 들어왔다.

과거의 이야기는 과거의 시점으로 적어야 한다. 작가는 여전히 개발 독재 시대의 탄압과 감시 속에 사는 것처럼 느껴졌다. 세월이 이만큼 흘러 모두가 성인이 되었는데도 오로지 그만이 난장이로 머물러 있는 것은 아닌지 의심스러웠다.

2013 02 05

자동기계 만능 시대

　이런 생각을 해 본 적이 있다. 만약 머리를 자동으로 깎아 주는 기계가 이발소나 미장원에 등장하면 어떤 일이 벌어질지 하는…. 사실 그렇지 않은가. 모든 것이 자동화로 치닫고 있는 요즘 머리 깎는 자동기계라고 나오지 못하란 법도 없지 않은가 말이다. 자동 세척기, 자동 청소기, 자동 세차기, 자동 탈곡기, 자동 회전문, 자동, 자동, 자동…. 가능한 손가락 하나 까딱하지 않고 번거로운 일을 해치울 수만 있다면 그보다 좋은 일이 어디에 있겠는가. 그래서 사람은 끊임없이 새로운 것을 발명해 냈고 자동화하였다. 그 자동화에 의해 사람들의 노동은 눈에 띄게 줄었고 기계는 사람들이 해 온 까다롭고 번거로운 일을 대신했다. 사람은 그저 뒷짐을 지고 감독만 하면 되었다.

　내 어릴 적 친구의 아버지께서는 도장 파는 일을 업(業)으로 삼으셨다. 동사무소가 바라보이는 두 평 남짓한 작은 공간에서 평생 남의 이름을 새기며 가족을 부양해 오셨다. 비록 남이 알아주는 화려한 직업은 아닐지라도 친구의 아버님은 명필이라는 자부심을 잃지 않았고 한문이며 한글을 최대한 정성 들여 주문 맡은 도장을 새겼다. 친구는 조금 뚱뚱한 편에 속했는데 그 친구 역시 달필(達筆)이었다. 필기하면 마치 인쇄한 것처럼 한 자 한 자 반듯하게 획을 그어 깔끔하게 적어 나갔다. 성격도 느긋한 편이라 칠판 글씨를 다 옮겨 적지 못하면 쉬는 시간에 내 공책을 빌려 마저 적었다. 개발새발 바쁘게 써 갈긴 내 공책은 마치 발가락으로 적은 것마냥 엉망이라 친구의 공책과는 너무 대조적이었다.

나는 친구가 언젠가 아버지의 업을 이어받아 양팔에 토시를 하고 굵은 돋보기를 쓰고 꼼꼼하게 도장 새기는 모습을 상상하곤 했다. 친구의 아버님이 워낙 명필이었기 때문에 먼 거리에서도 소문을 듣고 찾아오는 이가 드물지 않았다. 도장 파는 가게가 그곳만 있는 것은 아니지만, 글씨를 새기는 정도에 따라 기능의 차등(機能)이 인정받던 시절이었다. 아버지의 가게가 좁아 친구는 고등학교 졸업 이후 다른 일을 했지만, 아버지께서 나이 들어 손을 놓게 되면 가게를 물려받을 요량으로 틈틈이 나무를 깎고 글씨 새기는 작업을 게을리 하지 않았다. "정식으로 도장 가게를 맡게 되면 내 것도 제 손으로 새겨 주마." 하고 약속하였다.

그러나 친구는 동사무소 앞 아버지 가게를 물려받지 못했다. 아버지께서 물려주지 않은 것이 아니라 도장 파는 기계가 등장하면서 아버지보다 명필이 기계로 얼마든지 가능해졌기 때문이었다. 평생을 다져 온 친구 아버지의 기능(技能)은 형편없이 폄하되었고 일감은 줄었다. 부업(副業)으로 열쇠와 문고리도 함께 취급했으나 도장 파는 기계가 등장하기 이전의 수입에 절반도 못 미치는 상황이 전개되었다. 도장 새기는 일이 어려워지자, 친구는 영구적으로 할 수 있는 다른 직업을 구해야 했다. 아버지의 자부심이었던 도장 새기는 작업은 컴퓨터의 프로그램과 엷은 모터 소리에 의해 대체되었고 술로 화병을 다스리던 친구의 아버지는 손 떨림이 심해져 결국 평생의 직업을 스스로 접어야 했다. 설상가상으로 나에게 멋진 도장을 새겨 주마고 약속했던 친구마저도 화물트럭을 몰다 사고를 만나 젊은 나이로 세상을 떠나 버렸다.

한동안 소식이 끊어진 친구의 죽음을 전해 들었을 때 바닥에 나뒹군 트럭보다도 마저 새기지 못한 도장과 친구의 아버지께서 평생 만졌던 조각칼, 그리고 나무를 죄는 소도구들이 어지럽게 흩어진 두 평 남짓한 도장 가게의 모습이 먼저 떠올랐다. 빨간 인주를 묻혀 하얀 백지에 새 도장을 눌러 보시고는 만족스러운 표정을 지어 보이시던 친구의 아버지 모습도 떠올랐다. 자동화란 나에게 그런 슬픈 기억을 안겼던 문명이다. 한석봉이 쓴 글씨체와 같다는 소리를 들을 때 가장 밝은 모습을 보이시던 친구의 아버지는 친구가 사망한 그해 가을 중풍으로 쓰러지셨고 이듬해 봄을 보지 못하셨다. 이 지구상에 도장을 새기던 마지막 장인(匠人)이 사라진 것이다.

아주 오래전 나는 주유소에서 자동 세차기를 처음 대면하던 날을 잊을 수가 없다. 새로운 기기(機器)를 만났다는 신기함을 떠나 자동차를 통째 집어삼키는 것 같은 위태로운 분위기가 주변의 다른 느낌을 압도했다. 롤링을 따라 차량이 빨려 들어가면서 순식간에 짜부라져 그 속에 탄 사람이 압사할 것 같은 두려움에 가슴이 두근거려졌다. 그러나 사람의 심리란 참으로 알 수 없는 것이라, 롤링에 감겨들던 자동차가 아무렇지 않게 반대편으로 빠져나오자 나도 모험심이 일었다. 도무지 해 보지는 않고는 궁금해서 못 배기겠던 것이다. 하지만 모험은 나 혼자만으로 족해야 했었다. 불행하게도 내 옆자리에는 이제 갓 두 돌을 넘긴 아들 녀석이 함께 타고 있던 게 문제였다.

　요란한 물세례와 사방에서 헝겊이 달린 롤링이 돌기 시작하자 아이는 경기 든 것마냥 비명을 질러댔다. 바들바들, 내 팔에 매달렸다. 다독거리며 진정시키려 해도 아이는 막무가내였고 나는 신중하지 못한 내 처신을 후회했다. 기계를 멈출 방법은 없었다. 온 사방에서 달려드는 헝겊은 맹수와도 같아 보였고 반복되는 물세례와 비누 거품은 아이에게 공포를 가중하는 것 같았다. 나는 아이의 눈과 귀를 감쌌고 요란하고 소란스러운 자동 세차가 얼른 끝나기만을 기다렸다. 내 아이가 기억하는 자동화란 괴물과도 같은 두렵고 무서운 것임이 틀림없다.

　나는 미장원의 거울을 마주 보며 히죽 웃었다. 아무리 생각해 봐도 재미있다. 머리만 집어넣으면 이발을 해 주는 기계가 만들어지면 세차장에서 일하던 사람들이 하루아침에 직장을 잃었던 것과 마찬가지로 미용사들도 다른 직업을 알아봐야 할 것이다. 골목마다 두 개 또는 세 개씩 몰려 있어 과하다 싶을 정도로 많은 미장원과 이발소도 모두 문을 닫아야 할지 모른다. 아니 어쩌면 반대로 지금보다 더 많은 미장원과 이발소가 난립할 수도 있겠다. 기술자는 필요 없고 기계만 들이면 되기 때문에 누구나 손쉽게 가게를 차릴 수 있다. 거울은 여전히 놓이겠지만, 거울 앞에는 자동 이발 기계가 한 대씩 놓인다. 설명서를 읽고 원하는 머리 모양을 선택하고 버튼만 누르면 되는 것이다.

　기계는 낮고 부드러운 소리를 내며 사각사각 가위를 움직인다. 소프트웨어의 지시에 따라 머리를 자르기 시작한다. 그러나 기계란 얼마든지 오작동(誤作動)을 일으킬 수 있고 프로그램도 에러를 유발할 수 있다. 그 섬뜩한 기계에 정말 사람들이 대갈통을 밀어 넣을 것인가를 생각하니 재미있다. 웃음이 아니 날 수 없다.

내가 웃음을 보이자, 기분 나쁜지 가위를 든 미용사의 표정에는 불쾌함이 묻어난다. 내 생각을 읽은 것이 틀림없었다. 미용사는 직업을 잃을 것이 두려운 것이다. 나는 눈치를 보며 웃음을 거두었고 미용사는 치켜든 내 뒷머리를 지그시 손가락으로 눌러댔다. 나는 고개를 숙였다. 어쨌든 지금은 미용사의 지시에 따라야 한다. 하지만 나는 조만간 자동 이발 기계가 발명될 것임을 알고 있다. 현대는 자동 만능화 시대가 아니던가. 사람들은 원래 편리한 것을 추구하게 되어 있고 쉽게 돈만 벌 수 있다면 안전 따위는 중요한 것이 아니기 때문이다. 어쩌면 지하철 매표소 근처에, 즉석 여권 사진을 찍어 주는 자동 사진을 찍는 부스 바로 옆에 동전만 넣으면 머리를 잘라 주는 자동 이발 기계가 내일이나 모레쯤에 설치되어 있을지도 모를 일이다.

2012 10 30

시골로 간 도시 남자

ⓒ 김태환, 2024

초판 1쇄 발행 2024년 2월 13일

지은이   김태환
삽화   윤중용
펴낸이   이기봉
편집   좋은땅 편집팀
펴낸곳   도서출판 좋은땅
주소   서울특별시 마포구 양화로12길 26 지월드빌딩 (서교동 395-7)
전화   02)374-8616~7
팩스   02)374-8614
이메일   gworldbook@naver.com
홈페이지   www.g-world.co.kr

ISBN   979-11-388-2753-9 (03810)